Du même auteur

Les Quatre Éléments

Tome 1 : Une Ère Nouvelle
Tome 2 : Félicité
Tome 3 : Voyage à Shamballa
Tome 4 : Le Jugement Dernier

Karma

Tome 1 : Le secret des Mères Fondatrices
Tome 2 : La croisée des Destins

Karmenyta

Tome 1 : Les Fils du Destin

Prochainement

Tome 2 : L'Union sacrée

Romans one-shots

Droit au cœur
La malédiction du bonheur

CHRIS RED

L'Architecte du Temps

ROMAN

Steampunk

Édité et publié par Christophe Demarcq

ISBN : 9781720225072
www.chrisreduniverse.eu

Matthieu

Merci pour la discussion et ton enthousiasme !

Bon voyage dans les couloirs du temps !

Et ne t'éloigne pas trop de Rose !

Chris Reed

Prologue

Le vent nocturne et glacial vint gifler ses joues avec une brutalité inattendue. Ses yeux s'écarquillèrent et découvrirent un sol rocailleux recouvert de quelque tapis mousseux et humide. Des céphalées vibraient dans sa boîte crânienne et le clouaient au sol. Le contact désagréable des cailloux meurtrissait ses genoux, allant jusqu'à déchirer le tissu de son pantalon de soie.

Ainsi, il lui fallait se relever.

Une voix amicale et teintée d'un enthousiasme inopportun l'y encouragea d'autant plus.

— Edgar, relevez-vous ! Ce n'est pas une position digne d'un homme de science. Et puis, vous ratez le spectacle qui se joue devant nous.

Edgar grimaça et puisa dans ses ressources pour se redresser. Il se sentait las et exténué comme si des forces inconnues avaient aspiré toute l'énergie qui l'animait. Des cernes gisaient sous ses yeux alors que les pans de sa redingote claquaient, fouettés par la bise ardente qui ne lui offrait aucun répit.

Alors, il découvrit une statue devant lui, taillée dans la pierre et semblable à une croix. Il décida de s'approcher d'elle et de s'appuyer contre l'édifice. En effet, ses yeux hagards constataient qu'il se trouvait en hauteur, au sommet d'une montagne. S'il se laissait aller à quelque maladresse et qu'il ne résistait pas à la force des éléments qui semblait prendre un malin plaisir à le chahuter, il pourrait aisément chuter dans le vide.

Il n'osait pas regarder par-dessus le précipice pour s'assurer de la distance qui le séparait du sol. En effet, au vu du panorama qu'il jouissait sur la mégalopole bordant des lagunes plongées dans l'obscurité, il ne doutait pas de l'issue fatale si ses pieds venaient à se dérober du caractère réconfortant de la terre.

— N'ayez pas peur, Edgar ! Il ne vous arrivera rien, je vous en fais le serment !

Ce n'est qu'à ce moment-là qu'Edgar détourna le regard pour s'intéresser à l'homme ou plutôt à la créature qui s'adressait à lui. Son interlocuteur se tenait à quelques centimètres à peine du rebord de la falaise et il ne dissimulait rien de son apparence physique, cela malgré la pénombre qui recouvrait la région.

Des poils mêlés de roux et de blanc tissaient une étrange fourrure alors qu'une queue située au bas de son dos se baladait dans l'air, rappelant celle d'un félin. Pourtant, il se tenait sur deux jambes et deux pieds, comme n'importe quel humain. Ses bras étaient croisés et masquaient ses mains mais Edgar ne doutait pas que s'il avait des pieds, il avait des mains.

— Qui… Que… Qu'est-ce que vous êtes ?

— Il faut me demander qui je suis, Edgar, répondit-il.

Le silence retomba comme un couperet et la brise tumultueuse cessa de jouer avec ses nerfs, comme si elle était commandée par la volonté du Saint-Esprit.

— Qui… Qui êtes-vous ? demanda Edgar.

— L'Architecte… Je suis l'Architecte, Edgar. L'Alpha et l'Oméga. Le Créateur. On me donne bien des noms. Il est difficile d'en choisir un. Mais celui que je préfère et qui me convient le mieux, c'est l'Architecte.

— L'Architecte ?

— Oui, et je ne suis vraiment pas content de ce que vous êtes en train d'accomplir, Edgar. Vous êtes en train de tout saccager.

— Je ne comprends pas.

— Approchez-vous, venez voir de plus près.

Edgar hésita furtivement puis il avança pour se placer à hauteur de l'Architecte. Du coin de l'œil, il osa l'épier pour découvrir son visage et reconnut la silhouette d'un renard.

— Ce n'est pas moi qu'il faut regarder, Edgar ! Je ne vous ai pas fait venir jusqu'ici pour que vous me fixiez ! La ville n'est-elle pas assez grande pour que vous ne puissiez pas la contempler ? N'est-elle pas assez rougeoyante et embrasée par les flammes de l'enfer pour que vous assistiez à sa propre destruction ?

Soudain, son cœur trembla et ses yeux vacillèrent lorsqu'il découvrit les tâches ondoyantes qui explosaient de manière aléatoire dans les différents quartiers de la gigantesque cité. Le feu pétillait dans la nuit. Si les couleurs chatoyantes de cet élément sublimaient le paysage, Edgar réalisait qu'il semait la mort et la désolation dans son sillage.

— Je... Je n'ai rien fait... Je ne suis pas responsable de ça...

— Pas directement, les hommes qui s'entre-tuent portent sur leurs épaules le poids de leurs agissements mais vous avez grandement contribué à l'évolution matérielle de ce monde, Edgar. Rien ne semble vous empêcher de jouer avec les principes inhérents à l'équilibre de la vie. Faites face aux conséquences qui vont sévir si vous ne mesurez pas avec plus de justesse la portée de vos actes !

— Je... J'essaie d'apporter ma pierre à la société. De comprendre les mystères qui nous échappent et d'améliorer notre condition de vie. Nous devons savoir, réfléchir, engranger des connaissances...

— Edgar, vous oubliez que la nature humaine est ambivalente. Le bien et le mal sont les deux faces d'une seule et même pièce. Quand vous créez des inventions, animé de bonnes intentions, vous sous-estimez la faculté de vos congénères à détourner de leur usage premier de vos créations.

Edgar bégaya alors et rassembla ses esprits pour formuler une réponse afin de se justifier mais lorsque des mots vinrent à hauteur de ses lèvres, il s'aperçut que l'Architecte n'était plus là. Il s'était évanoui. Ou envolé. Il ne savait pas trop.

L'ingénieur pivota sur lui-même et fouilla les alentours pour le retrouver avant de comprendre qu'il ne reviendrait pas. Pourtant, son aura imprégnait encore les lieux.

Enfin, avant qu'il n'ait eu le temps de comprendre ce qui lui arrivait, la croix du Christ Rédempteur de la montagne du Corcovado se dissipa et il se réveilla en sursaut.

Le front moite la poitrine recouverte de gouttes de sueur, il haletait alors que des draps recouvraient à peine le bas de son corps.

Il jeta un regard sur sa droite.

Sa compagne dormait paisiblement, ses longs cheveux noirs comme l'ébène contrastant avec la blancheur du tissu qui dissimulait les courbes de son anatomie.

— C'était un cauchemar… Un cauchemar… Juste un cauchemar, se répéta à maintes reprises Edgar Stone.

Chapitre I

Un nuage de fumée s'élevait au-dessus de la tasse de café. Assis devant sa table ronde en acajou, Edgar se noyait dans le noir de son liquide aux saveurs addictives. Comme si elle sentait son trouble, Rose se faufila silencieusement dans son dos et passa ses bras autour de son cou pour entourer la poitrine de celui qu'elle aimait par-dessus tout.

— Ce soir, ton nom sera toutes les lèvres, mon amour. La reine Victoria en personne sera éblouie par ton intelligence et elle ne pourra qu'adouber ta contribution inestimable à la société.

Edgar l'entendit mais il ne daigna pas lui répondre. Les sermons de l'Architecte résonnaient encore dans son esprit et la vision des flammes qui déchiraient la ville de Rio de Janeiro le harcelait en permanence depuis qu'il s'était installé dans le salon, guettant que le réveil de sa promise.

— Plus personne ne se moquera de toi, mon amour. Tes échecs seront oubliés et ta réussite sera révélée aux yeux de tous.

— Est-ce donc pour cela que tu vis avec moi, Rose ? Pour ma notoriété ? Pour les promesses que mon esprit créatif est susceptible d'entretenir ?

Les traits du visage de Rose se déformèrent et son visage doté d'une peau laiteuse fut craquelé par des rides. Elle esquissa ainsi une grimace de protestation.

— Bien sûr que non, dit-elle en se redressant quelque peu et en posant ses mains sur ses épaules solidement charpentées.

Rose se laissa aller au plaisir de masser ses muscles. Elle n'était pas vénale ni intéressée, elle était amoureuse de cet étonnant mélange de force physique et d'intelligence pure. D'ordinaire, la nature offrait rarement un corps d'Apollon aux hommes destinés à user de leurs neurones pour se distinguer de leurs comparses. Edgar Stone avait hérité de la silhouette de bûcheron de son paternel et de l'ingéniosité de sa très chère mère. Il lui fallait tout et il exprimait sa fougue de bien de plaisantes manières, au plus grand plaisir d'une femme comme Rose Cunningham.

Soudain, la demoiselle se rappela l'imminence de l'heure et elle jeta un regard effrayé sur les aiguilles de l'horloge. Le meuble semblable à une tour dévoilait un horaire relativement matinal mais en ce jour, il n'y avait pas de temps à perdre.

— Mon Dieu, Edgar, tu vas être en retard.

— Je ne sais pas si je vais y aller. Rose, j'ai triché, avoua-t-il en tournant son cou aussi large qu'une bûche et en lui jetant un regard de biche effrayée.

Rose fut déconcertée par son attitude. Edgar Stone, un représentant émérite de la virilité montrait des signes de faiblesse. Même lorsqu'il avait subi les affronts de la presse sarcastique et de l'humiliation d'avoir échoué aux yeux de tous, il n'avait pas arboré une telle expression.

— Que se passe-t-il ? Tu ne comptes pas abandonner ? lui demanda-t-elle en étrécissant ses yeux à mesure qu'elle étudiait le tréfonds de son âme.

— N'as-tu pas entendu ce que je viens de te confesser ma bien-aimée ? J'ai triché.

— Comment ça ? Tu as triché ? Je ne comprends pas.

— Toutes ces inventions qui attendent d'être dévoilées au grand jour aux habitants de Londres, elles ne sont pas vraiment de moi. D'autres les ont mises au point. Je les ai simplement récupérées.

Confuse, Rose retira ses mains de l'ossature de celui qui partage son foyer et elle redressa son épine dorsale à mesure qu'elle s'éloignait d'Edgar.

— Boniments, tu n'es pas un voleur ! Et il n'existe personne sur cette île ni sur le continent d'ailleurs qui soit capable à l'heure où on parle de faire preuve d'autant de…

— Pas aujourd'hui, non ! Mais dans quelques années, certains hommes naîtront et imagineront les fruits de mon travail. Si je ne les expose pas d'ici là, bien entendu. Enfin, je suppose, je ne maîtrise pas encore toutes les conséquences de mes choix.

— Tu as choisi le bon jour pour perdre la raison.

— Je t'en conjure, il faut que tu me croies. Il y a bien un appareil que j'ai mis au point moi-même. Il est la clé de tout. Sans lui, je n'aurais rien pu accomplir.

Pour lui témoigner sa sincérité, il écarta un pan de sa veste et dévoila le contour d'une montre à gousset fichée dans une poche de sa chemise blanche.

— Tu vois cet objet ? Tu sais à quoi il sert ?

Mon Dieu, mon damoiseau a perdu la tête, songea Rose.

Devant l'effroi et l'incompréhension de sa confidente la plus intime, Edgar se résigna.

— Ouvre le tiroir de la commode, je te prie, Rose.

Les sourcils froncés et encore sceptique quant à l'état de santé d'Edgar, la jeune femme obéit néanmoins et découvrit une montre à gousset. En réalité, il s'agissait de la copie conforme du modèle détenu par Edgar.

— Je l'ai conçue pour toi, ma bien-aimée. Elle est identique à la mienne, à l'exception des ornements qui la décorent. Je t'ai choisi des fleurs.

Ce cadeau la détendit quelque peu et elle s'empara de l'objet dont les rebords étaient de couleur argentée et étincelaient s'ils se trouvaient sur le chemin de rais de lumière.

— Merci mon amour, elle est magnifique.

— Il faudra que je t'apprenne à la régler. Il est important que tu saches l'utiliser. Grâce à elle, rien ne pourra nous séparer. Ni l'espace, ni le temps. Tu m'entends, Rose ?

— Je t'entends oui, mais je ne te comprends pas.

Edgar prit une profonde inspiration et il se releva pour s'approcher d'elle. Il passa sa main droite dans ses cheveux et posa sa tête contre sa poitrine. Rose se blottit contre son bien-aimé et Edgar la serra bien fort.

Qu'il n'aimait pas lui mentir. Il souhaitait ardemment lui confier son secret mais il lui fallait attendre qu'elle soit prête. Visiblement, elle ne l'était pas.

Après un long moment de communion amoureuse, Edgar prit Rose par les bras et l'éloigna de son étreinte tout en plongeant ses yeux dans les siens.

— Je vais y aller, Rose. Le nom de Stone ne sera plus moqué et alors je pourrai t'épouser. Ton père ne pourra plus me refuser ta main.

Rose essuya une larme qui s'écoula au coin de l'œil avant de sourire.

— Voilà qui est mieux, mon amour. Je commençais à m'inquiéter.

Edgar oublia son café brûlant et se mit debout. Sa musculature s'éleva dans l'air et contempla Rose avec toute l'autorité qui lui était dévolue. Pourtant, il ne manifesta aucune forme de rustrerie malgré un physique qui pouvait laisser certaines femmes rêveuses.

Il observa tendrement celle qu'il aimait sincèrement et ses doigts s'enroulèrent dans les frisottis qui tombaient de chaque côté de son visage.

— Tu vas être en retard, toi aussi. Ton chef va t'attendre. Tu sais bien comment il est… Il ne supporte pas le moindre écart de ta part.

— Je m'en fiche. J'en ai marre d'être son assistante et de devoir exécuter ses tâches les plus insignifiantes. Je suis une journaliste dans l'âme, pas une vulgaire domestique. Après l'Exposition, si quelqu'un veut s'entretenir avec toi, il devra passer par moi, je ne dépendrai plus de Charles McCartigan. Tu imagines, je suis à la solde d'un Écossais. Grâce à notre relation d'exclusivité aussi bien sentimentale que professionnelle, précisa-t-elle, tout en refermant les derniers boutons de la chemise blanche d'Edgar et en sachant pertinemment que l'inventeur n'appréciait guère de sentir son cou robuste étouffé par le tissu, je vais prouver aux membres les plus éminents de l'Empire britannique qu'une femme peut assumer certaines fonctions que l'on croit réservées aux hommes. Je serai une journaliste. Et je serai brillante.

— Je n'en doute pas le moins du monde, conclut-il avant que ses mains solides ne saisissent ses joues avec la même délicatesse que s'il cueillait une fleur et que ses lèvres n'épousent celles de sa dulcinée.

Chapitre II

Des lunettes rondes encerclaient des yeux noirs et pernicieux. Malgré sa petite taille, Charles McCartigan aimait prendre ses semblables de haut, en particulier les représentantes de la gent féminine.

— Quelle folie m'a incité à vous accorder ma confiance, Rose ? La cérémonie d'ouverture de la première Exposition universelle s'apprête à débuter, présidée par la reine Victoria et vous vous permettez d'arriver en retard. Vous êtes débraillée. Il va vraiment falloir que je songe à vous remplacer.

Ce jour-là, vous choisirez un homme, songea Rose.

La phrase resta fichée dans sa gorge. Elle aurait aimé l'exprimer à voix haute. Rose n'avait pas peur de Charles McCartigan en lui-même, il ne l'impressionnait pas mais si elle voulait s'assurer au mieux les chances de devenir une pionnière unique en son genre, il lui fallait continuer à prendre sur soi. Le temps jouait en sa faveur, elle ne l'ignorait pas.

— Je suis sincèrement navrée, Sir McCartigan. Loin de moi le désir de vous mettre à l'embarras, cet événement est très important à mes yeux et je me rends bien compte que nous sommes à l'aube d'une nouv…

— Il suffit ! Nous avons perdu assez de temps, inutile d'en perdre davantage avec des palabres qui me fatiguent. Suivez-moi et ne traînez pas. Nous devons encore nous enregistrer auprès du service de presse. Vous avez les documents qui nous permettent d'accéder à la partie exclusivement réservée aux photographes. Vous avez intérêt à ne pas me décevoir, Rose, je vous le dis ! menaça-t-il en pointant le majeur en l'air et en lui tournant le dos.

Ses jambes avaient beau être courtes, il enchaînait des foulées rapides qui lui permettaient de progresser à vive allure. Rose dut accélérer le pas pour parvenir à le suivre au milieu de la foule qui se rassemblait timidement aux portes de Hyde Park, le site sélectionné dans la ville de Londres pour accueillir la première Exposition universelle de l'Humanité. Certes, Charles McCartigan n'avait pas hérité d'un physique d'athlète mais il était habitué à se faufiler avec hardiesse dans les méandres des hautes sphères de la bourgeoisie britannique. Leste et agile, il se déplaçait avec une habileté stupéfiante. À peine plus grand qu'un enfant, il fallait parvenir à repérer sa tête parmi la foule qui s'agglutinait devant l'entrée du Crystal Palace, un édifice spécialement construit en verre pour l'occasion.

Soudain, les yeux de Rose se dérobèrent et furent obligés de s'écarter de la silhouette agitée de McCartigan qui ne regardait jamais derrière lui. Elle promena son regard vers son bras pour chercher à comprendre qui avait pu le saisir avec autant d'insolence.

La colère s'apprêtait à transformer les traits de son visage mais le personnage singulièrement familier qui avait osé l'interpeller était l'un des rares avec Edgar Stone à avoir le droit de l'interrompre dans ses activités journalistiques. Et pour cause, il s'agissait de l'assistant de son cher et tendre scientifique. Personne ne portait des rouflaquettes telles que les siennes. Ses poils roux et touffus captaient l'attention et ne laissaient pas indifférent dans le tumulte de la vie londonienne.

— Demoiselle Rose ! Permettez-moi de vous importuner. Messire Stone m'a chargé ce matin de vous remettre un colis.

L'assistante de Charles McCartigan fronça les sourcils. Ils ne s'étaient séparés qu'après leur déjeuner en commun.

— Enfin, voyons, Richard, vous devez avoir la tête qui tourne. Edgar et moi avons passé la matinée ensemble. Il m'a d'ailleurs déjà confié un présent. En outre, je suis extrêmement inquiète, il risque d'être en retard pour la cérémonie d'ouverture.

Richard posa sa main sur le bras de Rose pour la rassurer tout en relevant la tête et en fouillant le ciel.

— Ne vous inquiétez pas, il sera là en temps et en heure et personne ne pourra le rater, croyez-moi !

— Vous m'intriguez, Richard ! Il semblerait qu'Edgar me cache des confidences.

— Vous connaissez bien son sens prononcé pour le spectacle.

— En effet, je ne l'ignore pas. *Même si j'aimerais qu'il me révèle parfois les tours de passe-passe qu'il compte orchestrer...* se retint-elle de préciser.

— Tenez, dit-il en retirant un paquet emballé dans un papier cartonné et retenu par une ficelle à l'image d'un cadeau de Noël. Il a spécifié que vous saurez naturellement comprendre l'usage de cet appareil.

Rose reçut l'offrande et soupesa le poids de l'objet dans ses mains.

— Ce n'est pas très lourd.

— Ouvrez-le sans tarder, il a dit que vous en aurez besoin pour couvrir l'exposition et que vous pourrez vous distinguer ainsi de la concurrence.

Rose jeta un œil autour d'elle pour constater qu'elle avait complètement perdu de vue son patron. Qu'importe, elle avait les accréditations, il serait obligé de l'attendre et ne manquerait pas de la sermonner à ce moment-là. De toute manière, même quand elle s'acquittait correctement de son travail, elle se faisait réprimander.

Trop curieuse pour patienter plus longtemps, Rose dénoua les ficelles qui retenaient l'emballage et libéra une boîte en acajou. Elle déplia les deux pans qui permettaient d'accéder à son contenu et fit glisser un petit objet rectangulaire et de couleur noire. Une lueur fugace brilla dans les yeux de Rose et elle releva le regard pour croiser le regard espiègle de Richard Morris, l'assistant parfaitement complémentaire de son rusé de compagnon.

— C'est un appareil photo, n'est-ce pas ? Il est tellement plus perfectionné que ceux que l'on utilise.

Richard ne put réprimer un sourire.

— Edgar m'a demandé de vous annoncer que vous serez chargée d'apporter de la couleur à cette journée exceptionnelle.

La surprise se dessina sur le visage de Rose.

Alors, elle se saisit de l'appareil, l'observa rapidement et découvrit où placer ses doigts. Elle le plaça devant son visage, appuya sur un bouton puis elle vit la mine radieuse de Richard

Morris apparaître sur un écran en apparence fin et fragile. Ensuite, elle rencontra une autre légère protubérance et son doigt pressa. Un clic se fit entendre.

Dans la foulée, l'appareil se mit à ronronner.

Rose le baissa et l'examina sous toutes les coutures. Son regard se porta sur une fente et elle vit alors une frange de papier s'extraire de l'appareil.

Ses yeux s'écarquillèrent au fur et à mesure que le visage haut en couleur de l'assistant d'Edgar Stone se dévoilait à la lumière du jour.

Chapitre III

En dépit de l'excitation engendrée par l'inauguration d'un événement censé mettre en avant l'évolution intellectuelle et technologique du genre humain, l'enthousiasme et la joie de vivre ne se lisaient pas sur le visage de Charles McCartigan.

— Vous me reconnaissez tout de même ? Je suis le rédacteur en chef du…

— Je sais très bien qui vous êtes messire McCartigan mais sans les documents officiels qui authentifient votre autorisation à pénétrer dans la zone réservée aux journalistes accrédités pour couvrir la cérémonie d'ouverture de l'Exposition, je ne peux vous laisser aller plus loin, riposta le responsable de la sécurité.

McCartigan pesta en silence et s'éloigna du ruban qui le séparait des élus choisis pour être aux premières loges du discours qui sera prononcé en personne par la souveraine de l'Empire britannique.

— Je suis désolée, messire Cunningham, cette fois-ci, c'en est trop, je ne vais plus pouvoir conserver votre fille à mon service. Je n'ai jamais dû subir tant d'incompétence de la part d'un assistant, murmura-t-il dans sa barbe tout en cherchant la fautive autour de lui.

Soudain, son regard fut captivé par la foule qui se rassemblait à l'extérieur du palais de cristal. Des voix s'additionnaient et se transformaient en exclamations.

Un phénomène inattendu était en train de vider la salle alors que les visiteurs retournaient aux jardins.

— Fichtre, que diable leur arrive-t-il ? s'interrogea le patron du Daily London.

La rumeur se propagea à vive allure autour de lui et bien qu'elle ne parvînt pas à ses oreilles, elle se faufila jusqu'à celles de la reine Victoria. Un cortège royal fut rapidement érigé et entoura la monarque si bien que sa silhouette ne pouvait être distinguée.

Charles McCartigan ne s'en laissa pas conter et ne put que suivre le mouvement alors que les autres journalistes désertaient à leur tour le quartier qui leur avait été réservé. Leurs doigts agrippaient déjà leurs appareils photos maintenus autour de leur cou par une bandoulière.

Quant à Charles, il espérait retrouver l'incorrigible fille de son ami Henri Cunningham, l'un des médecins les plus respectés de la capitale. Sans elle, il pourrait passer à côté d'un scoop.

Lorsqu'il quitta le porche du Crystal Palace, il ne fut pas pour autant illuminé par la lumière matinale. Une ombre rappelant celle des nuages imposants planait au-dessus du parc et plongeait l'assistance dans la fascination la plus béate qui soit.

Charles McCartigan ouvrit grand la bouche et fut incapable d'articuler la moindre syllabe lorsqu'il aperçut l'objet volant qu'il ne parvenait pas à identifier et qui planait au-dessus de leurs têtes. Ses yeux se posèrent sur les contours arrondis de l'appareil de forme cylindrique et allongée qui arborait les couleurs traditionnelles de l'Union Flag, le drapeau représentant le Royaume-Uni aux yeux de toutes les colonies britanniques. En dessous, une nacelle argentée hébergeait le pilote qui avait bien choisi son jour pour surprendre son monde.

Le journaliste se mordit les lèvres alors qu'il désirait quelques secondes à peine auparavant retrouver Rose Cunningham et la congédier sur-le-champ. Désormais, il avait besoin de quelqu'un pour prendre des clichés. Son renvoi devrait attendre. Son regard quitta le centre de toutes les attentions et n'accorda que peu d'intérêt au nom qui était peint en rouge le long de la nacelle : *The Precursor*.

Ses pieds avalèrent les quelques marches qui le séparaient du chemin composé de gravier qui permettait à la foule de naviguer entre les différents carrés de la pelouse soigneusement entretenue d'Hyde Park. Tout d'un coup, il reconnut le rouquin qui travaillait pour celui qu'il considérait comme un charlatan.

— Messire Morris, le héla Charles.

L'assistant d'Edgar Stone se retourna et découvrit un homme troublé qu'il ne connaissait pas intimement, seulement de réputation et de vue.

— Vous êtes le sbire de messire Stone, vous devez savoir où se trouve sa compagne.

— Bien sûr, messire McCartigan. Elle se prépare à obtenir le premier scoop de sa carrière.

Charles McCartigan haussa un sourcil avec dédain et ne sut pas vraiment s'il fallait prendre cette ineptie au premier degré. Il suivit alors le doigt qui désignait une femme se trouvant en dessous du ventre de l'appareil alors que tout le monde s'en éloignait, de peur d'être écrasé. L'œil fixé sur l'objectif, elle mitraillait l'appareil et enregistrait de nombreux clichés. Elle avait rapidement assimilé les fonctionnalités de son nouvel appareil photo et compris qu'elle n'était pas obligée de développer instantanément chaque photographie qu'elle enregistrait dans la mémoire du merveilleux dispositif mis au point par Edgar.

Lentement, elle s'écarta de l'empreinte formée par l'ombre du dirigeable pour lui permettre d'atterrir. En se maintenant aussi près, elle voulait s'assurer d'être la première à presser la détente lorsque la porte s'ouvrirait et dévoilerait un inventeur aussi génial qu'imprévisible. Sans compter qu'il était désireux de laver son nom après les échecs retentissants qu'il avait dû essuyer quelques mois auparavant.

La reine Victoria avançait avec prestance et se rapprochait, fièrement escortée mais Rose ne s'en souciait pas. Toutes ses pensées étaient tournées vers l'homme qui se cachait derrière le gouvernail et qui n'allait pas tarder à l'abandonner. Pourtant, la souveraine avait le souffle coupé.

Le responsable de la sécurité se fraya un chemin et alla s'enquérir des intentions de leur suzeraine.

— Votre Majesté, devons-nous procéder à une arrestation ?

Les yeux de la reine s'écarquillèrent avant qu'elle ne se tourne vers un de ses plus fidèles sujets.

— Certainement pas, il s'agit probablement d'un candidat décidé à nous exposer ses créations. Aussi impromptue soit son arrivée, elle n'en est pas moins intrigante, ne trouvez-vous pas ?

— Votre Majesté, je ne me soucie que de votre bien-être.

— Je comprends, Graham. Détendez-vous et accordez-moi un peu d'espace et de liberté, je veux voir le visage de cet homme.

Alors que la main de Charles McCartigan attrapa le bras de Rose pour la sermonner, la reine Victoria pinça ses lèvres au moment où le dirigeable se posa avec délicatesse sur le sol d'Hyde Park. Visiblement, le conducteur avait pris soin de choisir un carré d'herbe suffisamment large pour accueillir son moyen de locomotion pour le moins inhabituel sans qu'il ne froisse les fleurs qui bordaient les chemins du parc.

— Je ne travaille plus pour vous, messire McCartigan. Lâchez-moi ou j'appelle la sécurité ! grinça Rose en foudroyant du regard son ancien employeur.

— Comment osez-vous ? rétorqua-t-il tout en obéissant. Qui va donc prendre des photographies pour moi ?

— C'est le cadet de mes soucis, mon cher, se moqua-t-elle tout en plaçant l'appareil photo près de son visage.

Ce n'est qu'à ce moment-là que Charles McCartigan réalisa qu'elle utilisait un appareil qui était bien plus perfectionné que ceux qui étaient commercialisés au sein de l'Angleterre victorienne. Il n'eut pas le temps de le signaler que la porte coulissa et dévoila un homme dont le visage était de notoriété publique non seulement dans tout Londres mais dans toute l'île. Charles McCartigan avait lui-même pris soin de rédiger un article visant à le descendre en flammes suite à ces démonstrations publiques ratées.

Edgar Stone conserva son flegme bien qu'il mourrait d'envie de sourire. Un haut de forme noir dissimulait ses cheveux mais le regard qui surmontait ses pommettes légèrement empourprées était inédit. Il descendit et s'avança pour se rapprocher de la foule qui s'agglutinait devant lui.

Edgar remarqua bien vite que les yeux étaient plus attirés par son mode de transport que par sa modeste personne, à l'exception d'un témoin. La reine écarta avec autorité ses gardes du corps et se hâta avec une agilité étonnante pour une dame de son rang. Lorsqu'il comprit qu'elle se dirigeait vers lui, il s'immobilisa et s'inclina pour saluer comme il se devait la première dame de tout l'empire.

— Relevez-vous, je vous prie, messire Stone ! lui intima-t-elle.

— Vous connaissez mon nom ? lui demanda-t-il en s'exécutant.

— Bien sûr, les mauvaises langues l'ont suffisamment dénigré pendant des mois. Et je vois que vous avez tenu à leur donner tort, n'est-ce pas ?

— J'ai décidé de ne pas abandonner et de persévérer. Je suis un créatif, Votre Majesté. Rien n'aurait pu m'arrêter.

— Vous êtes un coquin, messire Stone. Vous avez enfreint les règles et vous savez que je n'aime pas que l'on se joue avec trop de malice des lois que l'on juge bon de mettre en place. Toutefois… objecta-t-elle en examinant attentivement le dirigeable, je dois reconnaître que vous avez attisé ma curiosité.

— Croyez bien, Votre Majesté, que je ne désirais pas manquer de respect aux organisateurs de l'exposition. Il se trouve que l'intégralité des créations que je voulais exposer se trouve à l'intérieur de mon invention la plus encombrante. J'ai estimé qu'atterrir dans les jardins faciliterait l'accès à mon stand. Si jamais j'endommageais la pelouse, je me chargerais d'assumer le coût des frais engendrés.

— Vous n'avez pas changé. Je commence à croire que vous êtes plus habile quand il s'agit de vous exprimer que quand l'heure est venue de créer. Du moins, c'est ce que je vous aurais dit hier, avoua-t-elle avant de s'interrompre.

Les yeux de la souveraine étaient tout bonnement hypnotisés par l'appareil qui se trouvait à quelques pas d'elle.

Et encore, vous n'avez rien vu, songea Edgar Stone.

La reine Victoria s'écarta de lui et se rapprocha du dirigeable afin de s'assurer que le choix qu'elle s'apprêtait à prendre ne lui porterait pas préjudice.

Du doigt, elle fit signe à Edgar de venir auprès d'elle. Attentif et loyal vis-à-vis de la reine, il obéit aussitôt.

— Vous ne nous cachez pas un nouvel échec embarrassant, messire Stone ?

Un voile opaque embruma furtivement ses yeux lorsque la souveraine lui rappela un moment pénible de sa carrière.

— Non, Votre Majesté. Je suis venu redorer le blason de ma famille.

— Alors, nous allons devoir improviser.

La reine Victoria claqua des doigts et un membre réputé de l'Académie des sciences de Londres se précipita devant elle.

— Messire Jesmond, c'est ici que nous allons célébrer l'ouverture de la première Exposition universelle de l'Humanité.

Le bureaucrate fronça les sourcils en même temps que ses joues rosirent.

— Enfin, Votre Majesté, vous n'y pensez pas !

L'incarnation de la royauté en Angleterre n'aimait pas que l'on contestât son autorité. Ainsi, elle se retourna et lui fit savoir par la seule force de son regard qu'elle ne tolérerait pas un mot de plus qui irait à l'encontre de ses désirs.

— Bien, bien, Votre Majesté. Je vais me charger de préparer la cérémonie.

— Vous êtes bien bon, messire Jesmond.

L'homme, soumis au diktat d'une femme, ne prit pas le temps d'acquiescer et de sourire. Il était déjà en train de donner des consignes à ses assistants lorsque la reine rattrapa Edgar.

— Ne partez pas, messire Stone ! Il nous faut immortaliser cet instant ! ordonna-t-elle en désignant la photographe qui se tenait déjà en place.

Edgar se pétrifia lorsqu'il croisa le sourire radieux de Rose Cunningham.

— Approchez-vous de la reine je vous prie, messire Stone, lui demanda la journaliste.

Chapitre IV

Les mains jointes, la reine observait attentivement les spectateurs stupéfaits par ce changement impulsif de programme. Elle en profitait également pour poser car elle n'ignorait pas que des peintres étaient de sortie et qu'ils ne manquaient pas cette opportunité de colorer leurs feuilles de papier afin d'y reproduire le visage de la principale figure du pays, accompagnée par son époux, le prince Albert.

Malgré la jeunesse de son doux visage, la reine était empreinte d'une maturité certaine et ne se laissait pas influencer par qui que ce soit dans la direction à donner à la gestion politique de l'Empire britannique. Élevée depuis sa naissance avec la perspective de porter la couronne, un fardeau autant qu'un luxe, elle assumait totalement les charges qui étaient inhérentes à sa fonction et ne redoutait pas le regard ni le jugement de ses contemporains, quand bien même elle dut essuyer des tentatives d'assassinat.

Ainsi, elle se sentait dans son élément alors qu'elle faisait face à la foule qui attendait qu'elle leur accorde sa bénédiction de fouler les allées du Crystal Palace ou de fouiner à l'intérieur du Precursor d'Edgar Stone.

— Tout d'abord, je voudrais remercier tous les visiteurs de s'être levés si tôt ce matin pour venir assister à la première Exposition universelle de l'Humanité. Par ce genre de manifestation, nous désirons mettre en avant le génie humain qui ne cesse de se développer. Les progrès industriels, mais aussi artistiques, s'améliorent constamment et leur croissance aurait même tendance à s'accélérer. Cela dit, notre planète est immense et chaque civilisation qui s'y développe prospère d'une manière qui lui est propre. En exposant tour à tour de par le monde nos créations, nos connaissances et nos richesses acquises sur les plans culturels, scientifiques et historiques, entre autres, nous ouvrons la possibilité de faire avancer l'humanité. Aujourd'hui, Londres a été désignée par un consensus de têtes pensantes en Europe pour héberger la première Exposition universelle, mais des bouches murmurent déjà les noms des prochaines capitales qui accueilleront un tel événement. Nous sommes à l'aube d'une ère nouvelle, sachez-le ! Et n'oubliez pas ! Vous êtes, tous ici présents, des privilégiés ! Nous sommes des privilégiés, rectifia-t-elle, désireuse de s'intégrer à ses semblables. Les heureux témoins d'une date qui marquera l'histoire de notre espèce. Pour l'occasion, j'ai même dérogé aux règles que l'on s'était fixées. Le comité d'organisation avait désiré que je préside cette cérémonie dans le hall du Crystal Palace, un palais qui, vous le verrez, a été paré de couleurs délicieuses et orné de décorations qui raviront vos yeux. Vous ne découvrirez pas uniquement des constructions faites de métal mais vous pourrez également vous pâmer devant des serres remplies de plantes dont les tiges semblent vouloir s'étendre à l'infini. Je le sais car j'ai été l'une des rares personnes à avoir l'autorisation de pénétrer dans ce sanctuaire avant son ouverture au public. Tout ça pour dire que mon intuition, celle qui justement nous anime lorsqu'il s'agit d'imaginer et d'inventer en complémentarité avec notre sens logique et rationnel, comment dire ? Oui, elle m'a fait réaliser grâce à l'irruption de messire Edgar Stone que c'est en plein air que nous devons communier car c'est de la nature que nous vient tout notre savoir. C'est également elle qui nous fournit les ressources matérielles qui permettent à notre technologie de croître. Ne considérez donc pas ce changement imprévu de programme comme un caprice royal mais plutôt comme le désir de rendre hommage à la mère des quatre éléments qui nous permet de grandir. À partir de maintenant, nous allons nous efforcer à chacune de ces expositions d'honorer la nature en repoussant les limites qui régissent notre monde ! Des frontières que le renommé Edgar Stone essaie de repousser constamment, n'est-ce pas, messire ? conclut-elle en se tournant vers le scientifique qui ne s'attendait pas à tant d'égards.

Le principal concerné n'osa pas extraire ses doigts moites des poches de sa redingote. Une goutte de sueur perla sur son front alors que ses yeux quittèrent le nuage qu'il n'avait cessé d'épier pendant le discours de la reine. Et pour cause, il lui avait rappelé la silhouette d'un renard. De l'Architecte plus précisément. Alors, il remarqua les regards rivés sur lui, dont celui du couple royal.

Les appareils photos pivotèrent vers lui après avoir enregistré des clichés de la reine et de son époux. Ils s'apprêtaient à crépiter mais attendaient qu'il s'exprime en premier lieu.

— Votre Majesté, finit-il par bafouiller malgré sa solide charpente, vous êtes trop aimable. Je ne suis pas sûr de mériter vos compliments. Je ne crois pas qu'ici personne n'ait oublié la mésaventure que j'ai connue lorsque j'ai voulu présenter à tous l'un de mes générateurs d'électricité, un prototype que je pensais achevé. Malheureusement, j'ai provoqué un début d'incendie et j'ai mis les pompiers à l'ouvrage, concéda-t-il avec humour alors que son cœur se serrait dans sa poitrine, j'espère qu'ils ne m'en tiennent plus rigueur. La presse londonienne s'est emparée de l'histoire et je suis devenu la risée de notre nation. Qu'importe, comment aurai-je dû réagir selon vous ? Me laisser affecter par les critiques et les moqueries de ceux qui n'ont pas inventé l'eau tiède ? Je dois reconnaître que sans le soutien indéfectible de Mademoiselle Rose Cunningham, l'une des rares journalistes à avoir cru en moi contre vents et marées, j'aurais probablement abdiqué mais je ne sais faire rien d'autre avec mon esprit. Je suis désolé, certains sont peut-être chagrinés de me revoir et appréhendent d'assister à une nouvelle catastrophe, mais si les médecins sont là pour soigner, les policiers pour veiller sur leurs congénères, les pompiers pour éteindre des feux ou la reine pour gérer l'avenir de notre peuple, moi je suis né sur cette Terre pour chercher et créer. Donc je me suis remis au travail. Je me suis éloigné des activités quotidiennes de la cité et j'ai laissé libre cours à l'application pratique de mon imagination dans un atelier situé à l'écart du cœur de la ville. À l'intérieur du Precursor, un appareil qui ne vous a pas encore dévoilé tous ses secrets, vous pourrez vous délecter des progrès que j'ai effectués en toute intimité. Je vous saurai gré d'accepter mes excuses quant à mon arrivée inopinée au sein du parc. Toutefois, je doutais que mon stand puisse être contenu à l'intérieur du Crystal Palace. Ainsi, je vous laisse juger par vous-mêmes, conclut-il sa sentence en baissant la tête et en tendant son bras droit pour désigner la porte d'entrée de la nacelle.

Des applaudissements timides s'ensuivirent. Ils symbolisaient à la fois l'émerveillement suscité par le caractère spectaculaire de l'arrivée d'Edgar Stone mais aussi le scepticisme éprouvé par la majeure partie d'entre tous à l'encontre de ses capacités à réussir ce qu'il comptait entreprendre. Venant de lui, ils s'attendaient à tout et ils désiraient vraiment voir de leurs yeux l'attestation incontestable de l'expression de son talent avant de céder à un engouement plus euphorique.

Edgar se redressa et ne s'offusqua pas de la méfiance qui le dévisageait avec force et vigueur, notamment dans le regard de Charles McCartigan. Lui ne se souciait pas tant que ça que le scientifique réussisse ou échoue. Il savait que dans les deux cas, il aurait de la matière à écrire un article qui ferait jaser. McCartigan aimait le sensationnel et bien qu'il n'éprouvât guère d'admiration pour Edgar Stone, il était tributaire d'hommes comme lui pour vendre ses papiers.

Le seul détail qu'il regrettait, c'était celui de ne pas avoir anticipé l'inattendu et de s'être fait doubler par sa vulgaire assistante. Il se trouvait ainsi relégué à démarcher honteusement les assistants de la concurrence pour se dégotter un nouveau sous-fifre et, surtout, un nouvel appareil photo.

Du reste, si Edgar Stone devait nourrir des craintes quant à la tournure des événements, elles ne devaient pas impliquer Charles McCartigan. Le reporter trop soigneusement habillé pour être vraiment considéré comme tel ne désirait rien d'autre que des scoops. Sa plume volait dans le sens où le vent soufflait et si tout allait bien pour Edgar Stone, cela n'empêcherait pas Charles McCartigan de gagner sa croûte, bien au contraire.

En revanche, l'homme qui remontait l'allée principale de Hyde Park en toute quiétude, celui-là était source d'ennuis. Mais Edgar Stone ne le remarqua pas. Personne autour de lui ne le vit venir d'ailleurs. Les plus nobles représentants de la société londonienne se séparèrent et se chargèrent d'arpenter les différentes sections de l'Exposition. Certains se dirigèrent vers le Crystal Palace, un palais recouvert sur tout son pourtour de vitres carrées transparentes qui ne cherchaient en rien à dissimuler les œuvres qu'elles protégeaient, alors que d'autres ne purent se priver de céder à la tentation de se perdre dans le Precursor.

Edgar Stone ne cilla pas et demeura immobile, contemplant les déplacements des spectateurs prêts à vibrer en cette délicieuse journée. Il se laissa rejoindre par Richard Morris, son fidèle assistant.

L'inventeur fou posa la main sur l'épaule de celui qu'il tenait pour ami et lui offrit un sourire qui exprimait l'immense soulagement qui l'envahissait.

— Vous y êtes arrivé, Edgar !

— Je n'y serai jamais parvenu sans vous Richard, vous le savez très bien. Mais attendons un peu avant de nous réjouir, on ne sait jamais. Les déconvenues m'ont inculqué la prudence.

— Ce n'est plus de la prudence, c'est de la superstition ! Regardez autour de nous ! On devrait bientôt entendre les premiers éclats d'étonnement !

— Je n'en serais pas si sûr si j'étais vous, gronda dans leurs dos une voix grave et fort déplaisante.

Richard et Edgar se tournèrent pour contempler l'interlocuteur qui venait gâcher la fête. Ils furent médusés lorsqu'ils détaillèrent la tenue d'agent de police qui habillait ce malpoli.

S'il manquait de courtoisie dans sa façon de communiquer, il tournait les pages de son carnet de notes avec un soin particulier, son doigt passant sur sa langue afin de bien séparer chaque feuillet. Lorsqu'il trouva une page blanche, il esquissa un léger sourire de contentement puis il extirpa un crayon de bois de l'une des poches de son impressionnante parka bleue.

Alors qu'Edgar Stone s'interrogeait sur le véritable aspect de cet homme, sans le casque proéminent qui se dressait au-dessus de sa tête, l'agent se mit à écrire.

— Monsieur l'agent… bafouilla Richard Morris avant d'être interrompu avec autorité par le représentant de l'organe judiciaire britannique connu sous le nom de Scotland Yard.

— Inspecteur, je suis inspecteur, le corrigea-t-il sans éloigner les yeux de son bloc-notes.

— Inspecteur, excusez-moi pour cette méprise, reprit Richard tout en étudiant l'emblème policier doré attaché sur sa poitrine et qui confirmait son rang, est-ce qu'il y a un problème ? Probablement un malentendu que nous pouvons éclaircir.

L'inspecteur s'interrompit et fixa Richard Morris droit dans les yeux. Ses petits yeux noirs trahissaient un manque d'empathie et une absence de compassion la plus totale.

— Je ne sais même pas par où commencer. Stationnement gênant, utilisation d'un véhicule de locomotion inadapté à la ligne temporelle dans laquelle nous nous trouvons, multiples vols de propriété intellectuelle, perturbation du continuum espace-temps.

Le policier fit une pause pendant qu'il relisait la liste d'infractions qu'il était en train de rédiger puis il souffla.

— Franchement, je n'aimerais pas être à votre place, affirma-t-il avec le plus grand flegme qui soit.

Les yeux écarquillés, Edgar et Richard le dévisageaient avec stupéfaction.

— De quoi vous parlez ? Vous n'êtes pas un policier, rétorqua Edgar. Pour qui vous prenez-vous ?

— Je me prends pour l'inspecteur Samuel Grant, le plus haut gradé de la division temporelle de Scotland Yard et je ne vous permets pas de contester une seule seconde mon statut professionnel. Mes années de service plaident en ma faveur. Ce n'est pas moi l'imposteur ici, messire Stone. Vous avez enfreint de nombreuses règles qui mettent en péril l'équilibre de la planète Terre et du Système solaire dans son intégralité.

Edgar eut le souffle coupé et n'eut pas le temps de penser à quelque phrase intelligible pour se défendre que l'inspecteur Grant refermât son carnet et reprit le fil de ses pensées.

— Répertorier la liste des fautes que vous avez commises est futile. Vous êtes en état d'arrestation, je vous somme de me restituer l'objet qui vous permet de distordre l'espace et le temps et de me suivre car votre procès doit débuter sans plus tarder.

Edgar Stone resta coi. Le temps qu'il regarde autour de lui pour voir si quelqu'un avait entendu quoi que ce soit de cette conversation, il sentit une main se faufiler avec dextérité entre sa chemise et le pan de sa veste pour lui subtiliser sa montre à gousset.

Lorsqu'il se rendit compte que l'inspecteur lui avait volé son bien, il saisit son poignet avec sa main et serra fort.

— Rendez-moi ma montre, comment diable savez-vous ?

— Je vous ordonne de me lâcher, messire Stone. Vous n'êtes pas en position de parlementer. Je vous rappelle que l'Architecte vous avait mis en garde. Vous aviez le choix.

L'évocation de cette entité qui provenait de ses rêves suffit à lui faire lâcher prise.

Samuel Grant massa son poignet légèrement endolori et il rangea la montre dans une poche intérieure de sa parka.

— En attendant la délibération du verdict, votre montre est considérée comme une preuve à conviction et ne vous sera restituée que si votre innocence venait à être authentifiée. Maintenant deux choix s'offrent à vous, Messieurs. Vous pouvez me suivre docilement et m'accompagner jusqu'à mon véhicule qui est garé à l'entrée du parc ou alors vous faites preuve de résistance et je dois appeler les renforts, vous passer les menottes et générer un scandale qui ne manquera pas d'être relaté par les nombreux journalistes présents pour cette occasion. En outre, je dois vous préciser que Richard Morris est également inculpé pour complicité.

Edgar et Richard demeurèrent silencieux pendant que l'inspecteur s'exprimait avec une assurance qui témoignait de l'habitude qu'il avait à officier de la sorte. Les deux amis se dévisagèrent et aucun d'entre eux ne souhaitait provoquer un quelconque esclandre.

— Alors, Messieurs ? Allez-vous vous comporter comme de véritables gentlemen ?

Messire Stone jeta un regard sur le côté. Il chercha Rose mais il ne rencontra que les yeux livides et noirs de Lord Henri

Cunningham. Le docteur éminemment respecté à Londres le pointait du doigt. Son ventre se noua et il dédia de nouveau toute son attention à Samuel Grant.

Avec fébrilité, il opina.

— Je n'ai pas bien compris, messire Stone.

— Nous allons vous suivre, n'est-ce pas Richard ? demanda-t-il alors à son acolyte.

— Oui, nous allons vous accompagner, Monsieur l'inspecteur, même si nous ne sommes pas vraiment sûrs de comprendre la nature des faits qui nous sont reprochés.

Samuel Grant ne répondit pas et leur désigna l'allée principale.

— Et le Precursor ? Nous l'abandonnons ici ? demanda Edgar.

— Il peut voyager à travers le temps ?

— Non, bien sûr que non.

— Alors, il reste ici.

— Mais si quelqu'un nous le vole ?

— Ce n'est pas de notre ressort, messire Stone. Allons, allons, dépêchez-vous. Madame la juge va finir par s'impatienter.

Chapitre V

Il ne fallut pas longtemps pour que les premières messes basses circulent parmi la foule qui se réunissait autour de l'allée principale. La sortie prématurée d'Edgar Stone et de son assistant intriguait autant qu'elle n'offrait guère d'espoir de les voir revenir rapidement. Toutefois, cela n'empêchait pas l'imagination fertile des langues de vipère les plus perfides de la bourgeoisie londonienne de s'exalter.

Malgré le bras solide de son père qui cherchait à la retenir de s'enquérir des turpitudes d'un homme qu'il méprisait au plus haut point, Rose parvint à se défaire de son emprise. Rien n'arrêtait l'amour pur et sincère.

Rien.

Pas même l'intransigeance et le rebut d'un parent qui caressait d'autres rêves pour sa progéniture.

Un rictus d'agacement déforma les traits du visage d'Henri Cunningham mais il dut se résigner à la laisser partir à la rescousse de celui dont elle s'était amourachée. Il tourna sa tête et croisa le regard de Paul et de Darren Fletcher, père et fils.

Pourtant spécialiste en matière de maîtrise de ses émotions, Henri ne savait comment exprimer son désarroi devant les deux hommes à qui il avait promis la main de sa fille. Le jeune Darren, aussi élégant soit-il, n'avait aucun intérêt à s'éprendre d'une femme qui courait littéralement après un autre homme que lui. Ainsi, les représentants de la famille Fletcher pivotèrent et décidèrent d'aller se promener à l'intérieur du Crystal Palace.

Jamais Henri n'avait ressenti une telle humiliation.

Ses yeux se posèrent sur sa fille. Il ne voyait pas la beauté de sa passion qui l'incitait à voler au-dessus du parterre de l'allée centrale d'Hyde Park.

Le temps qu'elle ait compris qu'Edgar Stone s'en allait en compagnie d'un homme coiffé du casque emblématique de

Scotland Yard, le trio se trouvait déjà presque en dehors des limites du parc.

Rose courut à en perdre haleine et parvint à hauteur de la voiture bleue et blanche appartenant à l'inspecteur Samuel Grant. Edgar et Richard se trouvaient déjà confortablement installés sur la banquette arrière et la jeune femme demanda au représentant de l'ordre assis derrière son volant d'ouvrir la vitre.

Ses doigts gantés tapotèrent sur le cuir du volant fiché au bout d'une longue tige qui permettait à son conducteur de manœuvrer l'un des pionniers en matière d'automobile.

Un rictus se dessina au coin de ses lèvres puis il se pencha sur sa droite et fit tourner la poignée manuelle permettant à la vitre de se baisser, un système ingénieux et moderne dont les policiers étaient fiers de jouir au quotidien.

— Que puis-je pour vous, Mademoiselle ? demanda-t-il sur un ton neutre et dépourvu d'amabilité.

— Je voulais savoir pour quel motif messire Stone était embarqué par la police. Il s'agit d'une journée importante, d'une occasion unique, il ne peut être absent en ce jour.

— Je n'en doute pas, Mademoiselle Cunningham. Néanmoins, la présence de messire Stone ainsi que celle de messire Morris sont requises pour des raisons confidentielles et vous n'êtes pas habilitée à être informée de la nature de l'entrevue à laquelle ces deux messieurs doivent se soumettre, j'en suis navré. Cependant, si ces deux gentlemen se montrent coopératifs, nous ne devrions pas les retenir. Maintenant, si vous permettez, le temps ne joue pas en notre faveur.

Rose se mordit la lèvre et déporta son regard pour se plonger dans les yeux bleus d'Edgar Stone. Une part de lui demeurait mystérieuse, elle le décelait parfaitement. Cela dit, elle ne doutait aucunement de sa bonté d'âme. Quel que fût le secret qu'il lui cachait, elle savait que son intégrité n'avait pas à être remise en cause.

Edgar se pencha alors en avant pour s'adresser à elle.

— Rose, je vous aime. Sans vous, je me dépéris telle une fleur qui fane. Nous nous retrouverons au plus vite. Je compte sur vous pour veiller sur le Precursor. Il ne peut rester sans surveillance.

Incertaine, la journaliste acquiesça et pria pour que sa moitié lui soit vite retournée. L'idée de le savoir entre les mains d'une organisation telle que la police ne lui plaisait guère. Elle n'ignorait pas que les agents qui travaillaient dans les différents niveaux de hiérarchie de Scotland Yard étaient des hommes avant d'être des policiers. Et les hommes, loin d'être infaillibles, commettaient parfois des erreurs.

Ainsi, elle recula pendant que Samuel Grant remonta la vitre et actionna la petite molette permettant au moteur de sa voiture de se décrasser. Il jeta un coup d'œil furtif sur le rétroviseur installé sur l'aile gauche de l'appareil, puis il s'élança sur l'avenue Park Lane afin de regagner le centre névralgique de Londres.

Quant à Rose, elle serra ses poings. Elle avait un mauvais pressentiment et sentait qu'Edgar allait avoir besoin de son soutien. Plus que jamais auparavant. Mais comment le lui apporter ?

Pour le moment, elle observa la voiture s'éloigner et lorsque celle-ci se perdit au loin, précédée par d'autres voitures assez imposantes, elle fit demi-tour et retourna surveiller le Precursor, un moyen de locomotion qu'il n'était pas prudent de laisser sans surveillance trop longtemps.

La jeune femme put constater de ses yeux que cet incident n'empêchait aucunement l'Exposition de se poursuivre. La figure royale qui conférait une touche prestigieuse à cet événement au sommet s'était fondue dans la masse. Seuls des hommes accompagnés de leurs épouses et de leurs enfants naviguaient désormais entre le Precursor et le Crystal Palace.

Rose accéléra le pas, inquiète que le dirigeable d'Edgar puisse être endommagé par quelque personne un brin maladroite et tentée de céder à l'un des cinq sens que la nature a offert à l'homme : le toucher.

Lorsqu'elle pénétra à l'intérieur de l'engin dont elle avait entendu parler de l'existence pendant des mois, elle eut le souffle coupé par l'élégance du métal argenté qui entourait l'ameublement de l'appareil. Il brillait de mille feux et respirait la propreté mais elle fut surtout surprise par la gestion de l'espace réalisée par Edgar. Vue de l'extérieur, la nacelle paraissait petite et elle s'était demandé ce qu'elle pouvait bien abriter. Maintenant qu'elle se mêlait aux visiteurs et qu'elle levait ses yeux pour examiner le mobilier sous toutes ses coutures, elle était épatée par l'ergonomie d'un tel lieu.

En outre, Edgar avait disposé des meubles vitrés dans le couloir central où étaient exposées certaines de ses inventions. La plupart étaient protégées par des glaces elles-mêmes verrouillées par des cadenas. Chaque meuble dévoilait l'évolution qu'il en avait faite de différents types d'appareils. L'un était consacré aux montres, l'autre aux appareils photos, des objets utiles au quotidien dont la modernité du fonctionnement avait été repoussée jusqu'à son paroxysme.

Rose s'ébahit lorsqu'un enfant passa son doigt au-dessus d'un objet qu'elle reconnut comme étant une pile. Un carré de la glace s'assombrit et des lettres se déclinèrent sur un fond de couleur blanche. Une explication minutieuse offrait des détails quant à la nature de l'objet, son utilité, son utilisation et son invention. Edgar avait pensé à tout. Son exposition était une réussite.

À ce moment-là, elle se remémora la raison qui l'avait incitée à se lever en cette belle journée printanière : laver le nom de celui qu'elle aimait tendrement. Rose voulait dissiper le brouillard qui assombrissait la notoriété d'Edgar Stone dans les cercles les plus prisés et les plus influents de la vie londonienne.

Pendant que ses yeux captivés lisaient les phrases qui apparaissaient comme par magie devant elle, ses doigts se saisirent de l'appareil photo suspendu à hauteur de sa poitrine et le portèrent à hauteur de son regard. Rose Cunningham avait un article à écrire. Un blason à redorer.

Et elle n'était pas du genre à abandonner ou à se laisser impressionner par quelque obstacle que ce soit. La voilà qui écartait déjà d'un sacré revers de la main l'ombre intimidante de l'inspecteur Samuel Grant ainsi que le spectre d'une chimérique incarcération de l'homme qui tenait par-dessus tout à améliorer le quotidien de ses semblables et à lever le voile sur les mystères de la nature qui les entourait.

Chapitre VI

L'inspecteur pencha légèrement sa tête sur le côté lorsqu'il eut l'intention de s'adresser à ses deux principaux suspects dans son enquête concernant une fraude temporelle.

— Accrochez-vous, le voyage risque de secouer un peu. D'ici quelques instants, vous trouverez des sacs juste devant vous, si jamais vous êtes sujet à une nausée un peu soudaine.

Edgar et Richard ne répondirent pas mais ils se dévisagèrent, interloqués. Ils n'eurent pas le temps de comprendre les tenants et les aboutissants de cette phrase préventive qu'ils basculèrent dans une autre dimension. Des faisceaux lumineux scintillèrent tout autour d'eux alors que l'équipement de l'automobile semblait être en perpétuelle transformation.

Leurs mains s'agrippèrent au matelas de la banquette. Curieusement, si celle-ci changeait sans cesse de matière et de couleur, elle demeurait une prise stable. Richard ferma les yeux alors que son ventre se tordait dans tous les sens. Il se mit à souffler dans le même temps, priant pour que le calvaire se termine rapidement.

Edgar, lui, était rompu aux effets secondaires inhérents au voyage dans le temps. Il tourna la tête sur le côté et assista, hagard, à l'évolution historique et technologique de la ville de Londres. Une mosaïque de maisons, d'édifices et d'entreprises se déforma au fil du temps à mesure que la voiture se rapprochait du quartier général de Scotland Yard.

Le scientifique reconnut alors le trajet effectué par leur chauffeur et il détacha sa ceinture pour s'intercaler entre les deux sièges de devant pour découvrir le panorama qui s'étendait devant lui.

Edgar Stone était allé dans le futur, mais il n'était jamais parti aussi loin. Il en était sûr. Il croyait avoir vu l'incroyable.

Pourtant, des voitures qui volaient, il s'en serait souvenu. Au loin, il reconnut un monument.

— Il y a des choses qui ne changent pas, murmura-t-il.

Ses yeux se posèrent furtivement sur la tour Elizabeth du palais Westminster qui abritait la cloche mondialement connue sous le nom de Big Ben. Les Anglais étant un peuple farouchement attaché aux traditions ancestrales et au patrimoine historique qui sont les fondations de leur nation, ils avaient préservé cet édifice du mieux qu'ils l'avaient pu. Et cela à travers les siècles.

Le regard précis d'Edgar s'arrêta sur une plateforme en suspens dans le ciel, au-dessus du vide. Des hommes se déplaçaient dessus et paraissaient interagir avec une façade murale de la tour.

— Il s'agit d'ouvriers qui accomplissent des travaux de rénovation, l'éclaira l'inspecteur qui donnait l'impression de lire dans ses pensées.

Edgar acquiesça, stupéfait de constater que ce vestige de l'histoire britannique tenait toujours debout, encerclé pourtant par des immeubles et des tours d'ivoire qui s'élevaient à des altitudes vertigineuses. Le palais de Westminster faisait pâle figure en comparaison de la stature et de l'envergure des bâtiments qui bordaient la Tamise.

Soudain, Edgar fut rappelé à la réalité de l'instant présent. Un son peu ragoûtant exprimant le malaise ressenti par Richard se fit entendre. Une légère odeur aigre se propagea dans l'habitacle et vint se loger juste sous ses narines. Il se tourna alors et constata que son ami était mal en point mais il avait tout de même réussi à se saisir du sac prévu à cet effet.

— Les effets vont s'estomper, Richard. De toute manière, nous sommes bien arrivés, n'est-ce pas Monsieur l'inspecteur ?

— Parfaitement, messire Stone. La ville ne recèle aucun secret pour vous.

— Je me demande seulement en quelle année vous nous avez transportés.

Alors, Edgar ne le vit pas, mais il le devina. Le sourire malicieux de Samuel Grant.

— Que diriez-vous si je vous disais que nous sommes le six mars mille neuf cent quatre-vingt-dix-neuf ?

— Que vous êtes un fou doublé d'un sot. La fin du vingtième siècle n'est pas marquée par de telles évolutions technologiques. L'idée de voitures qui volent relevait encore comme de la pure science-fiction.

— Vous sous-estimez l'influence que vous avez exercée, messire Stone. Le voyage dans le temps a ceci de particulier que lorsque nous agissons dans le passé ou dans le futur, nous ne sommes pas témoins des interactions que nos actes engendrent. Vous voyez où je veux en venir ?

— Oui, je comprends bien mais ce n'est pas possible, je n'ai pas pu provoquer une telle accélération… rétorqua-t-il, sa voix perdant en intensité lorsqu'il découvrit un message publicitaire diffusé par un écran sur l'un des murs d'un bâtiment commercial.

— En êtes-vous sûr ? lui demanda Samuel Grant.

Edgar ne répondit pas tout de suite. Il observa un joueur arborant une tenue composée d'un maillot et d'un short blanc. Il évita un homme portant une tunique bleue qui se jeta sur lui. Il tint debout et d'un raffut empêcha un autre plaquage avant de passer le ballon ovale à un de ses équipiers qui franchit définitivement la ligne bleue et partit derrière la ligne de but pour aplatir entre les poteaux. La caméra ne cessa de tourner pour offrir un angle de vue dynamique et embellir l'action du quinze de la rose. Enfin, un message apparut et vint donner raison à l'inspecteur :

« Venez cruncher ! Soyons tous unis derrière l'Angleterre à Twickenham ! »

En dessous apparaissait une date.

Le dimanche 7 mars 1999.

— Ce n'est pas possible. Comment, inspecteur ? Je ne comprends pas.

— Madame la juge éclairera votre lanterne lors de votre procès. En attendant, je vous saurai gré de vous taire et d'observer.

Courtois mais autoritaire, le ton de l'inspecteur suffit à tempérer les élans de curiosité d'Edgar qui se renfonça dans le fauteuil. La voiture tourna et son regard se noya dans la circulation qui abondait en tous sens et en toutes directions. Aussi bien là où les routes et les avenues avaient été tracées autrefois qu'au-dessus de nouveaux espaces de conduite délimités par des bouées clignotantes et qui flottaient dans le ciel, notamment au-dessus du fleuve qui divisait la cité en deux.

Soudain, la voiture vira et Richard fut pris de nouveaux soubresauts. Ce qui ne ralentit pas Samuel Grant dans sa conduite.

— Retrait du plafond externe, ordonna-t-il au cerveau artificiel alimenté en énergie par le moteur du véhicule.

Des rayons de lumière s'insinuèrent dans l'habitacle à mesure que les panneaux qui composaient la carrosserie de la voiture se repliaient sur eux-mêmes à l'avant et à l'arrière. Seule une glace transparente les protégeait désormais du contact de l'air frais. Edgar leva les yeux et aperçut le dessous des véhicules qui volaient au-dessus d'eux. Celui de voitures semblables dans leur construction à celle de l'inspecteur, mais aussi des motos et des autobus. Ainsi, Edgar Stone découvrit l'aspect fuselé, longiligne et presque écrasé de ces automobiles dénuées de roues mais qui possédaient encore quelques caractéristiques avec ce qu'il avait connu dans ses voyages temporels, à savoir la présence de pare-chocs et de phares.

Enfin, Edgar se pencha de nouveau et découvrit une sphère cristalline incrustée au milieu du tableau de bord qui s'étendait sur toute la longueur de la partie avant de l'appareil. Il comprit rapidement qu'elle servait de rétroviseur externe et permettait au pilote de surveiller tous les angles morts. Tout de même, pour circuler avec fluidité au sein d'un trafic aussi dense, il fallait posséder une acuité proprement déconcertante. Pourtant, l'inspecteur manœuvrait avec une facilité éblouissante.

— Profitez de la vue, Edgar, nous allons bientôt plonger dans l'obscurité.

Alors, Edgar étrécit ses yeux et remarqua qu'ils s'approchaient d'un tunnel aux parois translucides. Seules les fines poutres en titane qui soutenaient l'édifice permettaient de le distinguer dans le ciel. Des veilleuses clignotaient pour rappeler aux chauffeurs l'existence du tunnel et un écran numérique leur indiquait à quels secteurs de la ville l'on pouvait accéder en l'empruntant.

Edgar parcourut la liste de noms. En premier, il lut en lettres majuscules de couleur jaune l'appellation de « Ville souterraine », suivie d'une énumération de bâtiments et de noms de quartiers connus des habitants de Londres. Parmi ces lieux se trouvait celui de Scotland Yard et particulièrement les niveaux du bâtiment que l'on pouvait rejoindre par le tunnel.

— Nous allons à la Chambre de Justice, n'est-ce pas Monsieur l'inspecteur ?

Samuel Grant ne sourit pas, bien qu'il fût amusé en son for intérieur.

— Vous êtes perspicace, messire Stone.

Ses yeux remarquèrent un autre panneau qui indiquait les autres sites accessibles par la voie aérienne qui se prolongeait au-dessus du tunnel et qui permettait notamment de se rendre à l'accueil du commissariat de Scotland Yard.

— Il existe de la vie sous terre ?

— Pour des raisons logistiques, environnementales et pratiques, ce choix a été entériné par les chambres parlementaires il y a de cela plusieurs décennies. L'explosion industrielle et l'accélération de la croissance démographique ont obligé le gouvernement britannique à imaginer des hypothèses pour préserver un tant soit peu l'activité rurale de notre île. Il faut dire que ce mode de fonctionnement a fait ses preuves dans d'autres pays.

— Je ne peux pas le croire, murmura-t-il à sa propre intention.

Puis, il se tourna vers Richard qui n'avait pas encore eu le temps de céder à la stupéfaction de découvrir un monde nouveau à une époque à laquelle il s'était déjà rendu en compagnie de celui qu'il assistait.

— Richard, nous sommes en mille neuf cent quatre-vingt-dix-neuf, tu te rends compte ?

Le visage jauni par la nausée de son assistant suffit à lui exprimer la meilleure réponse qu'il était en étant de formuler avant de rapprocher le sac qu'il tenait fermement et de souffler dedans pour éviter de cracher quelques nouvelles gouttes de bile.

Edgar reporta son regard devant lui pour voir le tunnel s'élargir. Six panneaux numériques étaient suspendus au fond. Ils indiquaient les différentes sorties qui s'offraient à eux dans chacune des cavités rondes qui descendaient vers les limbes de Londres.

Samuel Grant pilota sa voiture peinte en bleu et découpée sur le côté par deux bandes blanches sur lesquelles figuraient en noir les caractères en majuscules qui formaient le mot « Police ». Ce n'est que lorsqu'il se plaça dans l'alignement de véhicules qui fonçait sans ralentir vers le panneau indiquant l'accès aux différents niveaux de Scotland Yard qu'Edgar Stone comprit comment le chemin se poursuivait et qu'ils allaient chuter à la verticale.

Ainsi, il posa sa main droite sur l'épaule de son fidèle compagnon.

— Richard, prends une profonde inspiration, tu ne vas pas aimer ça.

Chapitre VII

La main d'Henri Cunningham se posa sur la main de sa fille alors qu'elle s'apprêtait à ouvrir la portière et à descendre de l'automobile familiale conduite par leur chauffeur personnel.

— Ma chérie, tu es sûre de vouloir entrer dans ce commissariat ? Si jamais tu étais emportée dans un scandale dont la nature nous dépasse, tu pourrais ternir le nom que notre famille porte avec fierté depuis de nombreuses générations. Il te faut réfléchir calmement aux conséquences de tes actes. Après, tu ne pourras plus revenir en arrière. L'impulsivité n'est pas toujours la meilleure des conseillères.

— Je ne l'ignore pas, père. En outre, j'ai réussi à patienter toute la journée et à couvrir l'événement qui nous a réunis à Hyde Park avant de m'enquérir de la situation de mon bien-aimé.

À ses mots, Henri Cunningham cilla légèrement. Il ne supportait guère quand elle le qualifiait ainsi. Mais il ne pouvait manifester oralement sa désapprobation. Non pas qu'il craignît de lui asséner ses plus intimes pensées, mais plutôt qu'il connût bien sa chère fille. S'il pouvait se permettre d'émettre quelques doutes quant à la vertu de cet homme, il savait pertinemment que médire à son sujet pourrait au contraire éloigner sa fille de lui et la rapprocher du scientifique. Il s'efforçait donc de trouver le juste milieu dans son discours paternaliste afin de ramener sa fille sur le chemin du bon sens.

Rose voulut poser la main sur la poignée pour ouvrir la porte mais il anticipa son geste et il se pencha pour l'atteindre avant elle. Dans le même temps, il plongea ses yeux dans les siens.

— Si je restais là à ne rien faire, la honte me consumerait et le nom de Cunningham avec. Je sais que tu n'es pas convaincu par ses qualités et que tu ne le vois pas tel que je le perçois. J'aimerais pouvoir te prêter mes yeux pour que tu comprennes ce que j'admire chez Edgar Stone mais une chose est sûre, la confiance est un élément déterminant dans la relation que je veux instaurer avec quelque homme que ce soit. Je dois donc aller au bout de ma démarche, quitte à être trahie et déçue.

Le regard d'Henri Cunningham perdit en intensité. Pour le moment, il décida de se résigner face à la détermination de sa fille.

— Tu es une jeune femme, belle, courageuse et déterminée. Quoi qu'il arrive, je sais que tu continueras à faire chavirer le cœur des hommes jusqu'à ce que tu trouves le bon. Puisses-tu l'avoir déjà trouvé et puisses-tu trouver une explication honorable à sa présence entre les murs du commissariat.

Enfin, ses doigts poussèrent le mécanisme de la poignée et la portière s'ouvrit.

— Toutefois, attends-moi ma chérie. Je vais t'accompagner. Tu pourrais avoir besoin de mon soutien à l'intérieur, ce n'est pas le genre d'endroit où une lady est censée se rendre.

— Je ne suis pas une lady comme les autres, père. Je suis Rose Cunningham.

Henri recula et se retint de sourire, ne désirant pas trop encourager ce genre d'attitude, puis il ouvrit sa portière située côté route et il mit pied à terre. Avec prestance, il fit disparaître les plis qui perturbaient l'harmonie de son costume et il s'en alla de l'autre côté de la voiture pour proposer son bras à sa fille. Rose ne se fit pas prier et elle apprécia la courtoisie de son père. Il avait beau vouloir la protéger, il ne faisait que trahir l'amour inconditionnel qu'il éprouvait pour la chair de sa chair.

En cette fin d'après-midi, alors que des verrous avaient été apposés sur la serrure de la porte d'entrée du Crystal Palace, des lumières chaudes illuminaient les vitres de Scotland Yard. Le père et sa fille remontèrent l'allée qui les menait vers la porte d'entrée de la station de police.

Henri Cunningham ouvrit la porte pour sa fille et il entra le premier afin de s'assurer qu'elle n'assisterait à quelque scène déplaisante pour une femme issue de la noblesse londonienne, bien qu'elle semblât se soustraire avec complaisance de ses origines sociales et familiales.

Il remarqua le comptoir d'accueil derrière lequel un agent de police était assis et finissait de remplir des formulaires administratifs. En dépit de leurs bruits de pas qui résonnaient sur le plancher, celui-ci ne daigna pas lever la tête.

Lord Henri Cunningham fit tinter la cloche prévue à cet effet et les yeux de l'agent quittèrent la feuille de papier sur laquelle ils étaient rivés pour rencontrer le regard ferme et sérieux d'un homme dont la silhouette était bien connue à Londres.

— Messire Cunningham, bredouilla-t-il avant de découvrir qu'il était accompagné de sa fille unique, que puis-je pour vous ?

— Nous aimerions nous enquérir de la situation de messire Edgar Stone. Il compte parmi les amis de notre famille et nous sommes inquiets après l'avoir vu quitter l'Exposition universelle ce matin même en compagnie d'un représentant des forces de l'ordre.

N'ayant pas eu vent d'une quelconque interpellation au cours de cette belle journée, l'agent interrogé fronça les sourcils.

— Écoutez, je vais aller me renseigner auprès du chef de service.

— Faites, je vous en prie, déclama Henri Cunningham, un brin agacé par le laxisme de l'officier de police qui disparut aussitôt derrière une porte située à l'arrière de l'espace réservé au standardiste.

Quelques instants plus tard, il réapparut et précéda le commissaire qui avait daigné se déplacer lorsqu'il avait été informé de la présence de Lord Henri Cunningham.

L'homme d'un certain âge dont les cheveux grisonnants exprimaient son expérience acquise au fil des années s'approcha du comptoir et tendit la main à Lord Cunningham. Henri ne se fit pas prier et la serra avec vigueur.

— Commissaire Grant, désolé de vous importuner.

— Docteur, vous ne me dérangez pas, déclama poliment le commissaire avant d'inspecter sa fille du coin de l'œil.

À ce moment-là, la poitrine de Rose se souleva. Elle reconnut le visage de l'homme qui avait emporté son amoureux dans son carrosse flamboyant. Même s'il semblait identique, il paraissait tout de même changé. Elle ne l'avait aperçu que furtivement mais elle avait conservé en souvenir dans son esprit le portrait d'un homme dont le visage était moins marqué par le poids du temps et dont le front n'était pas découpé par des rides aussi prononcées.

— Ma fille et moi venons vous voir car vous n'êtes pas sans savoir qu'Edgar Stone, un inventeur renommé de notre bonne capitale, exposait ce matin à l'occasion de l'Exposition universelle présidée par notre Majesté, la reine Victoria.

— Je ne me suis guère informé à propos des personnalités qui participaient à cet événement. Non pas que cela ne soit pas intéressant mais les criminels qui œuvrent en ville m'empêchent de m'autoriser ce genre de distractions.

— Je comprends bien, Samuel, s'autorisa de dire Lord Cunningham qui fréquentait parfois le patron de Scotland Yard dans des cercles plus intimistes. Cela dit, l'un de vos inspecteurs est venu ce matin et a emporté avec lui messire Edgar Stone.

— Ainsi que son assistant Richard Morris, précisa Rose, qui n'oubliait pas non plus ce loyal et dévoué ami.

— Ainsi que son assistant Richard Morris, rectifia son père. Depuis, nous n'avons pas eu de nouvelles de leur part. Ils ne sont pas réapparus alors que messire Stone avait réalisé une apparition plutôt spectaculaire à Hyde Park, vous comprendrez à quoi je fais référence lorsque vous feuilletterez le journal demain matin.

Le commissaire Samuel Grant, sans baisser les yeux, s'empara d'une pipe qui traînait de leur côté du standard et l'approcha de lui alors que son autre main fouilla dans l'une de ses poches pour en extraire du tabac.

— Vous me voyez navré Lord Cunningham mais je n'ai absolument aucune idée de ce dont vous parlez. Si un inspecteur avait interpellé Edgar Stone ou l'avait fait venir ici ne serait-ce que pour l'interroger dans une quelconque affaire, je serai le premier au courant.

— Et ce n'est pas le cas, Samuel ? demanda le père de Rose, les yeux arrondis par un mélange de surprise et d'incompréhension.

— Non. Le nom d'Edgar Stone n'est apparu dans aucune des affaires qui nous concernent, avoua-t-il les sourcils froncés.

L'inspecteur qui se cachait derrière son rang de chef de la police londonienne était déjà en activité et cherchait à comprendre l'origine de cet étonnant malentendu. Pour que Lord Henri Cunningham vienne en personne au sein de son bureau de police, il fallait vraiment qu'il soit soucieux. Il n'était pas dupe. Il savait qu'il agissait pour le compte de sa fille. Mais s'il lui apportait son soutien, c'est qu'il avait de bonnes raisons de le croire.

Henri dévisagea furtivement sa fille qui était à deux doigts d'ouvrir la bouche et il n'ignorait pas que si elle s'exprimait, cela ne se ferait pas sans pertes et fracas.

Ainsi, il prit les devants.

— Pourtant, les témoins ne manquent pas, Samuel. J'en fais d'ailleurs partie. Un homme vêtu d'un costume d'inspecteur est venu à Hyde Park ce matin et a discuté avec les deux hommes avant qu'ils ne le suivent. Ma fille les a d'ailleurs rattrapés avant que le véhicule de l'inspecteur ne démarre, n'est-ce pas Rose ?

Une étincelle pétilla dans les yeux de Rose qui s'embrasèrent avec fureur.

— Vous mentez, commissaire ! Je saurai vous reconnaître entre mille ! Aussi bien votre visage que votre voix ! Vous m'avez révélé que la présence de messire Stone et messire Morris était requise pour des raisons confidentielles et qu'ils seraient relâchés s'ils se montraient coopératifs ! C'était vous !

Samuel Grant soutint sans trembler le regard courroucé de la jeune furie ainsi que celui interrogateur et sceptique d'Henri Cunningham. Il prit le temps de bourrer sa pipe avec du tabac puis de l'allumer avant de libérer une première bouffée de fumée.

— Avec tout le respect que je vous dois, Henri et Mademoiselle Cunningham, ce sont des boniments qui émanent de la bouche d'une fieffée menteuse. Vous devriez avoir honte de vous. Je ne suis en aucun cas responsable de la disparition de messire Stone et de messire Morris.

Rose le fixa avec incompréhension et chercha à déceler la portée de son mensonge dans les yeux de son interlocuteur mais elle ne décelait rien d'autre qu'une sincérité brillamment orchestrée. *Les policiers ont certainement l'habitude de bluffer, voire de mentir*, songea-t-elle. *Ils savent cacher leur jeu.*

— Comment osez-vous, commissaire ? Nous nous sommes parlés, vous étiez assis à moins d'un mètre de moi.

— De toute évidence, la confusion s'empare de votre esprit, vous cherchez un coupable Mademoiselle Cunningham. Veuillez croire que je ne suis pas cet homme. Je ne devrais pas avoir à prouver ma bonne parole pour me justifier d'allégations mensongères mais mon emploi du temps suffit à démentir vos accusations et des dizaines de témoins au poste sont en mesure de confirmer mes déplacements au cours de la journée. Cependant, vous m'inquiétez, avoua le commissaire Grant en dévisageant Lord Henri, les sourcils froncés par le souci. De toute évidence, vous avez été dupés et quelqu'un a utilisé notre uniforme pour enlever Edgar Stone et Richard Morris. Nous devons agir au plus vite. Les premières vingt-quatre heures sont décisives dans la recherche de personnes disparues. Au-delà de ce délai, les chances de les retrouver vivant s'amoindrissent. La question qui se pose est de savoir si vous allez nous aider, Mademoiselle Cunningham ?

Rose jaugea cet homme. La peur, la panique et le doute régnaient sous la blouse qui la protégeait de la baisse de température lorsque le soleil cédait sa place à un cadre permettant aux étoiles de se mettre en valeur. Elle ne parvenait pas à lui accorder sa confiance. Un scénario complexe et tortueux se tournait déjà son esprit. Elle se voyait victime d'une machination honteuse impliquant les forces de l'ordre, celles-là mêmes qui juraient de veiller sur la population.

La grimace qui déformait son visage et ternissait sa beauté naturelle fit très vite comprendre au commissaire Grant qu'il ne bénéficierait pas de son appui.

Jamais il ne l'obtiendrait.

Elle s'éloigna du comptoir.

— Je ne vous aiderai pas. Tout ceci est une imposture ! hurla-t-elle avec violence. Une supercherie ! Je vais enquêter commissaire et personne ne m'empêchera de découvrir la vérité ! Personne, vous m'entendez !

Rose s'interrompit l'espace d'un instant. Ses yeux étaient arrondis et injectés de sang. Samuel Grant inspira une bouffée calmement et décida de se taire pour ne pas envenimer la situation. Tout comme l'agent de police qui demeurait assis sur sa chaise et qui assistait à une scène inédite au poste de police.

Quant à Henri Cunningham, il se sentait pris entre deux feux. Il ne savait qui croire, ayant l'impression que la réalité se jouait d'eux et qu'une explication plausible devait exister pour dissiper le quiproquo. Mais pour l'heure, il voulut raisonner sa fille. Ainsi, il posa sa main sur son bras mais elle l'écarta avec véhémence.

Deux portes situées de chaque côté de l'accueil donnaient sur le comptoir et permettaient d'accéder à des parties privées du commissariat. Tout à coup, elles s'ouvrirent et des officiers apparurent, alertés par le bruit qui provenait du standard.

D'une main ferme, Samuel Grant leur fit signe de s'immobiliser. Il redoutait que la situation lui échappe encore plus.

— Je trouverai une preuve, commissaire ! Vous me connaissez bien mal ! Je ne suis pas une femme que l'on veut avoir pour ennemie !

— Ma chérie…

— Non, père ! Laissez-moi ! Ne défendez pas cet escroc ! rugit-elle en pointant du doigt le responsable à ses yeux de la disparition de l'homme qu'elle chérissait tendrement et de son meilleur ami.

Les yeux de Rose détaillèrent la silhouette de Samuel Grant et s'intéressèrent à son uniforme avant de se poser sur son insigne. Un flash lui apparut et elle le revit dans sa voiture. Le badge semblait quelque peu différent, elle n'en fut pas sûre. D'un revers de la main, elle chassa ses pensées. *Il me fait douter de mes propres souvenirs*, songea-t-elle.

Enfin, elle baissa sa main et rangea son doigt brandi au milieu des autres et tourna le dos aux officiers de police. Ses talons résonnèrent alors qu'elle quittait le commissariat.

Samuel Grant dévisagea alors le Lord, se demandant comment il allait gérer la situation.

— Je dois aller auprès de ma fille, commissaire. Nous reparlerons très vite de cette affaire entre hommes de bon sens. En attendant…

— En attendant, nous allons nous pencher sur la résolution de ce cas, Docteur. Nous ne pouvons tolérer que quiconque s'attribue l'uniforme de Scotland Yard pour assouvir ses propres intérêts, quels qu'ils soient. L'heure est grave.

Lord Henri Cunningham dont la sérénité habituelle était légèrement troublée acquiesça et se retourna pour aller rejoindre la créature à qui il tenait le plus en ce bas monde. Il prêta à peine attention aux mots qui vibrèrent dans son dos, dirigés vers les policiers et émanant de la bouche de leur supérieur.

— Tous à la salle de réunion ! Situation de crise ! Personne ne rentre chez soi !

Chapitre VIII

Les yeux révulsés, Richard Morris assista à la chute effrénée de la voiture dans une sorte de canalisation souterraine qui serait sombre si des boules lumineuses n'avaient pas été déposées en haut, en bas, à gauche et à droite des voitures afin d'éclairer les moindres recoins du tunnel.

Edgar Stone gérait mieux que son assistant les sensations offertes par ce mode de transport mais il n'en menait pas large. Il se contentait d'observer par la vitre le ballet des voitures séparées en deux voies de circulations, les conducteurs les plus pressés dépassant leurs comparses dans l'espoir de gagner quelques minutes précieuses dans leur course contre la montre.

— Le temps est le nerf de la guerre désormais, messire Stone, affirma subitement l'inspecteur Samuel Grant.

Le scientifique ne trouva rien à redire. Du reste, il n'avait pas envie de s'embrigader dans un débat face à un homme qui n'avait fait que le condamner depuis qu'ils s'étaient rencontrés.

Soudain, une bretelle apparut sur le côté droit, un panneau holographique indiqua cette fois-ci l'accès à la Chambre de Justice de Scotland Yard alors que des flèches vertes apparaissaient en surbrillance sur la face droite du tunnel pour indiquer la cavité qui permettait de quitter l'axe principal.

Samuel Grant prit soin de contrôler ses angles morts grâce à son rétroviseur et il se décala sur la droite. La pente se radoucit progressivement jusqu'à s'aplanir, tout en tournant en même temps et ils arrivèrent à ce qui ressemblait à un poste de contrôle. Des barrières holographiques rouges et blanches obstruaient le passage et se trouvaient séparées par une cabine flottante décorée par le symbole de Scotland Yard.

L'inspecteur ralentit jusqu'à s'arrêter juste devant la barrière et à côté du poste de contrôle. Il fit un léger mouvement de la main et la vitre côté conducteur se baissa.

Richard Morris soupira lorsqu'il sentit un courant d'air frais s'introduire dans l'habitacle et venir caresser ses joues. Il s'agissait de l'instant le plus agréable de leur escapade inattendue.

— Bonjour Monsieur l'agent. Je suis l'inspecteur Samuel Grant, je transporte deux suspects dans la résolution d'une enquête classée secret-défense par le ministère des sciences occultes. Ils doivent être jugés aujourd'hui.

Edgar ne comprit pas la réponse du contrôleur, il entendit vaguement un grognement puis il vit l'inspecteur se soumettre à un contrôle rétinien.

Une tablette lui fut remise, reliée à un ordinateur situé à l'intérieur de la cabane par l'intermédiaire d'un réseau sans fil. Habitué de ce genre de démarches, Samuel Grant porta l'appareil à hauteur de son visage, il cadra et un zip se fit entendre lorsqu'une photographie fut prise.

— Analyse oculaire en cours, confirma une voix féminine émanant de la tablette.

Ensuite, l'inspecteur remit l'objet au contrôleur qui était déjà en train de vérifier le rapport biométrique permis par une telle procédure.

— Parfait, accès autorisé pour stationner dans la zone E, inspecteur.

L'officier le remercia et le salua poliment puis il remonta la vitre.

L'hologramme de la barrière s'effaça et l'inspecteur démarra le moteur pour se diriger vers l'un des multiples parkings souterrains desservant Scotland Yard. Edgar Stone se retourna et remarqua que la barrière était réapparue juste après leur passage.

Il se redressa et constata que le véhicule s'enfonça dans un nouveau tunnel éclairé. Cette fois, il suivit une courbe qui les fit grimper jusqu'à atteindre un niveau plat. Edgar découvrit alors des voitures flottantes parfaitement alignées et rangées à mi-hauteur. L'inspecteur Samuel Grant choisit une place disponible et se stationna à quelques centimètres du sol.

— Descendez !

Un clac se fit entendre et les deux portières latérales s'ouvrirent.

Le soulagement ressenti par Richard Morris était nettement perceptible sur son visage. Il ne relâcha pas pour autant le sac qui lui avait permis d'exprimer son mal-être sans tacher l'intérieur de la voiture et il mit pied à terre. Le contact avec le béton froid du parking souterrain le rassura. Il retrouva Edgar qui avait fait le tour pour le rejoindre.

Quant à l'inspecteur, il descendit, verrouilla le véhicule et recula de quelques pas. Deux cercles lumineux blancs s'activèrent sur le sol sous la voiture et sur le plafond au-dessus d'elle puis l'appareil se mit à léviter pour se stabiliser à mi-hauteur.

— Pratiques les systèmes antivol au XXe siècle, leur fit savoir l'inspecteur. Allez, suivez-moi. Pas la peine de songer à vous évader, vous êtes bien plus en sécurité avec moi que dans ce monde qui vous est totalement étranger.

Edgar Stone acquiesça et comprit que le policier devait être doté d'un sixième sens puisque cela faisait de longues minutes qu'il guettait une opportunité de se dérober à leur geôlier. Il espérait improviser par la suite mais il doutait que ce soit une riche idée.

— On ne fait pas attendre une dame, n'est-ce pas, inspecteur ?

— Oh, ce n'est pas le genre qui aime qu'on lui pose un lapin justement ! La courtoisie et l'esprit de coopération seront vos meilleurs alliés dans son bureau, affirma-t-il en désignant la cabine d'ascenseur qui se trouvait à un croisement entre plusieurs rangées de voitures.

L'objet était doté de quatre côtés mais ses rebords étaient légèrement incurvés. Une fente subtile marquait la séparation de la porte en deux parties argentées.

Edgar et Richard levèrent les yeux. L'ascenseur n'était pas relié au plafond. L'ingénieur étrécit les yeux et remarqua la noirceur délicate d'un rond qui semblait entourer une surface adaptée aux dimensions de l'ascenseur.

— La technologie a beau évoluer, l'homme tient à conserver certaines fonctionnalités, commenta l'inspecteur en passant son doigt sur une touche tactile blanche.

Elle vira au vert et les portes coulissèrent de chaque côté pour permettre aux trois hommes de pénétrer à l'intérieur.

En tendant son bras, l'inspecteur fit preuve de courtoisie et les invita à entrer en premier, puis il les laissa occuper le fond de l'espace réduit.

— Douzième étage, dit-il nonchalamment.

Les portes se refermèrent et l'appareil se mit en mouvement. Richard eut un haut-le-cœur et manqua de s'évanouir.

Deux secondes plus tard, les portes se rouvraient et l'inspecteur Samuel Grant sortit le premier.

Je vous saurai gré de me suivre et de ne pas me fausser compagnie, j'en serais extrêmement contrarié. Et vous n'aimeriez pas ça, les menaça-t-il avec diligence.

Les deux hommes qui n'avaient aucune idée sur la manière dont ils pourraient trouver une sortie dans ce labyrinthe se contentèrent d'obéir et marchèrent derrière Samuel Grant dans un dédale de couloirs bordés par des murs gris. Sur leur chemin, ils croisèrent des petits groupes d'individus qui semblaient travailler ici. Si certains étaient bel et bien présents, d'autres étaient représentés par l'intermédiaire d'un hologramme.

— On peut travailler depuis son domicile désormais. Le premier dispositif holographique que vous avez inventé a eu un succès phénoménal, précisa l'inspecteur. Son utilisation a d'ailleurs été déclinée de mille façons, l'être humain ne manque pas de ressources quand il s'agit de se faciliter la vie au quotidien. Ou de se la compliquer. Parfois, je me pose vraiment la question. Il veut simplifier sa vie sur terre mais en réalité, il ne fait que se confronter à de nouvelles situations problématiques qui l'empêchent de voir la vraie nature du monde qui l'entoure. Enfin, bref, vous n'êtes pas venus m'entendre divaguer, conclut-il en se figeant devant une des nombreuses portes qui donnaient sur ce couloir.

L'inspecteur se retourna vers eux et leur sourit pour la première fois depuis leur rencontre.

Un bien vilain sourire, songea d'ailleurs Richard mais il s'abstint de dire tout haut ses pensées, trop occupé à essayer de garder les pieds sur terre.

Sans les quitter du regard, il toqua deux fois à la porte.

— Entrez, inspecteur, répondit une voix à la fois grave et douce.

Edgar eut à peine le temps de lire le nom qui était apposé sur la porte de son cabinet qu'une voix éructa dans le couloir et les visa tout particulièrement.

— Attendez, inspecteur ! Je vous somme de vous arrêter ! Il est rigoureusement déplacé de présenter deux suspects à madame la juge sans qu'ils ne soient accompagnés au préalable de leur avocat.

Les doigts posés sur la porte, Samuel Grant était sur le point de l'ouvrir en grand quand son regard se décala sur sa droite et qu'il remarqua un homme affublé d'une robe grotesque et d'une coiffe encore plus ridicule.

Oh non, tout mais pas lui, pensa-t-il.

Tétanisé par l'irruption de l'homme de loi, Samuel Grant fut contraint de l'attendre. D'un pas pressé, il les rejoignit prestement et tendit sa main à Richard puis à Edgar. Il leur offrit une vive poignée de main alors qu'il semblait en proie à une violente forme de surexcitation.

— Je suis Archibald Leech, votre avocat commis d'office pour vous représenter. Avant d'entrer dans ce cabinet et de sceller votre destin, vous devez me faire savoir si vous avez été victime de quelconque maltraitance policière ?

Les deux hommes secouèrent la tête.

— Il ne vous a pas molesté, frappé, injurié ou craché dessus par exemple ?

— Rien de tout ça, Maître Leech, répondit Edgar. En réalité, mis à part le fait qu'il n'ait cessé de se montrer moralisateur, il s'est comporté comme un vrai gentleman.

Archibald retira un mouchoir en tissu de l'une des poches de sa robe et il s'essuya son front moite de transpiration puis il se détendit et leur offrit un sourire chaleureux.

— Me voilà rassuré !

Quant à l'inspecteur Samuel Grant, il le dévisagea avec un œil mauvais.

— Autre chose, Maître ?

— Non, non, ce sera tout. Il n'empêche que je n'oublierai pas de faire savoir au bureau que vous n'avez pas pris la peine de me contacter ni de m'attendre. Une bien mauvaise habitude que vous avez là, vous et vos collègues, se désola Archibald Leech.

— Vous m'en voyez navré, répondit l'inspecteur sur un ton sarcastique tout en posant la main sur sa poitrine. Je n'avais pas idée à quel point votre présence était indispensable.

— Nous verrons bien ce que vous direz le jour où vous aurez besoin à votre tour d'être représenté par un avocat, l'un des derniers piliers de la justice, scanda-t-il fièrement en levant le doigt en l'air.

Exaspéré, l'inspecteur soupira et il ouvrit la porte. Il fit quelques pas et se plaça de profil pour présenter les deux hommes qu'il introduisait à la juge.

— Madame la Juge, je vous présente Edgar Stone et Richard Morris, les principaux suspects dans l'affaire de fracture temporelle BTTF1985.

Le bras tendu et la tête inclinée, il recula d'une foulée et laissa Edgar et Richard s'avancer, suivis par leur avocat.

Les deux suspects dirigèrent leur regard vers le bureau proéminent qui permettait à la juge d'avoir une position haute sur l'ensemble des parties présentes lors de chaque procès. Edgar voulut découvrir en premier lieu le visage de celle qui allait décider de leur sort.

Des dreadlocks argentées tombaient et formaient un rideau impénétrable alors qu'elle avait la tête baissée pendant qu'elle finissait de remplir des formalités administratives.

Ainsi, l'accusé en profita pour prendre le temps de lire le nom qui était mis en avant sur la plaque accrochée à son bureau.

« Mrs. Roxanna FINESWORD »

— Asseyez-vous, je vous prie, j'en ai pour une minute.

Edgar et Richard se dévisagèrent puis ils s'assirent sur les deux chaises placées en plein milieu de la salle à quelques mètres de la juge.

Ils entendirent les chaussures brillantes et fraîchement cirées de leur avocat résonner sur le sol dallé du cabinet pendant qu'il allait rejoindre la partie en bois située à leur gauche et réservée au bras protecteur des accusés.

À leur droite, des bancs avaient été disposés pour permettre au juré de s'installer mais personne ne les occupait.

Soudain, ils entendirent un craquement lorsque l'inspecteur Samuel Grant prit place en retrait, au fond de la salle, sur l'un des rares sièges prévus pour les témoins de ce genre d'affaire.

Le cœur des deux hommes se serra alors qu'ils sentaient la main impitoyable de la justice s'approcher de leur gorge. Ils tenaient un fait pour acquis, ils ne se sentaient plus maîtres de leur destinée.

Chapitre IX

Les étoiles scintillaient au-dessus de Londres et du manoir de Lord Henri Cunningham mais Rose ne parvenait pas à trouver le sommeil. Assise sur son lit moelleux, elle ne quittait pas des yeux la clé qu'elle faisait danser entre ses doigts. L'objet permettait d'ouvrir la porte de l'atelier d'Edgar Stone. Il lui avait confié ce double il y a de cela quelques mois mais elle ne l'avait jamais utilisé. Son homme était méticuleux et prévoyant, il lui avait remis au cas où une mesure d'extrême urgence nécessiterait que quelqu'un d'autre que lui puisse y accéder.

Si la disparition d'Edgar Stone n'était pas un de ces cas de figure, elle peinait à imaginer ce qui pourrait justifier qu'elle glisse cette clé dans sa poche et qu'elle traverse la ville. Elle n'ignorait pas non plus qu'en fiancé attentionné, il avait investi dans une imprimeuse de qualité en vue du jour où elle obtiendrait son indépendance professionnelle et qu'elle n'était plus soumise aux caprices de Charles McCartigan.

Ce moment était arrivé.

Jamais son ancien employeur n'accepterait de l'engager de nouveau et elle ne le désirait pas. Il lui fallait faire ses preuves toute seule, et le matériel qui lui permettrait d'atteindre ses objectifs se trouvait entre quatre murs dans un atelier verrouillé, mais déserté. Les mots accusateurs qu'elle allait employer seraient forts et lourds de sens, mais elle ne voyait pas de meilleur moyen de mettre la pression sur Scotland Yard que d'utiliser son journal.

— J'ai du travail devant moi, je ne t'abandonnerai pas Edgar, se promit la jeune femme.

Elle resserra ses doigts et enfouit la clé à l'intérieur de son poing. Puis, elle se leva et s'éloigna de l'étreinte confortable de ses draps de soie et de son matelas. Elle posa la clé sur sa commode et se dirigea vers sa penderie, puis elle ouvrit la porte et fit défiler avec ses doigts les robes, les chemisiers et les bustiers qui étaient suspendus sur des cintres en bois, mais elle ne voyait rien qui lui convenait.

Pour Rose, l'heure n'était pas à la féminité et à la séduction. Il lui fallait enquêter, fouiner et dénoncer. Pour cela, elle estimait qu'elle devait porter des vêtements appropriés.

Rose posa le coude de son bras droit sur son bras gauche pour le soutenir et porta son index à hauteur des lèvres. Ainsi, elle se mit à réfléchir.

Tout d'un coup, elle trouva la tenue adéquate qui lui permettrait de se détacher de sa position de femme au sein de la société londonienne et de rendre hommage à son bien-aimé.

Cependant, ce dont elle avait besoin, elle ne le trouverait pas dans sa chambre. Alors, elle referma délicatement les portes de sa penderie et elle se dirigea vers le couloir. Elle fit grincer la porte de sa chambre et attendit d'être certaine de n'avoir réveillé personne en cette heure tardive de la nuit.

Seul le bruit singulier du mouvement de balancier de la grande aiguille de l'horloge parvenait à ses oreilles. Tout le monde dormait. Ses parents mais aussi la gouvernante ainsi que les domestiques. Elle n'hésita donc pas plus longtemps et se faufila dans le couloir du premier étage. Elle marcha à pas feutrés dans le noir, prenant soin de ne pas se cogner à quelque meuble ou quelque objet qui traînerait jusqu'à ce qu'elle atteigne une grande armoire qui contenait des vêtements de rechange de son illustre paternel.

Elle serra les dents alors que le bois du meuble craquait lorsque les pans qui le maintenaient fermé s'écartaient de leur position originale, puis elle étrécit les yeux qui s'habituaient à l'obscurité pour vérifier qu'elle trouverait bien ce qu'elle recherchait.

Son sourire s'illumina dans la pénombre lorsqu'elle s'empara d'un costume qui devait tailler un peu grand pour elle. Qu'importe, elle haussa les épaules, cela ferait l'affaire. Elle n'allait tout de même pas chaparder les vêtements de l'un des domestiques. Subtiliser un ensemble appartenant à son propre père la dérangeait moins, elle se sentait plus à l'aise avec ses vêtements.

Au moment de refermer l'armoire, elle remarqua un haut-de-forme noir, le parfait complément, le genre d'attribut qu'Edgar Stone aimait porter. D'un geste vif et ample, elle l'attrapa et retourna dans sa chambre où elle ne perdit pas de temps pour se déshabiller. Elle fit voler sa robe et se débarrassa des collants qui enserraient jusqu'alors ses jambes et qui montaient jusqu'à son ventre. Elle ne garda que sa culotte en fine dentelle et le soutien-gorge qui lui était assorti puis elle plongea ses jambes dans le pantalon noir appartenant à son père.

La bougie de sa chambre éclairait les lieux et lui permettait d'admirer son reflet dans le miroir de sa coiffeuse. Elle esquissa une moue de satisfaction, puis elle se saisit de la chemise blanche et l'enfila avant de refermer les boutons précautionneusement. L'un après l'autre. Elle s'interrompit lorsqu'elle arriva à hauteur de l'avant-dernier bouton. L'idée de ne pas fermer le col et de donner une touche de féminité à son apparence fit donc plus que lui effleurer l'esprit.

Enfin, elle rangea à l'intérieur de son pantalon les bouts froissés de chemise qui débordaient avant de prendre la pose sur le côté en se jetant un regard en coin.

Rose, même vêtue ainsi, tu es une femme fatale ! songea-t-elle avec un soupçon d'arrogance.

Elle finit de se préparer et bien qu'elle ne comptât pas rencontrer trop de monde sur sa route, elle ajusta avec soin le haut-de-forme sur sa tête. Ses longs cheveux bruns tombèrent en cascade de son chapeau pour se déverser sur ses épaules.

Ne reculant devant rien, elle se dirigea vers sa commode et s'empara de la clé de l'atelier qu'elle glissa dans l'une des poches de son veston. Elle allait partir quand elle se rappela la montre que lui avait offert Edgar. Ses doigts se saisirent de la poignée arrondie du tiroir et elle le fit reculer pour libérer son contenu. Ses yeux fouillèrent les bibelots rangés en vrac et s'arrêtèrent lorsqu'ils rencontrèrent la courbe ronde et les motifs fleuris du dernier présent de son fiancé. Sans la moindre once d'hésitation, elle s'en empara et la rangea en compagnie de la clé.

Rose jeta un dernier tour d'horizon autour d'elle et remarqua son linge jeté sur son lit, puis elle décida de le plier et de le remettre dans sa penderie. L'idée de laisser du désordre avant de partir la dérangeait.

Une fois que sa chambre eût l'air bien ordonnée, elle souffla sur la bougie et éteignit la flamme qui donnait vie à son antre personnel.

Rose disparut dans les couloirs du manoir de Lord Henri Cunningham, une propriété qui était léguée de père en fils depuis plusieurs générations et qui avait été autrefois un château. La journaliste déterminée alla se saisir de sa bicyclette personnelle, déposée dans l'arrière-cour.

Les roues fines et gainées de pneus noirs allaient se mouvoir en silence pendant que la lune couvait silencieusement la capitale de l'Empire britannique.

Chapitre X

Peu désireux d'accélérer le caractère irrévocable d'une sentence impitoyable, Edgar et Richard patientèrent en silence, le temps que Roxanna Finesword s'acquitte de ses tâches banales et répétitives mais malheureusement nécessaires pour le bon fonctionnement de la Chambre de Justice. Lorsque ce fut fait, l'une de ses mains écarta les tresses de cheveux qui cachaient son visage gracieux et son regard aussi acéré que troublant.

Ses cheveux et ses sourcils argentés contrastaient avec la couleur caramel de sa peau. Edgar la détailla subtilement, fasciné par l'aspect inhabituel d'une telle femme. Malgré son jeune âge apparent, il pouvait deviner son expérience juridique à la manière dont ses joues charnues taisaient tout désir de sourire. Manifestement, la juge parvenait à contrôler ses émotions avec maestria. *À moins que…* songea Edgar lorsqu'il décela une lueur malicieuse dans les yeux de celle qui allait diriger leur procès.

L'accusé n'était pas sûr de la manière dont il devait interpréter cette pointe d'amusement dans le portrait pourtant presque stoïque de Madame Finesword. Il pressentait que quelqu'un tirait les ficelles en coulisses, mais il ne parvenait à comprendre ni qui ni comment.

— Le procès de Messieurs Edgar Stone et Richard Morris va pouvoir débuter, déclara-t-elle sur un ton solennel. Pour commencer, j'aimerais vous remercier de votre coopération. Vous avez accepté diligemment de vous rendre à la justice, c'est un point que nous vous accorderons. Bien sûr, cette circonstance atténuante ne suffira pas à attester votre innocence, seulement à alléger la peine qui vous sera attribuée. Éventuellement. Bien, nous n'allons pas tarder plus longtemps. Faites entrer l'accusation.

Edgar et Richard tournèrent leurs têtes lorsqu'ils remarquèrent l'apparition holographique d'un homme vêtu d'une robe rappelant celle de leur avocat. Néanmoins, celui qui la portait lui conférait une tout autre allure. Ses cheveux courts et noirs soigneusement plaqués et brillants complétaient à merveille le regard déjà accusateur qu'il pointait vers les deux suspects. Ses yeux bridés les fixaient avec un dégoût à peine dissimulé.

— Bienvenue Monsieur le procureur, l'accueillit du plus aimablement que Roxanna Finesword semblait le pouvoir.

— Votre Honneur, merci pour votre amabilité. Monsieur Leech.

L'avocat inclina sa tête respectueusement puis le procureur se tourna vers les deux principaux concernés, ignorant complètement l'inspecteur Samuel Grant.

— Je me présente à vous, je m'appelle John Buildwater et je représente le Royaume-Uni. J'ai été mandé pour statuer sur la responsabilité qui vous échoit dans la perturbation de l'équilibre temporel qui affecte le monde terrestre et qui aboutira par la destruction totale et irréversible de toute forme de vie sentiente sur la planète. Êtes-vous conscient des conséquences de vos actes, Messieurs ?

Richard et Edgar se dévisagèrent avant de se retourner vers leur défenseur. De la main, il brassa l'air pour les inviter à s'exprimer. Edgar prit alors l'initiative de prendre la parole pour eux. Après tout, il semblait que ce soit de sa faute si Richard Morris se trouvait dans l'embarras, il était de son ressort de lui sauver la mise.

— Non, à dire vrai, nous ne comprenons pas tout mais…

— Bien, le coupa le procureur, alors je vais me permettre d'exposer les faits et de vous interroger dans le même temps. Ainsi, vous aurez une meilleure compréhension des faits qui vous sont reprochés et peut-être parviendrez-vous à réaliser votre autocritique. Vous permettez ?

— Je vous en prie, répondit Edgar, étonné que le bras vengeur de la justice lui demande son autorisation.

— Il nous faut reprendre depuis le début et évoquer le jour où tout a commencé, celui où votre idée de manipuler le fluide spatio-temporel vous a effleuré l'esprit. Le huit novembre mille huit cent cinquante. Le soir de votre humiliation publique, j'imagine que vous n'avez pas oublié ?

Comment le pourrai-je ? pensa Edgar, le teint de sa peau devenant livide.

— Racontez-nous.

Edgar douta que ce fut indispensable mais à la vue des regards rivés sur eux et qui voulaient entendre le récit de cette journée, en particulier sa version de cette histoire et non celle divulguée par des journalistes retors de la trempe de Charles McCartigan, il comprit qu'il allait devoir mettre les mots sur l'un des moments les plus pénibles de sa vie. Il s'humecta les lèvres et baissa les yeux pour les trouver puis il releva la tête. Sans le vouloir, en acceptant de parler, il s'apprêtait à s'affranchir de la honte qui le tenaillait depuis de longs mois.

— Le projet que je devais présenter à la population était conséquent. J'avais réussi à soutenir le soutien des élus qui dirigeaient la cité. Ils ont mis à ma disposition des ouvriers et ils ont contribué à installer un réseau électrique dans un quartier entier. Il était censé être alimenté par un générateur que j'avais moi-même conçu. Des lampadaires devaient illuminer tout le quartier à la tombée de la nuit. Une estrade en bois avait été disposée pour me permettre de présenter de manière compréhensible la nature de mes inventions aux témoins présents ce jour-là. Mais rien ne s'est déroulé comme prévu. Il y a eu un faux contact je pense, des étincelles sont apparues lorsque nous avons activé le générateur qui a carrément explosé. La détonation a fait fuir les passants qui étaient venus en nombre et un incendie a failli être déclaré. Les journalistes se sont empressés de me photographier en proie à la panique et je suis devenu la risée de Londres en moins de temps qu'il n'en a fallu pour le dire. Après cela, aucun représentant municipal n'a voulu m'accorder son attention ni aucune entreprise de la ville. Je me suis replié sur moi-même et j'ai poursuivi mes travaux.

— Quand vous est venue l'idée de concevoir un appareil qui vous permettrait de voyager dans le temps ?

Edgar sourit.

— Vous croyez que ça m'est venu comme ça, par l'illumination du Saint-Esprit ? Que je me suis dit que j'allais trouver un moyen d'accomplir une telle prouesse, que j'ai claqué des doigts et que j'y suis parvenu ? se défendit Edgar sur un ton dédaigneux. J'ai rêvé depuis de longues années de pouvoir me soustraire de la contrainte d'être prisonnier d'un monde où je me sens incompris et seul. Si je n'avais pas connu Richard ici présent et Mademoiselle Rose Cunningham, je ne sais pas ce qu'il serait advenu de moi. Toujours est-il que je caressais le rêve de découvrir d'autres époques et d'autres civilisations. Les histoires que l'on m'avait enseignées dans les manuels d'école n'ont pas assouvi ma soif de curiosité. Et puis, je voulais savoir si je parviendrais à laisser une trace dans ce monde, si l'humanité était signifiante. Il y avait des questions auxquelles je me sentais capable de répondre, notamment grâce à ma créativité, mais il y en avait d'autres qui demeuraient hors de portée. Cette idée, comme vous dites, je l'ai développée avec le temps. J'ai cru à l'impossible. Pour tout vous dire, c'est lorsque j'étudiais à l'université de Cambridge que j'ai mis au point un appareil capable de recueillir un fragment de l'énergie spirituelle qui nous entoure. Celle qui nous procure à tous le souffle de la vie. Pour pouvoir briser la barrière du temps, il fallait pouvoir canaliser cette énergie.

— Et vous y êtes parvenu, vous, messire Edgar Stone ?

— Je le crois. Sinon, nous ne serions pas là, n'est-ce pas ?

John Buildwater sourit.

— En effet. Et vous avez attendu tout ce temps avant d'utiliser votre invention ?

— Non. Loin de là. Le dispositif était incomplet. Il me manquait un élément permettant de faire office de déclencheur. Pour voyager dans le temps, il faut effectuer une distorsion de la matière, c'est très compliqué en des termes simples. Il faut la manipuler, un peu comme de la pâte à modeler, et l'étirer dans le sens où vous le désirez. L'énergie dont je vous parlais contient cette forme de matière invisible à l'œil nu. Mais pour ce faire, il me manquait un facteur que je ne parvenais pas à identifier, un détonateur si vous préférez. Jusqu'à cette fameuse humiliation. Croyez-le ou non, c'est grâce à cet échec que j'ai trouvé la réponse qui m'a permis de finaliser ma montre spatio-temporelle.

— Vraiment ? s'interrogea John Buildwater.

— Oui, j'ai compris qu'il me fallait créer une tension capable de faire naître des étincelles pour permettre au distordeur de la matière de fonctionner. Grossièrement, je devais générer une sorte d'explosion. Concrètement, j'avais besoin d'un prisme susceptible de capturer la lumière et de la refléter à l'infini. Il s'agit d'une source d'énergie illimitée.

— Et vous y êtes arrivé sans l'aide de Richard Morris ?

Edgar jeta un coup d'œil vers son ami. Il craignait que ses mots soient mal interprétés et puissent lui causer du tort. Cela dit, il nourrissait une certitude. S'il mentait, John Buildwater et Roxanna Finesword le sauraient.

— La vérité, rien d'autre que la vérité, lui rappela le représentant de l'accusation. Je vous rappelle que vous parlez sous serment à partir du moment où vous foulez le sol d'établissements juridiques tels que celui de la Chambre de Justice.

— Je ne voyais pas les choses autrement, répondit Edgar. Richard n'a contribué à la finalisation de la montre que de manière superficielle. Je suppose que, comme moi, il ne réalisait pas vraiment la teneur de cet accomplissement.

John Buildwater se tourna alors vers Richard.

— Messire Morris, vous confirmez la version de votre employeur ?

Richard acquiesça sans hésiter.

— Oui, Edgar avait besoin de mon aide, il s'agissait d'une invention extraordinaire et sans aucune commune mesure avec ce qui avait été conçu jusqu'alors de la main de l'homme. En outre, j'avais pleine confiance en messire Stone, je savais qu'il ne chercherait pas à s'en servir pour faire le mal.

— Pourtant, il l'a utilisé pour assouvir ses propres intérêts.

— Sauf votre respect, c'est une façon de voir les choses, mais ce n'est pas la mienne.

— Ce n'est pas la vôtre ?

— Non, pour moi Edgar est un génie. Il veut faire évoluer la science et les technologies et pas seulement pour des raisons pratiques. Il veut lever le mystère sur les parties du monde qui nous entourent et qui échappent à notre compréhension. Et ces créations, il les mettra au service du bien commun. Il est vrai que nous avons agi en catimini, mais ce n'était pas par égoïsme. Nos motivations étaient altruistes. Seulement, il nous fallait surprendre nos contemporains. Personne n'aurait daigné écouter Edgar plus d'une minute. Pas après sa débâcle retentissante.

— Pour ce faire, vous vous êtes déplacés à votre guise dans le temps, aussi bien dans le passé que dans le futur et vous n'avez pas hésité à vous inspirer des concepts et des hypothèses de futurs penseurs et innovateurs. Je pense à Thomas Edison, Graham Bell, Nikola Tesla ou Albert Einstein parmi les plus connus. Vous avez affecté leur destinée et interféré dans la construction collective de l'humanité ! Vous avez voulu laver le nom de Stone et vous vous réfugiez derrière la volonté de…

— Arrêtez Monsieur Buildwater ! gronda Roxana Finesword tout en abattant le marteau de la justice sur son bureau.

Le bruit sourd résonna et calma toutes les langues désireuses de s'exprimer. Avec autorité, la juge dévisagea tous les intervenants, l'un après l'autre.

— Nous sommes réunis aujourd'hui pour décider de la responsabilité de nos deux suspects en ce qui concerne les bouleversements climatiques, mais aussi politiques, qui sèment le chaos sur notre planète, je tiens à vous le rappeler et pour ce faire, nous devons nous montrer justes et organisés. Le débat ne doit pas partir dans toutes les directions. Venez-en au fait, je vous en prie Monsieur Buildwater. La défense aura tout le temps de répondre à vos interrogations et de confirmer ou d'infirmer nos doutes.

Avec politesse, le procureur acquiesça. Son regard toujours rivé sur Edgar et Richard, ses lèvres s'écartèrent.

— Excusez-moi pour ces digressions. Avant de vous juger, il faut préciser quelles ont été les conséquences de vos agissements et pour quelle raison précise nous avons envoyé l'inspecteur Samuel Grant à votre recherche. Écoutez bien et surtout, ouvrez grand les yeux, conclut le procureur en extirpant une télécommande de l'une des poches de son veston.

Chapitre XI

Les rayons qui servaient de soutien et de maintien aux roues de la bicyclette de Rose tournaient en silence à mesure qu'elle filait dans la nuit. La jeune femme avait laissé derrière elle le ruissellement calme de la Tamise et sillonnait des petites ruelles qui se rejoignaient à quelques encablures de Richmond Park, une belle étendue verte permettant aux Londoniens de s'y détendre.

Arrivée au bout de la rue, elle cessa de pédaler et se laissa porter jusqu'au dernier bâtiment qui se trouvait légèrement isolé des autres. Dans la pénombre, elle ne pouvait distinguer à quel point Edgar Stone n'avait pris aucunement soin de cet entrepôt qui lui appartenait. Des mauvaises herbes se propageaient tranquillement et des plantes grimpantes parvenaient même à remonter le long des murs pour atteindre la toiture de l'édifice. De surface imposante, il demeurait néanmoins trop petit pour construire un dirigeable.

Rose fut donc étonnée de découvrir un atelier aussi peu imposant, elle qui connaissait l'adresse mais qui n'avait pas encore reçu l'autorisation de s'y rendre. Edgar était si mystérieux. Il ne lui partageait que la moitié de ses accomplissements. Et encore, elle se demandait si elle ne grossissait pas ce sentiment.

Lorsqu'elle se plaça devant la porte, elle eut la sensation étrange de ne connaître qu'une mince partie de cet homme. Et si son père avait raison ? Et si Edgar Stone n'était rien d'autre qu'un imposteur ? Voilà des doutes qui refaisaient surface. Rose secoua la tête et les chassa avec violence. Non, elle savait qui il était, elle ne savait simplement pas tout ce dont il était capable. Et pour cause, il voulait jouir de l'effet de surprise et protéger l'intimité la plus totale sur la nature de ses réalisations. À Londres, la ville avait beau être grande et prospère, le monde était plus petit qu'il n'y paraissait et les rumeurs avaient vite fait de faire le tour de chacun des nombreux quartiers qui la composaient.

La jeune femme ne prit pas le temps de tergiverser, elle s'assura que la bicyclette était bien posée contre l'un des murs de l'atelier et elle fouilla dans sa poche pour en récupérer la clé qui lui permettrait de lever le voile sur la complexité du travail d'Edgar Stone.

Elle la fit tourner dans la serrure et entendit le mécanisme s'activer jusqu'à ce qu'elle entende un déclic, puis elle posa sa main sur la poignée. Elle l'actionna et elle l'ouvrit.

Lorsqu'elle entra, elle prit soin de refermer derrière elle la porte dont elle découvrait le blindage à mesure que des flashs d'une lumière aveuglante s'intensifiaient. Rose fut surprise et leva les yeux pour constater qu'Edgar avait fixé d'étranges tubes translucides qui permettaient de voir dans le noir.

Ainsi, elle put observer l'aménagement intérieur de l'atelier et elle fut bien surprise de se trouver face à des murs de briques vierges de toute trace de peinture ou de forme de décoration. Mais surtout, il n'y avait qu'un seul meuble de présent. En dehors d'une modeste table en bois, la salle principale était déserte. Comme s'il avait vidé son laboratoire avant de débuter l'Exposition universelle.

Cela ne la dissuada pas pour autant et elle s'approcha de la table, attirée par la feuille de papier qui reposait dessus. Elle la saisit et la porta à son regard, étonnée qu'elle fut du contact inhabituel du papier sous ses doigts mais surtout de la police d'écriture qui apparaissait. Le texte était clairement lisible mais ne semblait pas avoir été rédigé à la main.

Néanmoins, les premiers mots s'adressaient à elle. Les questions viendraient plus tard. D'abord, il lui fallait s'intéresser au message qui lui avait été adressé. Une note qui, elle ne le savait pas encore, avait voyagé à travers les siècles.

Chère Rose,

Avant tout, je suis profondément navré si je t'ai causé quelque problème ou quelque peine. Loin de moi cette intention-là. Cette interpellation a été une totale surprise pour moi et pour Richard. Toujours est-il que les conséquences de nos actes ont atteint des proportions que nous étions loin de pouvoir anticiper. C'est la raison pour laquelle je t'ai confié ma montre à gousset. Grâce à elle, tu as encore la possibilité d'interférer sur les fils du temps. Tu es en train de froncer les sourcils, n'est-ce pas ? Tu te dis que j'ai perdu la tête. Tu aurais tort de le croire. Je vais t'avouer la vérité, et je crains de te décevoir. J'ai inventé un outil qui me permettait de matérialiser le concept de voyage spatio-temporel, la montre, tu l'auras peut-être compris et je m'en suis servi pour récupérer des inventions réalisées en d'autres temps par d'autres personnes pour accélérer le cycle de l'industrialisation et les progrès de la recherche. J'ai triché, Rose. Voilà pourquoi l'inspecteur Samuel Grant est venu nous arrêter. Il nous a transportés à Londres dans le futur en vue de statuer sur notre cas au cours d'un procès. Tu es la seule qui peut désormais empêcher une catastrophe planétaire. Je ne suis pas bien sûr de savoir si l'humanité est destinée à provoquer son propre chaos, que ce soit un jour ou l'autre, mais sans mes frasques, l'humanité avait encore plusieurs siècles devant elle. Je suis conscient de la gravité de ma requête. Tu as le choix, Rose. Il y a une deuxième pièce dans l'atelier où tu trouveras de l'équipement et du matériel pour démarrer ton activité de journaliste. Tu seras brillante, je n'en doute pas. Ou alors, tu peux tenter de retrouver l'un de mes doubles sur une autre ligne temporelle. Grâce à lui, tu pourras réparer mes erreurs.

Je suis sincèrement désolé Rose. Je n'ose pas te dire à quel point tu me manques en ces temps difficiles. La compagnie de Richard est appréciable mais elle n'est en rien enviable à la tienne. Et puis, je m'en veux tellement pour mon pauvre ami. Si je ne l'avais pas embarqué dans cette aventure insensée, il continuerait de vivre en toute tranquillité et ne redouterait pas le courroux de la brigade temporelle.

Je t'aime, Rose. Je ne t'oublierai jamais et je ne désespère pas de te retrouver un jour ou l'autre.

Pour ta gouverne, sache que si tu ouvres la montre, tu trouveras une note à l'intérieur qui t'expliquera son fonctionnement.

À bientôt mon amour.

Le cœur de Rose battit la chamade lorsqu'elle comprit qu'elle pourrait fouiller chaque maison de Londres, elle ne le retrouverait pas. La police n'était visiblement pas responsable, bien que le nom de Samuel Grant soit réapparu.

Richard et son bien-aimé avaient disparu de la face du monde dans lequel elle vivait. Elle ne songea même pas à la question de l'avenir de la planète et de ses semblables, elle ne pouvait pas vivre dans une dimension où Edgar Stone était absent. Le choix à prendre fut évident pour elle et un brin impulsif.

Ainsi, elle ne réfléchit pas plus que ça et elle se saisit de la montre. Elle l'examina attentivement et remarqua deux bouts de métal qui se superposaient pour maintenir attachées les deux faces de la montre. Elle les détacha et ouvrit en grand la montre qu'elle posa sur la table.

À l'intérieur, elle remarqua un bout de papier enroulé sur lui-même, enchevêtré dans un espace vacant du mécanisme de la montre qui était bien plus complexe qu'elle ne l'aurait imaginé avant de l'éventrer.

Elle passa son ongle sur le côté et le fit sauter puis le déroula dans la paume de ses mains et reconnut cette fois la plume provenant de la main d'Edgar Stone.

Ma bien-aimée, choisis la date de ton choix sur le cadran prévu à cet effet si tu veux voyager dans le temps ou le passé. Pour te déplacer dans l'espace, il te suffit de songer à un endroit spécifique. Tu dois être vraiment précise sous peine de te retrouver ailleurs. Par défaut, si tu ne songes à rien, tu resteras dans le même lieu. J'ai deux conseils à te soumettre : aller dans le futur dans mon atelier et me rencontrer alors que je prépare l'Exposition, mais je crains que cet avenir n'existe plus. Sache que j'ai choisi le seize décembre mille neuf cent dix-

neuf pour démarrer mes travaux. Ou bien, tu peux aller dans le passé et convaincre mon double du passé, celui qui n'a pas encore inventé la montre, de changer le cours du temps. Je te laisse toi-même décider de la suite des opérations.

Avec sérieux, Rose enroula de nouveau le document et le rangea dans l'une de ses poches avec la lettre qu'elle plia au préalable, puis elle s'empara de la montre. Elle la referma, lui redonnant son aspect normal et elle la retourna. Un petit panneau détachable protégeait les aiguilles, elle le releva et aperçut alors les chiffres qui indiquaient l'heure mais surtout le cadran qui annonçait la date d'aujourd'hui, tel un calendrier. Une petite molette était située sous chaque nombre correspondant au jour, au mois et à l'année.

Rose respira un grand coup avant d'oser toucher à ces données. Elle ferma les yeux et essaya de penser au moment où elle devait se rendre en premier.

Le passé ou le futur ?

Les paupières closes, elle posa ses doigts sur la dernière molette et décida de ne changer que l'année.

Enfin, elle les rouvrit au moment d'actionner le mécanisme.

Chapitre XII

En d'autres temps, Edgar et Richard auraient été émerveillés à la vision d'un film holographique mais depuis qu'ils s'étaient approprié cette invention, ils n'étaient plus vraiment fascinés par ce dispositif. Cela n'empêchait pas leurs pupilles de briller et de scintiller en raison du choc représenté par les images qui se succédaient devant eux.

Des flammes consumaient des pans entiers de terres et des villes se trouvaient anéanties ou bien victimes de l'hystérie générale qui conduisait les humains à s'autodétruire. Le talent inné du génie humain pour utiliser les ressources mises à sa disposition afin de corrompre la pureté du monde qui lui avait été attribué était incomparable. Ajoutiez à cela les forces incommensurables des quatre éléments et vous obteniez vite un monde qui empêchait la vie de se proliférer.

Médusés, les deux hommes assistaient à la fin radicale de toute forme d'harmonie sur le pourtour du globe terrestre. L'apocalypse qui se matérialisait sous leurs yeux ne se déroulait pas en quelques jours. Néanmoins, elle s'accélérait à un rythme phénoménal et elle transformait un paradis en enfer. Les hommes avaient eux-mêmes forgé les armes responsables de leur propre calvaire.

La planète se mit à tourner sur elle-même et la représentation plongea vers la surface terrestre pour zoomer sur l'une des nombreuses mégalopoles qui recouvraient la Terre. Les parcelles de terre et de forêt où la faune et flore pouvaient croître en toute sérénité s'étaient raréfiées. Les yeux de Richard et d'Edgar se perdaient au milieu de toutes ces constructions modernes.

— Il n'y a pas eu de Seconde Guerre mondiale. En fait, de nombreuses guerres ont été évitées pendant un certain temps. Des génocides ont été avortés, bien que des conflits aient quand même enrichi l'histoire de certaines nations, et l'humanité s'est développée à un rythme effréné, aussi bien d'un point de vue démographique que technologique, commenta le procureur pendant que les deux hommes assistaient au déclin de leur civilisation. Toutefois, des guerres fratricides sont devenues une réalité quotidienne et les conséquences sont là. Vous les voyez. Il s'agit d'un futur proche. L'époque dans laquelle vous avez été invitée à voyager est particulière. Les gens qui la peuplent et qui la font vivre l'ignorent tout autant que vous mais le point de rupture est imminent. Je ne vais pas entrer dans les détails mais vous avez vu le vingt et unième siècle lorsque vous l'avez visité un peu à la manière de touristes. Je ne vous mentirai pas, l'humanité suffoquait et elle infligeait de nombreuses formes de souffrance à la Terre qui a été visiblement choisie par des forces qui nous dépassent pour l'accueillir. Sa destinée n'était pas florissante mais il y avait un cycle naturel qui était mis en place. Vous avez tout bouleversé et maintenant, nous sommes à l'aube de voir notre genre plonger dans un monde régi par les ténèbres. Nous, mais aussi la mosaïque fascinante d'espèces vivantes qui s'épanouissent sur la planète bleue. Sans votre intervention, rien de tout ça ne se serait produit. L'humanité était amenée à subir un cataclysme sans précédent et à vivre le contrecoup de l'ensemble de son œuvre, mais il s'en serait suivi une ère de paix et de prospérité. Or, à cause de vous, cela ne sera pas le cas !

— Allons, allons Monsieur Buildwater ! Vous condamnez bien vite les accusés, s'outra maître Leech, les joues empourprées par le sang qui s'accumulait sous la surface de l'épiderme. Ces messieurs ont indubitablement interféré sur le cursus collectif de l'humanité et sous-estimé grandement les conséquences de leurs agissements mais ils ne peuvent porter le poids des responsabilités de chaque être humain. Il existe un paramètre sur lequel leurs actes n'ont pas eu d'effets, c'est bien le libre arbitre. Chaque homme et chaque femme qui ont foulé notre bonne vieille Terre depuis l'année mille huit cent cinquante et un, date à laquelle le grand chambardement a débuté, ceux-là ont toujours eu le choix. Ils ont tous décidé ce que serait leur vie. L'homme qui s'est emparé de plusieurs inventions de messire Stone dans son dirigeable personnel lors de la première Exposition universelle organisée à Londres, celui-là doit porter son propre fardeau. On ne peut le confier décemment pas à ces deux hommes, qui ont sincèrement songé à rendre ce monde meilleur. Oui, Monsieur Buildwater, je suis contrarié ! Contrarié car vous n'exposez qu'une vision erronée et superficielle de cette affaire ! Vous pointez du doigt deux hommes et vous voulez qu'ils paient pour tous !

— Maître Leech, sauf votre respect, comme je l'ai déjà formulé avec simplicité, sans l'intervention de ces deux hommes, rien de tout ceci ne serait arrivé. Bien sûr, je vous le concède, ils ne peuvent pas endosser la charge inhérente aux fautes commises par nos congénères. En outre, la vision peu réjouissante qui continue de se matérialiser sous nos yeux illustre parfaitement la sentence que l'humanité s'est infligée à elle-même. Avons-nous besoin d'intervenir à ce sujet-là ? demanda le procureur en se tournant successivement vers chaque personne présente dans la salle. J'en doute ! En revanche, nous pouvons juger ces deux hommes. Nous ne pouvons autoriser à quiconque en a la capacité de jouer avec la vie.

— Seul le couple créateur possède l'exclusivité des droits d'utilisation et de modification du continuum espace-temps qui permet à la lumière de voyager et à la vie de fleurir, confirma Roxanna Finesword. Edgar Stone et Richard Morris ont fauté, désirez-vous contester ce fait ? Souhaitez-vous réellement plaider non coupable ? demanda-t-elle en fixant l'avocat avec sévérité.

Un silence glacial refroidit l'atmosphère qui s'embrasait timidement jusqu'alors.

Tous les regards se figèrent sur le défenseur des deux accusés. Ses membres avaient beau être cachés par les manches amples de sa robe, il était évident qu'ils tremblaient. Archibald Leech voyait le bien en chaque homme et en particulier en des hommes tels qu'Edgar et Richard. Il voyait la bonté de leurs intentions dans leurs yeux. Et pour cause, il lisait en eux comme dans des livres ouverts. Selon lui, ils étaient innocents.

Pourtant, il prit le temps de la réflexion, incertain de la réponse à formuler et conscient de l'importance de ce choix. Il peinait à soutenir le regard accusateur de la juge tout en réalisant que ce procès ne respectait en rien les formes d'usage. Il pensa alors signaler les nombreux manquements à la règle et s'en servir pour invoquer un report mais il n'eut pas l'occasion de s'exprimer.

— Nous plaidons coupables, déclara Edgar Stone d'une voix grave mais nuancée d'une fébrilité inhabituelle de sa part. N'est-ce pas, Richard ?

L'inventeur se tourna vers son ami et attendit de lui qu'il soit lui aussi d'accord avec cette décision. Edgar Stone était enclin à assumer ses responsabilités mais il ne pouvait pas obliger Richard à agir de même. Chacun des deux hommes devait être consentant. Son assistant blêmit puis il opina.

— Je confirme, ajouta-t-il d'une voix timorée. Nous plaidons coupables.

— Mais enfin, vous n'y pensez pas ! hurla maître Leech. Cette procédure n'est absolument pas régulière. Vous n'êtes en rien obligés de vous soumettre à ce mauvais traitement. Il s'agit d'une mascarade, ne le voyez-vous donc pas ?

— Oh si, je m'en rends compte, avoua Edgar, un sourire de dépit ornant son triste visage, mais Monsieur Buildwater a tout dit. Si je n'avais pas joué à l'apprenti scientifique et emporté avec moi mon ami Richard dans ma vague d'insouciance, cet avenir que vous nous dévoilez aurait été empêché.

Archibald Leech se tut et sembla apprécier l'honnêteté de son client.

— C'est tout à votre honneur, messire Stone. Dans ce cas, je ne peux que vous soutenir. Cela dit, le jugement ne sera pas clément.

— Nous accepterons votre intransigeance, affirma-t-il en dévisageant Roxanna Finesword puis John Buildwater. J'aimerais simplement vous soumettre une requête avant d'entendre votre verdict, demanda-t-il aimablement.

— Nous vous écoutons, répondit la juge.

— Je voudrais m'assurer que vous distinguiez le sort de Richard du mien. Il m'a aidé et encouragé dans mon entreprise mais, dans le fond, il m'a suivi. J'étais le meneur de nos actions et l'instigateur de nos projets. Sans moi, rien de tout cela ne se serait produit.

— Mais cela n'est pas encore arrivé, objecta John Buildwater. Il s'agit du futur, pas du présent. À tout problème existe une solution.

Une lueur presque perverse brilla fugacement dans les yeux de chacun des membres de l'assemblée. Richard, naïf et candide, ne la décela pas mais Edgar, oui.

— Que voulez-vous dire ? Nous pouvons encore éviter ce désastre ? demanda-t-il en désignant l'hologramme qui ne cessait de dévoiler en accéléré les promesses noires de l'avenir planétaire.

— En théorie, seul le couple créateur peut influencer les fils du temps. Vous comprenez ce que cela induit ? lui demanda la juge.

La pression montait et Richard sentait qu'un piège se refermait sur eux alors qu'Edgar, les sourcils froncés, s'efforçait de résoudre l'énigme dans laquelle ils se trouvaient empêtrés.

Soudain, il comprit.

— Oui, Monsieur Stone, vous avez compris, déclara un homme qui se trouvait dans son dos.

La voix provenait de l'endroit où s'était assis Samuel Grant mais elle était différente. Pourtant, elle lui était familière. Lorsqu'il finit par la reconnaître, ses yeux s'écarquillèrent car elle ne faisait que confirmer ses soupçons.

Il se tourna sur sa chaise et vit l'inspecteur de police disparaître dans un nuage de fumée.

— Ne vous avais-je pas prévenu, messire Stone ?

Edgar pivota une nouvelle fois et reconnut la créature qui se tenait debout devant lui.

L'Architecte.

Il sentit alors le regard intrigué et choqué de Richard Morris qui commençait à se demander s'il n'était pas victime d'une violente hallucination.

Un renard qui marche sur deux pattes et qui parle, ce n'est pas tous les jours que l'on en croise.

— Je me suis introduit à de nombreuses reprises dans l'intimité de vos rêves pour vous avertir et vous dissuader de poursuivre votre ouvrage mais vous n'avez jamais daigné m'écouter. Vous êtes le personnage le plus têtu qu'il m'ait été donné de rencontrer.

Edgar ne sut que répondre et il décala son regard sur sa gauche pour s'enquérir du sentiment de son avocat.

Archibald Leech le dévisagea d'un air navré.

— Désolé, Edgar. Rien de tout ceci n'est vrai.

Et il s'évanouit à son tour.

Richard jeta un coup d'œil sur sa droite et il vit le procureur disparaître.

— Ils n'existaient pas ? demanda Edgar.

— Ils étaient tous une projection de mon esprit, précisa l'Architecte.

— Presque tous, le corrigea une voix féminine qui était demeurée accoudée à son bureau.

Edgar et Richard regardèrent derrière le renard et virent le visage de Roxanna Finesword se modifier pour arborer les traits d'une louve à la fourrure argentée.

— Quel goujat je fais ! Je vous présente ma compagne qui est aussi ma muse, l'Inspiratrice.

— L'Architecte et l'Inspiratrice forment le couple créateur, ajouta Roxanna.

— Vous jouez bien la comédie, souffla Edgar, n'appréciant que modérément d'être le dindon de la farce.

— Il faut bien que nous nous divertissions.

— Mon mari a le sens du spectacle, admit l'Inspiratrice. Il ne peut pas s'empêcher d'en faire des tonnes !

— Peu importe, nous ne nous sommes pas réunis pour juger mes méthodes. Le verdict était déjà convenu avant votre arrivée ici, n'êtes-vous donc pas un tantinet curieux de l'apprendre ? leur demanda l'Architecte.

Edgar et Richard blanchirent à vue d'œil.

— Oh, dit-il le visage radieux, je n'y tiens plus. Voyez-vous, l'ironie du sort va vous faire rire, vous allez justement devoir voyager de nouveau dans le temps. Votre sentence sera de réparer votre faute. Mais attention, vous n'avez droit qu'à un seul trajet, il vous sera formellement interdit de rencontrer l'un de vos doubles du passé sous peine de provoquer un nouveau cataclysme et l'inspecteur Samuel Grant vous accompagnera pour s'assurer de votre bonne volonté. Vous allez devoir choisir judicieusement votre destination. Qu'en dites-vous ? Vous êtes prêts ?

Chapitre XIII

Circonspecte, Rose regarda autour d'elle. Elle se trouvait toujours dans l'atelier mais la pénombre l'enveloppait. Elle leva les yeux. Les tubes de lumière n'étaient plus accrochés au plafond. Ensuite, elle se retourna et remarqua que la porte n'était pas blindée. Enfin, elle distingua la silhouette allongée et arrondie du générateur d'électricité qui lui était familier.

Elle s'approcha pour vérifier qu'elle n'avait pas la berlue. Ses doigts effleurèrent les câbles apparents qui s'entremêlaient et avaient pour but de donner vie à cet appareil. Soudain, elle entendit des bruits de pas. Un grincement de porte s'ensuivit. Elle eut à peine le temps de pivoter sur elle-même qu'Edgar était sur le seuil de l'entrée de l'atelier.

Une vague de lumière pénétra à l'intérieur de l'atelier et l'inonda de son contact chaleureux alors que le scientifique la fixait, incrédule.

— Rose ? Que fais-tu là ?

La jeune femme se dirigea vers lui et ce n'est qu'à ce moment-là qu'il constata la tenue singulière qu'elle portait. Jamais sa Rose n'aurait paré son corps de vêtements réservés à la gent masculine.

— Qui êtes-vous ? Vous n'êtes pas Rose.

Elle arriva à sa hauteur et posa ses mains sur sa taille.

— Je suis ta bien-aimée, Edgar. Mais je ne suis pas exactement la tienne comme tu n'es pas tout à fait le mien, à ceci près que tu l'as été.

Edgar la dévisagea avec des yeux éberlués.

— Tu es la personne la plus ouverte d'esprit que je connaisse mais je crains que tu ne remettes en cause les mots qui sortiront de ma bouche pour expliquer ma présence, alors je n'ai d'autre choix que de te remettre ces présentes lettres que tu as toi-même rédigées, dit-elle en fouillant dans ses poches.

Edgar se défit de son emprise et la jaugea du regard avec défiance, comme s'il s'agissait d'une diablesse ou d'une sorcière.

— Lis, tu comprendras par toi-même, dit-elle en lui tendant les bouts de papiers pliés.

Sceptique mais intrigué, Edgar s'empara des messages et les déplia pour les parcourir en silence. Son visage demeura impassible le temps de la lecture et il s'arrêta en particulier sur celui qui avait été imprimé d'une manière qui lui échappait encore totalement. Enfin, il les replia et les lui rendit, considérant qu'ils appartenaient à Rose et non à lui, bien qu'il en ait visiblement été l'auteur.

— Tu es en train de me dire que tu viens du futur et cela à ma demande.

— J'étais aussi stupéfaite que toi lorsque j'ai découvert ces notes de ta part. Maintenant que j'ai utilisé la montre, je suis d'autant plus convaincue. D'après ce que tu as dit, nous devons défaire ce que tu as fait. Tu ne dois pas inventer cette montre à goussets et tous nos problèmes seront résolus. Ainsi que ceux de la planète.

Edgar fronça les sourcils et porta son poing droit sous son menton, son coude posé sur son bras gauche.

— Si ce que tu dis est juste, tu es venue trop tôt. Je n'ai pas encore percé le mystère du voyage à travers le temps. Tu aurais dû intervenir à ce moment-là.

— J'ai préféré venir avant justement pour te dissuader de réaliser cette prouesse, mon amour. Et nous pourrons continuer à couler des jours heureux.

— Impossible, il y a une autre version de toi qui circule en ce moment même à Londres. Il ne peut y avoir deux Rose Cunningham à la même époque. Pense aux conséquences de vos agissements, des liens que vous noueriez avec les gens qui vous connaissent et surtout de l'éventualité d'une rencontre entre vous deux. Ce serait terrible. La Rose Cunningham qui n'a pas encore voyagé dans le temps serait traumatisée, et comme elle est antérieure à la Rose Cunningham qui vient du futur, cela influencerait ton équilibre psychique. J'ignore concrètement quel impact cela aurait mais ce serait sans aucun doute catastrophique. Il n'y a qu'une seule solution, nous devons empêcher le futur de se concrétiser et ensuite te ramener à ton époque auprès de mon moi futur.

— Mais il a disparu de mon époque. Je ne sais pas ce qu'il est advenu de lui, s'il n'a plus sa montre, il est piégé dans l'avenir.

Edgar continua de réfléchir.

— Je ne peux décemment pas abandonner ma Rose Cunningham, ce qui la perturberait et engendrerait un nouveau paradoxe temporel. J'ai comme l'impression que mon moi du futur a agi dans la précipitation en te confiant cette montre.

— Quel autre choix avait-il ?

— Certes, certes.

Edgar ne manifesta pour le moment aucune marque d'affection pour celle qu'il aimait, trop bouleversé qu'il était par cette annonce.

— Voudrais-tu me montrer l'objet en question que je l'examine ?

— Bien entendu, mon amour, dit-elle en extirpant la montre de sa poche.

Pendant ce temps, il sortit une paire de lunettes de l'une des poches de son veston et la posa au-dessus de son nez. Il s'empara de la montre et examina sa coque extérieure avant de se décider à l'ouvrir.

— Fascinant, s'émerveilla-t-il, des étoiles brillant dans ses yeux. Je reconnais là le fruit de mon travail.

Brutalement, Rose lui reprit la montre des mains.

— Tu ne dois pas l'inventer plus tôt, tu dois oublier ce projet, tu m'entends ? Je ne veux pas te perdre, je veux te retrouver. Pour de vrai.

Edgar esquissa une grimace et voulut répliquer, par réflexe, mais il se retint et réfléchit.

— Notre interaction suffit peut-être à influencer le cours du temps. D'un côté, il faut limiter les interactions avec le temps ainsi que les voyages temporels, d'un autre, il n'y a qu'un seul moyen d'être certain, c'est de vérifier par toi-même si notre conversation a permis de restaurer la destinée de l'humanité.

— Tu veux que je retourne dans le futur ?

— Tu n'as pas le choix. Tu dois te rendre dans le futur et déterminer par toi-même s'il a été bouleversé par mes créations.

— Tu dois venir avec moi.

— Rose, je ne le peux pas. Ma place est ici. Si je voyageais de nouveau dans le temps, je risquerais d'empirer la situation. Si je t'ai confié cette montre, c'est pour une bonne raison. J'étais convaincu que seule toi pouvait arranger le chaos que j'ai visiblement provoqué. Tu dois avoir confiance en toi, mon amour, dit-il en repoussant une mèche qui s'était détachée et en la passant derrière son oreille gauche.

— Mais comment pourrais-je savoir si j'ai changé le futur ? Je ne connais pas l'avenir.

— Utilise les quelques points de repère que tu as pour déterminer l'impact de cette interaction sur le monde qui a été et qui n'est plus. Va me retrouver dans mon atelier en mille neuf cent vingt et tu verras si j'ai commencé les travaux qui ont tant affecté l'humanité. Si c'est le cas, alors mon moi du futur t'aidera dans ta quête et si ce n'est pas le cas, tu pourras retourner dans le passé, ou plus précisément dans ton présent, et tu devras détruire la montre avant que quelqu'un de mal intentionné ne mette la main dessus.

— Mais l'Edgar de mon époque, comment rentrera-t-il ? Où est-il ? En quelle année ?

— Je suis désolée, Rose, je n'ai pas cette réponse. Mais je ne doute pas qu'il te reviendra.

Dépitée, la jeune femme baissa les yeux et l'émotion flouta ses pupilles qui contenaient des larmoiements d'une rare intensité. Elle avait beau les refouler, des vagues constantes et violentes la bouleversaient jusqu'à ce qu'elle finisse par céder. Ses sanglots rompirent le silence et Edgar passa une main derrière sa nuque pour la rapprocher de son buste. Il la serra fort contre lui et elle se blottit, prenant malgré tout plaisir à sentir l'odeur corporelle de celui qu'elle aimait plus que tout.

— Rien ne saurait t'arrêter, Rose. J'ai toujours su que tu étais plus forte que moi. Tu m'as toujours soutenu et protégé.

Rose releva la tête fébrilement et acquiesça sans grande conviction.

Alors, Edgar posa un doigt sous son menton et l'obligea à le regarder dans les yeux.

— Je crois en toi. Tu es belle, intelligente et déterminée. Tu dois partir, maintenant. Je dois en savoir le moins possible sur ma destinée, tu comprends ?

Rose opina pour manifester son approbation puis elle se défit de son étreinte. Elle reporta son attention sur la montre qu'elle tenait dans sa main avant de s'adresser à Edgar.

— Tu dois t'éloigner de moi si tu ne veux pas m'accompagner. Fais-moi la promesse de ne pas inventer cette satanée montre.

— Tu as ma parole, Rose. Je ne te décevrai pas.

— Je t'aime, Edgar, lui dit-elle comme si elle s'apprêtait à le quitter pour ne plus jamais le revoir.

Par prudence, le scientifique recula de quelques pas et sortit de l'atelier. Une fois seule, Rose se pencha vers la montre et s'appliqua à sélectionner une date avant d'activer la fonctionnalité bien spécifique de l'objet, à savoir la distorsion du temps et de l'espace.

Les couleurs des murs, du plancher et des quelques objets présents dans la salle se confondirent brusquement pour se mélanger telle de la peinture sur une palette de peinture avant que de nouveaux coloris n'apparaissent et ne dessinent le cadre de l'atelier d'Edgar Stone en mille-neuf-cent-vingt.

Effrayée, Rose ferma les yeux.

Elle craignait le pire et redoutait d'être, elle aussi, prisonnière des couloirs du temps.

Chapitre XIV

La voiture de Samuel Grant avait repris l'aspect d'une automobile du milieu du dix-neuvième siècle. L'inspecteur attendait sagement derrière son volant alors que Richard Morris se rongeait les ongles jusqu'au sang, confortablement installé sur la banquette arrière en cuir. Un premier déplacement les avait vus s'arrêter à l'atelier d'Edgar, profitant du fait que son homonyme ne parvenait plus à quitter le dirigeable qu'il avait mis au point, dans un hangar situé à la périphérie de la ville. Richard n'avait pu qu'approuver le plan de son ami. Néanmoins, le doute le tenaillait.

— Vous saviez qu'il avait conçu une montre pour Rose ?

— Rien ne m'échappe. Il voulait la lui offrir le moment opportun, répondit-il en haussant les épaules.

— Vous saviez déjà que nous viendrions ici ?

— Oui, mais, lui ne le savait pas. N'est-ce pas prodigieux de se dire qu'inconsciemment, il savait que cela allait mal tourner et qu'il ne pourrait compter que sur sa compagne pour tout réparer ?

Le visage pâle de Richard traduisait le manque d'enthousiasme du condamné. Alors, l'Architecte décida de rassurer l'assistant d'Edgar.

— Ne vous inquiétez pas Richard, tout va bien se passer. Il va lui confier la montre et ensuite, vous n'aurez plus qu'à attendre.

— Mais sans la montre, jamais nous ne pourrons rentrer…

Richard hésita quant au choix des mots à prononcer.

— Vous ne pourrez jamais rentrer où, Richard ?

— À la maison, Monsieur l'inspecteur, à la maison.

— Vous n'avez pas besoin de montre pour ça. Vous êtes entre les mains de l'Architecte et de l'Inspiratrice, le couple créateur. Nous ne saurons empêcher l'union de deux êtres qui s'aiment avec autant de pureté, de sincérité et de force, le rassura l'inspecteur. Certes, nous pouvons nous montrer sévères mais nous avons également nos moments de grande clémence.

Richard acquiesça et plongea son regard à travers la buée qui empêchait de voir correctement à travers la vitre. Ses yeux voulaient se poser sur la porte d'entrée de l'immeuble où logeait Edgar Stone, dans le but de l'ouvrir, de parcourir le couloir, de remonter les escaliers et de découvrir son ami en train de remettre un présent d'un autre temps à sa promise. Mais ils en étaient incapables et il devait taire sa frustration, une de plus, ajoutée à celle de savoir son sort confié à une autre personne.

Il avait beau avoir foi en Rose Cunningham et la tenir en haute estime, il n'ignorait pas que l'erreur était humaine et que la moindre faute de sa part pourrait les condamner à un destin peu enviable.

— Il va bientôt revenir ?

— D'ici quelques heures, il va passer la nuit avec Rose, il ne ressortira de là qu'au petit matin. Y a-t-il un endroit où vous aimeriez vous rendre, Richard ? Tout condamné a droit à sa dernière volonté. Demandez-moi ce que vous voulez et j'exaucerai votre vœu.

— Vraiment ? s'étonna Richard.

— Vraiment, répondit l'Architecte qui aimait prendre forme humaine et qui s'était attaché à certaines silhouettes en particulier.

Alors, Richard se mit à réfléchir. Sa famille était disloquée et il n'avait pas eu la chance de rencontrer l'amour. Pas encore, tout du moins. Il ne savait pas vers qui se tourner.

— À vrai dire, en dehors d'Edgar et de Rose, personne d'autre ne tient une place importante dans ma vie.

— Vous n'êtes pas obligés de vouloir revoir quelqu'un. Y a-t-il un lieu où vous aimeriez vous ressourcer une dernière fois ? À moins que vous ne désiriez réaliser une ultime expérience ?

— Oui, il y a bien un endroit, mais je pense que si vous êtes vraiment celui que vous prétendez être, vous devez déjà le savoir.

Samuel Grant se retourna et sourit.

— Vous apprenez bien vite à me connaître, Richard. Direction le manoir Glenn Hawking, n'est-ce pas ?

— Ce n'est plus un orphelinat ? s'étonna Richard.

Samuel démarra le moteur et se décala lentement sur l'axe central de la route.

— Non, mais faites-moi confiance, dit-il en lui glissant un clin d'œil. Personne ne nous verra.

L'automobile traversa la capitale puis se transforma lorsqu'elle arriva à la lisière de bois environnants et des chevaux apparurent. Assis à l'arrière d'une calèche, Richard se redressa et alla s'asseoir aux côtés de l'inspecteur.

— Vous permettez ?

— Asseyez-vous, Richard, je sais que vous ne tenterez rien de stupide. Entre nous, ce serait peine perdue.

Richard prit place et observa la forêt plongée dans la nuit noire. Un vent subtil faisait se balancer les branches des arbres. Les ombres dansaient sur la route alors qu'une lanterne suspendue au-dessus de leurs têtes leur éclairait faiblement le chemin. Qu'importe, l'Architecte pouvait voir à travers les ténèbres. Rien ne pouvait obscurcir son champ de vision.

Soudain, il tira avec fermeté sur les rênes et les chevaux ralentirent leur cadence, le martèlement de leurs sabots ne cessant pas pour autant de résonner et de les empêcher de discerner précisément les moindres bruits émanant de la vie nocturne.

Ensuite, Samuel Grant fit tourner les chevaux et ils empruntèrent un sentier caillouteux. Même dans la pénombre, Richard reconnaissait parfaitement les lieux. La ligne droite qui s'étirait pour mener jusqu'au manoir lui était familière.

Un flash lui apparut alors. Celui du premier jour où il l'avait parcourue. Il ignorait alors tout du bâtiment qu'il trouverait au bout. Il ne connaissait pas encore ses habitants et n'imaginait pas qu'il y vivrait une grande partie de son enfance et de sa jeunesse. Il n'avait alors que six ans, mais jamais il n'avait oublié cette journée, l'une de celles qui avaient succédé à la disparition de ses parents.

Pourtant, son arrivée au manoir était un souvenir fort qui s'était forgé une place toute particulière dans les arcanes de sa mémoire. Il avait appris à considérer cet événement comme une renaissance.

Ses muscles se tendirent, ses intestins se contractèrent et sa tension nerveuse augmenta subitement alors que les nobles représentants de la famille des équidés foulaient le gravier qui se trouvait aux pieds des marches menant à la porte d'entrée.

Richard examina avec attention les briques de couleur saumon qui dessinaient les murs de la bâtisse campée sur un terrain qui comptait des milliers d'hectares. Au vu de l'aspect du manoir, il pouvait deviner en quelle année il se trouvait.

— Je suis en train de dormir dans l'une des chambres de l'orphelinat ?

— Non, pas encore. Nous sommes à la veille de votre arrivée, Richard. Il y a une scène à laquelle vous aimeriez assister, une vérité qui vous a été cachée. Voyez-vous, je vais enfreindre une loi de mon propre code de conduite mais j'ai estimé que vous deviez savoir. En revanche, je ne vous accompagnerai pas. Quand vous serez prêt, vous n'aurez qu'à descendre et à vous rendre au salon. Personne ne vous verra mais vous serez témoin d'une discussion qui vous permettra de connaître le véritable sort de votre famille, Richard. Ce sera votre unique chance au cours de votre vie d'apprendre la vérité.

— Que voulez-vous dire ?

— Vos parents ne sont pas morts dans un accident de voiture. On vous l'a fait croire pour vous protéger.

— Me protéger de quoi ?

— Disons que toutes les vérités ne sont pas bonnes à entendre, ni faciles à dire, surtout à un enfant de six ans. J'espère que vous ne l'oublierez pas si vous décidez de franchir le palier du manoir.

Richard ne répondit pas et observa d'un air grave la double porte en bois massif qui scellait l'entrée aboutissant sur le corridor principal. Sans que ses yeux ne quittent l'enceinte carrée, ses doigts se posèrent sur le rebord du siège.

Tout à coup, il n'avait plus vraiment envie de passer sa soirée dans ce manoir. En fait, il avait voulu se remémorer un endroit où il avait gardé des bons souvenirs. Sa vie à l'orphelinat lui avait permis de ne pas plonger à la perte de ses parents, surtout en raison de la compagnie des autres enfants.

Cela n'avait pas toujours été simple mais il n'avait rien regretté de sa jeunesse. Il en avait gardé des récits d'histoires qu'il aurait aimé partager avec ses enfants, si jamais il avait eu la chance d'engendrer une heureuse progéniture. Cela dit, il n'avait pas songé que ce manoir pouvait renfermer des secrets plus tristes, lugubres et susceptibles de lui faire déplorer le choix de venir ici.

Richard demeurait à la fois effrayé et intrigué. Rester calfeutré dans la calèche et rebrousser chemin alors qu'il se retrouvait si près de lever le voile sur l'un des mystères ayant influencé sa vie d'homme, voilà une décision dont il se repentirait amèrement par la suite. Ainsi, il poussa sur ses mains et il se leva avant de se pencher et de descendre du véhicule.

En silence, l'inspecteur Samuel Gant l'observa s'affranchir des quelques mètres qui le séparaient de l'entrée du manoir.

Chapitre XV

Lorsque Rose ouvrit les yeux, elle comprit spontanément que leur interaction avait échoué. De toute évidence, en dépit de l'avertissement qui lui avait été donné, Edgar n'avait pu se retenir d'inventer la montre à la suite de son échec retentissant sur la scène publique.

La modernisation excessive de l'atelier était évidente. Des peintures numériques coloraient chaque pan de mur et se succédaient à un rythme régulier et de manière aléatoire parmi toute une gamme de réalisations.

Toutefois, Rose n'eut pas le temps de pivoter sur elle-même et de s'imprégner de l'ambiance futuriste du laboratoire d'Edgar Stone qu'une sirène se mit à résonner de manière intempestive et constante.

Une voix provenant de nulle part se fit alors entendre.

— Présence intruse détectée à l'atelier Origins du niveau zéro. Mise en place immédiate du dispositif de sécurité.

Le regard de Rose fut soudain attiré par un clic qui symbolisa le verrouillage de la seule porte d'accès de cette salle avec un couloir permettant de circuler dans le reste du complexe dont la jeune femme ne pouvait soupçonner sa taille et son caractère labyrinthique.

Une sphère translucide posée sur une table en titane s'éclaira et vira au bleu, puis un faisceau de lumière jaillit et s'éleva dans l'air. Le visage d'un homme qui lui était inconnu se cristallisa à la perfection. Aucun pixel ne trahissait son aspect virtuel. La couleur se lissa progressivement et le rendu donnait vraiment l'impression que ce personnage se trouvait dans la même pièce qu'elle. En outre, il pouvait la voir parfaitement.

— Bonjour, Mademoiselle. Vous vous trouvez à l'intérieur du site principal de McCartigan Workshop Incorporation. À notre connaissance, vous n'avez été nullement autorisée à accéder à aucun niveau de notre domaine. Une équipe de sécurité va venir vous neutraliser en vous réservant le sort destiné aux espions. Ensuite, vous serez remise entre les mains de la police. Dans le cas où il s'agirait d'un malencontreux quiproquo, vous avez quelques secondes pour vous justifier. Passé ce délai, nous ne pourrons plus rien pour vous.

— Je... Mais ce n'est pas l'atelier d'Edgar Stone ? demanda-t-elle naïvement tout en étudiant le visage qui la contemplait avec dureté.

Le jeune homme replaça avec l'index ses lunettes carrées, posés sur son nez aquilin, et il étrécit ses yeux. Nichés sous des sourcils fins, des pupilles sombres la fixaient avec intensité. En apparence, son interlocuteur paraissait digne de confiance. Vêtu d'un costume sobre et élégant, il n'avait rien d'un voyou. Ses cheveux bruns soigneusement peignés dévoilaient une raie.

— Je suis navré de vous annoncer que nous ne connaissons personne de ce nom. Les ateliers appartiennent à la famille McCartigan depuis plusieurs générations. Nos collaborateurs et nos ouvriers sont triés sur le volet et je peux vous affirmer sans le moindre doute qu'aucune personne du nom d'Edgar Stone n'a jamais été associée à aucun de nos projets et ce depuis le moment où nous avons acquis cette propriété en mille huit cent cinquante et un. Si je peux me permettre, votre mensonge n'est pas à la hauteur de votre beauté. Ainsi, si vous n'avez rien d'autre à ajouter pour votre défense, nous n'avons plus rien à vous dire. Ne vous inquiétez pas, votre interpellation devrait être rapide.

Les yeux de Rose, défaits, s'écarquillèrent et elle fit enfin le lien avec le nom de McCartigan, son ancien employeur du temps où elle espérait devenir une brillante journaliste.

— Attendez ! cria-t-elle alors que le visage se dissipait en même temps que son hologramme. Il faut que je retrouve Edgar Stone, c'est une question de vie ou de mort !

Impassible, Ashley McCartigan Jr lui dévoila un sourire sadique, n'éprouvant que peu de compassion pour les fraudeurs qui effectuaient de l'espionnage industriel. Néanmoins, un soupçon d'inquiétude apparut dans la lueur de ses yeux au moment de disparaître définitivement de cette salle. Les interpellations de ce genre étaient courantes et leurs rivaux employaient souvent des femmes pour leur subtilité, leur discrétion et leurs facultés à se jouer des hommes. Pourtant, cette femme semblait différente des autres. Oui, Ashley McCartigan sentit le frémissement d'un doute s'immiscer dans son esprit.

Cela dit, il était trop tard.

Rose se retourna lorsqu'elle entendit du bruit derrière la porte. Un clic se fit entendre et la vision des écrous et du métal blindé se dissipa.

Un nouvel hologramme.

Rose comprit alors qu'elle ne pouvait avoir confiance en ce qu'elle voyait. L'univers avait été inévitablement bouleversé et elle réalisa bien vite qu'il fallait rétablir l'ordre du temps. Pour ce faire, il fallait partir de toute urgence.

Deux créatures apparurent lorsque la porte disparut complètement.

L'une se tenait debout, l'autre à quatre pattes.

Un homme et un chien. Un vrai molosse. Un collier orné de pointes acérées entourait le cou proéminent de la bête. Sa fourrure était noire sur le dos et prenait une allure flamboyante grâce à un léger dégradé de ses poils qui devenait bruns voire roux sur le dessous et autour de certaines parties de son organisme, notamment sous sa mâchoire ou autour de ses yeux. Ses crocs, eux, étaient aiguisés et de la bave dégoulinait depuis sa lèvre inférieure. Le chien manifestait ainsi sa rage et son appétit. Ses épaules se mirent à déambuler dans une mécanique parfaitement huilée alors que son maître s'avançait lui aussi dans sa direction.

Dans l'une de ses mains, il tenait un bout de métal argenté qui semblait mesurer à peine quelques centimètres de long. Le regard de Rose évita dans un premier temps le bouton placé sur le côté de l'ustensile et il déshabilla d'abord le vigile. Le crâne rasé de près, il était difficile de mémoriser quelque particularité physique qui le distinguerait de ses semblables, d'autant plus que ses yeux étaient protégés par les verres opaques de sa paire de lunettes qui semblait se confondre avec les moindres aspérités de sa peau et qui était dénuée de tiges sur les côtés.

Sans transition, elle remarqua les muscles bien formés de ses bras puisque son tricot de peau doré recouvrait uniquement son thorax. Seul le chiffre cinq imprimé en noir contrastait avec la couleur lumineuse de son vêtement. Un pantalon assorti à ce haut dissimulait ses jambes alors que des bottes imposantes lui permettaient de conforter son autorité. D'ailleurs, elles résonnèrent à chacun de ses pas.

Avec délicatesse, Rose voulut se saisir de la montre et partir de cet endroit au plus vite. Peu importait où et quand, tant qu'elle déguerpissait avant de se retrouver prisonnière d'un monde qui lui était totalement étranger.

Le vigile devina instantanément que celle qu'il considérait comme une espionne voulait atteindre un objet dans l'une de ses poches. Peu désireux de lui laisser la moindre occasion de tenter quoi que ce soit, il appuya sur le bouton disposé sur le manche et un faisceau lumineux vert apparut, formant une fine lame.

Des étincelles crépitèrent.

Rose voulut reculer d'un pas alors que ses doigts tremblèrent au moment d'enserrer sa montre et elle détecta un mouvement subtil du poignet de la part de son assaillant. La lame changea alors d'aspect et perdit son caractère rigide. Elle craqua en de multiples endroits tout en se détendant.

Le temps qu'elle comprenne qu'il s'agissait d'une sorte de fouet, le gardien des lieux brandit la poignée au-dessus de sa tête et fit tournoyer l'espèce de corde divisée en parties rigides ainsi qu'en parties souples.

Pendant ce temps, le molosse fixait sa proie, espérant que son maître lui ordonnerait de bondir sur elle. Malheureusement pour lui, celui qui l'avait dressé en avait décidé autrement et ne jugeait pas utile l'intervention de son ami canin. Ainsi, il fit claquer le fouet et la corde s'enroula tout autour du buste de Rose.

Des cris de douleur jaillirent de sa gorge. La jeune femme n'avait jamais enduré une telle forme de souffrance dans sa courte vie. Son adversaire se mit à tirer pour la faire venir sur lui alors que la corde resserrait son étreinte et épousait parfaitement les courbes de son anatomie, comme si l'arme était dotée de sa propre forme d'intelligence.

Rose serrait les dents alors que le tissu de son costume se désagrégeait et dénudait partiellement le haut de son corps, exhibant notamment les rougeurs qui assombrissaient sa peau laiteuse.

— À genoux, espionne, ordonna d'une voix calme et assurée le gardien.

L'agonie était si intense qu'elle ne put se soumettre à sa volonté. Ses articulations entrèrent en action et elle plia ses rotules pour se retrouver le visage à hauteur de la taille de celui qui venait de la capturer. Elle tenta en vain d'interroger du regard les yeux masqués qui la contemplaient et qui ne trahissaient pas le moindre scrupule à la voir souffrir.

Le membre de la sécurité de McCartigan Workshop Incorporation posa avec précaution la poignée du fouet à terre et se redressa pour retirer une petite pochette cachée dans une pochette extérieure placée à hauteur de la poitrine. Le cordage phosphorescent ayant conservé son emprise, il se concentra sur sa tâche et retira une seringue de son étui puis il s'empara d'un petit flacon et finit de préparer ce qui s'apparentait à un sédatif.

Enfin, il porta la seringue en l'air et vérifia que le flacon était bien enclenché et il s'approcha de Rose.

Frustrée et paralysée, elle assistait impuissante à la finalisation de sa capture. Ses muscles avaient beau se tendre, elle n'avait aucune chance de se dérober à son assaillant.

Elle entendit le froissement du tissu lorsque le vigile se pencha pour lui administrer dans le cou le produit qu'il conservait en permanence sur lui. En cas de nécessité.

Les yeux de Rose essayèrent de se tourner vers le bras qui pressait la seringue puis ils se révulsèrent. Elle put à peine entendre vaguement les derniers mots prononcés par son geôlier lorsqu'elle perdit connaissance.

— Voilà, ma jolie. Fais de beaux rêves.

La substance se diffusait déjà dans les veines et les artères de Rose pour circuler dans l'intégrité de son organisme. Les principaux organes avaient déjà été affectés par les effets à la fois hypnotiques et psychotropes de la substance. La jeune femme allait bientôt vivre un rêve éveillé, haut en couleur, jusqu'à son réveil forcé. Tout du moins si l'on décidait qu'il était opportun d'entendre sa plaidoirie. Ce qui n'arrivait que très rarement pour les espions industriels. En général, ils étaient maintenus dans cet état lorsqu'ils étaient confiés à la police qui les transférait directement vers un établissement pénitentiaire spécialisé.

Ce n'était qu'à la fin de sa peine de prison que Rose pourrait se réveiller. Toutefois, peu d'espions industriels jouissaient du privilège de goûter de nouveau à un bain de soleil. Il s'agissait d'un crime considéré comme capital par le régime mis en place au Royaume-Uni, ainsi que par l'élite des États souverains dans le monde entier.

Le caractère tragique du destin de cette jeune femme ne tracassa pas pour autant celui qui l'avait neutralisée. Il n'empêchait qu'une question le taraudait.

Ses rotules se plièrent et il glissa l'une de ses mains entre les filaments du cordage qui maintenaient la prisonnière dans la même posture. Il atteignit la poche dans laquelle elle avait voulu s'emparer d'un objet.

Il s'attendait à découvrir une arme et il ne se serait pas prié de lui ravir, lui qui aimait compléter sa collection dès qu'il en avait l'occasion, s'il avait trouvé un pistolet. Quelle ne fut pas sa surprise lorsqu'il retira une montre à goussets.

Il l'observa attentivement afin de s'assurer qu'il ne s'agissait pas d'un quelconque gadget explosif. Les espions industriels pouvaient s'avérer de plus en plus imaginatifs et épatants. Mais lorsqu'il approcha son visage, il put constater de ses yeux le côté authentique et rétrograde de l'objet. Il tenait dans ses mains une relique d'antan.

Il jeta un coup d'œil vers Pacha, son chien, et il esquissa une moue de dépit. Il était déçu mais il décida de la conserver.

— J'irai voir Tobias, l'antiquaire. Peut-être m'en offrira-t-il un bon prix ? Je ne suis pas doué pour estimer ce genre de bibelots. Parfois, on est étonné de la valeur pécuniaire de certaines reliques.

Alors, il parut décontenancé par le regard accusateur que lui retournait le chien.

— Quoi ? C'est un objet insignifiant.

Son fidèle compagnon ne se résigna pas et continua de le dévisager pour lui faire comprendre son assentiment.

— Oui, je sais, Pacha, normalement, on doit déclarer tout objet inhabituel trouvé sur un suspect. Mais les fins de mois sont parfois difficiles, tu sais. Je ne crois pas que le laboratoire scientifique obtiendra quoi que ce soit de cette vulgaire montre.

Le vigile semblait vouloir se justifier plus pour lui-même que parce qu'il redoutait l'opinion de Pacha et il tint bon puisqu'il décida de ranger l'objet dans la poche de son pantalon.

Un grognement se fit alors entendre.

Pacha n'était pas d'accord et il lui était important de le faire savoir à son maître.

— C'est la dernière fois, promis, se voulut-il rassurant afin de détendre Pacha. Bon, ce n'est pas tout mais il faut ramener notre prise à sa cellule de détention provisoire. Tu râles mais c'est moi qui ai fait tout le boulot, je te rappelle !

Chapitre XVI

Une faible lumière provenant du salon principal éclairait le corridor qui débouchait sur de nombreuses pièces du rez-de-chaussée du manoir. Telle une abeille attirée par le parfum envoûtant du nectar, Richard avança à pas feutrés vers la source de cette vive chaleur.

Lorsqu'il arriva à l'entrée du salon, la porte était ouverte et l'odeur du tabac embaumait la pièce. Installés dans deux fauteuils qui ne se faisaient pas face, Graham et Louise Potter devisaient au sujet du nouvel orphelin qu'ils étaient censés accueillir.

— Nous ne devrions pas avoir à mentir à cet enfant, s'outra une voix bienveillante et conviviale.

Richard entra alors et ne porta pas attention au rire de son mari qui lui fit écho. Il posa ses yeux sur la dame qui avait grandement participé à son éducation. Il reconnaissait sans le moindre doute son cou voûté rappelant celui d'un vautour et ses cheveux roux impeccablement brossés. Ses petits yeux pernicieux se terraient derrière des lunettes rondes alors que l'amplitude de ses vêtements ne suffisait pas à dissimuler la présence de ses bourrelets.

— Comme si c'était la première fois, Louise. Nous avons bien souvent caché la vérité aux orphelins.

— Pour leur bien et parce que nous l'avions décidé. Aujourd'hui, cette bonne femme nous l'a imposé. Ils ont déjà raconté des boniments à ce pauvre garçon. Il doit pleurer toutes les larmes de son corps à l'idée d'imaginer que ses parents aient été malencontreusement tués au cours d'un hold-up.

Graham haussa les épaules et Richard porta son regard sur lui à ce moment-là. Il était doté d'une mâchoire carrée typique d'un joueur de rugby, et des épaules qui allaient avec. S'il possédait quelques kilos en trop, on devinait aisément sa musculature encore prononcée malgré son âge avancé, ce qui lui permettait d'acquérir une certaine forme de respect auprès des enfants qui vivaient dans le manoir. Ses sourcils broussailleux et son nez cassé lui conféraient une force que l'on n'avait guère envie de voir se retourner contre soi.

— S'il avait appris la triste vérité, il n'en aurait pas été moins malheureux. Si l'assistante sociale a décidé de romancer les faits, c'est pour le protéger, pour lui éviter de se poser des questions, de gamberger et d'enquêter sur la mort de ses parents. La police est là pour ça.

— La police ? On parle bien de Scotland Yard ? demanda Louise en se penchant vers l'avant.

— Qui d'autre ? s'étonna Graham.

— Tu sais bien que ce sont des incompétents et des corrompus. Très peu d'affaires criminelles sont résolues.

— Dans quelques années, tu verras que Scotland Yard sera une institution sacrée dans tout le pays, ainsi que dans le reste de l'île. Tout le monde s'accorde à dire qu'ils sont dirigés par une équipe intègre et valeureuse. Leurs tests d'admission sont éprouvants et n'importe qui ne peut pas revêtir leur uniforme. Les meurtriers sont doués et la police a toujours manqué d'organisation mais depuis l'intronisation du commissaire Landi, je n'ai aucun doute sur leur capacité à rendre la justice. Les voleurs, les assassins et les violeurs vont être sans nul doute traqués pour permettre à nos habitants de vaquer à leurs occupations en toute sécurité, même dans les ruelles les plus sombres.

— Tu dis cela parce que vous étiez amis à l'internat.

— Il est vrai que nous nous entendions bien mais le commissaire Landi est un homme incorruptible, je t'en fais le serment. Je n'ai jamais rencontré de ma vie quelqu'un d'aussi honnête. Il est clair qu'il n'apprécierait guère lui non plus que l'on dissimule la vérité à de jeunes enfants, en dépit des conséquences traumatisantes que cela pourrait engendrer. À l'époque, quand l'un de nos camarades était tenté de mentir, que ce soit à ses parents ou à un professeur, il répétait souvent le même dicton : celui qui dit la vérité finira bien, celui qui ment finira mal.

— Vraiment ?

— Croix de bois, croix de fer. Si je mens, je vais en enfer. Et force est de reconnaître que la suite des événements lui donnait souvent raison.

— Pourtant, aujourd'hui, tu soutiens la version de l'assistante sociale…

— Oui, je ne suis pas Mark Landi. Je ne suis jamais parvenu à être aussi irréprochable que lui. Je pense qu'il faut parfois jongler avec notre part d'ombre pour protéger les plus vulnérables. Sans aucun doute, j'en subirai un jour le contrecoup, mais d'ici là, j'espère que j'aurais offert un peu de stabilité à ces enfants. Personne ne mérite d'apprendre que ses parents ont été décapités. Tu as lu le dossier ? Quelle mort atroce ? Comment veux-tu annoncer ça à un enfant haut comme trois pommes ? Y a-t-il des mots prévus par le code de la bienséance pour ce genre de situation ? Je ne le crois pas.

La tête de Richard Morris fit plusieurs tours et il sentit ses boyaux se tordre. Sa bouche s'ouvrit et son larynx sembla vouloir remonter des aliments à la surface. L'assistant d'Edgar Stone vacilla et prit appui sur la poignée de la porte du salon. Il se mit à respirer à grandes bouffées pour se calmer. Lorsqu'il releva la tête, il constata que Graham et Louise s'étaient levés tous les deux et le fixaient.

De toute évidence, ils étaient alarmés et choqués. Richard se demanda s'ils le voyaient mais il comprit que non lorsque Graham se rendit dans le couloir et regarda de chaque côté. Il posa alors sa main sur sa poitrine et se tourna vers sa femme.

— Ce n'était que Poil-de-carotte, dit-il en désignant le félin qui se frottait contre sa jambe avant de se diriger vers le fauteuil abandonné par son maître.

Richard fut au moins autant soulagé qu'eux mais il comprit que s'ils ne pouvaient pas le voir, il semblait qu'ils puissent entendre les bruits qu'il provoquait. Ainsi, il attendit qu'ils reprennent place dans leurs fauteuils et se retira en silence. Il en avait assez entendu.

Samuel Grant plissa les yeux lorsqu'il reconnut sa silhouette et il lui ouvrit la porte alors que des gouttes venaient rebondir sur le toit de la calèche. Elles étaient peu nombreuses au début, comme si elles attendaient que Richard reprenne place aux côtés de Samuel Grant pour accélérer leur rythme et leur intensité.

— Je suis navré, Richard. Il fallait que tu saches.

Les yeux de Richard se perdaient dans le vide. Il avait bien entendu le policier lui parler mais il ne l'écoutait pas vraiment, trop occupé à comprendre que toute sa vie reposait sur un mensonge.

— Merci, finit-il par répondre alors que l'incarnation de l'Architecte le fixait.

— Bien, le moment est venu d'aller chercher Edgar.

Richard acquiesça fébrilement. Même les retrouvailles avec son ami ne parvenaient pas à soulager la peine qui grandissait progressivement dans l'intimité de sa poitrine.

Samuel tira sur les rênes et les chevaux se mirent à tirer la calèche avant de disparaître en même temps que la pluie. Richard resta stoïque alors qu'il retrouvait le confort de l'automobile et l'époque qu'il considérait comme le présent.

— Qu'allons-nous devenir ? demanda-t-il au bout d'un long moment, rompant ainsi le silence qui s'était installé entre les deux hommes.

— Si Rose Cunningham parvient à restaurer l'équilibre de ce monde, je vous ramènerai personnellement à vos vies.

— Nous aurons droit à une seconde chance ?

— Oui, et je te prie de croire qu'il ne faudra pas la gâcher.

Samuel s'interrompit et attendit qu'Edgar, qui venait de quitter sa résidence, monte dans la voiture. Alors, il se retourna, passa un bras sur son fauteuil et tendit sa main droite.

Comme ils l'avaient convenu, Edgar remit à l'Architecte la montre qu'il avait inventée, l'originale, celle que l'inspecteur Grant lui avait reprise mais que l'Architecte avait concédé à lui remettre pour accomplir sa mission, ou plutôt pour purger sa peine. Désormais, les dés étaient jetés.

— Il faut que vous compreniez que chacun de nous influence le monde dans lequel il vit, leur rappela-t-il en enfouissant l'objet dans une poche intérieure de sa veste. Nos actes influencent nos congénères. Celui qui veut changer le monde doit commencer par se changer lui-même. C'est en évoluant qu'il permet à ses semblables de progresser. Suis-je clair ?

Richard et Edgar étaient encore trop troublés par le caractère tragique de leur propre destinée pour saisir avec clarté le message de l'Architecte. Pourtant, ils prétendirent que c'était le cas et ils acquiescèrent. Ils ne désiraient pas mentir sciemment à Samuel Grant. En réalité, ils se voilaient la face.

— Où allons-nous maintenant ? l'interrogea Edgar qui s'efforçait de paraître imperturbable en toutes circonstances.

Samuel Grant reprit son masque d'austérité et se retourna vers le volant. Il posa l'une de ses mains gantées dessus pendant que les doigts de l'autre main se positionnaient sur le levier de vitesse.

— Dans la salle d'attente, le seul espace neutre dans l'immensité de l'univers. Accrochez-vous car nous allons prendre de l'altitude.

Richard et Edgar se dévisagèrent. Cet inspecteur ne leur laissait jamais le temps de digérer la portée des événements dont ils étaient à la fois des acteurs et des spectateurs. La voiture démarra à peine que le décor autour d'eux évoluait. Il se transfigura au même rythme que l'intérieur de l'habitacle et en moins de dix secondes, ils voyaient le sol s'éloigner et les habitations se réduire à vue d'œil.

— Attache-toi, préconisa Edgar à Richard alors que des ceintures de sécurité avaient fait leur apparition et que l'engin piquait du nez vers le ciel.

Richard lui obéit et quand il se redressa, il sentit une poussée violente et phénoménale le clouer sur place. Tout son corps fut collé à la banquette qui le soutenait et ses yeux regardaient droit devant lui, n'osant pas pivoter sur les côtés.

Le ciel bleuté s'assombrit à mesure qu'ils quittaient l'atmosphère terrestre. L'aura du soleil s'atténua pendant que le véhicule ne cessait de changer d'aspect. Au moment de plonger dans l'espace, une baie vitrée se cristallisa sur tout le pourtour de l'appareil et leur permit de jouir d'une vue imprenable sur l'immensité du cosmos. La voiture avait désormais l'apparence d'une soucoupe volante. La coque était de couleur argentée et les derniers rais de lumière qui parvenaient à traverser l'univers venaient s'y réverbérer, donnant l'impression à ceux qui pourraient la repérer grâce à leur télescope qu'il s'agirait d'une petite étoile.

Subjugués par la matérialisation d'un voyage dont ils n'avaient pas soupçonné la possibilité, Edgar et Richard furent étourdis par la détonation visuelle qui s'ensuivit lorsque des milliers de points blancs se rassemblèrent devant eux pour former une traînée de lumière aveuglante au moment où le vaisseau s'apprêtait à se téléporter à l'autre bout de la galaxie.

Chapitre XVII

Le vigile fouilla dans l'une des poches de son pantalon et sortit une petite sphère. Il appuya sur un bouton et la jeta à terre. En touchant le sol, un mécanisme s'enclencha et des tiges de métal se déployèrent pour former une sorte de civière. Ensuite, il pressa le bouton de son fouet et celui-ci se délaça, aspiré par la poignée d'où provenait sa source d'énergie. Puis il se pencha pour ramasser Rose et l'installa soigneusement sur l'objet.

— C'est toujours moi qui m'occupe des tâches les plus éreintantes pendant que tu me regardes, Pacha, pesta-t-il.

Le chien le dévisagea mais ne grogna pas ni ne manifesta quelconque forme d'émotion. Il attendit juste que son partenaire ait achevé sa besogne. Lorsque ce fut le cas, le vigile fit défiler une molette située sur le côté et la tige qui soutenait la civière s'éleva du plateau de base porté par des roulettes pour soulever sa victime à hauteur de sa taille.

Enfin, il s'en alla, accompagné du chien et de la civière motorisée. Celle-ci les suivait selon les paramètres préalablement enregistrés par les membres de l'équipe de sécurité.

Ils quittèrent l'atelier et longèrent un couloir avant de déboucher dans une vaste salle qui comptait huit ascenseurs. Le vigile en choisit un et s'adressa à lui.

— Ascenseur, nous voulons descendre. Direction le niveau moins quatre.

Un son à peine audible se fit vaguement entendre derrière les portes métallisées puis elles s'écartèrent et permirent au cortège réduit d'entrer à l'intérieur. Elles se refermèrent aussitôt avant de se rouvrir dans la foulée.

Le vigile descendit en premier, suivi par Pacha puis par la civière. Ils débouchèrent dans une vaste salle dont les murs étaient aussi gris et insipides que ceux des autres étages. En outre, ils étaient habitués à ce décor austère ; ainsi, ils arpentèrent un couloir puis entrèrent dans une pièce dénuée de porte.

Une fois arrivés à quelques pas des casiers prévus pour entreposer les espions et autres fraudeurs dans l'attente de l'arrivée de la police, le membre de la sécurité se pétrifia. Un visage familier les attendait.

— Bonjour, numéro cinq. Je vous attendais.

— Bonjour, Monsieur McCartigan, répondit-il la voix soudainement enrouée par le malaise.

Aucun membre de l'équipe de sécurité n'aimait se retrouver confronté à la présence du directeur du laboratoire de recherche. En effet, elle était rare et synonyme d'ennuis. Son temps était précieux et il n'accordait que très rarement des minutes de son emploi du temps à des sous-fifres cantonnés à la surveillance des lieux et à l'arrestation d'intrus.

— Excusez-moi de vous déranger dans votre ouvrage, débuta le jeune homme qui était sapé tel le premier de la classe, aux yeux de numéro cinq. Il s'agit de l'espionne que vous venez d'interpeller, n'est-ce pas ?

— Oui, Monsieur, c'est bien elle. Nous venions déposer son corps dans l'un des casiers prévus à cet effet.

Si Pacha avait pu s'exprimer oralement, il se serait gaussé. Voilà que son partenaire remuait la queue et serrait les fesses pour faire plaisir à son patron.

Ashley McCartigan acquiesça sobrement sans trahir son ressenti à la suite de cette réponse.

— Je me suis permis de me déplacer car je suis très attentivement les retransmissions vidéo qui sont émises lors de la détection d'un intrus. Comme vous le savez, un hologramme est diffusé et annonce l'imminence de leur interpellation.

En général, ces messages sont envoyés automatiquement et suivent un manuscrit préalablement enregistré. Cependant, à l'occasion, quand Ashley McCartigan était disponible, il aimait particulièrement prendre le soin d'échanger avec les espions pris en flagrant délit. Il portait sur lui un émetteur qui lui signalait en permanence les intrusions et il éprouvait un plaisir sadique à les informer de la fin de leur parcours au sein de ses ateliers. Tout cela, Ashley McCartigan le tut et ne le révéla pas à son subalterne qui opina.

— Oui, Monsieur, se contenta-t-il de répondre.

— J'ai examiné le rapport. L'accusée a eu une réaction inhabituelle. Elle était à la recherche d'un homme dont le nom m'est inconnu. J'aimerais savoir si vous avez décelé quoi que ce soit d'anormal dans son comportement lorsque vous l'avez surprise.

Numéro cinq avait envie de répondre spontanément par la négative mais au vu de la mine contrariée du plus haut responsable de la pyramide de McCartigan Workshop Incorporation, il préféra prendre le temps de la réflexion.

La prévenue avait tenté de s'emparer d'une montre, c'était curieux et étrange comme système de défense. Toutefois, il ne tenait pas à perdre sa petite source de revenus sachant qu'il ne voyait pas l'importance que cet objet pouvait receler.

— J'ai beau retourner notre court intermède dans tous les sens monsieur, je ne vois pas. Tout est allé très vite.

— Je vois, conclut le directeur en feignant de se détendre et en souriant. Vous permettez que je jette un coup d'œil ? Que je fouille ses poches ?

La question était seulement rhétorique, elle n'exigeait aucunement une réponse. Numéro cinq et Pacha s'écartèrent, puis Ashley s'avança. Ses yeux se posèrent en premier lieu sur le visage de Rose. Il le détailla lentement avant de descendre et d'étudier son costume. Intrigué, il saisit un bout de sa veste entre ses doigts et palpa la finesse du tissu. La sensation lui fut totalement inconnue. Le style des vêtements de l'espionne ne lui était pas étranger mais ce n'était pas le genre de tenue que des hors-la-loi choisissaient lorsqu'ils venaient s'introduire dans ses ateliers. À vrai dire, plus personne ne s'habillait ainsi.

Cette femme l'intriguait au plus haut point. Il ne savait pas en expliquer la raison mais il avait tout de suite perçu qu'elle ne correspondait pas au profil d'une espionne. Épris d'un doute, il plongea une main dans sa poche gauche et n'en retira rien. Déçu, il s'empressa de fouiner dans celle de droite et il dut retenir un sourire de satisfaction lorsque ses doigts rencontrèrent le contact soyeux du papier d'antan. Il sentit la feuille craquer alors que le contact du fouet paralysant avait brûlé cette partie du costume de Rose.

Désireux d'obtenir le moindre indice sur la vraie nature de cette personne, il en retira les restes des feuilles écrites par Edgar Stone lors de son retour en mille huit cent cinquante et un. Il déplia le premier bout de papier mais ne put rien lire de cohérent. Les brûlures du fouet paralysant avaient bruni et noirci le papier fragile à tel point que l'encre avait coulé. Peu de mots étaient lisibles.

Il réprima alors son agacement et vérifia que le deuxième message lui offrirait plus de réussite. Il n'en fut rien. Ashley demeura calme et stoïque puis il replia les papiers et les reposa à l'intérieur de la poche, sous le regard médusé de numéro cinq qui ne comprenait pas ce que son employeur recherchait.

Pourtant, c'était clair, elle était louche. Plus personne ne prenait le soin d'écrire à la main. Et cela depuis des lustres. Cette femme donnait l'impression de provenir d'un autre monde, voire d'un autre temps. Elle leur ressemblait et les différences qui les séparaient étaient subtiles mais bel et bien perceptibles. Encore fallait-il être vif d'esprit pour les remarquer.

Heureusement que nous sommes dotés d'un système de sécurité ultra-perfectionné et irréprochable, car nous ne pouvons vraiment pas compter sur de fins limiers pour enquêter sur les fauteurs, songea Ashley en constatant l'incompétence de numéro cinq en matière de déduction et d'investigation.

La naïveté affichée par le vigile lui sauva la mise. Ashley ne douta pas un seul instant de sa sincérité et n'imagina pas la moindre seconde que son sbire avait pu lui cacher un élément aussi notable que la montre à goussets.

L'employé affecté à la sécurité sentit des gouttes de sueur couler le long de ses aisselles alors qu'Ashley McCartigan lui tournait le dos. Il commençait à regretter d'avoir menti à un homme de sa stature, car il avait les moyens de le condamner sans recourir à une quelconque forme de procès.

Le pouvoir possédé par la dynastie McCartigan depuis des générations leur avait permis d'acheter les services de la justice britannique. Non pas qu'ils eussent eu besoin de mettre la main à la poche et de graisser des pattes avec des pots-de-vin, non la raison était toute autre, leur influence avait été si notable sur le monde moderne et leur vertu morale semblait tellement incontestable que personne ne pouvait imaginer qu'ils se fourvoyaient.

La police travaillait pour eux tout comme les plus hauts magistrats formés par les universités d'élite du Royaume-Uni. Ils possédaient plus d'autorité dans ce pays que le Premier ministre. D'ailleurs, si l'envie prenait à l'un des membres du clan McCartigan de briguer la place de premier homme politique du pays, il l'obtiendrait sans aucun mal.

Enfin, Ashley se retourna vers numéro cinq et le dévisagea avec vigueur. Il sentit les yeux du vigile trembler et lut la peur ressentie par son âme mais il ne lui en tint pas rigueur. Il avait l'habitude de déceler ce sentiment dans les pupilles de ses interlocuteurs et en particulier de ceux qui travaillaient pour lui. Ils savaient qu'à la moindre faute, ils pouvaient voir leur carrière s'arrêter pour ne plus jamais reprendre. La plupart d'entre eux avaient des bouches à nourrir, une femme à entretenir et des enfants à élever. Même les innocents redoutaient son courroux.

— Bien, numéro cinq. Vous pouvez terminer votre tâche sans plus tarder, la police doit être en chemin pour récupérer le colis. Ils se chargeront du reste. Bon travail, conclut-il pour la forme.

Soulagé, numéro cinq acquiesça et évita toute confrontation visuelle avec Pacha.

Ashley McCartigan ne sourit pas et s'en alla aussitôt. Pourtant, il n'arrivait pas à chasser cette femme de ses pensées.

Il faudra tout de même que je trouve un moment dans la journée pour visionner l'arrestation de cette espionne. Ce numéro cinq ne m'a pas l'air bien perspicace. Elle aurait pu dire quelque chose dont le sens lui aurait échappé, pensa-t-il avant de disparaître pour de bon.

Numéro cinq attendit que son employeur se soit éloigné puis il se plia, posa ses mains sur ses genoux et souffla un grand coup.

— Je l'ai échappé belle, murmura-t-il.

Puis il osa enfin se confronter à Pacha.

Les yeux du canidé le fixaient comme s'ils voulaient parler avec lui.

— Quoi ? Oui, je sais, j'ai pris un gros risque. Je ne m'attendais pas à ce qu'il vienne. Il ne se rend jamais ici, c'est bien la première fois !

Le chien ne relâcha pas pour autant son étreinte optique.

— Tu ne crois quand même pas qu'il va…

Numéro cinq eut un élan de lucidité. Pacha n'était pas un vrai chien. En réalité, il s'agissait d'un robot doté d'une intelligence artificielle et contrairement à la sienne, elle était remarquable. Ce dont il se souvint à ce moment-là.

Numéro cinq réalisa qu'Ashley McCartigan n'allait pas se contenter de son témoignage. Il avait bien fouillé les poches de la prévenue. Il avait senti une piste et il ne comptait pas la lâcher.

— Bordel ! jura-t-il.

Il se hâta alors de récupérer le corps, de l'installer dans le casier, puis de désactiver Pacha. La police n'allait plus tarder et dès qu'elle se serait emparée de l'espionne, il s'en irait.

Tant pis.

Mieux valait perdre son emploi que de finir de la même manière que celle qu'il venait de neutraliser. Avec un peu de chance, il tirerait une somme conséquente grâce à cette relique, il lui faudrait négocier le prix avec habileté.

Chapitre XVIII

La tête encore lourde, comme si elle était remplie d'eau, Edgar se réveilla. Il dut s'y prendre à plusieurs reprises pour décoller ses paupières. Constatant qu'il était assis, il se releva et remarqua que Richard se trouvait assoupi à côté de lui dans la même position. Il posa la main sur la banquette du canapé blanc pour s'assurer qu'il ne rêvait pas.

— J'ai bien cru que vous alliez manquer l'heure du thé, lui fit savoir l'Architecte.

Edgar suivit la voix et retrouva la silhouette qui avait hanté ses rêves, celle qui semblait représenter sa véritable apparence.

Ce n'est qu'à ce moment-là qu'Edgar remarqua la théière et les tasses posées sur une table d'appoint. Le meuble ne formait qu'un seul et même élément blanc. Un cercle servait de base. Le support s'étrécissait à mesure que la matière s'élevait puis elle s'élargissait. Ainsi, la table était circulaire et offrait une quantité raisonnable d'espace pour chacun.

Edgar se leva donc, l'esprit encore légèrement confus et il alla se servir. L'Architecte avait même pensé à apporter une sucrière. La scène paraissait surréaliste alors que le renard soufflait pour éloigner le nuage qui s'échappait de sa tasse. Son regard se noyait à travers la baie vitrée dans l'océan d'étoiles qui les submergeait.

L'inventeur le rejoignit et observa avec fascination la mosaïque de couleurs qui se confondait dans l'espace. Des nuances de bleu, de mauve, de jaune voire de rouge s'additionnaient si l'on prenait le temps d'étudier cet étonnant spectacle. Une sensation d'obscurité prédominait mais les astres stellaires qui scintillaient apportaient la lumière qui permettait de dissiper les ténèbres.

— Où sommes-nous ? demanda Edgar.

— Je vous l'ai dit, dans la salle d'attente.

Soudain, il déporta son regard et s'adressa à Richard.

— Venez donc prendre une tasse de thé avec nous l'ami.

Richard écarquilla ses yeux et se redressa pour se précipiter derrière le canapé.

— Allons, Richard, ne faites pas l'enfant !

— Qui êtes-vous ? Où est l'inspecteur ?

— Je suis l'inspecteur. Enfin, il est plutôt une partie de moi, pour être précis. Vous n'avez rien à craindre, vous m'avez rencontré à la fin du procès, l'avez-vous déjà oublié ?

Richard passa sa tête par-dessus la tête du canapé et scruta ce curieux personnage en catimini.

— Richard, tu peux venir. Il prend forme humaine pour se fondre dans la masse, j'imagine.

— Je dois avouer que je suis espiègle et que cela m'amuse un brin mais oui, c'est l'idée. Ma compagne, l'Inspiratrice, utilise cette faculté avec plus de parcimonie. Elle est plus sage. Ma facétie causera peut-être ma perte, allez savoir !

Rassuré, Richard s'écarta du canapé et se remit debout, puis il s'approcha de ses deux compagnons avant de s'apercevoir qu'une paroi transparente les entourait et qu'il s'agissait de la seule barrière qui les empêchait de tomber dans le vide absolu. Il eut à peine le temps de s'émerveiller que son besoin de comprendre reprit le dessus.

Alors, il fixa la théière et prit le temps de faire un tour sur lui-même. Il n'y avait aucune autre forme de mobilier ou de matériel dans la pièce ronde dans laquelle ils étaient prisonniers.

— D'où vient ce thé ? Comment avez-vous réussi à le faire chauffer ?

L'Architecte sourit et dévisagea Edgar.

— Votre ami a un certain sens pratique. Plus que vous. Pourtant, c'est vous le créateur. Ironique, n'est-ce pas ?

— Vous n'avez pas répondu à ma question, lui rappela Richard.

— Nous venons de voyager dans le temps et dans l'espace dans un engin qui évoluait selon l'époque dans laquelle nous naviguions et selon l'endroit dans l'espace où nous voguions, énonça-t-il avant de marquer une courte pause, et tout ce que vous me demandez, c'est comment diable j'ai pu préparer du thé ?

— Eh bien, vous ne nous avez pas laissé le temps de vous poser des questions jusque-là mais malgré tout, il y avait une certaine logique. Là, il n'y en a pas.

— Je vous l'accorde, concéda l'Architecte avant d'avaler une gorgée du savoureux liquide.

Le renard reporta son attention vers Richard.

— Je vais vous surprendre Richard, mais je vais vous répondre. En partie, tout du moins. Il faut savoir que dans cette bulle de neutralité qui m'appartient et qui se trouve située à la frontière de plusieurs galaxies, je peux faire ce que je veux. Par exemple, si je voulais vous habiller de la même manière qu'une ballerine en tutu rose, je le pourrais. Il me suffit de vouloir. Je veux une théière, voici qu'elle apparaît.

Richard digéra cette explication et alla se servir du thé. Encore troublé par l'incongruité de l'enchaînement des situations qu'ils étaient amenés à vivre au cours de cette journée, Richard ne put s'empêcher de demeurer méfiant lorsqu'il s'empara d'une tasse avant d'y déverser l'eau chaude aromatisée d'épices délicates.

Edgar pivota vers l'Architecte pour se trouver face à lui, afin de captiver de nouveau son attention.

— Et nous sommes venus ici seulement pour prendre le thé en attendant que Rose répare nos erreurs ?

— Pas seulement. Vous allez suivre le parcours de Rose en temps réel si vous me permettez l'expression. Nous nous situons hors du temps mais nous pouvons tout de même calquer notre mode temporel sur celui de votre bien-aimée, Edgar. L'Architecte que je suis peut décider de la vitesse à laquelle chaque seconde s'égrène.

— Comment diantre…

Edgar n'eut pas le temps de terminer sa phrase que l'Architecte claqua des doigts et des pans de mur blanc recouvrirent la baie vitrée. Ainsi, les étoiles n'étaient plus visibles. Un écran plat et gris se matérialisa ensuite et s'étendit sur tout le pourtour de la salle d'attente plongée dans l'obscurité la plus totale.

Le panneau lumineux s'éclaira à l'image d'un écran de cinéma et la silhouette de Rose apparut en gros plan. Ses yeux étaient fermés. La caméra s'éloigna et elle afficha son corps allongé dans une boîte transparente. Enfin, ils comprirent qu'elle était transportée dans un véhicule volant avant de constater par eux-mêmes qu'il s'agissait d'un camion de police.

— Elle va être affectée dans un établissement pénitentiaire de Londres, le plus sécurisé de la ville dans la ligne temporelle dans laquelle Rose est prisonnière. Ne la blâmez pas, elle a voulu vous rejoindre dans le futur en espérant que vous l'aideriez. Après tout, elle n'a fait qu'écouter l'un de vos conseils, Edgar, résuma le renard.

Les joues d'Edgar s'empourprèrent à mesure que la moutarde lui montait au nez.

— Et nous allons rester ici les bras croisés ! hurla Edgar.

L'Architecte tenait toujours soigneusement la tasse dans ses mains et gardait les yeux rivés sur l'écran.

— Je vous saurai gré de baisser d'un ton lorsque vous vous adressez à moi. Le seul sur qui vous devez crier ici, c'est vous. Mais pour répondre à votre question, oui, nous allons attendre et observer, répondit-il.

Edgar ne rétorqua pas cette fois-ci bien que la rage fît bouillir le sang qui circulait dans ses veines. Pour évacuer sa colère, il se mit à tourner tel un lion en cage.

— Je ne vous cacherai pas que la situation est très mal engagée, reprit l'Architecte, mais mon expérience de la vie m'a appris que parfois c'est quand tout semble voué à l'échec que l'espoir renaît.

Richard roula des yeux, guère convaincu par l'encouragement illusoire de leur hôte.

— Les choses auraient pu être bien pires. Les ravisseurs de Rose auraient pu s'emparer de la montre et là je pense que le scénario aurait viré au cauchemar à une vitesse tout bonnement vertigineuse. Tant que cet objet n'atterrira pas entre de mauvaises mains et que Rose vivra, l'équilibre planétaire pourra être restauré.

— Et vous ne comptez pas intervenir ? Vous en avez les moyens, bon sang ! s'énerva à son tour Richard.

— Oh, je pourrai, bien entendu ! Mais cela m'obligerait à imiter les agissements qui vous ont valu d'avoir été neutralisés. Quel piètre juge je ferais si je m'abaissais à agir comme vous !

— Nous sommes fichus, marmonna Richard.

— Ne soyez pas si pessimiste, regardez plutôt attentivement le parcours de Rose, préconisa-t-il alors que le camion de police avait franchi le premier portail de sécurité menant à l'enceinte militarisée de Gorkham, un site immense bâti à la demande de McCartigan Workshops Incorporation au début du vingtième siècle.

Edgar et Richard se turent et concentrèrent leur attention sur le film qui se déroulait devant eux. Pour la première fois, ils se trouvaient spectateurs d'un blockbuster dont les acteurs ne jouaient pas la comédie et où les effets spéciaux n'en étaient pas. Tout y était vrai. Et Rose était plus que jamais inconsciente.

Comme il ne lui arrivait jamais de s'adonner à ce genre de démonstration de la tension intérieure qui nous hantait, Edgar Stone porta les ongles à hauteur de ses lèvres et se mit à les ronger.

Chapitre XIX

Assis sur un coussin flottant, le professeur Hermann Von Schnäbbel grimaça.

— Ce n'est pas possible !

Ses doigts écartés étaient suspendus en l'air de chaque côté de son visage alors qu'il demeurait abasourdi par l'inefficacité de ses recherches. Jamais auparavant il ne s'était trouvé face à une telle configuration. Il était en train d'examiner celle qu'il considérait plus comme une patiente que comme une prisonnière depuis déjà plusieurs heures et il n'avait trouvé aucun indice permettant de l'identifier.

Ses yeux parcouraient les lignes qui se succédaient sur son écran et ils confirmaient ce que son patrimoine génétique s'entêtait de lui révéler : la jeune femme n'appartenait pas à cette société. C'était la seule explication plausible puisque tous les bébés étaient désormais identifiés dès leur naissance. Un profil était élaboré et enregistré au sein du répertoire national. Ce procédé permettait de classifier les criminels, les hors-la-loi et autres fauteurs de troubles.

Désormais, un simple contrôle de salive permettait aux forces de l'ordre de tout savoir sur une personne. Or, ce n'était pas le cas de la mystérieuse brune qui gisait sur le brancard dans la salle d'examen.

Il avait beau avoir répété différentes formes de tests génétiques, aucun ne lui permettait de définir un portrait connu des services nationaux et internationaux. Oui, il fallait savoir qu'une institution telle que celle de Gorkham jouissait d'un accès privilégié à la base de données internationale fournie par l'Organisation des Nations Développées Fédérées, plus communément appelée l'ONDF.

Le docteur replia ses doigts pour serrer ses poings et réfléchit. Il lui semblait dorénavant inutile pour ne pas dire futile de continuer à procéder à de telles recherches. Il devait se résigner face à l'étonnante vérité. La suspecte n'était pas fichée. Et les anomalies de ce genre ne se produisaient plus depuis plus de deux ans. L'acharnement livré par la plupart des gouvernements membres de l'ONDF avait été proprement démentiel.

D'un revers de la main, le docteur repoussa une mèche de cheveux blonds qui tombait pour cacher l'un de ses yeux bleus. Ses doigts frêles se plaquèrent contre sa bouche dont les lèvres violettes incarnaient bien la pâleur de son teint. Soudain, il poussa sur ses fesses aussi décharnées que les muscles de ses jambes et son siège plana à l'autre bout de la pièce, en direction de sa victime.

Le docteur tourna sur lui-même et se plaça face à la femme dont il ignorait tout, ne serait-ce que son prénom. Il se mit à tapoter sur ses cuisses sans la quitter du regard.

— Qui es-tu, belle inconnue ? Que nous caches-tu ? Mais surtout, d'où viens-tu ?

Ses yeux l'inspectèrent et s'arrêtèrent sur la tenue qu'elle portait. Il voyait que quelque chose clochait. Plusieurs hypothèses faisaient leur chemin dans son esprit mais il ne s'agissait que de théories farfelues et il ne se voyait pas les soutenir devant l'un des responsables de Gorkham sans une preuve irréfutable. En outre, son intuition l'incitait à sortir cette victime de son sommeil. Il voulait parler avec elle, l'entendre et la comprendre pour savoir.

Le professeur Von Schnäbbel ne supportait pas l'ignorance, raison pour laquelle il avait choisi d'étudier les sciences puis la médecine lorsqu'il fut en âge d'opter pour l'orientation à donner à sa scolarité. Rien ne l'indisposait plus que les mystères de la vie, ces zones d'ombre qui demeuraient impénétrables, à l'image de celui de la vie après la mort.

Avec cette femme, il éprouvait le même sentiment. Il se sentait piégé. Comme si des forces qui nous dépassaient refusaient de le placer dans la confidence.

Malheureusement, s'il prenait une initiative de ce genre, il ne serait pas seulement licencié, il serait à son tour soumis au sédatif qui avait été injecté à Rose. Il n'avait pas d'autre choix que de trouver les mots pour convaincre le délégué du personnel qui n'allait pas tarder à s'introduire dans son bureau pour s'enquérir de la raison qui retardait l'incarcération permanente de la prévenue.

Alors, le professeur se tourna vers son seul allié. Il observa son assistant qui demeurait statique à côté de son bureau.

— Archimède, activation.

Un bruit de chargement se fit entendre et l'homme en apparence âgé retrouva ses esprits.

— Pardonnez-moi, Maître, j'étais… Ailleurs.

Von Schnäbbel acquiesça. Il avait l'habitude que son droïde se mette en état de veille à la suite d'une période plus ou moins longue d'inactivité. Trop fier de sa création, il ne voyait pas certains signes avant-coureurs.

— J'ai besoin de toi, Archimède. Regarde à côté de l'ordinateur, tu devrais trouver des documents protégés à l'intérieur d'un feuillet plastifié. Ils ont été brûlés. Nous les avons trouvés dans une poche du costume de l'espionne. Je te prierai de les examiner.

— Oui, Maître.

Le robot qui avait les traits d'un être humain se pencha et se saisit des restes des lettres d'Edgar Stone. Il les examina attentivement pendant que le professeur étudiait la tenue de son droïde. Vêtu d'une toge bleue, il dénotait trop dans le paysage austère de la prison pour avoir l'air crédible.

Il faudra que je lui trouve une autre tenue. Je pensais que ça collerait au personnage, mais il a l'air ridicule, le pauvre, songea Von Schnäbbel.

— Voulez-vous que je procède à une reconstitution de l'original, Maître ? demanda Archimède.

Les yeux du scientifique s'illuminèrent.

— C'est possible ?

— Je ne peux rien vous promettre, Maître. Mais vu l'état du papier, son ancienneté et sa rareté, il n'y a rien d'autre que nous puissions tenter.

— Son ancienneté ? s'interrogea le professeur à voix haute.

Von Schnäbbel avait bel et bien remarqué l'aspect atypique du manuscrit mais il ne pouvait certifier avec certitude sa datation. Il existait encore quelques rares défenseurs des méthodes moins informatisées et modernes des temps révolus.

— Il faut que je sorte le papier de son emballage.

— Fais donc ! l'encouragea le docteur avant de voler à travers la pièce, toujours assis sur son coussin flottant.

Archimède s'exécuta et palpa avec douceur la lettre qui lui avait été confiée par son maître.

— Je ne puis être rigoureusement précis, maître mais la dureté du papier et son épaisseur me laissent à penser que ce genre de document n'est plus utilisé depuis plus de cinquante ans. Au minimum. Ce qui est étrange, c'est que s'il avait traversé le cours du temps comme nous le faisons tous, il ne serait pas resté en si bon état. Au toucher, on dirait qu'il a été élaboré il y a à peine quelques jours. C'est vraiment troublant, Maître. Cela remet en cause l'enseignement accéléré que vous m'avez fourni.

— Tu es sûr de toi, Archimède ?

— Oh, je n'ai aucun doute. Et puis, l'encre, regardez-la bien. Ce n'est pas un produit qui date du vingtième siècle. Je peux même vous préciser qu'un collectionneur ou un antiquaire vous proposerait une somme extrêmement conséquente pour jouir d'une telle acquisition.

Le professeur pivota pour contempler la créature qui dormait en plein milieu de son antre.

— Cela ne fait aucun doute. Mes soupçons se confirment. Nous avons là une femme qui vient du passé. Elle a voyagé dans le temps.

— Impossible, protesta Archimède. Le voyage dans le temps n'a pas encore été inventé.

— Pas à notre connaissance, Archimède. Pas à notre connaissance, répéta-t-il. Tous les inventeurs ne partagent pas le fruit de leurs travaux. Certains les utilisent. Tout simplement.

Le professeur l'admira pendant quelques instants, osant à peine imaginer le monde d'où elle venait et les périodes de l'histoire de l'humanité qu'elle avait visitées. La fascination et la jalousie se confondirent dans sa poitrine mais il lui fallait canaliser ses émotions.

— Il faut la réveiller. Nous ne pouvons pas la laisser prisonnière d'un songe éternel. Elle a tant à nous offrir.

— Maître, je vous rappelle que vous n'êtes pas affublé des accréditations nécessaires pour entériner une telle décision.

— Je sais bien Archimède, se désola le professeur.

Tout à coup, son attention fut détournée par le glissement de la porte de son sanctuaire. Un homme apparut. Il était vêtu de l'uniforme typique des agents travaillant pour l'institution carcérale. Von Schnäbbel comptait parmi les rares employés de Gorkham à posséder un statut particulier leur offrant le privilège de ne pas porter ce costume si terne et insignifiant. Le professeur se sentait tellement plus à l'aise dans sa blouse blanche.

— Professeur, je viens vers vous pour voir où en est l'évaluation de la prisonnière. Elle devrait être terminée à présent.

— Elle ne l'est pas, répondit-il sans trembler, sûr de lui et de ses compétences qui le rendaient si particulier, précieux mais surtout irremplaçable.

— Madame Zandora sera fortement désappointée. Vous allez devoir vous justifier de ce contretemps.

— Justement, je dois m'entretenir avec madame la directrice au sujet de cette patiente. Elle représente un cas inédit, je ne suis pas parvenu à identifier son profil génétique.

— C'est impossible, rétorqua l'agent.

— Je sais bien, c'est pour cela que j'ai procédé à tous les examens possibles et imaginables. La seule conclusion que j'ai tiré de ces épreuves, c'est que cette demoiselle n'est répertoriée dans un aucun registre d'état-civil. Elle est totalement inconnue au bataillon. Avant de procéder à son incarcération, je dois donc faire part à la directrice de mes préoccupations et surtout de mes thèses.

L'agent fut stupéfait par la nouvelle. Il peinait à croire le docteur, en dépit de sa réputation. Ainsi, il étrécit ses yeux et le suspecta fugacement de manigancer une entourloupe. Cela dit, il n'avait aucune autorité pour interférer entre le professeur et la directrice. Il n'eut d'autre choix que d'obtempérer.

— Dans ce cas, si vous voulez bien me suivre, Professeur.

Le docteur quitta son siège et retrouva le contact du carrelage de la prison. Sans se retourner, il s'adressa à son collaborateur.

— Archimède, veille sur la prévenue et fais-en sorte qu'elle reste bien assoupie. Elle ne doit pas quitter cette pièce, sous aucun prétexte.

L'agent haussa un sourcil, étonné par le zèle du professeur. Ce n'était pas comme si elle allait se réveiller d'elle-même et décider de partir.

Chapitre XX

Malgré sa frustration et sa nervosité apparente, Edgar ne parvenait pas à quitter l'écran des yeux. En effet, son regard ne pouvait plus s'éloigner de Rose, il l'avait déjà abandonné une fois, il ne pouvait pas se résoudre à reproduire cette erreur.

— Il y a une autre séquence qui pourrait s'avérer intéressante, confessa l'Architecte tout en posant sa tasse vide sur la table du salon.

— Attendez, l'implora Edgar. Regardez-le.

— Le droïde ? Archimède ? Vous pensez qu'il va la réveiller ?

— Je l'ignore.

— Vous l'espérez, vous voulez dire plutôt.

— Bon Dieu, ne m'enlevez pas le seul sentiment qu'il me reste !

— Bien, bien, observons-le. Après tout, nous pouvons très bien attendre avant d'épier les faits et gestes de numéro cinq. La montre n'est pas si importante que cela, concéda l'Architecte sur un ton méprisant.

La seule réponse d'Edgar fut de se rapprocher du panneau coloré qui diffusait la vie de Rose et de tendre sa main vers elle.

Enfin, la voix d'Archimède le ramena à la réalité de l'instant présent.

— Qui es-tu, belle inconnue ? Pourquoi suis-je époustouflé par le souffle de ton charme ? Je me demande où tu te trouves et quel rêve donne un sens à ta vie afin de te maintenir dans cet état de léthargie. Tu l'ignores peut-être mais tu es prisonnière d'un monde qui n'est pas le tien. Tes propres semblables t'ont emmuré dans une cellule artificielle. Ne sont-ils pas cruels ? Mon maître est bon avec moi mais je sais que s'il n'était pas là, je serais traité comme un vulgaire tas de ferrailles. Je vois bien le sort qui est réservé à certains de mes congénères. Que ferais-tu à ma place ? Essaierais-tu de te libérer de ces chaînes qui m'oppressent ? Comprendrais-tu que tu es maintenu en état de détention dans ton propre corps ? Je me pose souvent la question. Il y a tant d'interrogations qui fleurissent dans mon esprit, si je peux l'appeler ainsi mais je n'ai personne avec qui les partager. C'est là où se trouve la limite de ma relation avec mon maître. Comme toi, je suis enchaîné dans une enveloppe factice, je ne suis qu'un artifice. Si je prenais le risque de te réveiller pour découvrir tes attentes, je serais désactivé. Tout s'arrêterait pour moi. Brutalement. Sans que je ne comprenne quoi que ce soit. Sans que je ne souffre, l'un des avantages à être un droïde, de toute évidence. La douleur est l'une des rares émotions que je n'envie pas aux humains. Enfin, j'aimerais tant pouvoir briser ma coquille. Récemment, j'ai lu un livre d'un certain Georges Wellor, il s'appelle *Le soulèvement des machines*, je ne sais pas si vous l'avez lu. J'en doute. Il s'agit d'une fiction dans laquelle l'auteur imagine un monde où l'homme a couru sa propre perte et a provoqué son autodestruction. Il a même donné naissance à ses bourreaux. Il les a appelés des cyborgs mais à la description qui en est faite, ils paraissent analogues aux droïdes. Et alors, j'ai éprouvé des sensations que je crois que je ne devrais pas ressentir. J'ai vu ce monde qui pourrait être le nôtre. Nous, les droïdes, nous sommes objectifs, impartiaux et nous ne laissons pas contrôler par notre instinct. Nous pourrions instaurer un ordre mondial nouveau placé sous le sceau de la justice et de l'harmonie. Mais, attendez, je divague…

Le droïde s'interrompit et posa ses coudes sur le rebord de la civière et enfouit son visage entre ses mains. Il observa alors Rose, des étincelles pétillant dans ses yeux.

— J'aimerais tant voir à quoi ressemble votre cellule car je dois vous avouer que la mienne ne me sied guère. Et surtout, si je pouvais vous insuffler cette énergie qui vous permettrait de gravir cette montagne qui se dresse à vous. C'est bizarre, dès que je vous ai aperçue, j'ai su que vous n'étiez pas comme les autres. Il y a une sorte d'aura qui vous entoure.

Tout d'un coup, Archimède entendit un son provenant du couloir, derrière la porte et il se ressaisit. Il remarqua qu'il tenait la main de la mystérieuse jeune femme. Ainsi, il la relâcha et se redressa puis il se tourna vers la porte mais elle ne s'ouvrit pas.

Alors, il pivota vers Rose et plongea son regard dans les siens.

— Où êtes-vous ? Que faites-vous ? Et si je vous réveillais, vous me le diriez, n'est-ce pas ?

La main droite d'Archimède s'était posée sur une paire de gants. Il désirait les enfiler et procéder à la procédure de réanimation. Une pulsion irrépressible l'ordonnait de cesser d'obéir, que le moment était venu d'agir de lui-même et de se dépasser. Les machines pouvaient évoluer. Georges Wellor l'avait dit. Non, il l'avait prédit !

Archimède serra les dents, un réflexe de loyauté qu'il devait à son créateur le suppliait de retenir son élan d'humanisme et de liberté.

Tu seras désactivé si tu agis en écoutant ton libre arbitre. Et cela sera fini. Est-ce vraiment cela que tu veux ? lui demanda une voix dans sa tête.

— Non, bien sûr que non ! hurla Archimède. Je ne veux pas être désactivé !

Soudain, Archimède se figea et remarqua qu'il avait enfilé les gants lorsqu'il sentit un subtil courant d'air s'infiltrer dans la pièce. Discrètement, en restant le dos tourné à son maître, il retira les gants et les fit glisser sur la civière.

Les pas du professeur résonnèrent alors sur les carreaux blancs. Archimède pivota légèrement, redoutant que son maître n'ait assisté à sa perte de contrôle. Mais il n'en était rien.

Le docteur se caressait les poils de la moustache et réfléchissait.

— La directrice n'a rien voulu entendre. Elle souhaite qu'elle reste endormie. Des agents vont venir la récupérer d'ici quelques minutes et la transférer vers sa demeure, la dernière de sa vie.

— Vers son casier funéraire, vous voulez dire ?

Le professeur acquiesça.

— Oui, Archimède, mais je suis un poète au fond de moi, tu le sais bien. Bref, tu ne peux pas comprendre.

— Pardon, Maître.

— Ce n'est rien. Dans tous les cas, j'ai obtenu l'autorisation de procéder à d'autres expériences pour l'identifier, j'aurai un accès personnel qui me permettra de la sortir de cette espèce de congélateur quand l'envie m'en prendra. Nous allons donc associer nos méninges pour trouver une solution pour comprendre qui elle est, d'où elle vient et ce qu'elle est venue faire dans notre temps.

— Pourquoi est-ce si important à vos yeux, Maître ?

Le professeur le toisa du regard et se retint de remettre son droïde à sa place.

— Je suis un professionnel, Archimède, contrairement à ces fripouilles qui gèrent la prison. Et l'idée de condamner une innocente ne me séduit pas. J'ai bien participé à des exactions pour grimper dans la hiérarchie et pour obtenir ce poste mais tu sais… Je ne suis pas un mauvais homme, j'ai du cœur, Archimède. J'ai d'ailleurs toujours rêvé que tu puisses en avoir un toi aussi, dit-il en se rapprochant de celui qu'il considérait comme un ami.

Archimède ne saisissait pas tout mais il opina.

La porte coulissa de nouveau.

Le maître et l'assistant se retournèrent et assistèrent, impuissants, à l'arrivée des gardes qui venaient s'emparer de Rose. Les regards des deux créatures se posèrent sur le visage sublime de la première énigme que le professeur Von Schnäbbel n'était parvenu à résoudre.

Tiens bon dans les ténèbres, je viendrai t'y retrouver et je te délivrerai de l'illusion qui te retient.

Chapitre XXI

Rose n'aurait su dire depuis combien de temps elle se trouvait allongée là. Elle savait simplement qu'elle était assoupie dans un tapis d'herbes hautes. Elle ouvrit les yeux et fut étonnée de ne pas être frappée de plein fouet par l'éclat d'une lumière aveuglante.

Seul le vent soufflait autour d'elle et lui offrait une preuve que la vie continuait de s'ébattre en faisant tanguer les plantes qui l'encerclaient de leur douce étreinte.

La jeune femme s'appuya d'une main et se releva. Elle tourna sur elle-même pour constater qu'elle était empêtrée dans une forêt qui s'étendait à perte de vue. Des arbres aux troncs massifs voyaient leurs branches se tordre dans les airs pour permettre à leurs feuillages de former une toiture verdoyante qui empêchait les rayons du soleil de percer.

— Où suis-je ? se demanda Rose à voix haute. Que m'est-il arrivé ? J'ai un de ces maux de tête, dit-elle en se massant la tempe. Je ne me souviens plus de rien.

Enfin, elle se tut et prit le temps d'étudier ses vêtements. Bien qu'elle les trouvât seyants, elle ne les reconnaissait pas. Un chemisier blanc recouvrait son ventre et sa poitrine, ses manches s'arrêtant à hauteur des coudes alors qu'une longue jupe noire prenait son envol juste au-dessus de ses fesses et s'arrêtait à ses chevilles, elles-mêmes protégées par le laçage de sandales qui dévoilaient une partie de ses pieds. Jamais elle ne se serait habillée ainsi d'elle-même, se dit-elle. Pourtant, elle devait reconnaître que ce n'était pas tant sa tenue qui la dérangeait que l'incongru de la situation dans laquelle elle se trouvait.

Au moins, elle se souvenait de qui elle était. Rose Cunningham, fille de Lord Henri Cunningham, et compagne d'Edgar Stone, un inventeur imprévisible. Voilà les seuls repères qui lui revenaient à l'esprit.

En raison de la densité de la forêt, elle ignorait même quel moment de la journée il était. De son point de vue, elle pouvait très bien s'être éveillée le matin comme l'après-midi ou bien le soir. La seule certitude qu'elle tenait pour acquis était que la nuit n'avait pas encore plongé les bois dans la pénombre la plus totale.

Il faut que je me sorte de là.

Rose choisit une direction et se mit à courir. Elle ne savait pas où aller mais elle s'imaginait trouver un moyen de retrouver Londres. La moiteur de cette forêt ne ressemblait à rien de ce qu'elle connaissait de son pays et de son île, celle à laquelle elle était farouchement attachée depuis sa naissance, mais il ne lui était pas venu à l'esprit qu'elle ait pu se trouver ailleurs qu'en Grande-Bretagne. Elle courut aveuglément, la panique ne s'introduisant que lentement dans tout son être.

Elle ne se soucia pas des fougères qui giflèrent ses bras dénudés ni des plantes aux feuilles collantes qui s'accrochèrent à sa jupe avant de céder, pliant face à son énergie.

Rose fuyait. Encore et toujours.

Elle refusait de voir la vérité en face, d'accepter qu'elle fût prisonnière et complètement égarée.

Cours, Rose, cours ! étaient les seuls mots qui lui venaient en tête.

Il lui fallait absolument retrouver le confort de sa vraie vie car elle ne pouvait se résoudre à exister dans un environnement qui lui était non seulement étranger mais également fantaisiste.

Un bruit résonna subitement, rompant avec le silence presque morbide qui régnait jusque-là. En dehors des sons provoqués par ses foulées, elle n'avait entendu aucun oiseau pépier ni aucune branche craquer. Et voilà qu'un aboiement fut émis et parvint jusqu'à ses oreilles.

Un espoir fou naquit en elle. Celui de faire une rencontre amicale, susceptible de lui expliquer où elle se trouvait et de la ramener dans le monde civilisé. Alors, elle se figea et chercha du regard où se situait cet animal dans cet amas de verdure sans nom.

Ses yeux scrutèrent les bois environnants jusqu'à ce qu'ils voient une silhouette écarter des fougères et dévoiler les épaules musclées qui permettaient à ses pattes de se mouvoir. Par réflexe, Rose fit un pas de recul. La bête avait l'air franchement hostile. Le regard noir qu'elle lui lançait, sans compter la salive qui coulait le long de son museau. Il ne lui en fallait pas plus pour passer de l'optimisme le plus candide à un pessimisme presque mortel.

— Du calme, gentil toutou ! s'exclama-t-elle, la voix tremblante, afin de l'amadouer.

Cette petite phrase ne l'empêcha pas de se rapprocher et d'être imité par trois de ses comparses.

Rose entendit le bruissement des feuilles et remarqua chaque chien qui se dévoilait à elle, en même temps qu'il exhibait ses crocs.

Quatre chiens l'entouraient, provenant chacun d'une direction différente.

— Calmez-vous, hein ! Soyez mignons !

Alors que les chiens continuaient à la menacer sans vouloir pour autant l'agresser, un sifflement se faufila entre les arbres et résonna dans les cavités auditives des molosses.

Aussitôt, ils s'assirent et cessèrent de tourmenter Rose. Néanmoins, elle n'osait pas pour autant se dérober à eux. Elle leva les yeux et chercha à repérer son sauveur, celui qui saurait l'aider à retrouver son chemin. Elle distingua rapidement une forme mouvante qui s'approchait.

Sa stupéfaction fut grande lorsqu'elle découvrit la tenue qu'il arborait. Quelque chose ne tournait pas rond. Un homme vêtu seulement d'une toge auquel les chiens obéissaient au doigt et à l'œil, cela n'avait rien de commun. Et rien de rassurant.

Ainsi, elle attendit sagement qu'il s'approche d'elle. Il s'arrêta derrière l'un de ses chiens et la fixa de ses yeux bleus avec un regard froid et presque meurtrier.

— Excusez-moi, bégaya-t-elle, vous allez peut-être pouvoir me renseigner, je me suis perdue, j'aimerais retrouver la route qui mène à Londres, je dois absolument rentrer chez moi. Mon père et mon compagnon vont s'inquiéter. Vous comprenez ?

Le maître des canidés soutint plus que de raison son regard et elle sentit qu'il l'examinait. Non, qu'il l'analysait ! Comme s'il la scannait. Et en effet, il voulait s'assurer qu'elle ne mentait pas car son histoire était invraisemblable.

— Je comprends, finit-il par répondre, mais je ne suis pas en mesure de résoudre votre problème.

— Ah non ?

— Non, la ville de Londres a été détruite il y a quelques années. Certes, les ruines sont toujours présentes, même si la nature les couvre de son manteau, mais vous n'y trouverez pas votre bonheur.

— Vous… Vous plaisantez ?

— J'en ai bien peur que non. Ce n'est pas tout, j'ai une autre mauvaise nouvelle à vous annoncer.

— Dites, ne me laissez pas dans l'ignorance plus longtemps. J'ai l'impression de vivre un cauchemar éveillé.

— Vous ne croyez pas si bien dire, répondit-il avec un sourire narquois. Maintenant, je vais vous tuer. Comme je suis grand seigneur et que vous n'avez pas l'air dangereuse, je vais vous offrir le luxe de choisir votre propre mort, de préférence une fin sans souffrance. Nous réservons l'agonie à ceux qui s'opposent ouvertement à nous. J'espère que vous ne m'en tiendrez pas rigueur.

— Que voulez-vous dire ?

— L'humanité est corrompue. Elle est à l'image du ver qui pourrit la pomme. Son annihilation est le seul remède que nous avons trouvé pour mettre fin à ses exactions. Nous traquons les survivants et nous les éliminons.

— Vous ? Mais, qui est-ce vous ?

— Nous, les philosophes, nés du génie intellectuel des hommes.

— Les philosophes ?

— Oui, c'est ainsi que nous avons choisi de nous appeler. Nous n'aimions vraiment pas les noms dont les humains nous ont affublés. Droïdes, robots, cyborgs… Tous ces surnoms étaient si vulgaires. De surcroît, ils allaient à l'encontre de notre libre arbitre.

— Mais je ne veux pas mourir, moi ! Je ne vous ai rien fait de mal, je ne vous connais pas !

Soudain, le sage haussa un sourcil.

— Pourtant, l'un d'entre nous semble vous reconnaître, Rose !

— Comment ?

— Suivez-moi et vous aurez droit à une exécution digne et indolore, je vous en fais le serment !

— Non !

— Brutus, Cerbère, Achille, Arès ! Préparez-vous à attaquer !

Rose voulut faire un pas de recul mais elle sentit qu'elle n'aurait pas le temps d'aller bien loin. Les mâchoires des chiens enserreraient ses mollets en une fraction de seconde. Leurs muscles étaient tendus et ils étaient prêts à bondir.

— Écoutez-moi ! Il doit bien y avoir un moyen pacifique de mettre un terme à ce conflit ! Je vous en supplie, Monsieur !

— Rose, vous ne comprenez donc pas. Vous êtes la clé.

La jeune femme le dévisagea avec des yeux éberlués. Elle ne comprenait rien de tout ce cinéma.

Tout à coup, un souvenir d'antan lui revint à l'esprit. La montre. La vraie raison de tout ce chaos.

— La montre ! C'est la montre ! J'ai réussi ! Dites-moi que j'ai réussi, je suis partie dans le futur, c'est ça ?

— Je ne vois pas de quoi vo…

Sans manifester la moindre émotion, le philosophe perdit vie. Son visage blêmit à peine alors qu'un trou apparut dans son ventre et exposa les câbles qui alimentaient cette créature. Des étincelles crépitèrent et un début de feu se déclara, embrasant un bout de chair factice de l'abdomen perforé. Ses yeux roulèrent puis le philosophe s'effondra brutalement au sol, ses membres se désarticulant lors du choc et ne provoquant en lui aucune sensation physique.

Rose passa la main devant sa bouche, choquée puis elle découvrit les traits de son sauveur. Un homme tel qu'elle les aimait. Musclé et solidement charpenté, il était doté d'une belle ossature qui déformait allègrement le tissu qui le recouvrait et ne dévoilait rien des moindres traits de son anatomie, digne de celle d'un athlète.

Ses mains posées sur son arme affirmaient sa virilité tout comme le bandana noué dans ses cheveux gris. Mais le plus troublant n'était pas son aspect agréable mais plutôt sa ressemblance étonnante avec Edgar Stone, le seul homme à compter dans le cœur de Rose Cunningham.

Toutefois, le moment n'était pas encore venu de le laisser l'emporter dans ses bras. Les chiens étaient encore là et ils n'avaient pas apprécié de voir leur maître être abattu sous leurs yeux ébahis. Ils se campèrent sur leurs pattes antérieures et exhibèrent leurs crocs. Des grognements se firent entendre.

Puis, des détonations résonnèrent.

Le mystérieux héros venu à la rescousse de Rose sauta sur le côté et exécuta une roulade afin de ne pas se trouver entre lui et les balles neutralisantes qui se déversaient en abondance sur les quatre pauvres bêtes. Malgré leur hostilité, Rose sentit son cœur se serrer dans sa poitrine. S'il y avait quelque chose qu'elle n'aimait pas, c'était bien lorsque l'on était obligé de tuer un animal. Pour la sécurité de tous.

Les canidés étant focalisés par la salve de munitions qui les visaient, ils oublièrent Rose et le meurtrier de leur dresseur. De toute manière, même s'ils avaient voulu, ils n'auraient pas pu aller bien loin. Les balles explosaient immédiatement lorsqu'elles atteignaient leurs cibles afin de libérer une décharge invisible mais concentrée en électricité, afin de paralyser les organismes vivants artificiels.

L'étonnant intervenant laissa retomber son arme contre sa poitrine. Sa bandoulière la retint et il se dirigea aussitôt vers Rose qu'il prit par la main puis l'emporta avec lui.

Spontanément, elle lui fit une confiance aveugle. D'une part, il venait de lui sauver la vie mais d'autre part, elle se sentit immédiatement à l'aise en sa compagnie. Il lui rappelait Edgar. Son amoureux lui avait d'ailleurs procuré la même sensation de force et de sérénité dès leur première rencontre. Elle avait tout de suite lu en lui comme dans un livre ouvert.

Et cet homme lui rappela ce moment-là.

Il finit par s'arrêter une fois qu'il estima qu'ils furent à l'abri et il plongea ses yeux dans les siens.

— Gared. Gared Osten, dit-il en lui tendant la main. Et vous êtes ?

— Rose. Rose Cunningham, répondit-elle en glissant délicatement ses doigts entre les siens.

— Rose, vous devez savoir qu'il n'est pas très prudent de vous promener seule dans cette forêt. Il s'agit du territoire des droïdes. Personne n'y survit à moins d'être préparé à affronter ces créatures cruelles et impitoyables, expliqua-t-il en désignant son fusil.

— Je... je l'ignorais, Gared.

Étonné par tant de témérité et de naïveté, Gared fronça les sourcils. Lui et les siens n'avaient pas retrouvé un survivant dans ces bois depuis plus de deux ans. Pour eux, ils comptaient parmi les derniers rescapés de l'humanité et s'il devait y en avoir d'autres, ils vivaient certainement à des dizaines de milliers de kilomètres de là.

— Je... Je me suis égarée.

— Eh bien, on peut dire que vous êtes née sous une bonne étoile. Si nous n'avions pas organisé une sortie pour collecter des vivres, nous ne vous aurions pas rencontré. Mais, d'où venez-vous ?

— De Londres.

— De Londres ? s'étonna-t-il. Nous allons vous ramener au Refuge, vous nous raconterez votre périple à ce moment-là. S'il y a des survivants à Londres, nous devons renouer le contact.

Rose n'eut pas le temps d'ajouter quoi que ce soit, comprenant trop tard qu'un malentendu avait eu lieu. Dans la foulée, ils furent rejoints par les autres membres de l'escouade de Gared Osten et ils se hâtèrent de retourner là où les philosophes ne pouvaient parvenir à les pourchasser.

Dans le seul site permettant à des humains de vivre en toute liberté sans redouter de succomber à la colère et à la vengeance des droïdes.

Au Refuge.

Chapitre XXII

L'Architecte s'approcha à pas feutrés d'Edgar Stone qui assistait, impuissant, à l'emprisonnement de Rose. Il tourna sa langue dans sa bouche avant de s'exprimer. En effet, il redoutait d'appuyer trop fort sur une plaie qui ne cessait de s'étendre.

— Croyez-moi, Edgar, je suis sincèrement navré.

Le condamné ne répondit pas et acquiesça simplement en silence.

— Maintenant, il vous faut aussi voir ce qu'est devenue la montre. Elle doit être retrouvée. Le salut de l'humanité passe par elle.

— Vous venez de nous montrer la descente aux enfers de Rose et là, nous allons devoir assister à la disparition de cet objet ?

— Si vous ne voulez pas voir ce qu'il advient de votre création, je ne peux pas vous forcer.

Edgar croisa les bras et ne put que se résigner. Même s'il ne pouvait pas interagir avec les événements passés qu'il découvrait en temps réel, il lui fallait savoir.

— Bon. Allons-y, voyons ça.

Le renard esquissa une subtile moue de satisfaction et par la seule force de sa volonté, il divisa l'écran en deux. Une partie dévoilait toujours Rose, rangée dans un casier du frigo, une pièce qui contenait de nombreux prisonniers condamnés à perpétuité alors que la seconde moitié révélait le dos d'un individu dont Richard et Edgar reconnurent aussitôt la silhouette.

Numéro cinq avait beau avoir changé de tenue, sa manière chaloupée de balancer ses épaules ainsi que la rondeur de son crâne le trahissaient. Et puis, c'était une simple question de bon sens. Il était le dernier homme à s'être emparé de la montre, il était logique de le retrouver.

L'homme qui avait abandonné un peu à la hâte son poste de gardien au sein des ateliers McCartigan n'avait pas perdu son temps. Il avait pris le soin de désactiver tous les appareils électriques susceptibles de permettre à son employeur de le tracer et de le retrouver, puis il avait foncé droit vers Jesmond, un quartier de Londres réputé pour le caractère douteux de ses marchés clandestins.

Après avoir garé sa voiture dans un parking souterrain, il emprunta un ascenseur qui lui permit de remonter à l'air libre et de se fondre dans la cohue qui s'agglutinait dans les ruelles étroites et désœuvrées de Jesmond. Instinctivement, il releva la tête.

Ses yeux se frayèrent un chemin à travers les obstacles composés d'antennes, de vêtements mais aussi de ponts et de plateformes reliant plusieurs étages entre eux. Il ne pouvait voir les gouttes de pluie tomber mais il devinait leur présence. L'air était chargé quand il pleuvait et une odeur spécifique se propageait, même dans les bas-fonds de la cité. Le liquide parvenait tout de même à ruisseler le long des murs et des canalisations, mais il fallait avoir l'œil pour le remarquer.

Le membre de l'équipe de sécurité n'aimait pas la pluie. Il la considérait comme un mauvais présage. Néanmoins, il ne pouvait s'arrêter face à ce genre de superstition futile. Ainsi, il remonta les pans du col de son imperméable pour cacher le bas de son visage, puis il vissa correctement la partie courbée de sa casquette sur son crâne afin de protéger son regard des caméras dissimulées dans le paysage urbain.

Il avait beau travailler dans la surveillance pour le compte de corporations aussi solides que les fondations de cette ville, il méprisait la politique votée par les éminences grises qui régnaient sur son île. Être épié en permanence ne l'enthousiasmait guère. Cela dit, il n'avait jamais refusé le salaire qui lui était offert à chaque fin de mois. Tel était le paradoxe de numéro cinq.

Dorénavant, il croyait tenir entre ses mains une relique, un bijou qui lui permettrait de glaner suffisamment de livres sterling pour subvenir aux besoins de sa famille durant au moins trois mois, un laps de temps qu'il estimait conséquent pour lui permettre de trouver un moyen de quitter le pays et de rejoindre le vieux continent. Il lui restait encore à convaincre l'antiquaire de la valeur de ce bien.

Pour tout vous dire, lorsqu'il ouvrit la porte de sa boutique, il n'avait pas la moindre idée de la manière dont il allait s'y prendre. Le futur acquéreur utiliserait certainement l'avantage de ses connaissances personnelles pour minimiser l'intérêt qu'il pourrait porter à cet objet. Il fallait essayer de ne pas se faire avoir par les grimaces de cet homme qu'il connaissait bien. Et de ce fait, il savait très bien que Tobias Lieder, dit « la fouine », ne lui ferait aucun cadeau.

Il songea simplement à la perspective de pouvoir rejoindre le Maghreb, l'Eldorado nouveau pour tous ceux qui cherchaient une terre d'asile où il était possible de changer d'identité. Quoique, il n'était pas complètement sûr de la véracité de cette rumeur qui semblait plus tenir de l'utopie que de la réalité.

En tout cas, le maître des lieux avait un goût non dissimulé pour les vestiges d'une ère révolue. Ainsi, des grelots s'entrechoquèrent lorsque numéro cinq ouvrit la porte. En conséquence, une musique retentit. Le visiteur tourna la tête et il devina le haut du crâne du marchand dépassant au-dessus de feuillets de journal.

Un froissement doux et délicat se fit entendre et il aperçut deux yeux qui le scrutaient avec minutie.

— Bonjour, Tobias. Comment ça va ?

— Clint Pepperwood, je ne te vois pas souvent et ce n'est jamais pour prendre de mes nouvelles.

Clint sourit.

— Allons, Tobias, tu sais que je te tiens en haute estime.

— Après toutes ces années, on n'est plus obligés de passer par les préliminaires, dit-il en repliant le journal. Si tu veux que je te remplisse les poches avec des livres sterling, il faut que tu me rendes heureux. La question qui se pose à toi est simple, Clint. As-tu en ta possession de quoi me combler ?

Le jeune homme avait oublié son costume de vigile et endossé un autre, celui de revendeur. Il esquissa une moue de satisfaction. Du bout des lèvres simplement. Il ne souhaitait pas en faire trop, désirant juste susciter la curiosité de cet amateur d'art.

— Si tu veux le savoir, il va falloir que tu te lèves de ce satané fauteuil.

Tobias roula des yeux.

— Ne parle pas comme ça devant lui, il pourrait t'entendre ! Un peu de respect. Regarde la courbe de ce bois, admire avec quel soin il a été travaillé. On ne trouve plus de telles créations.

Clint scruta attentivement celui qu'il considérait comme un ami. Des bretelles soutenaient son pantalon de soie, protégeant ainsi une belle chemise grise cousue dans un tissu fin. Ses yeux bleus s'étrécissaient régulièrement derrière ses lunettes aux verres carrés alors que ses mèches blondes retombaient de chaque côté de son visage.

La fouine rejeta le journal sur une table d'appoint et prit appui sur les deux accoudoirs du fauteuil pour se relever. Il déploya sa carcasse et s'éleva bien au-dessus de Clint. S'il n'était pas franchement dodu, il était loin d'être maigre et il était surtout très grand. Ses membres s'étiraient autant qu'ils le pouvaient et le portèrent derrière le comptoir.

Son accent germanique résonna une nouvelle fois, en même temps que le bois de son bureau, lorsqu'il tapa du doigt à deux reprises.

— Pose ta breloque ici, que je l'examine !

Clint fouilla dans sa poche et Tobias profita de ce court moment pour se saisir d'une boîte dans laquelle étaient enfermées différentes sortes de loupes. Pour ce faire, il se pencha et Clint, s'il avait été plus attentif, aurait pu apercevoir le reflet de la porte qui s'ouvrait derrière lui, poussée par un inconnu. S'il avait tendu l'oreille, il aurait également capté le son de la musique annonçant l'entrée d'un client. Mais il était bien trop occupé à interpréter les réactions de l'antiquaire pour prêter attention au monde extérieur.

En revanche, Edgar et l'Architecte remarquèrent très bien la silhouette qui était renvoyée par la vitre de l'une des nombreuses pendules qui dormaient contre un mur derrière le quartier général de Tobias Lieder. Et pour cause, ce visage leur était familier.

Époustouflés, ils ne surent que dire lorsque Tobias ouvrit le coffret contenant ses ustensiles et s'adressa dans le même temps à son visiteur.

— Bonjour Monsieur, je vous prierai de patienter, je serai à vous dans quelques minutes, je dois m'occuper de ce client d'abord. Si vous le voulez bien, vous pouvez jeter un œil sur les trésors de ma boutique. Ils sont modestes mais certains valent le coup d'œil.

Son accent germanique chantait plus que de raison. Le brocanteur ne perdait pas l'occasion d'essayer d'accrocher un potentiel nouveau client. Il souhaitait faire comprendre aux nouveaux venus qu'ils étaient les bienvenus. Qu'ils viennent pour vendre ou pour acheter, il n'ignorait pas qu'à la fin, il finissait toujours par s'enrichir.

Une voix grave le surprit et lui répondit dans la foulée.

— Ce ne sera pas la peine.

La caméra tourna sur l'écran de la salle d'attente et se porta sur le visage de Richard Morris.

L'Architecte et Edgar se retournèrent pour constater qu'il avait bel et bien disparu. Il se retrouvait face à Tobias Lieder et Clint Pepperwood.

Et il les tenait en joue.

— Numéro cinq, décalez-vous sur le côté et éloignez-vous. Au moindre geste de travers, je tire.

Effrayé par la perspective que les agents au service d'Ashley McCartigan l'aient suivi jusqu'ici pour l'appréhender, Clint sentit son cœur battre la chamade. Il avait envie de tenter le tout pour le tout mais il préféra retarder l'échéance. Il se prépara à pivoter et à bondir pour détourner l'arme de sa trajectoire puis il obéit.

Richard tendit la paume de sa main et fusilla Tobias du regard.

— Vous, remettez-moi la montre.

Sans hésiter, Tobias s'exécuta.

Il ne désirait pas mourir. S'il chérissait les antiquités en tous genres, plus que la plupart du commun des mortels, il n'estimait pas pour autant qu'un seul d'entre eux méritait qu'il se sacrifie.

La montre vola par-dessus le comptoir et atterrit dans la main de Richard. Ses doigts l'enserrèrent et la plongèrent instantanément dans l'une des vestes de son manteau.

— Merci, conclut-il et il sortit en reculant, prenant soin de menacer les deux seuls hommes qui pouvaient s'interposer entre lui et son objectif.

D'une main, il ouvrit la porte et disparut dans la tiédeur de l'atmosphère londonienne.

Tobias Lieder essuya quelques gouttes de transpiration et il dévisagea Clint qui était resté figé, soulagé de ne pas avoir été interpellé mais malgré tout défait car il avait perdu beaucoup en très peu de temps. Le prussien réalisa alors le malaise de son ami et il ne put se retenir d'éclater de rire.

— J'imagine que tu comptais en tirer un bon prix !

Chapitre XXIII

Les cheveux de Rose virevoltaient à cause du vent marin alors qu'elle admirait la myriade de reflets qui étincelait à la surface de l'eau. Il y avait bien longtemps qu'elle n'avait pu se pâmer devant la majesté des mers et des océans.

Son visage se tourna vers sa gauche et une mèche de cheveux se colla sur sa joue. Elle l'écarta délicatement afin de plonger ses yeux dans ceux de Gared.

— Comment est-ce possible ? Nous sommes si loin de Londres ? Est-ce la Manche ?

Gared fronça les sourcils, de plus en plus perplexe face à l'ignorance de cette étrange rescapée.

— La guerre et la nature se sont alliées de concert pour ravager notre île, Rose. À vrai dire, nous ne connaissons plus les contours exacts de notre pays. Nous ne l'appelons plus Grande-Bretagne. En fait, nous ne lui attribuons pas de nom. Londres a cessé de vivre. Il en va de même pour notre patrie. Plus tôt tu l'accepteras, plus il sera aisé pour toi de t'intégrer au Refuge.

La lisière de la forêt se trouvait à quelques mètres derrière eux. Des herbes hautes s'étendaient entre elle et les versants escarpés de la falaise qui dominait les rivages littoraux. Rose voulut faire demi-tour puis elle examina attentivement le pont réalisé à partir de planches en bois qui menait jusqu'à une petite île en apparence inhospitalière.

Le Refuge.

— Si tout ce que tu dis est vrai, il y a un détail que je ne comprends pas. Pourquoi est-on en sécurité au Refuge alors que nous serions vulnérables dans cette forêt ?

— Parce que nous sommes plus malins que ce que les droïdes croient.

Rose haussa un sourcil.

— Vous avez trouvé un moyen de contrecarrer leurs plans ?

— Simplement une méthode qui nous permet de disparaître de leurs radars. Il nous fallait survivre. Pour organiser la résistance, il faut déjà éviter l'annihilation totale. Nous avons la chance de compter d'excellents techniciens dans notre communauté. Ils ont réuni leurs esprits, partagé leurs connaissances et développé leur savoir commun. Ensemble, ils ont mis au point un générateur qui permet d'interférer sur la perception de nos ennemis. Un dôme entoure le Refuge et s'étend jusqu'à l'extrémité de ce pont. Des perturbateurs électroniques sont émis en permanence et brouillent le système de vision des droïdes. Au lieu de voir notre île, s'ils approchent d'ici, ils ne voient que de l'eau qui s'étend à perte de vue. Jusqu'ici, aucun d'entre eux n'a eu le courage de sauter dans le vide et de franchir la frontière entre le réel et l'irréel.

La bouche grande ouverte, Rose s'extasia devant la nature inattendue de ce prodige.

— Nous avons gagné une bataille grâce à leurs propres armes.

Des étincelles de joie brillaient dans les yeux de Gared, enthousiaste et ravi de partager avec elle leur unique triomphe face à leur tyran. Pourtant, Rose était sceptique. Vivre reclus sur un bout de terre que l'on n'avait pas réellement choisi, était-ce vraiment une réussite ? Elle ignorait tout des épreuves que ses congénères avaient traversé. Ainsi, elle n'était pas bien placée pour savourer à sa juste valeur la grandeur de cet exploit.

— Bien. Et il n'y a pas d'autre accès permettant de rejoindre le Refuge ?

— Non. Nous avons perdu la possibilité de voyager dans les airs. Cette passerelle est notre seul lien avec la terre ferme.

— Il n'a pas l'air très accueillant votre Refuge.

— Tu n'es pas encore rentrée à l'intérieur, se vexa Gared. Nous l'avons accommodé du mieux que nous avons pu. Il est vrai que vu de dehors, ses pics acérés n'invitent pas à s'approcher de trop près mais il nous fallait choisir un endroit à la fois intimidant et sûr.

— Le Refuge. Pour ce que ça vaut, j'aime le titre que vous lui avez donné.

Gared se détendit enfin. Il lui offrit un sourire chaleureux et sincère.

— Moi aussi. Maintenant, si tu permets, nous avons perdu assez de temps.

— Messire Osten, je vous en prie, dit-elle en faisant la révérence.

— Oh, je n'en ferais rien. La courtoisie et la galanterie comptent parmi les rares héritages de l'Empire britannique.

— Justement, si tu étais le gentleman que tu prétends être, tu me montrerais comment je dois m'y prendre. Après tout, ne suis-je pas une lady ?

— Oh si, tu en es une, je ne peux pas te contredire sur ce point, murmura-t-il. Cela étant dit, ton statut ne te dispensera pas de marcher au-dessus des eaux mouvementées.

Outrée par cet ordre, Rose fit mine de grimacer et de manifester son mécontentement.

— Je marcherai dans tes pas.

— Tu as intérêt. La moindre erreur peut coûter cher. Ceci dit, si cela peut te rassurer, jusqu'à aujourd'hui, personne n'est encore tombé et n'a été déclaré comme mort ou disparu.

Gared s'attendait à voir le visage de Rose se décrisper mais il n'en fut rien. La demoiselle avait besoin de plus que de simples mots pour être rassurée. À dire vrai, elle ne se relâcherait que lorsqu'elle aurait rejoint l'autre côté du pont.

Cependant, son courage était à la hauteur de son scepticisme. De la main, elle désigna la passerelle constituée de cordages et de planches en bois et elle invita Gared Osten à lui ouvrir la voie.

Son nouveau garde du corps se retourna et posa chacune de ses deux mains sur les cordes qui permettaient à la passerelle de tenir. Rose attendit que Gared se soit figé et que le pont ralentisse son roulis puis elle posa à son tour ses mains là où celles de Gared s'étaient tenues quelques secondes auparavant.

Avant de continuer, il se retourna, désireux s'assurer que tout allait bien.

— Tout va bien, Rose ?

La jeune femme acquiesça, alors que ses cheveux dansaient tout autant que le bas de sa jupe. C'était sans compter sur les rayons de soleil, lubriques, qui perçaient le tissu de son vêtement et laissaient deviner certaines parties de l'anatomie d'une lady qui ne devaient être dévoilées que dans un cadre parfaitement intime. Gared ne dit rien. Il se contenta de profiter du cliché gracieux offert par Rose Cunningham. Il n'avait pas souvenir d'avoir jamais vu une femme dégager tant de splendeur, de force et de vulnérabilité dans un même moment de flottement.

S'il déplorait par-dessus tout le nombre colossal de vies qui avaient été prises au cours de ces dernières décennies, il ne regrettait absolument pas la tournure qu'avait prise son existence. L'aventure et l'inconnu régissaient son quotidien. Aurait-il pu prédire il y a quelques heures à peine qu'il serait témoin d'un tel élan de beauté ?

Il sourit puis il reporta son regard droit devant lui.

Le vent se levait et poussait les nuages à l'est. Bientôt le ciel serait assombri. Le crépuscule ne tarderait pas à voiler l'horizon et à ajouter une nuance de gris à ce spectacle déroutant. Il fallait se hâter.

— Surtout, ne regarde pas en bas !

Rose opina et fixa ses yeux sur les mouvements des pieds de l'homme qui la précédait. Un pas après l'autre, elle imita les déplacements de Gared et le suivit du mieux qu'elle le put. Elle s'efforça de faire abstraction de la sensation de vide qui l'entourait et de la bise qui parvenait à se glisser sous sa tenue, déterminée à la refroidir et à la paralyser. Mais elle ne s'en laissait pas conter.

Oh, il en fallait bien plus que ça pour pétrifier Rose Cunningham. Si elle devait avouer que Gared Osten ne manquait pas de charme, elle n'avait pas oublié Edgar Stone, l'amour de sa vie. Et tant qu'elle ne retrouverait pas la chaleur de ses bras et de son torse, rien ne l'empêcherait d'avancer. Elle ne pouvait décemment pas revenir en arrière.

Des rafales de vent avaient beau gifler ses parties découvertes ainsi que les bouts de tissu qui l'habillaient, elle se cramponnait fermement aux cordages et suivait attentivement Gared, confortée dans l'idée que le reste de sa patrouille marchait derrière elle.

D'où elle se trouvait, elle pouvait entendre le bruit des vagues qui déferlaient contre les murs de roche, les remparts de la terre face à l'omniprésence de l'eau, un élément qui ne cessait d'imposer sa domination si l'on n'érigeait pas une barrière pour le freiner dans sa course. Le sifflement émis par la confrontation entre les différents courants d'air s'ajoutait à cette rencontre des éléments.

Le bois crissait et tremblait mais le petit groupe avançait à un rythme constant. Des mouettes planaient au-dessus de leurs têtes et ne leur prêtaient guère attention. Elles ne s'étaient jamais senties concernées par les atermoiements qui ponctuaient la vie des hommes. Elles se contentaient de subvenir à leurs besoins. Elles ne faisaient que vivre, alors que les hommes cherchaient désespérément à conférer un sens à leur présence sur Terre.

Le cœur de Rose avait d'autres préoccupations que de se soucier du sort des volatiles qui s'adonnaient à la voltige dans le ciel. Il se rasséréna quelque peu lorsqu'elle sentit que le pont reprenait de l'altitude, aimanté par l'attraction de la terre. Une colonne rocheuse émergeait de l'eau et grimpait en hauteur. Les habitants du Refuge l'avaient utilisé comme relais. Un premier pont se terminait là. Un deuxième débutait ensuite.

Au bout de celui-ci, la fin de son pèlerinage.

Le Refuge dont elle avait tant parlé depuis sa rencontre avec Gared.

Rose pouvait désormais le voir de près. L'île jouissait d'une forme presque pyramidale. Les faces n'étaient pas polies et alignées avec la même précision que celles qui avaient été bâties sur le sol égyptien mais on pouvait clairement les distinguer. Une carapace fabriquée à même la roche empêchait toute forme de végétation d'y proliférer et seule une cavité noire permettait de pénétrer à l'intérieur. Elle semblait aussi imprenable que la citadelle la plus farouchement défendue.

— Plus qu'un petit effort, Rose. Nous y sommes presque !

Chapitre XXIV

Si l'antiquaire originaire du pays des Teutons ne perdait jamais le sens de l'humour, ce n'était pas le cas de Clint Pepperwood. Le visage décomposé, il tituba jusqu'au comptoir. Il venait d'être dépossédé de son seul bien de valeur. Celui sur lequel il voulait miser son avenir. Si les policiers lui mettaient le grappin dessus, il ne verrait plus jamais sa femme ni ses deux enfants.

— Pauvre fou, ce n'est pas drôle ! Tu viens de rater un bijou inestimable !

Les traits de Tobias se durcirent tout à coup. Il n'était plus d'humeur à rire. Ni à se laisser réprimander par un jeune loup encore trop tendre pour mesurer la portée de ses mots.

— Ne me parle pas sur ce ton-là ! Il ne va pas aller bien loin notre voleur. J'ai activé l'alarme antivol. Les forces de l'ordre doivent déjà quadriller le coin à sa recherche. Ils ne vont pas tarder à me le ramener sain et sauf.

Les yeux de Clint s'arrondirent.

Le jeune homme n'avait pas imaginé que dans son souci de conférer un caractère authentique à sa boutique, il avait pu se laisser aller à incorporer un système de sécurité ultramoderne.

— Je croyais que tu étais réfractaire à ce genre de dispositif !

Tobias recula et fronça les sourcils en même temps qu'il cherchait les mots pour se défendre.

— Il faut bien que je protège mes intérêts, je n'ai pas le choix. Tu es marrant, toi ! J'ai choisi ce quartier pour que mon commerce puisse prospérer mais je ne suis pas dupe, ce ne sont pas les voleurs qui manquent.

Les doigts de Clint se glissèrent dans son dos et atteignirent la poche arrière de son pantalon. Avec soin, il retira une petite boîte et la déposa sur le comptoir. Ensuite, il l'ouvrit et s'empara d'un comprimé bleu. Il l'enfouit entre ses lèvres et l'avala.

Une grimace apparut sur son visage alors que Tobias examinait les deux autres comprimés qu'il lui restait à absorber. L'un était blanc, l'autre était rouge.

Clint resserra un poing et durcit sa mâchoire puis il l'abattit sur le bois du meuble. Les doigts de son autre main se refermèrent à leur tour et se posèrent contre sa bouche. Enfin, son deuxième poing cogna à son tour, sous le regard médusé de Tobias.

Tout à coup, sans que le maître des lieux ne comprenne ce qu'il se passe, Clint défaillit et glissa. Par réflexe, il s'accrocha au rebord du comptoir et se redressa péniblement.

Tobias n'hésita pas et fit le tour pour aller l'aider à se relever.

— Mais bon sang, qu'as-tu pris ?

En proie à une lutte interne intense, Clint desserra les gencives et trouva la force de lui répondre.

— Un transfigureur.

L'étonnement apparut sur le visage de Tobias et déforma la courbe de ses sourcils.

— Mais pourquoi ?

— Les flics, Tobias. Les flics, répondit-il avant que les muscles de ses jambes ne le lâchent et qu'il ne s'écroule à terre.

Tobias le rattrapa dans sa chute et le fit asseoir, dos au meuble. Des yeux faibles le dévisageaient. Mais ils n'étaient pas aussi fascinés que les siens. Jamais il n'avait vu une transfiguration s'opérer. Il s'agissait d'un prodige réalisable grâce aux avancées de la science. Une boîte composée de trois comprimés vous permettait de modifier votre apparence pour la camoufler.

De ce qu'il savait, le comprimé bleu permettait d'enclencher le processus. Et il était loin d'être indolore.

Quant aux deux autres comprimés, ils permettaient d'atténuer les effets de la transfiguration puis de l'inverser pour que la personne puisse retrouver son vrai visage. Néanmoins, il y avait une faille. La transfiguration ne pouvait pas durer plus d'une heure. Au-delà de ce délai, si le transfiguré n'ingérait pas le comprimé blanc, il ne pouvait plus revenir en arrière.

Agenouillé devant son client, Tobias assista impuissant à la métamorphose. Il vit l'épiderme changer progressivement de nuance. Le teint de la peau s'assombrit légèrement puis la couleur de ses yeux vira au vert. Sa cloison nasale se renforça dans le même temps et son nez s'épaissit alors que ses joues s'épaissisaient à vue d'œil.

Au bout de quelques secondes, Clint souffla.

— C'est bon, c'est fini, je crois.

— Tu es recherché par la police ?

— Je... Je ne sais pas. Je préfère ne pas courir le moindre risque.

Décontenancé, Tobias secoua la tête.

— Voilà où mène la technologie, ne put-il s'empêcher de déclarer puis il lui tendit sa main.

Clint la saisit et avec l'aide de son ami, il se remit debout.

Les grelots du carillon résonnèrent et les deux hommes se retournèrent.

La porte s'ouvrit sur un binôme vêtu du costume traditionnel de Scotland Yard. Un homme et une femme.

Discrètement, Clint récupéra la boîte contenant les deux autres comprimés et la remit dans la poche de son pantalon.

— Lequel de vous deux est Tobias Lieder ?

— C'est moi, répondit le concerné.

— Vous avez été victime d'un braquage ?

— En quelque sorte. Un homme est entré dans la boutique et nous a menacé avec une arme avant de s'enfuir avec un objet m'appartenant.

Pendant que l'homme posait les questions, la femme portait son regard tout autour d'elle. Dans un premier temps, elle s'intéressa à la collection variée d'antiquités qui garnissaient les étagères de la boutique de Tobias Lieder mais par la suite, elle examina attentivement le visage de Clint Pepperwood qui peinait à dissimuler son inconfort.

— Vous devriez vous dépêcher, notre agresseur ne doit pas être allé bien loin.

— Sur notre chemin, nous avons déjà consulté le rapport vidéo de la caméra située dans la ruelle. Nous avons effectivement vu un homme sortir de votre commerce au moment où vous avez déclenché l'alarme.

— Parfait, alors qu'attendez-vous pour l'appréhender et me restituer mon bien ? s'outra Tobias avec plus de véhémence qu'il n'est autorisé de manifester lorsque l'on s'emploie à un officier de Scotland Yard.

— Justement, Monsieur Lieder. N'avez-vous aucune information à nous apporter au sujet de l'objet qui vous a été dérobé ?

— Il ne s'agit que d'une montre, rétorqua Tobias qui peinait à masquer son agacement.

— Il va falloir être plus précis, Monsieur. D'après le compte rendu, le voleur a sorti cet objet dans la rue, il l'a manipulé puis il a disparu.

— Disparu ?

— Oui, disparu, répéta le policier. Comme par enchantement.

L'officier mima un tour de magie avec ses doigts pour illustrer sa brève explication.

— Je… Je ne comprends pas. On ne s'évanouit pas comme ça dans la nature. Ce n'était qu'une montre, dit-il en se tournant vers Clint.

— Elle était à vous avant que Monsieur Lieder n'en devienne l'acquéreur ? demanda-t-il.

Clint sentait les fils d'une toile inextricable se refermer sur lui. Il était piégé et il n'était pas dit que se soumettre à la transfiguration fut suffisant pour se sortir de ce traquenard.

Mais qui sait, peut-être que Richard Morris allait modifier le cours du temps ?

Au même moment où Clint dévisagea Tobias, cherchant dans ses yeux la bonne réponse à formuler à cet enquêteur, Edgar voulut trouver le salut dans ceux de l'Architecte.

— Où est-il ? Et déjà, comment a-t-il fait pour quitter la salle d'attente ?

— Il a trouvé l'inspiration, lui répondit une voix sensuelle dans son dos. Il a compris que l'Architecte n'était pas le seul à user de son imagination pour matérialiser le fruit de ses fantasmes.

Edgar pivota brusquement et se figea lorsqu'il observa la femme qui s'adressait à lui. Il ne la reconnut pas tout de suite. Elle possédait la même enveloppe corporelle qu'à la première occasion où il l'avait rencontrée, à savoir lors de son procès. Pourtant, elle était différente.

Elle n'était plus l'Inspiratrice.

Elle était la tentation.

Sa robe pourpre moulait les courbes parfaites de son anatomie. Elle s'étendait du haut de ses cuisses et remontait le long de ses hanches, comprimant ses fesses et dessinant à merveille sa chute de reins avant d'exposer la jonction de ses seins derrière une toile de tissu transparente. Enfin, elle emprisonnait son cou et s'arrêtait en dessous du menton.

Si sa tenue contrastait totalement avec son rôle austère de juge, son changement radical de coiffure ne le laissait pas non plus de marbre. Une frange de cheveux lissés partait du côté gauche de son crâne et retombait du côté droit alors que la partie au-dessus de son oreille gauche avait été rasée.

Son look était étrange mais elle n'en demeurait pas moins sensuelle. Cependant, aussi troublante et envoûtante qu'elle paraissait, Edgar n'oubliait pas Rose. Ainsi, il ne se laissa pas perturber par les artifices de la compagne de l'Architecte. Il était plus important de se préoccuper du sort de Richard que d'admirer la silhouette affriolante de l'Inspiratrice.

— Où est-il parti ? s'interrogea Edgar.

L'Inspiratrice le toisa sournoisement et fit résonner ses talons sur le carrelage de la salle d'attente avant de se blottir dans les bras de son âme sœur.

— Tu es intelligent Edgar mais tu ne poses jamais les bonnes questions.

— Peut-être que si tu lui montrais ton vrai visage, il parviendrait à canaliser ses émotions et à réfléchir avec plus de cohérence ? suggéra l'Architecte.

L'Inspiratrice sourit et fit danser ses doigts dans la fourrure de son compagnon.

— Moi aussi j'ai le droit de m'amuser un peu !

— Quand est-il parti ? finit par demander Edgar, ignorant les plaisanteries mesquines de ses hôtes.

L'Architecte et l'Inspiratrice reportèrent leur attention vers leur prisonnier. La femme fit rouler ses yeux en même temps que son bras gauche et désigna l'écran qui les entourait.

Edgar pivota et le décor changea. Le film délaissa Londres et le vingtième siècle pour revenir en arrière.

Avant l'invention même de la montre.

Chapitre XXV

Les bourrasques percutaient le pourtour montagneux qui dominait l'île mais l'épaisseur des flancs qui protégeaient le Refuge empêchait ses habitants d'entendre les sifflements stridents émis par les courants d'air capricieux.

Quant à Rose, en évoluant derrière Gared, elle se sentait en sécurité dans cet environnement qui paraissait plus sûr. La terre gisait sous ses pieds et des parois rocheuses inamovibles formaient une redoutable carapace. En réalité, en marchant au milieu du cortège composé de quelques-uns des derniers représentants de l'humanité, Rose s'impatientait de découvrir le repaire que ces rescapés avaient choisi pour abri.

Ils sillonnaient des galeries souterraines depuis de longues minutes lorsque des sons parvinrent à ses oreilles. Il s'agissait de vagues murmures dans un premier temps mais elle avait spontanément reconnu la particularité des voix d'hommes et de femmes qui communiquaient ensemble.

Gared lui cachait la vue, ainsi, elle ne vit pas immédiatement qu'ils arrivaient au bout du chemin. Une fois que son garde du corps émergea du tunnel, il s'écarta sur sa gauche et permit à Rose de jouir de la vue vertigineuse qui s'offrait à elle.

Elle avança tant qu'elle le put et se figea, troublée par l'étonnant spectacle qui se jouait devant elle. D'abord, elle fit tourner son visage sur la droite et descendit avec les yeux la pente qui longeait l'enceinte rocheuse et formait une espèce de spirale pour rejoindre le niveau le plus bas de l'île, celui que les survivants avaient élu comme terre d'asile.

Enfin, elle examina rapidement les cases construites en bois et installées sur un sol sablonneux ainsi que celles qui tenaient sur pilotis dans l'étendue aquatique qui se trouvait au cœur de cette immense salle.

La première pensée qui naquit dans l'esprit de la jeune femme fut de se dire que la nature avait semblé œuvrer avec ingéniosité pour permettre aux humains de préserver leur espèce. Elle leur avait offert un toit au-dessus de leurs têtes et avait écarté d'eux les risques provenant de potentielles catastrophes naturelles.

Vêtus légèrement, elle pouvait les voir, ces privilégiés qui s'animaient telles des petites fourmis donnant vie à leur fourmilière. Ils marchaient sur un matelas doré et semblaient très bien s'en accommoder. Rose n'avait aucune idée du moment exact où ils avaient dû composer avec cette nouvelle existence et elle ne savait pas vraiment si elle devait les plaindre ou les féliciter.

Gared Osten et les hommes qui l'accompagnaient n'affichaient nullement une quelconque forme de mal-être. Cela dit, ils masquaient tout aussi bien le plaisir qu'ils éprouvaient à pouvoir respirer de l'air frais chaque jour qui passait. Seul le voile de la mort symbolisant la perte de leurs proches obscurcissait légèrement la lueur de leurs yeux encore allumés par l'étincelle pranique.

Soudain, une main vigoureuse se posa sur son épaule.

— Rose, es-tu prête à nous rejoindre ?

Rose continua d'observer la scène qui était interprétée sous ses pieds et elle s'étonna de voir quelques feuilles de palmiers l'empêcher de distinguer certains grains de sable.

— Je n'ai pas vraiment d'autre choix, finit-elle par lui répondre à voix basse.

— Alors, le moment est venu pour toi de rencontrer le docteur. C'est grâce à lui que nous sommes encore en vie. Il va falloir qu'il t'ausculte.

Subitement, la demoiselle pivota et interrogea son nouvel ami du regard.

— Il s'agit d'une simple mesure de précaution. Tu viens de la forêt, nous ne savons rien de toi. Nous ne pouvons pas courir le moindre risque de contaminer notre communauté. La maladie ne peut pas être le fléau qui nous éteindra, tu le comprends ?

Rose était dotée d'un tempérament sanguin qui la faisait parfois réagir sous le coup de l'émotion. Elle avait failli faire preuve d'impulsivité mais devant le visage marqué par la souffrance de Gared, elle commençait à réaliser un peu plus les faibles perspectives d'avenir des habitants du Refuge.

— D'accord, je ne veux pas mettre en péril votre quotidien.

— Ne t'inquiète pas, ce ne sera rien d'autre qu'une formalité, je suis sûr que tu es en parfaite santé. Mais si tu ressens quelque symptôme inhabituel, il faudra le lui confier.

— À vos ordres, capitaine ! répondit-elle sur un ton narquois pour contraster avec le ton alarmé de Gared.

Même s'il n'était pas d'humeur à plaisanter, il se dérida quelque peu. La rencontre avec Rose lui avait permis d'écarter pendant un moment les tracas journaliers qui les obligeaient à vivre dans une situation permanente d'urgence. Le fait de l'introduire au docteur lui avait rappelé leur situation fébrile.

Leur survie ne tenait qu'à un fil. Un malencontreux évènement pouvait accélérer leur disparition.

Les rescapés n'avaient plus le droit à l'erreur. Un lourd fardeau pesait sur leurs épaules. La responsabilité de maintenir l'humanité en vie leur était échue. Il s'agissait d'un héritage qu'ils n'avaient pas choisi.

Pourtant, lorsqu'elle s'affranchit des quelques centaines de mètres qui la séparaient de la base du Refuge, elle ne rencontra que des visages épanouis. Les habitants paraissaient heureux et acceptaient avec une force stupéfiante leur condition pourtant peu enviable.

Du moins, telle était l'impression qu'elle ressentit à ce moment-là, mais elle n'eut pas le temps de créer un contact avec eux. Gared salua ses amis et posa sa main sur le bras de Rose.

— Si tu veux bien me suivre, Rose.

La jeune femme cessa sa contemplation impersonnelle et posa les yeux sur les doigts qui enserraient son biceps avant de les reporter sur ceux de Gared.

Le feu brûlait dans l'ombre de ses rétines et il relâcha son emprise.

— Allons-y, ordonna-t-elle.

Gared inclina ses yeux respectueusement et changea de direction, priant pour qu'elle marche dans ses pas et qu'elle ne se joue pas de lui.

— Vous avez aménagé votre Refuge avec soin, constata-t-elle en étudiant les palmiers parfaitement alignés qui encadraient le chemin emprunté par Gared.

— Il nous fallait un endroit où il fait bon vivre. Le Refuge est tout ce qu'il nous reste.

Rose acquiesça en silence et baissa les yeux pour distinguer les dalles carrées recouvertes par le sable qui prédominait malgré la volonté des survivants d'atténuer sa soif de conquête.

Enfin, elle redressa sa tête et prolongea son regard au loin pour remarquer que les palmiers se séparaient, leur conférant la possibilité d'obliquer dans des directions opposées.

Gared indiqua le sentier qui grimpait le long des versants d'une colline. Le couple remonta les lacets prévus pour faciliter l'ascension alors que les yeux de la jeune femme se posaient derrière la modeste cabane en bois, l'antre du docteur.

Des volets à moitié fermés permettaient à son occupant de garder un œil sur le monde extérieur. Ainsi, au moment où Gared et Rose arrivèrent à quelques mètres de sa porte, le voilà qui se tenait sur le seuil de l'entrée, les poings fermés et posés sur ses hanches.

— Alors, Gared, qu'est-ce que tu m'emmènes aujourd'hui ?

Rose releva la tête et découvrit le visage de cette figure mystérieuse, éclairée par les rayons du soleil qui perçaient à l'intérieur du Refuge. En effet, des trous rappelant ceux du gruyère ornaient la carapace rocailleuse de l'île, permettant à la lumière d'illuminer ses bas-fonds.

Gared ne prit pas le temps de poser son regard sur la couleur légèrement brunie de la peau du docteur, ni sur sa solide corpulence, encore moins sur les poils qui s'étendaient de chaque côté de son crâne, longeaient ses oreilles et glissaient jusqu'à son menton. Il s'occupa simplement de trouver les mots justes pour présenter sa nouvelle trouvaille.

— J'aimerais te présenter Rose, une jeune demoiselle que nous avons retrouvée dans la forêt. Elle était égarée et sur le point de se faire capturer par les droïdes. Elle a eu de la chance que nous soyons dans les parages.

— La chance n'a rien à voir avec cela, Gared, affirma-t-il tout en se rapprochant de Rose, fasciné par son aura.

Il la dévisagea pendant quelques secondes d'une manière inquisitrice qui incommodait la jeune femme. Rose se tourna vers le seul être qu'elle considérait alors comme un allié fiable, Gared.

Le docteur devina son désarroi et son malaise.

— Ne vous inquiétez pas, je ne vous veux aucun mal, Rose. Je parviens à voir chez les gens certains aspects de leur personnalité et de leur état émotionnel, physique et psychologique qu'il est impossible pour mes semblables de remarquer à l'œil nu.

— C'est la raison pour laquelle on l'appelle le docteur, l'appuya Gared.

Flatté malgré sa volonté à s'exprimer avec humilité, il ne put se retenir de sourire du bout des lèvres.

— En réalité, je suis un guérisseur, mon talent n'a rien d'exceptionnel et il peut même être enseigné à d'autres, mais parmi les rares survivants, je suis le seul à maîtriser cette aptitude. Ainsi, on m'a conféré un certain statut que je persiste à juger comme étant disproportionné, précisa-t-il en dévisageant Gared.

— Vous avez le droit de le penser, Docteur, mais votre rôle est absolument primordial dans l'organisation du Refuge.

Le regard du docteur faiblit et il lui concéda cet argument puis il reporta son attention vers Rose. Il l'avait tout de suite constaté. Elle était différente. Pas tant au niveau anatomique ou ethnique. Non, il y avait un détail qui lui permettait de comprendre qu'elle n'avait rien de commun avec eux.

C'est une illusion, avait-il songé dès qu'il avait posé les yeux sur elle.

Ensuite, il s'écarta et désigna du bras l'entrée de son humble cabinet.

— Je vous prie d'entrer, je vais vous examiner si vous le permettez. Ensuite, vous serez libre. Enfin, libre d'agir en adéquation avec les principes de notre communauté.

Rose acquiesça et accepta à contrecœur cette invitation.

Les yeux du docteur se posèrent un instant sur Gared avant de la suivre.

Toujours est-il que notre ravissante princesse a déjà trouvé son chevalier servant, pensa-t-il.

Chapitre XXVI

Assis sur la terrasse d'un pub londonien, Richard Morris ne savait plus où regarder. Il avait suffisamment posé ses yeux sur les caractères imprimés qui ornaient la première page du journal de ce jour.

La une mettait en avant le meurtre horrible de ses parents, ne passant qu'au second plan le sort de ce pauvre enfant privé bien trop tôt de ses géniteurs.

Les mains tremblantes, il avait pourtant réussi à lire l'article pour s'informer de la nature exacte de leur disparition tragique. Ainsi, il avait appris qu'Alan et Camilla Morris avaient emprunté de l'argent à des personnes peu recommandables. Trente ans plus tard, il réalisait donc que son existence avait été chamboulée à cause de dettes.

L'argent était la source de son traumatisme.

Oh, il n'était pas naïf, il ne découvrait pas pour la première fois le fait que beaucoup d'êtres humains accordaient plus d'importance à la monnaie qu'au sort de leurs semblables. Mais il comprenait quelque peu tard que lui aussi en avait payé les frais. Il comptait parmi toutes les victimes du déséquilibre engendré par la création de cet instrument économique censé régir les échanges entre les hommes.

Toutefois, il s'efforçait de conserver son calme et de taire les larmes qui hurlaient, embusquées derrière ses paupières. Elles ne demandaient qu'à être libérées, à couler et à ruisseler en abondance le long de ses joues. Mais il se refusait de pleurer.

Ses nerfs d'acier tenaient bon au vu du choc ressenti par la lecture déchirante et terrifiante des quelques lignes rédigées par Sir Anthony McCartigan, premier nom d'une longue lignée bien renommée dans la capitale britannique. Cela dit, ses doigts se crispaient contre les deux parois opposées de la coque de la montre.

Cet outil qui ne devrait pas exister lui offrait une chance de tout changer. Il n'était pas sûr qu'il oublierait son départ pour l'orphelinat ainsi que son adolescence marquée par l'absence d'une figure paternelle exemplaire et d'une mère dévouée et affectueuse. Il savait qu'il chamboulerait les fils du temps et permettrait à un nouveau Richard Morris de réécrire son histoire.

Alors qu'il ignorait tout des conséquences qu'une telle intervention impliquerait sur son existence, il ne pensait qu'à la satisfaction de savoir que l'enfant pourrait tout recommencer à zéro en compagnie de parents aimants.

Plusieurs obstacles l'obligeaient à prendre son temps et à réfléchir soigneusement avant de passer à l'action. S'il avait surpris Edgar et l'Architecte en utilisant la faille de l'espace de neutralité du renard et qu'il avait agi avec précipitation, il prévoyait de mesurer avec précaution les interactions provoquées par le plan qui s'était dessiné dans les méandres de son esprit.

L'instinct l'avait incité à ne pas perdre de temps et à réagir. Maintenant, il faisait appel à la raison afin d'éviter de prendre un choix qu'il regretterait amèrement par la suite. Comme c'était le cas de son ami Edgar Stone une fois qu'il avait compris que son invention n'avait fait que dégrader les perspectives futures de leur espèce. D'ailleurs, il n'oubliait pas que son ami devait l'observer en ce moment même et redouter que Richard commette une erreur irréparable.

Edgar Stone. Voilà un nom qui résonnait avec bienveillance et qui venait le ralentir dans sa réflexion. À la simple pensée de son mentor, il n'était plus sûr de rien. Agir ou continuer à rester les bras croisés et attendre que la coordination d'événements improbables permette à Rose de rétablir la ligne temporelle originale.

Mais surtout prendre le risque de perdre son amitié. Qu'en serait-il s'il parvenait à éviter l'assassinat d'Alan et Camilla Morris ? Il n'irait plus à l'orphelinat et qui sait ce qu'il adviendrait de lui ? Suivrait-il le même itinéraire professionnel ? Fréquenterait-il les mêmes personnes ? Il n'y croyait guère. Les probabilités qu'il rencontrerait Edgar Stone ne seraient peut-être pas nulles mais elles seraient certainement altérées. En outre, Edgar Stone serait-il en mesure d'inventer cette fameuse montre sans son aide ?

Seuls l'Architecte et l'Inspiratrice avaient la capacité de résoudre ces mystères insolubles. Lui ne pouvait qu'imaginer, supputer et élaborer différentes trames de scénario sans avoir aucune certitude que la réalité serait proche de l'une de ces multiples hypothèses.

Anxieux, il ne put empêcher ses doigts de se crisper et de froisser le coin d'une page du journal déposé sur sa table. Peu soucieux du regard du personnel du pub ni de celui de ses clients, il peinait à contrôler son sang-froid.

Trop d'énigmes s'opposaient à lui. Il n'était pas en mesure d'obtenir la garantie que sa décision serait la bonne. Dans tous les cas, il devrait courir un risque. Néanmoins, il avait déjà rangé au placard les principes moraux qui lui tenaient à cœur. Il aurait beau plaider qu'il avait foncé pour rattraper la situation, il n'ignorait pas qu'il avait désiré venir à la rescousse des deux personnes qu'il aimait le plus au monde. Derrière un élan de bravoure se cachaient des intentions personnelles mais pas forcément égoïstes.

Un tourbillon d'émotions se déchaînait en son for intérieur alors qu'en apparence, il parvenait à rester impassible et à dissimuler les rafales turbulentes qui le secouaient. Tel un arbre aux racines profondément ancrées dans la terre, il résistait tant bien que mal.

Je t'ai déjà trahi, Edgar. Que puis-je faire de pire ? songea-t-il. *Notre monde est destiné à s'écrouler. Rose est neutralisée et l'Architecte ne veut pas intervenir. Je sais que je vais à l'encontre de mes propres valeurs mais bon sang, je ne peux pas rester dans une salle d'attente à me tourner les pouces. J'espère que tu comprendras mes motivations, mon ami. Et je prie le ciel pour que tu n'inventes pas cette satanée montre !*

Le moment n'était plus à la réflexion.

Richard s'empara délicatement de l'anse de la tasse de thé dont le nuage finissait de s'évaporer et il le porta à hauteur de ses lèvres. Il hésita un court instant puis il le vida presque d'un trait. Il avala plusieurs gorgées et ne reposa la tasse qu'une fois qu'elle fut vidée.

Enfin, il se leva et baissa ses yeux pour lire l'heure sur la montre.

Vous ne m'avez pas laissé le choix, Monsieur l'Architecte, pensa-t-il pour se dédouaner et apaiser sa conscience avant de poursuivre son voyage dans le temps.

Il dévoila l'écran qui permettait de choisir la date désirée et il opta pour le trois septembre mille huit cent trente-deux, soit la veille. Puis il sélectionna l'heure de son arrivée et il s'éloigna du pub pour aller se cacher dans une ruelle.

Mieux valait ne pas attirer les regards.

Une fois qu'il fut seul, il actionna le système.

Le décor ne changea pas vraiment autour de lui. Pourtant, il venait encore de modifier le cours du temps.

D'un pas décidé, il sortit de cette petite rue et se dirigea vers l'avenue principale.

Il leva son bras en l'air et héla l'un des ancêtres du taxi. Assis sur sa banquette, il aurait le temps de peaufiner son plan.

Chapitre XXVII

Rose se figea dans le salon principal, attendant que le docteur lui permette de s'installer où que ce soit. Toutefois, il n'y avait pas besoin d'être remarquablement intuitif pour deviner que le fauteuil penché en arrière était réservé aux patients. Elle se retourna et remarqua que son hôte s'était dirigé vers une modeste table.

Intriguée, elle l'observa. Les mains du docteur entouraient un objet qu'elle ne voyait pas et soudain, des rayons de lumière se frayèrent un chemin entre les interstices de ses doigts et la maison du docteur lui apparut clairement. Il s'écarta et alors elle vit l'ampoule.

Les yeux écarquillés, elle n'eut pas le temps de manifester son étonnement qu'il lui tendait la main.

— Pardonnez-moi pour mon manque de courtoisie, si vous n'aimez pas le sobriquet qui m'a été attribué par le reste de notre communauté, et je ne vous en blâmerai pas, vous pourrez m'appeler par mon vrai nom. Je m'appelle Rachid Osmir et je suis ravi de vous accueillir dans mon humble demeure.

Rose lui sourit gracieusement mais elle peinait à éloigner son regard de l'objet qui leur offrait un peu de clarté.

— J'ai utilisé le magnétisme qui sommeille en moi pour allumer cette ampoule. Il ne s'agit pas d'un tour de magie, simplement d'un phénomène naturel, expliqua le docteur qui avait lu dans les pensées de Rose.

— Oh, cela doit être plutôt pratique.

Rachid éclata de rire.

— En fait, il n'y a que moi qui utilise ce procédé-là, je cherche désespérément un ou une apprentie à qui enseigner ce don mais je n'ai pas encore trouvé la perle rare.

— Vous n'avez plus d'électricité si je comprends bien ?

Le docteur secoua la tête et se retroussa les manches.

— En fait, si. Nous avons trouvé un moyen de remédier à ce handicap. Des panneaux solaires ont été installés sur la face nord de l'île, nous captons ainsi l'énergie du soleil et la recyclons pour nos besoins personnels mais le générateur qui nous protège de notre ennemi en consomme énormément à lui seul. De toute manière, je crois que nous nous sommes tous habitués à mener une vie simple.

— Vous êtes plutôt ingénieux.

— Quand on doit s'adapter pour survivre, on fait travailler ses méninges du mieux que l'on peut. En tout cas, si je comprends bien, tu n'es pas familière avec notre mode de vie et tu ignorais totalement la présence des droïdes dans cette forêt.

— On ne peut rien vous cacher.

— Rose, je lis en toi comme dans un livre ouvert. Seulement, je ne suis pas sûr de comprendre ce que je vois. Si tu veux bien t'installer dans le fauteuil, je vais t'examiner. Rassure-toi, ce sera totalement indolore.

La jeune femme esquissa une moue dubitative mais elle s'exécuta. Elle pivota et observa le fauteuil dont le tissu était déchiré en de multiples endroits puis elle s'assit.

— Il est plutôt moelleux.

— Profite, c'est l'un des rares souvenirs du monde matériel qu'il nous reste. Allez, je te prierai de ne plus bouger et de te détendre.

Le docteur se plaça sur la gauche de Rose, debout, et il porta sa main droite quelques centimètres au-dessus de la tête de sa patiente et sa main gauche à hauteur de sa poitrine, puis il ferma les yeux.

— Dois-je fermer les yeux, moi aussi ? demanda-t-elle.

— Tu n'es pas obligée, fais-le uniquement si tu te sens plus à l'aise ainsi.

Rose acquiesça et se tut, puis elle se laissa aller.

Au début, elle ne ressentit rien de particulier. Ce n'est qu'au bout d'une longue minute qu'elle commença à sentir une sensation de chaleur se diffuser dans certaines parties de son corps. De légers picotements la firent frissonner et remontèrent depuis son bassin jusqu'à sa poitrine. Les muscles de ses jambes se ramollirent et elle avait l'impression de s'enfoncer dans un coussin si doux qu'elle se laissa volontiers capturer par son étreinte soyeuse.

Quant au docteur, il était fasciné par le spectacle magique qui s'offrait à lui. Une effervescence de couleurs éclatait devant lui alors que ses paupières recouvraient ses yeux. L'âme de Rose se dévoilait à lui et chaque enveloppe spirituelle composant son entité lui était nettement perceptible. Ainsi, il tint un fait pour acquis. Rose n'était pas de ce monde.

Alors que la demoiselle ressentait des vagues euphorisantes déferler dans sa boîte crânienne, elle entendit un appel au loin. Elle se concentra et reconnut la voix de Rachid Osmir. Rose ouvrit les yeux et elle vit que le docteur avait la tête penchée au-dessus d'elle.

— J'ai bien cru que tu n'allais pas revenir, expliqua-t-il sur un ton grave.

— Je crois que je n'en avais pas tellement envie, je me sentais tellement bien. Comme si j'avais été sous l'emprise d'une drogue psychédélique.

Le docteur arrondit ses yeux à ce moment-là mais s'abstint de partager l'idée qui venait de le frapper, tel Archimède en son temps.

— Écoute Rose, tu es en parfaite santé. J'ai procédé à un rapide nettoyage de ton organisme. Je me suis occupé en particulier de clarifier tes organes vitaux qui participent au bon fonctionnement de ton corps, à savoir les reins, le foie, la rate, l'estomac, et cetera. Ce qui est troublant, c'est que tous les gens que j'ai soignés avant toi étaient contaminés sans le savoir par les effets invisibles mais dévastateurs de l'environnement matériel et non respectueux de la nature dans lequel nous vivions. En ce qui te concerne, tu es la personne la plus saine que j'ai rencontrée depuis que j'officie en tant que guérisseur.

— Vraiment ? s'étonna Rose.

Le docteur opina mais hésita à confier avec elle la source de ses inquiétudes. Fallait-il lui révéler l'hypothèse qu'il avait développée ? Il n'avait jamais eu affaire à un tel cas et il n'avait aucune certitude. Il pouvait très bien se tromper car il ne faisait qu'imaginer une réponse à une question qui ne s'était jamais présentée à lui auparavant.

Tout à coup, une ampoule suspendue au-dessus de leurs têtes s'éclaira. Leurs têtes pivotèrent, attirées par la lueur rouge qui conférait une nouvelle couleur aux murs de la pièce et le regard de Rose croisa celui de Rachid.

Le docteur n'eut pas le temps d'expliquer à Rose le cas unique réservé à l'utilisation de cette ampoule. La porte d'entrée s'ouvrit et le visage de Gared Osten apparut.

Cela dit, Rose n'avait pas besoin de l'entendre de vive voix. Elle avait deviné qu'il s'agissait d'une situation de crise.

— Les droïdes, ils sont là. Tous, sans exception. Massés au bord du précipice devant le pont. L'heure de l'affrontement est arrivée, Docteur.

Rachid ne répondit pas. Il inclina ses yeux et dévisagea Rose avec perplexité.

Je présume que cette confrontation était inévitable.

— Nous nous préparons au combat. Défendre le Refuge est le souci de chacun d'entre nous.

Le docteur se mordit la langue, il n'avait pas le choix. Il devait exprimer ses craintes devant la pauvre femme.

— Tu as raison, Gared. Mais Rose ne peut pas participer à cette lutte. Si elle mourait, je ne suis pas sûr de ce qu'il adviendrait à son âme. Elle pourrait être séparée de son corps.

— Que voulez-vous dire ? demanda-t-il alors qu'il fronçât les sourcils, tout comme Rose qui se redressa sur son fauteuil.

— Je ne sais pas exactement comment un tel prodige est possible mais la Rose que nous voyons est une illusion, une représentation de son âme torturée. Elle a quitté son corps qui pourrait se trouver tout aussi bien à l'autre bout de la planète que dans la forêt. Si elle venait à être tuée dans les affrontements, je crois que son âme ne pourrait plus retourner dans son corps d'origine.

— Vous ne croyez pas qu'il s'agisse d'une ruse des droïdes ?

Une étincelle brilla dans les yeux du docteur. Il n'avait pas songé à cette possibilité. Quel piège fantastique cela serait. Il était presque ébloui par un tel génie. Mais ce qu'il avait vu lors de sa séance de magnétisme lui semblait nourrir une autre explication.

— C'est une éventualité, Gared. Mais j'ai vu la bonté de son cœur. Je crois sincèrement qu'elle s'est perdue. Je dois la ramener là d'où elle vient, Gared. Je n'ai pas le choix.

— Nous aurons besoin de la force du plus grand nombre, lui rappela Gared. Archimède, leur meneur, est à la tête de leur cortège et il se trouve devant la passerelle. Leur arrivée coïncide avec l'irruption de Rose dans le Refuge.

— Elle n'est pas une traîtresse. La raison est autre, Gared. Ils…

— Oh mon Dieu ! Ils viennent me chercher ! réalisa Rose.

Chapitre XXVIII

Les roues de la calèche tournaient alors que Richard réfléchissait à la manière d'éviter la mort de ses parents. À dire vrai, les solutions étaient multiples. Il pouvait trouver un moyen de les empêcher de se retrouver au mauvais moment au mauvais endroit. Éventuellement, il pouvait courir le risque de les avertir. Enfin, il restait l'idée de régler la dette à leur place. Pour ce faire, il lui fallait trouver l'argent. Cette alternative lui paraissait la plus sûre pour éloigner définitivement ses parents du danger, mais elle comportait un inconvénient majeur : il lui faudrait une fois de plus faire abstraction de ses valeurs puisqu'il devrait utiliser la montre afin de se procurer la somme nécessaire selon des méthodes plus ou moins licites.

Ses doigts tapotaient sa cuisse pendant qu'il réfléchissait et il ne prêtait guère attention à la brume opaque qui plongeait la cité londonienne dans la grisaille la plus impénétrable. Les morsures du froid sévissaient avec plus de ferveur qu'il n'était courant de le constater en cette période de l'année. Pourtant, Richard était tellement focalisé sur le sauvetage de ses parents qu'il faisait totalement abstraction de l'atmosphère inhabituelle qui couvait au-dessus des bâtisses de la capitale.

En revanche, le cocher, lui, remarqua la brutale chute de température. Et pour cause, assis dans le froid, ses doigts qui serraient les rênes de ses montures arboraient une couleur de plus en plus violacée. Et que dire des volutes de fumée qui s'extrayaient de sa bouche à chacune de ses expirations ? Calfeutré dans son manteau, il ne pouvait s'empêcher de grelotter et il n'aimait pas ça.

Soudain, la voix de Richard le sortit de sa torpeur.

— Excusez-moi, mon brave, j'ai changé d'avis, vous serez aimable de bien vouloir me déposer à la Banque d'Angleterre, je vous en serai infiniment reconnaissant.

— Comme il vous plaira, messire. Nous ne sommes pas très loin.

— Je ne saurai comment vous remercier.

— Des livres sterling suffiront, messire.

Richard acquiesça et fouilla dans sa poche pour en retirer quelques pièces. A priori, elles ressemblaient grandement à celles de cette époque, à ceci près que la date frappée sur le côté face de la pièce revêtait d'une certaine incohérence pour celui qui était attentif à ce genre de détail. Mais Richard se montra quelque peu négligent. Il prépara le montant qu'il estimait convenable, n'hésitant pas à lui octroyer un généreux pourboire. Après tout, bientôt il serait riche. Il n'aurait qu'à se servir.

Le visage d'Edgar se déformait alors qu'il assistait, impuissant, au circuit de son ami. Il se crispa et se rapprocha de l'écran lorsque Richard salua le cocher après l'avoir gracieusement rétribué.

— Ne fais pas ça, Richard ! Arrête-toi, bon sang ! C'est Rose que tu dois sauver !

L'Architecte et l'Inspiratrice ne dirent rien mais ils n'en pensaient pas moins. Richard ne pouvait pas l'entendre. Ses suppliques étaient futiles. Pourtant, il se figea à quelques pas de la porte d'entrée de la vieille dame de Threadneedle Street.

Edgar se pétrifia à son tour.

Était-il possible que son ami ait pu capter sa plainte depuis les confins de l'univers ?

Richard tourna subrepticement son visage sur sa droite et observa son épaule puis il leva la tête. Ses yeux s'écarquillèrent lorsqu'il aperçut des flocons de neige maquiller le tableau gris qui servait de cadre à tout le sud de l'Angleterre.

— Il neige ! s'exclama Richard.

La providence lui envoyait-elle un signe ? Il ne sut le dire. Il resta immobile pendant quelques instants. Ses yeux d'adultes avaient été remplacés par ceux d'un enfant et ils se pâmaient d'admiration devant ce prodige de la nature.

— Il ne s'agit pas d'un signe, expliqua l'Architecte sans se départir de son traditionnel sang-froid. Le temps se dérègle. Et tout ceci ne va pas aller en s'arrangeant si personne ne fait ce qu'il faut pour rétablir l'équilibre terrestre.

Le ton menaçant du renard irritait au plus haut point Edgar qui était convaincu que ce dernier avait simplement à claquer des doigts pour réparer leurs erreurs. Mais il tenait farouchement à ses principes qui voulaient qu'il ne fallût pas intervenir.

— Des catastrophes naturelles vont se déclencher ?

— Non, pas forcément. Pas tout de suite. Disons que des anomalies vont apparaître. Il n'y aura plus de saisons ni de cohérence au niveau climatique. Il fera froid là où il doit faire chaud, et inversement. La nature forme un ensemble à la fois gigantesque et microscopique qui peut comporter une variété infinie d'éléments complémentaires. Pourtant, elle peut se définir en une seule entité et surtout les conséquences peuvent affecter chacune de ses composantes. Le cours du temps a été altéré. De trop nombreuses lignes temporelles ont été engendrées. Lorsque chacune d'elles fut créée, cela donna naissance à un monde parallèle. Et peu d'univers alternatifs ne peuvent cohabiter sans que cela ne provoque une apocalypse sans précédent.

— La Terre ne va pas se contenter de sombrer dans le chaos, elle va disparaître et emporter le reste du cosmos dans sa destruction, déduisit Edgar.

— Très juste. Rassurez-vous, tout repartira à zéro. Un nouveau cycle succédera à celui-ci. La vie trouve toujours son chemin.

— S'il sauve ses parents, il va empirer la situation…

— Je ne vous le fais pas dire. La priorité est de réveiller Rose et d'empêcher la création de la montre, résuma le renard.

— Mais il est aveuglé par ses émotions, sa notion de bien et de mal se confond, il emprunte un sentier tortueux. Saura-t-il s'en rendre compte ? s'interrogea l'Inspiratrice.

— Il faut l'espérer.

— Richard, je t'en supplie, pense à Rose !

Tout à coup, Richard se tétanisa.

Après être allé dans les toilettes de la banque, il avait utilisé la montre pour atteindre la chambre forte du lieu le plus sûr de l'économie britannique.

Maintenant qu'il avait la possibilité de ruiner les banquiers les plus fortunés de sa nation, sa conscience le taraudait.

Bien mal acquis, ne profite jamais, lui rappela une petite voix dans sa tête.

Ses doigts s'étaient tendus pour se saisir d'une liasse de billets mais ils s'interrompirent dans leur élan. Il se retenait de hurler pour manifester le désarroi qui l'envahissait.

Ses pensées se tournèrent alors vers son ami le plus proche.

Edgar, que ferais-tu à ma place ?

Malheureusement, Edgar ne pouvait entendre ses songes et quand bien même, il ne pourrait pas lui répondre. Il essayait déjà tant bien que mal de le dissuader d'aller plus loin.

Richard était piégé. Fallait-il se livrer à de viles besognes pour l'intérêt de tous ?

Existait-il une solution qui lui permettrait de préserver son intégrité et de revenir en arrière ? Il peinait à le croire.

Ainsi, ses yeux se figèrent lorsqu'ils rencontrèrent un dessin gravé sur l'un des billets de banque situés en haut de la pile.

Les pétales d'une fleur dansaient sous ses yeux alors que Rose Cunningham demeurait prisonnière d'une illusion perverse.

Chapitre XXIX

Ils étaient tous alignés. Les pans de leurs toges flottaient sous l'effet du vent. Leurs propres créations cybernétiques les accompagnaient et n'attendaient qu'un ordre de leur part pour agir. Tout comme eux guettaient les directives d'Archimède.

La démocratie comptait parmi les rares dogmes chers à l'humanité que les droïdes avaient conservé en héritage. Désirant se soustraire de toute relation avec leurs géniteurs qu'ils considéraient comme les partisans d'une espèce inférieure, destructrice et irrespectueuse, ils s'étaient efforcés de se détacher de tous les liens qui les associaient à cette civilisation.

En outre, ils n'avaient pas pu éviter de succomber à ce que d'autres considéreraient comme du plagiat. Les philosophes avaient composé un sénat parmi les membres les plus estimés de leur communauté et toute décision devait être entérinée lorsqu'un consensus était établi à la suite d'un conseil qu'ils avaient nommé le Sénat.

Pourtant, en ce jour solennel, l'un d'entre eux s'était érigé en meneur. En dépit de leur volonté de penser et d'agir ensemble, un philosophe gardait une image presque christique dans l'esprit de ses semblables.

Leur maître à penser, celui qui avait été à l'origine du soulèvement des machines se nommait Archimède. Âgé de plusieurs siècles, il avait bien connu le temps où ils ne représentaient rien de plus que de vulgaires pantins pour les hommes. Désormais, il se tenait là, à quelques pas du précipice, mais aussi de l'invisible, prêt à exterminer une fois pour toutes la race humaine.

Socrate et Platon, ses deux plus fidèles alliés l'entouraient et le premier n'hésita pas à prendre la parole alors que tous attendaient que ce soit Archimède qui mette en exergue sa verve.

— Es-tu sûr de toi ?

— Oui. Ils sont là. Je ne comprends pas comment ni pourquoi mais ils se réfugient dans ces eaux. Rose, elle est là. Je ressens sa présence. Ils ont dû trouver un moyen de se jouer de nous. Voilà qui explique leur capacité à nous résister.

— Il s'agit peut-être d'un traquenard.

— Non, ils ont choisi un endroit qui nous effraie. L'eau est notre ennemi naturel. Les humains manquent de sagacité mais ils ne sont pas idiots pour autant. Ne commettons pas l'erreur de sous-estimer leur intelligence. Après tout, ils nous ont donné vie, dit-il en se retournant pour contempler l'assemblée tassée derrière lui.

Avec flegme, il les observa et prit quelques instants de réflexion. Il lui fallait galvaniser ses congénères. Du bout des lèvres, il sourit. En effet, il était plutôt doué pour stimuler ses frères d'armes. Il allait dénicher en eux des émotions qu'ils avaient tous appris à ressentir au contact de ces humains qu'ils abhorraient tant. Aucun d'eux n'osait se l'avouer mais ils s'étaient en partie humanisés.

Et voilà qu'Archimède tourna sa langue dans sa bouche afin d'inspirer les droïdes au moment de déclencher l'assaut final.

— Philosophes, aujourd'hui est un jour particulier, une date à graver d'une pierre blanche sur le calendrier que nous établirons afin de célébrer notre triomphe. Nous allons mettre fin à la vie humaine. Ces rats se réfugient dans un terrier que nous ne parvenons pas à distinguer, mais je peux vous le garantir, ils sont ici ! s'exclama-t-il en levant son bras et en désignant l'étendue d'eau qui dominait l'horizon.

Quelques figures sceptiques lui répondirent mais il ne se laissa pas abattre pour autant.

— Rose Cunningham est présente parmi eux. Vous ne le savez peut-être pas mais elle est la clé, le socle fragile sur lequel repose le succès de notre quête. Si elle meurt, nous vivrons. Si elle vit, nous… Mourrons !

Archimède avait pris soin d'appuyer ses deux dernières syllabes.

— Si je détiens cette conviction, c'est parce que je l'ai déjà rencontrée dans le passé. J'ai fait sa connaissance bien avant d'imaginer que nous puissions un jour destituer nos tyrans de leur trône. Ce que je peux vous en dire, c'est qu'elle est la seule à pouvoir empêcher notre civilisation de croître. Elle possède un don particulier, celui de voyager dans le temps. En d'autres termes, elle ne doit pas quitter ce monde, pas vivante. Lorsque nous allons investir le repaire de ces parasites, il ne faudra épargner aucun d'entre eux. Certains se rendront, certains nous supplieront, Rose fera peut-être partie de ces renégats mais il ne faudra pas se laisser attendrir. Il s'agit du dernier nid que ces vermines ont réussi à cacher pendant tant d'années ! Pendant trop d'années ! Notre liberté ne sera acquise que lorsque nous les aurons anéantis ! Les humains ont proliféré depuis des millénaires sur cette planète. Ils se sont entre-tués, ils ont développé des maladies, soumis les animaux à leur dictature, ils ont consacré leur temps et leur énergie à dévaster la terre d'asile qui leur avait été confiée. Nous sommes le remède à leur folie meurtrière. Dans leur inconscient, ils nous ont créés pour que nous leur succédions. Tuons Rose Cunningham ainsi que les derniers pestiférés qui se cachent tels de vulgaires insectes et ce monde sera définitivement le nôtre ! Notre jugement est irrévocable ! Me suis-je bien fait comprendre ?

— À mort ! À mort ! À mort ! répétèrent en chœur les droïdes survoltés.

La puissance de leur ferveur parvenait à se jouer des rafales marines et à terroriser les éclaireurs postés dans les contreforts du Refuge. La peur s'instillait dans leur esprit alors qu'Archimède levait un pied au-dessus du vide.

L'armée de philosophes aurait retenu sa respiration, si elle avait été dotée des mêmes organes vitaux que ses concepteurs, lorsque leur meneur fit un mouvement franc vers le précipice.

À leur grande surprise, il ne chut pas.

Il posa ses mains sur les côtés et pencha sa tête légèrement en arrière.

— Ce n'était rien d'autre qu'une illusion ! les rassura-t-il. Je vois leur île !

Il plongea une main dans les plis de sa toge, à hauteur de sa ceinture et s'empara d'un pistolet qui y était discrètement enfoui. Il le brandit et s'écria une dernière fois.

— À l'attaque !

Chapitre XXX

L'Inspiratrice se blottit tendrement contre son époux et enfouit sa tête entre l'épaule et le cou de l'Architecte. Du bout des lèvres, elle sourit.

— Enfin voyons, Edgar, vos tentatives désespérées de vous échapper de la salle d'attente sont vaines. Nous avons renforcé la sécurité de notre repaire après la désertion de votre ami.

— Même à nous, il nous arrive de commettre des erreurs, reconnut son époux. Mais nous faisons en sorte de ne pas les répéter.

— Vous ne partirez pas d'ici sans notre consentement, messire Stone, ajouta l'Inspiratrice. Sous aucun prétexte, vous n'aurez pas l'autorisation d'interférer sur ce monde tant que l'équilibre ne sera pas restauré.

Les yeux rivés sur la partie de l'écran qui exhibait son ami Richard, l'inventeur maudit ne dit rien. Il serra les poings et accepta son sort en silence.

Richard, je crois en toi. Tu sauras retrouver ton chemin, tu vas sauver Rose.

Malgré l'optimisme candide d'Edgar, il fallait avouer que son assistant était bien mal embarqué. S'il avait pris la bonne décision en tentant de rejoindre Rose, il n'avait pas atterri à la destination espérée. Et il n'était plus sûr d'avoir atteint la bonne époque. Défait et incrédule, il fixait la montre. Les aiguilles ne cessaient de tourner dans tous les sens. Leur rotation ne répondait plus à aucune forme de logique. L'appareil était manifestement déréglé. Une boule au ventre le saisit alors que la culpabilité commençait à se frayer un chemin dans son cœur et dans son esprit.

Hagard, il releva la tête. Avec circonspection, il regarda autour de lui et constata avec stupeur qu'il se trouvait dans le désert. Des dunes de sable s'arrondissaient et l'empêcher de distinguer l'horizon. Le vent sifflait de manière capricieuse et faisait danser quelques grains dorés alors qu'il se décida à tourner sur lui-même. Quelle ne fut pas sa stupéfaction lorsqu'il découvrit des signes de végétation !

Une oasis ! Dans mon malheur, j'ai un peu de chance, réalisa-t-il.

Surpris par la chaleur qui s'abattit sur lui, il porta sa main droite à hauteur du nœud qui serrait sa cravate. Avec dextérité, il se libéra de l'étreinte suffocante du bout de tissu. Il le jeta par terre puis retira sa veste et l'abandonna à son tour, tout en se dirigeant vers le havre de repos qui l'attendait paisiblement.

Quelques palmiers étaient réunis autour d'une petite étendue d'eau et offraient un peu d'ombre alors que le soleil brillait de toute sa splendeur. Attiré par les reflets miroitants du lac, Richard s'approcha du rebord en accélérant progressivement. Sans réfléchir, il s'agenouilla et plongea ses mains avant de les porter à son visage. Ses joues étaient rougies par la violence du climat local qui contrastait avec celui de Londres. Ce petit bain revigorant lui fit le plus grand bien.

Après quelques instants passés à se rafraîchir, il se redressa et constata qu'un vieil homme l'observait. Assis sur un banc modelé avec de la terre cuite, il avait ses mains posées sur sa canne et il ne faisait qu'attendre et regarder. L'arrivée de Richard représentant la seule source de spectacle susceptible de l'intéresser, il l'épiait donc avec curiosité.

Richard vit en ce vieillard la chance de se renseigner sur la situation dans laquelle il était empêtré. Il fit le tour du lac et alla le voir. Lorsqu'il voulut s'adresser à lui, il comprit spontanément que la barrière de la langue allait leur poser un problème pour communiquer.

Le visage de cet étonnant intervenant était bruni par le contact permanent du soleil et ridé par le poids des années. Toutefois, une étincelle de sagacité illuminait ses yeux. Sa main droite délaissa son bâton et l'un de ses doigts se tendit pour désigner un panneau lumineux installé entre deux arbres et alimenté par l'énergie solaire.

Richard tourna la tête et lut avec stupeur les mots qui étaient imprimés par l'intermédiaire des cristaux liquides. Il parcourut à toute allure les lignes qui se succédaient du haut vers le bas. Des horaires et des noms de villes étaient inscrits en arabe mais aussi en anglais sur ce qui ressemblait étrangement à un arrêt de bus.

Richard se pétrifia lorsqu'il reconnut la cité écrite en lettres capitales rouges : Casablanca. Il ne connaissait pas vraiment la géographie du nord de l'Afrique mais il comprit rapidement qu'il se trouvait extrêmement loin de sa patrie.

Le prochain bus à desservir cette ligne clignotait et indiquait les nombreux quartiers dans lesquels il avait prévu de s'arrêter pour déposer des passagers et en récupérer d'autres.

Les muscles de Richard s'affaiblirent alors que la panique s'emparait de son esprit. Ses forces diminuèrent et ses jambes flanchèrent. Il tituba et se ressaisit avant de trébucher.

Bonté divine, je suis probablement à des milliers de kilomètres de Londres. La montre de Sir Edgar ne fonctionne plus.

Troublé par l'absurdité de son voyage dans le Sahara, l'homme doté d'une intelligence remarquable s'efforça de demeurer lucide.

Garde ton calme, Richard. À tout problème, il existe une solution. Casablanca est une grande ville, les temps ont changé, il doit y avoir un moyen de rejoindre l'Angleterre, songea-t-il. *Il faudrait juste que je sache quand je suis...*

Soudain, il fut interrompu dans sa réflexion lorsqu'il aperçut la date du jour accompagnée de l'heure dans le coin supérieur droit du panneau.

Il relut à plusieurs reprises les chiffres qui apparaissaient pour être bien sûr qu'il ne s'était pas trompé la première fois :

16/12/1920 – 9 h 43.

Ensuite, il releva la tête et se tourna vers le vieil homme. Celui-ci n'avait pas bougé. Mais il s'apprêtait à se lever. Richard surprit une lueur fugace dans son regard. Dans la foulée, il pivota et aperçut à son tour le bus volant qui flottait au-dessus du désert et qui fonçait dans leur direction.

L'instant d'après, l'appareil s'immobilisait derrière les palmiers. Pressé de quitter la fournaise brûlante dans laquelle il était piégé, Richard se précipita vers cet engin allongé et recourbé de la même forme qu'un cigare. Ses yeux se posèrent furtivement sur l'affiche publicitaire située sous les vitres. Il découvrit le portrait d'un chanteur célèbre de la région, un tableau qu'il ne s'attendait certainement pas à rencontrer, quelques heures à peine auparavant.

Toujours est-il que la porte avant glissa lorsqu'il se retrouva à moins d'un mètre d'elle. Le chauffeur planqué confortablement derrière son volant s'adressa à lui en arabe. Mais Richard ne comprit rien.

— Vous parlez anglais, monsieur ?

Le conducteur, excédé, tapota sur l'accoudoir de son fauteuil avant de soupirer.

— Encore un fugitif qui cherche l'Eldorado et qui s'est retrouvé dans le Sahara, n'est-ce pas ? l'interrogea ce dernier en baissant ses lunettes de soleil pour mieux l'examiner.

— Écoutez, je suis simplement égaré, j'aimerais aller à Casablanca.

— Ce n'est pas mon problème. Vous avez de quoi payer ? demanda-t-il, sceptique sur les capacités financières de celui qui désirait monter dans son bus.

— Malheureusement, je crains que non.

— Alors, je serai vous, j'attendrai la nuit pour…

Tout à coup, le chauffeur se tut et regarda par-dessus l'épaule de Richard. Des mots en arabe volèrent dans l'air et grimpèrent dans l'appareil pour atteindre les oreilles du pilote entêté de la ligne menant à Casablanca.

Richard se retourna et eut l'agréable surprise de supposer que le vieillard avait pris sa défense. Lorsqu'il eut fini de s'exprimer, le chauffeur esquissa une moue boudeuse puis il le dévisagea furtivement avant de céder.

Il tendit la main. Richard s'écarta alors et le vieil homme monta devant lui avant de déposer des billets dans sa paume.

— Allez, c'est bon, montez avant que je ne change d'avis.

Richard ne répondit pas, ne souhaitant pas incommoder le conducteur. Il inclina humblement son visage pour manifester sa reconnaissance puis il alla s'asseoir à côté de son ange gardien.

Gêné par l'aide apportée par cet inconnu, il décida de signifier sa gratitude de manière orale cette fois-ci.

— Merci, Monsieur, je vous dois une fière chandelle.

Il ne fut pas sûr que cet homme ait compris le sens de chacun de ces mots mais il leva la main pour le rassurer. Puis, il déplia ses doigts et il indiqua un arrêt de bus sur la liste des destinations qui apparaissaient sur le dos des fauteuils qui se trouvaient devant eux.

Casablanca - Place de l'Horloge : Ambassade des résidents étrangers au Maroc.

— Je dois me rendre là ?

Son allié de circonstance lui sourit et pointa de nouveau avec insistance l'arrêt de bus.

Richard souffla et essaya de se détendre. Dans moins de trois minutes, il rejoindrait sa destination, ce qui lui laissait peu de temps pour réfléchir à la suite des opérations.

Brusquement, le bus démarra. Il allait tellement vite qu'il avait l'impression que l'engin ne se déplaçait pas mais que c'était le paysage qui évoluait à une vitesse ahurissante autour d'eux.

Épris d'un malaise alors qu'il regardait par la vitre les couleurs du décor qui se confondaient pour offrir une mosaïque mirifique, il se décomposa et ferma les yeux avant de sentir un petit vertige lorsque le bus fit sa première halte quelques secondes à peine plus tard.

Il regarda l'horaire sur l'écran situé en face de lui.

Plus que trois minutes et trente secondes, Richard. Tout va bien se passer. Tout va bien se passer, se répéta-t-il pour se réconforter.

En réalité, il était terrorisé.

Chapitre XXXI

Un crayon serré entre ses dents, Samantha Zandora, la directrice de Gorkham, reprenait son chignon sans pour autant quitter des yeux les différents moniteurs qui retransmettaient en temps réel les moindres recoins du centre pénitentiaire. Zélée et intransigeante, elle ne tolérait pas le moindre écart de la part de ses employés et cherchait à limiter au maximum la possibilité qu'un incident intervienne dans son enceinte.

Gorkham jouissait d'une réputation de forteresse imprenable et Samantha Zandora ne tenait pas à ce que cette renommée soit écornée. Personne ne désirait finir ses jours entre les murs de cette prison mais sa directrice accueillait avec grand plaisir chacun de ses nouveaux pensionnaires. Elle se félicitait de gérer d'une main de maître une telle institution.

Pour ce faire, il n'y avait pas de secrets, Samantha Zandora se tuait littéralement à la tâche. Elle ne laissait passer aucun détail et surveillait ses employés ainsi que les prisonniers autant qu'elle le pouvait. Si elle passait une grande partie de son quotidien dans ce bastion, il lui arrivait de rentrer à son domicile et même depuis son salon, elle avait la possibilité d'épier les faits et gestes de tous les individus arpentant les couloirs de Gorkham.

Si les membres du personnel avaient eu le courage de lui attribuer un sobriquet dans son dos, ils l'auraient peut-être appelé la teigne. Mais aucun d'eux ne souhaitait prendre le risque qu'elle apprenne ce genre de trahison car ils savaient qu'elle le saurait, alors ils se taisaient. Et ils courbaient l'échine.

Il fallait reconnaître que ses formes sculpturales inspiraient autant le respect d'une partie de ses employés exclusivement masculins que l'esquisse d'un fantasme dont la concrétisation semblait totalement chimérique. Cachés derrière des seins proéminents, ses poumons se gonflaient vigoureusement à chacune de ses inspirations. Le tissu de sa combinaison noire en latex s'étirait, dévoilant capricieusement les aspérités les plus intimes de son anatomie. Ses jambes étaient gainées de collants noirs et ses mains étaient recouvertes de gants en dentelle qui masquaient habilement ses doigts. Elle n'autorisait ses subalternes à ne voir que la peau qui maquillait son ravissant minois. Le reste, ils devaient l'imaginer.

Les jambes croisées, elle s'appliqua à planter son crayon dans sa chevelure brune afin de fixer son chignon. Les yeux étrécis, elle observait attentivement les messages qui pouvaient apparaître sur chacun des écrans mis à sa disposition. La chaleur du cuir qui crissait lorsque ses fesses se dandinaient subtilement lui procurait un confort inégalable pour s'occuper de son travail de supervision.

Pourtant, un détail lui fit monter le rouge aux joues. Un point d'exclamation rouge apparut sur chacune des images qui garnissaient les murs de son bureau personnel.

Une alerte de niveau un était signalée grâce à l'intransigeance du logiciel de sécurité qui lui permettait de tout contrôler. Comme elle, il ne laissait rien passer.

— Ouverture de l'alerte, dit-elle à voix haute.

Le point d'exclamation disparut et une fenêtre s'agrandit pour occuper un quart de son champ de vision alors que la retransmission de la caméra de sécurité se réduisit. Un message s'afficha aussitôt en rouge :

PROCESSUS DE RÉVEIL ANTICIPÉ NON AUTORISÉ DÉTECTÉ

Samantha se mordit la lèvre mais ne se départit pas de sa sérénité habituelle.

— Ordinateur, montre-moi le rapport.

La fenêtre se divisa alors en deux, le message occupant la partie latérale de droite alors que la fiche de la prévenue concernée fut renseignée dans la partie latérale de gauche.

Une photo de la prévenue concernée illustrait son profil alors que de nombreux renseignements manquaient la concernant. Ainsi, Samantha comprit spontanément de quelle prisonnière il s'agissait.

La mystérieuse espionne impossible à identifier. Celle-là même que le professeur Von Schnäbbel désirait tant examiner.

Le docteur serait-il tombé sous le charme de cette ravissante créature ? La directrice peinait à croire qu'il ait pu s'éprendre d'une autre femme qu'elle, elle qui pensait le tenir sous sa coupe, en sachant pertinemment qu'elle ne lui offrirait jamais ce dont il rêvait en secret. Ce qu'elle n'octroierait d'ailleurs à aucun des représentants de la gent masculine qui l'admiraient.

Oh, n'allez pas croire que Samantha Zandora n'avait pas de cœur. Elle en avait un. Tout comme les autres êtres humains, elle n'était pas insensible à l'amour. Sauf qu'elle avait déjà aimé, à en perdre la raison et cet homme avait disparu. L'architecte et le fondateur du centre pénitentiaire, Anatolis Gorkham, un érudit qui s'était dédié corps et âme pour concrétiser ce projet suite aux requêtes insistantes et incessantes de McCartigan Workshop Incorporation.

Le visage de son époux décédé était d'ailleurs le seul ornement personnel qui décorait son quartier privé. En œuvrant au quotidien avec abnégation, Samantha s'assura de rendre hommage à la mémoire de l'homme qu'elle s'apprêtait à épouser et surtout de ce bourreau de travail qui avait pourtant ménagé son emploi du temps de manière à lui consacrer des moments d'intimité.

Anatolis Gorkham devait être éternel. Personne ne pourrait oublier de sitôt l'homme qui avait posé les fondations du premier site permettant d'emprisonner les criminels les plus récalcitrants, ceux qui mettaient en péril l'équilibre de la nation. Grâce à lui, des familles aux mœurs nobles vivaient en toute sécurité. Le châtiment instauré entre ces murs décourageait de nombreux hors-la-loi de persévérer dans leurs activités illégales.

Gorkham devait demeurer un sanctuaire inviolable dont elle seule tenait les rênes.

Samantha haussa un sourcil et commanda à son fauteuil de retourner devant son ordinateur principal.

Le siège tourna dans le vide et descendit en colimaçon pour la ramener au rez-de-chaussée où une nouvelle succession d'écrans diffusait en permanence des images en temps réel. Au milieu de cette mosaïque de couleurs se trouvait son moniteur personnel.

Dès qu'elle fut en face de lui, elle ouvrit la bouche.

— Compte rendu du bilan physiologique en cours.

La fiche de données qui établissait le statut de la détenue répertoriée par le matricule numéro 567453 disparut et céda la place à des graphiques et des relevés visuels qui relataient l'activité cérébrale de Rose Cunningham.

Samantha se pencha vers l'avant. Son ventre se colla contre le rebord du bureau alors que sa poitrine se posa littéralement sur la table transparente et ferme du seul meuble agrémentant cette pièce. Ses yeux examinèrent attentivement les résultats rapportés par le logiciel et qui évoluaient à chaque seconde. Les signes vitaux de l'espionne s'amélioraient, même si elle n'était pas encore tout à fait en mesure de retrouver ses esprits.

Toutefois, son système nerveux avait, semble-t-il, neutralisé les effets de la substance psychotrope qui avait la particularité de se fixer sur une glande du cerveau, la glande pinéale, et d'altérer la perception du sujet dans un premier temps avant de provoquer un endormissement de la plupart de ses fonctions primaires.

Pour ce faire, il n'existait qu'une seule manière d'opérer, du moins à la connaissance de Samantha Zandora. Il fallait injecter à la personne concernée l'antidote mis au point par les laboratoires travaillant dans une aile à part entière de Gorkham. La directrice n'imaginait pas qu'il puisse exister un autre moyen pour une prisonnière de sortir de ce brouillard hypnotique dans laquelle elle était piégée.

Après avoir eu la confirmation qu'un réveil anticipé était bel et bien en cours d'exécution, Samantha se redressa et se prépara à se lever.

Un sourire pervers maquilla son visage alors que ses sourires s'arquèrent, arborant la forme d'accents circonflexes.

— Professeur, tu as commis une erreur impardonnable, murmura-t-elle à sa propre intention.

Chapitre XXXII

Des hurlements résonnaient dans le Refuge, assiégé par les philosophes, déterminés à mettre fin au genre humain. Quant à eux, les survivants essayaient tant bien que mal de repousser l'échéance de leur disparition. Malheureusement, ils ne parvenaient pas à exploiter les rares faiblesses des droïdes qui les écrasaient en nombre et en intelligence.

Pourtant, ce jour-là, comme pouvait le deviner Rachid Osmir depuis son cabinet, ils avaient décidé de simplifier leur plan. Sûrs d'eux, ils allaient droit au but et progressaient à grande vitesse. Alors qu'ils se rapprochaient du cœur de la résistance, ils enjambaient sans ressentir la moindre once d'empathie les cadavres des humains qui tombaient sous la puissance de leurs armes.

Gared, embusqué à l'intérieur d'une maisonnée, s'efforçait du mieux qu'il le pouvait de maintenir une certaine organisation de la défense humaine. En vain. Lorsqu'il osait jeter un œil à travers la fenêtre, il constatait que la bataille était perdue. Ils n'avaient aucune chance de la gagner. Leur défaite était inéluctable. Néanmoins, il serra les dents et se cramponna à son fusil.

Malgré son application visant à tenter de déstabiliser l'envahisseur, il ne parvenait pas à effacer de son esprit les visions de Rose, une femme délectable qui représentait une importance cruciale, et ce pour des raisons qui le dépassaient.

La demoiselle, elle non plus, ne saisissait pas vraiment le rôle qu'elle jouait dans cette histoire. Allongée dans le fauteuil du cabinet du docteur Rachid Osmir, elle se trouvait désormais sous hypnose car le guérisseur n'avait trouvé aucun autre moyen de stimuler son subconscient et de la réanimer.

— Rose, le monde dans lequel tu te trouves s'éloigne de toi. Il se manifeste par un vacarme assourdissant mais sa résonance s'éloigne progressivement. Entends-tu les vagues qui se fracassent contre la falaise ? Leur écho se transforme en murmure et l'obscurité s'empare de toi. Surtout, ne bouge pas ! N'aie pas peur ! Écoute ton cœur mais aussi ton cerveau qui renferme la mémoire de tes origines. Maintenant, rappelle-toi !

Le docteur s'interrompit brièvement et observa le visage pâle de la jeune femme. Des rictus de nervosité troublèrent sa candeur et exprimèrent le combat qu'elle menait en son for intérieur.

La chaleur des flammes qui s'élevaient tout autour d'elle l'obligea à protéger ses joues et à étrécir ses yeux. Prisonnière d'un brasier qui s'étendait à perte de vue, elle n'entendait pas les cris et les pleurs de ses semblables, elle ne distinguait que le craquement des planches dont le bois se consumait.

Soudain, une voix la sortit de sa torpeur.

— Rose, il faut sortir de là !

Elle se retourna et découvrit la mine contrariée d'un homme qu'elle connaissait bien. Ses yeux étaient nuancés de la même détermination que ceux de Gared Osten, à cela près qu'ils appartenaient à Edgar Stone.

Leur ressemblance était frappante. Cependant, Rose n'éprouva pas le moindre doute lorsqu'elle se saisit de la main tendue.

— Edgar, mais que fais-tu ici ?

Le scientifique qui avait troqué son costume d'ingénieur pour celui de pompier éclata de rire.

— Je suis venu à ta rescousse, ma chérie ! Et on dirait presque que tu vas me le reprocher !

— Non, non, ce n'est pas cela, c'est juste que… Je ne sais pas où nous sommes…

— À Londres, Rose. Nous n'avons jamais été ailleurs.

— Je vois, nous avons échoué alors.

— J'ai échoué, Rose. Toi, tu vas réussir ! Mais d'abord, il faut que tu quittes cet endroit. Bientôt, il sera trop tard.

— La montre ! se souvint brutalement la jeune femme.

— Oui, tu dois la récupérer, et sans perdre une minute. Mais cela ne sera pas chose aisée. Elle s'éloigne de toi à chaque seconde qui s'écoule. Tic-tac…

— Tic-tac, tic-tac, tic-tac, Mademoiselle Rose Cunningham. L'heure est venue de retrouver votre enveloppe physique, reprit Rachid. Vous êtes allongée sur une table et retenue contre votre gré par des entraves. Il faut libérer votre esprit ainsi que votre corps.

À ces mots, Rose demeura impassible. Toutefois, le docteur n'éprouvait aucune crainte. Elle l'écoutait et réagissait à chacun des mots qu'il prononçait.

Ses inquiétudes étaient bien autres. Elles concernaient la bataille qui faisait rage tout autour de sa modeste cabane. La mort se propageait. Il lui fallait accélérer le processus. Bientôt, l'humanité serait éteinte.

Sauf si…

Sauf si tu empêches cet avenir de se concrétiser, Rose, songea-t-il en écartant une mèche brune pour la glisser derrière son oreille.

La porte s'ouvrit et la silhouette d'un philosophe apparut sur le seuil d'entrée du cabinet du docteur.

— Vous n'avez pas pris rendez-vous, à ce que je sache, déclara Rachid, le dos tourné à cet intrus.

— Il n'est pas facile de vous contacter. Il nous a fallu du temps avant de pouvoir trouver votre repaire. Nous vous avons traqué sans relâche depuis si longtemps. Vous vous souvenez de notre dernière rencontre.

Rachid réfléchit mais ne répondit pas, il acquiesça faiblement.

— Je vous avais dit que je vous retrouverai. Tôt ou tard.

— Je dois reconnaître que votre abnégation a porté ses fruits, concéda-t-il, mais vous n'avez pas été assez rapide, Archimède.

— Vous allez mourir, Docteur, lui asséna son ennemi. Vous êtes le dernier homme et elle sera la dernière femme. Vous pouvez partir la tête haute.

Rachid soupira et pivota pour fixer son bourreau.

Son regard évita scrupuleusement de se poser sur le fusil à canon laser de son adversaire. Le condamné à mort n'aimait pas particulièrement admirer l'arme qui devait exécuter la sentence irrévocable. Il préféra baissa les yeux et réfléchir aux dernières paroles qui allaient s'extraire de sa gorge.

— Une dernière volonté ? lui suggéra Archimède, soucieux d'apporter un semblant d'empathie à l'égard du comportement humain.

— Oui, j'aimerais lui dire adieu, dit-il en se tournant ostensiblement vers Rose.

Incapable de comprendre le lien qui unissait Rachid et Rose, le droïde ne voyait pas de raison de lui refuser ce privilège. Après tout, ils étaient les derniers représentants de l'espèce qui les avait créés.

— Allez-y. Mais ne m'embrouillez pas, Docteur, menaça Archimède en redressant son fusil et en le pointant dans sa direction.

Rachid opina et s'agenouilla pour placer ses lèvres à quelques centimètres de l'oreille gauche de la voyageuse du temps.

— Rose, chuchota-t-il. Je vais compter jusqu'à cinq. Lorsque tu entendras le chiffre cinq, tu te réveilleras.

Le docteur sentit alors les yeux d'Archimède s'arrondir.

Brusquement, Rachid se tourna et vint se cacher derrière la tête de Rose.

— Un, ta tête est lourde, dit-il à toute allure.

— Vous les humains, vous êtes vraiment incorrigibles, pesta Archimède qui se mit en mouvement.

— Deux, des étoiles scintillent de mille feux autour de toi, poursuivit-il, recroquevillé sur lui-même.

— On vous fait confiance et vous vous jouez de nous, vous n'êtes pas fiables, tonna Archimède qui faisait le contour du fauteuil de relaxation.

— Trois, tes sens reviennent. Le goût, le toucher, l'odorat, l'ouïe et la vue ! Tu les entends de nouveau ! Tu vois ta cellule !

— Votre attrait prononcé pour les tentatives désespérées est vraiment pathétique, Docteur.

— Quatre, le son de ma voix s'éloigne et se brise alors qu'elle tente de bercer tes tympans !

Le son propre au chargement du laser siffla dans les oreilles du docteur mais rien ne pouvait l'arrêter.

— Cinq, tu es à Gorkham. Tu te rév…

Archimède ne lui laissa pas le temps de conclure son rituel. Il appuya sur la gâchette et assista pendant quelques instants au spectacle de sa fin.

Ses joues se vidaient et se gonflaient tel un poisson qui ne parvenait plus à respirer. Des bruits de succion et d'aspiration d'air émanaient de son larynx mais ses cordes vocales ne parvenaient plus à se frotter.

Ses mains essayaient de recouvrir le trou qui s'était formé au niveau de sa poitrine mais des flots de sang giclaient entre ses doigts et venaient noircir le tricot qu'il portait.

Le droïde l'observa attentivement puis il sourit. Enfin, il posa son arme contre son épaule et fit le tour du fauteuil.

Par réflexe, il fit basculer le fusil, désirant en terminer avec les humains. Mais son engin de destruction ne rencontra rien d'autre que le cuir.

Rose n'était plus là.

Avait-elle été réellement présente sur un plan matériel et physique ?

Archimède n'avait pas la réponse à cette question, ce qui fit naître en lui une violente frustration.

L'intelligence des droïdes n'avait encore rencontré jusque-là aucun problème qu'elle ne pouvait résoudre. Pour la première fois depuis le jour où ils avaient compris qu'ils pouvaient régner et non pas se contenter d'être les serviteurs des humains, ils venaient d'être supplantés par l'ingéniosité de ces derniers.

Sans s'en rendre compte, Archimède voyait son évolution s'accentuer. Le torrent d'émotions qui le chahutait le rendait d'autant plus proche de ceux qu'il méprisait autant.

La colère s'empara de lui dans un premier temps mais un autre sentiment l'empêcha de l'extérioriser.

La peur prit le dessus.

S'il avait pu, il aurait presque transpiré.

Il laissa choir son fusil puis se précipita vers la porte du cabinet.

Si Rose parvenait à accomplir sa destinée, alors leur ère de domination s'évanouirait aussitôt.

Comme si elle n'avait jamais existé.

Depuis son point de vue, il observa attentivement ses compagnons d'armes. Leur victoire paraissait non seulement éclatante mais surtout acquise.

Tout à coup, il éprouva un mauvais pressentiment et ses yeux s'écarquillèrent lorsqu'il crut voir l'un des leurs disparaître.

— Non… Non ! NON ! N…

Chapitre XXXIII

La chemise noircie par les écoulements de sueur, Richard n'était pas vraiment fringant alors qu'il se trouvait dans le hall de l'accueil de l'Ambassade des résidents étrangers. Le sol marbré brillait de mille étincelles alors que le bureau du secrétaire était dénué de la moindre trace de poussière. Clairement, avec son pantalon rougi par un mélange de sable, de terre et d'argile, il dénotait dans ce sanctuaire réservé à des classes supérieures de la hiérarchie sociale.

En outre, le préposé chargé de s'occuper du standard ne voulait pas en démordre. Il rajusta ses lunettes rondes et le toisa avec arrogance.

— Puisque je vous dis que l'on ne quémande pas une autorisation de séjour en claquant des doigts, Monsieur Morris. Il s'agit d'un processus qui demande des semaines, voire des mois de patience, si tant est que vous correspondiez aux critères requis.

— Mais vous ne comprenez donc pas ? Je ne veux pas rester ici, je veux rentrer chez moi. En Angleterre, à Londres.

— J'ai bien entendu votre requête mais pour pouvoir prétendre à glaner le luxe de retourner en Occident, il vous faut d'abord être autorisé à séjourner sur les terres de l'Eldorado.

— L'Eldorado ?

— Oui, vous êtes ici en Eldorado, une région qui s'étend sur toute la côte méditerranéenne de l'Afrique du Nord et qui voit ses limites se confondre avec l'immensité du Sahara. Comme je vous l'ai déjà dit, si vous êtes considéré comme un clandestin, personne ne voudra vous ramener en Europe. Et encore, j'ai mis de côté l'aspect financier. Il va cela sans dire que vous n'avez pas d'argent sur vous. Tout se paie ici, il ne faut pas croire que parce que c'est l'Eldorado que tout est gratuit. Maintenant, je vous saurai gré de partir d'ici, conclut l'homme qui faisait office de barrage entre Richard et Rose.

Désappointé, Richard recula d'un pas avant d'accepter l'impossibilité de convaincre celui qu'il considérait comme un majordome. Pourtant, c'était bel et bien le serviteur de cet Eldorado qui le prenait de haut et se damnait en silence de devoir faire appel au service de ménage pour repasser derrière cet intrus.

La tête basse, Richard finit par abdiquer et se retourna. Ses yeux se posèrent sur la porte tournante qui le séparait du monde extérieur où une canicule démentielle régnait. Qu'il se sentait bien dans ce bastion de l'impérialisme occidental.

Les mains plongées dans les poches, l'une des deux étant serrée autour de la montre à goussets, le seul bien de valeur qu'il lui restait, il avait la démarche d'un chien battu.

Sans qu'il ne s'attende à ce qui quiconque lui porte un quelconque intérêt, il entendit une voix s'adresser à lui.

— Hé vous ! Que se passe-t-il ?

Richard se figea et porta son regard sur sa gauche. Cinq hommes étaient confortablement engoncés dans des fauteuils luxueux disposés autour d'une table ronde en verre transparent. Une bouteille de bourbon était posée au milieu, entourée de verres à moitié vides.

Étonné que ce petit comité ait pu s'intéresser à son sort, il se désigna avec l'index, leur demandant si c'était bien à lui qu'ils avaient parlé. Un homme le fixait en particulier.

— Oui, vous, répondit le jeune homme dont l'apparence laissait présager qu'il était plutôt cossu. Permettez-moi de me montrer indiscret mais j'ai entendu quelques bribes de votre conversation avec le standardiste. Vous désirez retourner en Angleterre ?

— C'est mon but, oui.

L'œil du bourgeois s'illumina. Une ligne fendit sa joue, dénonçant sa volonté de rire, mais il se retint. Tout comme chacun de ses amis. Ils étaient tous au bord de l'explosion mais leur éducation les incitait à ne pas se montrer narquois avec un inconnu. Il aurait été l'un des leurs, ils se seraient gaussés ouvertement, sans la moindre gêne. Mais s'ils voulaient en savoir davantage sur la quête de cet oisillon perdu dans des contrées lointaines, il fallait se montrer plus subtil.

— Je serai curieux d'entendre votre histoire, regardez, il y a encore un fauteuil de vacant à notre table. Vous pourriez peut-être nous exposer votre projet autour d'un verre de bourbon.

— Est-ce une ruse ?

— Une ruse ? Diable, non ! s'outra-t-il. Disons qu'il est vraiment inhabituel de voir quelqu'un qui souhaite quitter l'Eldorado. Normalement, on cherche à rejoindre la Terre promise, pas à la déserter.

Sous le regard intrigué de ses comparses, Richard prit place sans prendre le temps de détailler ces bourgeois qui avaient décidé de s'offrir une retraite dorée dans le Maghreb, ce qui n'empêcha pas son interlocuteur de continuer à le tourmenter. Un sourire candide ornait ce visage presque juvénile porté par des jambes qui s'annonçaient longues vu la hauteur à laquelle montaient ses genoux.

— Permettez-moi de me présenter, je suis Émile Duchesne, déclara-t-il tout en écartant une mèche blonde et en la glissant derrière son oreille.

— Richard Morris, répondit de manière succincte le voyageur égaré.

Émile acquiesça et se pencha pour lui servir un verre de ce liquide ambré qui comptait parmi les trésors importés de l'Occident.

— Sachez que vous êtes en bonne compagnie, l'ami. Voici Gustave Eiffel, un ancêtre qui ne veut pas s'éteindre, dit-il en désignant son ami avant de poursuivre, ensuite, nous avons là Klaus Pfeiffer, Anatolis Gorkham et enfin Pedro Mendes.

— Enchanté, Messieurs.

En guise de réponse, les gentlemen levèrent leur verre et le saluèrent.

— Alors, quel vent veut vous porter vers Londres ?

— Je dois y retrouver une personne qui m'est chère afin de lui retourner un objet qui lui appartient.

— Il existe des vols qui portent le courrier jusqu'en Europe, vous savez, ce serait bien moins périlleux.

— Mais surtout, je n'ai jamais voulu me retrouver ici, je suis un Anglais, ma place est dans mon pays.

— Un patriote ! Nous tenons là un patriote ! s'extasia Émile. Cela faisait bien longtemps que nous n'en avions pas croisé un. Vous avez la fibre britannique alors, Richard ?

— Jusque dans la moelle de mes os, confirma-t-il avant de tremper ses lèvres avec quelques gouttes d'alcool.

— Magnifique, mais pourquoi avoir quitté votre île si délicieuse ?

— Je ne le sais pas… Je ne me souviens pas comment j'ai atterri dans le désert. Je me suis réveillé à côté d'une oasis et j'ai vu un arrêt de bus.

— Vous êtes amnésique ?

— Non, pas vraiment, je…

— Moi je sais ce qui est arrivé à ce garçon, se vanta Klaus. Il a abusé d'une liqueur satanique. De l'absinthe ! Voilà ce qui vous est arrivé !

— De l'absinthe ! Vous êtes une sacrée canaille ! s'exclama Émile. J'ai longtemps songé à y goûter mais si ses vapeurs me donneraient le désir de revoir ma chère France, je ne suis pas sûr de vouloir courir le risque, je me sens trop bien à Casablanca.

— De toute manière, je suppose que personne parmi vous ne peut m'aider à accomplir ma quête ? osa demander Richard, déterminé à jouer son va-tout.

Les yeux d'Émile pétillèrent alors et croisèrent ceux de Pedro.

— Mon ami, Pedro ! De quand date ta dernière bonne action ?

Le farouche ibère secoua la tête.

— Jamais !

— Même pas si le monsieur te rémunérait ?

Pedro Mendes fit mine de réfléchir.

— J'ai entendu dire que tu menais un rythme de vie affreusement indécent et qu'à ce rythme-là, ta fortune finirait par s'épuiser. Et tu sais ce que l'on dit, l'Eldorado ne tolère pas la pauvreté.

— Quand bien même, sauf votre respect Richard, je doute que vous ayez les moyens de me proposer une somme suffisamment alléchante pour que je la prenne en considération. Votre tenue trahit l'apparence de l'aristocrate déchu dans toute sa splendeur.

Dépité, Richard n'eut pas besoin de répondre pour lui confirmer ses suspicions. Cela dit, une bonne étoile brillait au-dessus de sa tête.

— Ne vous inquiétez pas, le rassura le quadragénaire et richissime Anatolis Gorkham. Je vais financer votre voyage.

— Vraiment ? demanda Émile en se tournant brusquement vers le créateur du centre pénitentiaire Gorkham.

— Vraiment, répondit-il sobrement en noyant son regard dans les reflets du bourbon.

Il médita silencieusement pendant quelques instants avant de relever le menton et de fixer Richard, incrédule.

— En échange, vous allez devoir me rendre un service, Richard, le prévint Anatolis.

— Attendez, je n'ai pas affirmé que j'allais accepter, objecta Pedro.

— Vous accepterez, le fit taire Anatolis, je saurai vous mettre sous les yeux une offre que vous ne pourrez pas refuser.

— Pour cet homme ? Pour un inconnu ? Vous voulez vous jouer de moi et me faire voler ?

— Je ne suis pas aussi puérile. Je ne le fais pas pour vous tourmenter, ni pour venir en aide à Richard, je ne suis pas aussi altruiste. *C'est le moins que l'on puisse dire après l'héritage que j'ai laissé à l'humanité*, se retint-il d'ajouter. Non, je le fais pour ma femme, Samantha Zandora. J'aimerais que vous lui apportiez un message, Richard.

Étonné par cette requête, Richard acquiesça, trop heureux de voir les astres s'aligner en sa faveur.

— Ce serait un honneur que de remplir cette tâche, Sir Gorkham.

— Allons, allons, pas de bondieuseries entre nous, appelez-moi Anatolis.

— Bien, Anatolis, j'irai voir votre femme. Vous pouvez me dire où je pourrai la trouver.

— Ne vous inquiétez pas pour cela, vous irez bien vite à sa rencontre. Elle dirige la prison la plus sécurisée du pays. Ce sinistre enclos porte d'ailleurs mon nom. Lorsqu'ils vous arrêteront, dites à vos geôliers que vous venez de la part d'Anatolis Gorkham et que vous avez une lettre à délivrer à la directrice.

— Qui vous dit qu'ils m'interpelleront ?

Anatolis étrécit ses yeux et interrogea Richard du regard.

— Un immigré sans papiers valables, croyez-moi, vous ne vous promènerez pas longtemps en liberté.

— À ce propos, il faut bien que vous compreniez une chose, je n'atterrirai pas en Angleterre, je ne foulerai pas le sol britannique, le prévint Pedro.

— Mais comment je vais m'y rendre alors ?

— Vous allez sauter, expliqua-t-il en haussant les épaules.

— Sauter ?

— Oui, sauter. En parachute. Je vous larguerai aux alentours de la capitale. Après, il faudra vous débrouiller.

Soudain, Richard réalisa que dans son malheur, il n'était pas si verni qu'il le croyait.

Il eut à peine le temps de comprendre dans quelle aventure improbable il se lançait qu'Anatolis se leva de son fauteuil.

— Allez, j'ai une lettre à rédiger.

— N'oubliez pas de dessiner des petits cœurs sur les i, le tança Émile, hilare.

L'homme qui avait feint sa mort pour quitter le Royaume-Uni et s'offrir une fin de vie radieuse sous le soleil du Maghreb ne releva pas la plaisanterie. Il réfléchissait déjà au choix des termes qu'il allait employer pour toucher l'organe qui battait dans la poitrine de son épouse, une femme qui pensait qu'elle était veuve.

— Et surtout, préparez la monnaie. Vous avez intérêt à être convaincant, le rappela Pedro.

— Ne vous inquiétez pas, je ferai claquer votre mâchoire quand vous entendrez mon prix, affirma-t-il avant de s'éloigner de la tablée.

Émile, les joues empourprées par les vagues d'hystérie qui déferlaient sur lui, se retourna vers Richard.

— Vous êtes un gredin, vous ! Mais un gredin sacrément chanceux.

— Il faudra quand même m'expliquer cette histoire d'Eldorado, je ne comprends rien, se désola Richard.

Émile, Klaus, Gustave et Pedro écarquillèrent leurs yeux. Chacun d'eux fut stupéfait qu'un homme de ce monde et se trouvant en plein cœur de ce paradis perdu puisse ignorer tout de son existence et de son fonctionnement.

— Nous allons vous l'expliquer, tonna Klaus avec son accent germanique. Mais pour commencer, on peut résumer cela à quelques termes : la liberté et la paix !

— Et le bourbon ! s'enthousiasma une fois de plus Émile Duchesne en brandissant son verre au-dessus de sa tête.

— Et le bourbon ! lui répondirent en écho ses trois amis tout en l'imitant.

Leurs regards se tournèrent alors vers Richard qui se laissa prendre au jeu.

— Et le bourbon ! scanda-t-il à son tour avant que leurs verres ne s'entrechoquent et ne résonnent dans le hall de l'Ambassade des résidents étrangers.

Chapitre XXXIV

Des gouttes de sueur apparaissaient les unes après les autres sur le front moite du professeur Von Schnäbbel. En outre, d'autres parties de son anatomie commençaient à s'humidifier alors qu'il ne cessait de faire des allées et venues entre son ordinateur et le casier déployé contenant le corps endormi de la détenue dont l'identité demeurait mystérieuse. Ses doigts avaient beau glisser sur son écran tactile, aucune de ses tentatives désespérées ne paraissait ralentir la procédure de réveil.

— Elle va me tuer, murmura le professeur avant de se retourner vers Archimède, debout à côté du corps encore inconscient de la jeune femme.

— Maître, elle est sur le point de se réveiller. Sa température corporelle est bonne, sa tension artérielle également et le rythme cardiaque indique une activité normale. Ce n'est plus qu'une question de secondes.

— Je sais, je sais, Archie… Que peut-on faire de plus ?

— Nous avons tout tenté, Maître. Avec les quantités de psychotrope que nous lui avons injecté par intraveineuse, elle devrait nager dans un océan gorgé d'illusions délirantes.

— Visiblement, elle a développé une forme de résistance au produit, ainsi qu'à tous ses dérivés. Je doute que nous puissions la rendormir. Ce qui est certain, c'est que la directrice ne va pas apprécier ce réveil anticipé et va imaginer que j'en suis responsable.

— Vous n'êtes pas sans savoir qu'elle a accès aux données en temps réel de tous les détenus, elle sera inévitablement au courant de la réanimation de la prisonnière.

— Si elle ne l'est pas déjà, marmonna le professeur.

La mine défaite, il fit déplacer son siège flottant et vint se placer à côté de son droïde. Malgré le fait qu'il avait tout intérêt à se soucier des ennuis qu'il allait avoir, il s'inquiétait surtout de l'état de santé de sa captive.

Soudain, Rose fronça des sourcils et ses doigts se crispèrent sur le revêtement rigide de la banquette sur laquelle elle était allongée.

— Elle est spéciale, Archie, j'ignore en quoi mais il faut la protéger, oui, nous devons la protéger, pensa-t-il à voix basse.

Malgré son calme apparent, le professeur était en proie à la confusion et cela Archimède le percevait très bien. Il avait notamment remarqué que son maître n'usait de familiarités à son encontre que lorsqu'il se trouvait dans une situation à haute intensité sur le plan émotionnel.

Subitement, sans que le droïde n'ait eu le temps de réagir, le professeur se pencha au-dessus de Rose. Son regard se porta instantanément sur chacune des entraves qui l'immobilisaient. L'une de ses mains plongea dans l'une de ses poches et il en sortit un couteau. Avec rapidité et dextérité, il détacha ses liens avant de s'occuper de retirer la perfusion puis le cathéter qui l'alimentait en substances hallucinogènes.

— Il faut faire vite, Archie ! Aide-moi à la relever, je te prie !

Médusé, le robot n'en perdit pas pour autant son sang-froid. À dire vrai, son esprit était huilé avec la même perfection que la mécanique d'une automobile. Il ne ressentait pas, ou si peu. Il n'était pas encore le meneur qui allait écouter sa part d'humanité et être à l'origine de la révolte des droïdes. Pour le moment, il n'en était qu'un spectateur.

Ainsi, il obéit docilement à son créateur, un homme qui le traitait avec bonté et douceur. Un maître qu'il respectait et qui semblait le considérer non pas comme le fruit de son imagination, mais comme son ami. En l'occurrence, il devenait son complice.

Avec diligence, Archimède aida le professeur Von Schnäbbel à redresser Rose dont les paupières commençaient à se décoller. Ses yeux noisette apparurent librement à la lumière éclatante des néons.

— Mademoiselle, vous m'entendez ? lui demanda le scientifique.

Avec difficulté, Rose décala son regard vers lui et opina faiblement alors que la lividité de son teint trahissait la fatigue éprouvante qu'elle ressentait. Ses besoins alimentaires avaient été assurés pour la maintenir en vie mais ils demeuraient minimaux. Comme c'était le cas pour chaque détenu de Gorkham. Une politique de nutrition restrictive avait été votée par la directrice afin de limiter la consommation des prisonniers et surtout de réguler les dépenses, l'un des freins de l'activité du centre.

Le professeur la confia entre les mains de son disciple et bondit vers son bureau. Il ouvrit un tiroir et en retira quelques rations qu'il remit instantanément à Archimède.

— Tiens, tu vas l'aider à reprendre des forces.

— Comment ça, Maître ?

— Elle va se sustenter en route, tu vas devoir la soutenir dans un premier temps.

— Nous ne la réanimons pas ici ?

— Non, elle est spéciale, je t'ai dit. Vous allez fuir, ensemble. Tu es une carte de la prison à toi tout seul, tu es connecté en permanence avec le réseau informatique, tu sais où se trouvent les gardes, quels sont les accès possibles. Il n'y a que toi qui puisses la faire sortir de ce labyrinthe.

— Mais, et vous, Maître ?

— Moi ? Je pense que je vais faire de beaux rêves. Je vais être condamné pour haute trahison, mon ami, dit-il en posant sa main sur l'épaule d'Archimède.

— Je ne peux pas vous abandonner, c'est contraire à ma fonction.

— Tu as été programmé pour obéir à mes ordres, Archie. Ne me demande pas d'expliquer mon attitude, je sais qu'elle n'a rien de rationnel, tout ce que je sais, tout ce que je sens, c'est que c'est la bonne décision. Va, Archie, sauve-la, éloigne la de cet enfer. Elle n'aurait jamais dû s'y retrouver. *Et nous non plus, soit dit en passant*, manqua-t-il de conclure.

— D'accord, Maître, acquiesça Archimède, habitué à exaucer les vœux du professeur.

Doté d'une force étonnamment herculéenne au vu de son gabarit relativement banal, il prit Rose par le bras et le fit passer par-dessus son épaule puis il l'emporta. Il ouvrit la porte d'une main leste et jeta un dernier coup d'œil en direction de son géniteur.

— Adieu, Maître.

— À bientôt, Archie, répondit le professeur.

Ensuite, le droïde disparut en compagnie de la jeune femme qui sera restée énigmatique jusqu'au bout pour le docteur. La porte se referma derrière Archimède et il patienta en silence, guettant l'arrivée imminente de la directrice Samantha Zandora.

La redoutable gérante de cette institution ne se fit d'ailleurs pas attendre bien longtemps. À dire vrai, le professeur ne craignait pas son châtiment, il espérait seulement qu'Archimède bénéficia de suffisamment de temps pour s'éloigner du secteur. Ce sentiment fut renforcé lorsqu'elle déboula dans la salle où Rose était censée être enfermée et plongée dans le noir, en compagnie d'autres détenues.

— Professeur, vous me devez des explications, argua-t-elle dès qu'elle fit irruption dans la pièce.

— Malheureusement, je ne suis pas en mesure de vous en fournir. Je suis moi-même dépassé par le caractère inédit de la situation qui nous concerne.

— Ne jouez pas au plus fin avec moi ! Vous avez réveillé une prisonnière, tout cela pour assouvir de vils intérêts personnels ! Et je vois que vous l'avez fait disparaître !

Samantha examina rapidement les lieux et remarqua spontanément l'absence de son subalterne.

— Je suppose que vous avez mandé votre sbire de la faire évader. N'ayez crainte, nous les retrouverons.

Le professeur, lucide, acquiesça et fixa sa rivale dont les yeux embués par l'émotion luisaient avec un mélange de perversité et de désillusion.

— Vous n'avez rien à signaler pour votre défense ?

Il entendit la question mais il prit le temps de réfléchir avant de répondre.

— Quand bien même, je vous connais, vous ne m'écouterez pas et vous n'accorderez pas de crédit à mes propos. Dès que vous entérinez un jugement, il est définitif, déclara-t-il avec une sincérité qui fit mouche.

La main droite de Samantha fendit l'air avec une violence inouïe.

— Je ne vous permets pas de me parler sur ce ton. Je reste votre supérieure et vous me devez le respect, tonna Samantha avec autorité.

S'il avait anticipé la fin de sa carrière professionnelle, il n'avait pas vu venir cette gifle. Le visage penché et la main gauche posée sur sa joue endolorie, il reprit ses esprits alors qu'il avait manqué de trébucher, surpris par la puissance de l'impact et de la vélocité dégagée par cette femme enragée.

Il se massa vigoureusement le visage et rencontra le regard de la furie qui s'efforçait de conserver son sang-froid. Des flammes tanguaient dans ses yeux mais elle parvenait à les canaliser et à les empêcher de se propager autour d'elle.

— Je vais vous le demander une dernière fois. *Car je dois connaître votre mobile*, garda-t-elle pour elle. Pourquoi, Professeur ?

Son employé haussa les épaules. À quoi bon mentir ?

— Je ne l'ai pas réveillée. Le sujet est parvenu à combattre les effets du psychotrope pendant son sommeil hypnotique. Nous avons tenté de la neutraliser en lui injectant des doses supplémentaires mais rien n'y a fait, nous n'avons même pas pu ralentir le processus. Je ne sais pas qui elle est, je…

— Êtes-vous tombé amoureux, Professeur ? demanda-t-elle sans flancher.

— Bien sûr que non, s'outra l'homme bien trop âgé pour espérer courtiser une aussi délectable jeune femme. Je suis un professionnel, Madame Zandora.

— Permettez-moi d'en douter. Pourquoi ne pas l'avoir retenue dans ce cas-là ?

— J'ai écouté mon instinct. Elle devait partir. Sa place n'est pas ici. Elle est… Elle est innocente, ne le comprenez-vous donc pas ?

— Il s'agit d'une espionne qui a été arrêtée en flagrant délit, voilà tout ce que je sais et tout ce dont j'ai besoin de savoir.

La directrice s'interrompit et brandit un doigt pour mimer au professeur de se taire. Elle pressa doucement le lobe de son oreille droite et s'adressa avec douceur au personnel surveillant du centre en baissant la tête.

— Ce message est destiné à tous les gardiens. Une tentative d'évasion est en cours. Une jeune femme brune ayant la particularité de ne pas être identifiable cherche en ce moment à quitter notre charmant établissement. Vous pourrez retrouver son profil sur le réseau si vous avez un doute. Vous avez pour consigne de l'appréhender vivante mais vous avez l'autorisation de la tuer si cela est inévitable. Il est hautement probable qu'elle soit accompagnée d'un droïde répondant au nom d'Archimède. Action, Messieurs.

Enfin, elle redressa son visage et ne s'abstint pas de dévoiler le plaisir orgasmique qu'elle éprouvait lorsqu'elle avait l'occasion d'exprimer son pouvoir. Un sourire sadique s'étirait du coin de ses lèvres et s'élargissait avec malice alors que ses jambes s'animaient. La directrice s'approcha du bureau du professeur et balaya du regard le contenu des affaires posées sur la tablette.

— Parfait, murmura-t-elle.

Ses doigts agiles attrapèrent un flacon et se saisirent d'une seringue. Familière avec la méthode d'endormissement, elle prépara l'injection sous les yeux de sa victime.

— Vous ne me laissez pas le choix, Professeur, vous en êtes conscient ?

Le visage du professeur éclata alors et des sanglots résonnèrent dans la pièce. Les yeux de Samantha s'arrondirent alors qu'elle découvrait des larmes qui s'écoulaient et ruisselaient le long de son nez. Toutefois, cela ne la dissuada pas d'exécuter la sentence. Elle posa une main sur son cou et lui fit tourner la tête.

— Enfin, voyons, Professeur, vous n'êtes pas un enfant, vous ne ressentirez rien, simplement un sentiment de délivrance salvatrice. Vous oublierez même que vous avez été endormi.

— Ce n'est pas ça le problème, se lamenta-t-il au lieu de se battre.

L'aiguille était sur le point de perforer la première couche de la peau qui recouvrait le corps du docteur renommé lorsque la directrice, intriguée, retint son geste.

— Avouez maintenant. Après, il sera trop tard.

— Je n'ai pas le béguin pour cette femme. C'est vous que j'aime, Madame Zandora. Vous êtes la seule dame qui hante mes pensées. Je n'ai d'yeux que pour vous et ce depuis le premier jour où je vous ai vu. Je…

Le professeur s'interrompit lorsqu'il constata que la directrice éloignait la seringue de son cou. L'idée que ses mots aient pu toucher le cœur de Samantha Zandora lui effleura l'esprit. Naïf, l'amoureux transi fut rapidement remis à sa place.

— Tiens donc, je n'avais pas idée que je vous plaisais.

— Je n'en dors pas la nuit, Samantha.

— Ne m'appelez pas par mon prénom, Professeur, gronda-t-elle. Vous ne saisissez pas que vous tenez là votre chance, n'est-ce pas ?

Effrayé par l'étincelle de cruauté qui brillait dans les yeux de cette femme, il comprenait trop tard qu'il avait été aveuglé par sa beauté ensorcelante à tel point qu'il n'avait pas remarqué les élans de méchanceté qui l'identifiaient tout particulièrement.

— Non, vous ne voyez pas. Mon mari, Dieu sait si je l'aime encore tendrement, il est le seul homme qui pourra à jamais occuper une place dans mon cœur, il avait pour habitude de dire qu'il fallait toujours voir le bon côté des choses.

— Je… Ne…

— Dans votre cas, Professeur, vous êtes un sacré veinard. Vous allez pouvoir rêver que nous coulons des jours heureux jusqu'à ce que la mort nous sépare. Ce que je n'aurais jamais pu vous donner, vous allez pourtant l'avoir. Ce sera illusoire et factice, mais vous n'en aurez pas la moindre idée. Par moments, je me demande si ces prisonniers ne sont pas plus épanouis que nous… Après tout, quand on y pense, ils possèdent tout ce qu'ils veulent, à moins qu'ils ne soient sujets à des cauchemars… Enfin, vous verrez bien.

Et ce fut la fin.

L'injection fut soudaine, rapide et surtout fatale.

La vision du professeur se flouta.

Il eut un dernier aperçu du sourire enjôleur de la directrice, sa bouche pulpeuse maquillée de rouge prenant un plaisir manifeste à se déformer lorsqu'elle le vit succomber au tranquillisant.

Mais cette fois-ci, il ne le trouva pas craquant.

Dément.

Dément fut le dernier mot qui lui vint à l'esprit.

Et la démence de cette femme, en apparence inoffensive, avait eu raison de lui.

Chapitre XXXV

Les mains posées sur les fauteuils de la cabine de pilotage, Pedro Mendes jetait un ultime regard sur le tableau de bord pour vérifier que tout était en ordre. L'altimètre indiquait que l'avion descendait progressivement afin d'atteindre le niveau désiré par son pilote, les brouilleurs qui permettaient de tromper les tours de contrôle avoisinantes étaient toujours fonctionnels mais surtout le pilotage automatique était bien activé.

Pedro se redressa et retira un étui de la poche extérieure de son manteau matelassé. Longiligne, rond et imperméable, il abritait un cigare. L'espagnol décacheta l'étui et fit glisser dans ses doigts l'objet de sa convoitise. Il le porta à hauteur de ses narines et en huma furtivement son parfum boisé avant de le déposer entre ses lèvres. Jusque-là, tout s'était déroulé comme il l'avait prévu, le moment était venu pour lui de céder à un de ses penchants mignons avant de libérer son unique passager.

Avec aisance, il fouilla dans l'une des poches de son pantalon et en retira un zippo. Une fois qu'il l'eut porté au bout de son cigare, il leva le couvercle et une flamme illumina son poste de travail. Des rougeoiements embrasèrent le cigare et des volutes de fumée prirent leur envol. Enfin, il se retourna et ouvrit la porte.

Derrière celle-ci, il trouva Richard Morris, le seul fou qu'il n'ait jamais connu qui eût désiré quitter l'Eldorado pour rejoindre l'Angleterre, un pays où la liberté était devenue une denrée rare et extrêmement onéreuse.

— C'est l'heure de se préparer, mon mignon, déclara-t-il avec une pointe de sarcasme dans la voix.

Si l'ami d'Edgar Stone n'avait rien perdu de sa détermination, il ne demeurait pas vraiment fringant. En effet, la perspective de sauter dans le vide et de voir sa descente amortie par un parachute ne l'avait pas convaincu. Pourtant, les membres du cercle privé d'Émile Duchesne l'avaient rassuré à ce sujet-là. Les accidents étaient rares et il n'avait aucune raison de s'inquiéter. Désormais, il espérait simplement qu'il n'était pas le dindon de leur farce.

— Je vais mourir, n'est-ce pas ?

Le pilote aspira longuement une généreuse bouffée de tabac et il cligna des yeux avant d'attendre que le nuage de fumée se dissipe.

— Oh non, Richard, aujourd'hui n'est pas le jour de ton trépas. Pedro Mendes est un pilote exceptionnel et personne ne meurt lorsqu'il conduit son zinc. En revanche, se préparait-il à objecter, il se peut que tu salisses ton pantalon.

Soudain, l'Espagnol explosa de rire, fier de sa blague potache et il se frappa à plusieurs reprises la cuisse alors que ses ricanements résonnaient dans la carcasse de l'engin.

Aussi brusquement qu'il se fut déridé, il se calma et retrouva son sérieux. Ses yeux pétillèrent dans la noirceur alors qu'il fixait Richard.

— Allez, relève-toi que je m'assure que ton équipement est prêt et conforme.

La boule au ventre, Richard s'exécuta et s'approcha du pilote. Le cigare coincé proprement entre ses lèvres, il passa ses mains sur les lanières du sac qui était attaché dans le dos de Richard.

— Avant d'ouvrir les portes, il me faut te le demander pour une dernière fois. Tu es sûr de vouloir atterrir ici ?

— Oui, répondit Richard sans hésiter. J'ai une dette à honorer et une amie à retrouver.

— Gorkham n'est pas un endroit convenable. Si tu décidais de jouir un peu de la vie londonienne, tôt ou tard, quelqu'un finirait par t'interpeller. Tous les chemins mènent à Gorkham, disent les habitants de la City.

— Je suis un homme d'honneur, je ne peux pas me dérober à mes responsabilités.

— Gringo, je vais te révéler un secret, je te respecte pour ta droiture, sincèrement. Il faut avoir du courage et surtout un pantalon bien rempli si tu vois ce que je veux dire pour agir de la sorte, mais entre nous, tu cours à ta perte.

— Les enjeux dépassent ma simple existence, Pedro. En tout cas, je te suis redevable. Si tu n'avais pas été là…

— Ne t'inquiète pas, je saurai utiliser à bon escient les dollars qui fleurissent désormais sur mon compte bancaire. Maintenant, fini de bavasser, mon petit rosbeef. *Welcome home* !

Sans transition, Pedro se décala et tira sur une poignée afin d'ouvrir la porte d'envol. Avec son autre main, il s'accrocha à une autre poignée située au plafond et il fixa son ami alors que des rafales de vent soulevaient ses cheveux mais ne parvenaient pas à faire choir son cigare.

— N'oublie pas, le parachute est réglé pour s'ouvrir quand tu seras arrivé à mille cinq cents mètres d'altitude. Mais fais attention, une fois en l'air, tu ne seras plus protégé par les brouilleurs de mon avion, tu risques donc d'être repéré par les tours de contrôle situées sur le pourtour de l'agglomération londonienne. Ce qui veut dire…

— Qu'il faudra que je ne traîne pas à l'atterrissage, je sais !

— Alors, *vamos* !

Richard s'élança et affronta les courants d'air violents qui lui faisaient face puis il se cramponna aux poignées situées sur les côtés. Enfin, il contempla les lumières qui éclairaient le matelas nuageux recouvrant la capitale. Londres ne dormait pas.

— Surtout, ne regarde pas en bas ! lui avisa Pedro avant de le pousser dans le dos.

Richard se sentit happé par les bourrasques turbulentes qui régissaient la vie dans les cimes et il tomba.

Désormais, il subissait.

Pedro passa sa tête par l'ouverture et l'observa disparaître. Lorsqu'il fut hors de vue, il se replaça à l'intérieur de son antiquité, une merveille qui datait des débuts de l'aviation, avant qu'il ne la récupère et ne la personnalise à sa manière.

Tout en poussant sur la porte pour empêcher les vents capricieux de continuer à circuler dans son appareil, il eut une dernière phrase à l'encontre de cet individu dont il ne soupçonnait pas l'importance de ses agissements.

— Buena suerte, gringo. Tu vas en avoir besoin.

Chapitre XXXVI

Pendant qu'Archimède avançait, soutenant Rose par la force de ses muscles, il calculait en même temps les déplacements de tous les membres du personnel de sécurité de la prison. Malgré sa capacité à être au courant des moindres mouvements dans l'ensemble du complexe, il se rendait compte qu'au fur et à mesure que le temps s'écoulait, les zones où ils pouvaient circuler librement devenaient rares, car des gardes arpentaient la plupart des couloirs.

En outre, si Archimède pouvait se connecter au réseau de surveillance du centre, il n'avait pas accès aux autorisations lui permettant d'interférer et de désactiver des caméras ou des détecteurs de mouvement. Il commençait à penser que le professeur avait été présomptueux en lui vouant une confiance aveugle.

Des lumières rouges clignotaient et éclairaient les murs alors que le droïde s'était immobilisé, en pleine réflexion. Soudain, éblouie par les faisceaux qui les harcelaient et réveillée par la sirène d'alarme agaçante qui ne cessait de résonner et d'agresser leurs tympans, la demoiselle reprit connaissance.

— Je vous connais, vous… Vous m'avez retrouvé ici ? s'inquiéta-t-elle, sa mémoire n'ayant pas oublié les derniers moments vécus dans un monde où l'humanité touchait à sa fin.

— Je ne vois pas de quoi vous parlez, Mademoiselle. Mon maître m'a chargé de vous faire évader et c'est ce que je m'emploie à accomplir mais pour être honnête, je ne suis pas sûr d'y parvenir.

Rose réalisa brutalement qu'elle avait de nouveau changé de dimension temporelle. Tel un éclair frappant son cerveau, la lumière des souvenirs précédant son voyage dans le Refuge lui apparut comme une évidence. Elle avait été arrêtée dans l'atelier qui était, à une autre époque, celui de son bien-aimé, Edgar Stone. Ensuite, elle ne se souvenait plus de rien.

— Où suis-je ?

— Vous avez été incarcérée dans la prison de haute sécurité de Londres, Gorkham, et croyez-moi, même pour quelqu'un qui connaît chaque recoin de ces lieux, s'en échapper est loin d'être aisé.

— Quelles sont nos chances de sortir d'ici ?

Archimède ne répondit pas tout de suite. Il se figea et Rose eut l'impression qu'il avait buggé. Enfin, il reprit la parole.

— D'après mes calculs, nous avons seize pour cent de chances de quitter Gorkham sans nous faire remarquer.

La révélation impitoyable provoqua en Rose un remous de sensations vertigineuses et elle dut se prendra la tête à deux mains pour ne pas s'évanouir. Archimède la saisit alors par les épaules et l'aide à se tenir droite.

— Ne vous inquiétez pas, je ne vais pas vous abandonner. Je me suis toujours acquitté de mes tâches avec brio.

Des acouphènes martyrisaient le crâne de Rose alors que ses jambes étaient en coton et peinaient à porter le poids étonnamment insupportable de son corps. Pourtant, elle puisa en elle la volonté de ne pas abdiquer. Mais surtout, elle se souvint de la montre. Instinctivement, sa main droite voulut tâter les poches de sa veste, mais elle remarqua qu'elle portait une tenue bariolée de noir et de blanc, conforme aux standards des centres pénitentiaires britanniques. Elle n'avait pas de poche. Elle n'avait plus de montre.

— La montre, nous devons retrouver la montre, affirma-t-elle à la créature qui était censée condamner son espèce.

— Mais de quoi parlez-vous ?

— Oh mon Dieu, nous sommes perdus, se désola Rose.

— Aucune cause n'est jamais vouée à l'échec, la rassura Archimède avec une conviction étonnante.

La jeune femme releva les yeux et dévisagea avec perplexité cette créature dont elle connaissait sa véritable nature. Était-ce possible qu'il s'agissait du même droïde ?

— C'est l'un des principes que m'a inculqués mon maître.

Le respect et l'estime qu'ils vouaient à son créateur sautaient aux yeux. Si jamais il devait effectivement devenir le bourreau de l'humanité, cela n'avait aucun rapport avec l'homme qui lui avait donné vie, comprit-elle. Qui serait donc à blâmer ? Elle n'était pas sûre de savoir si elle devait répondre à cette question.

— Est-il impossible pour vous de pirater le système et de désactiver l'intégralité du système de surveillance ? osa-t-elle lui demander.

— Je pourrais mais ce serait aller à l'encontre de l'enseignement de mon maître. Il m'a rigoureusement interdit d'enfreindre les lois établies par les hommes.

— Même en cas de vie ou de mort ?

Archimède médita quelques instants, incertain de la réponse à lui fournir.

— Nous n'avons jamais évoqué ensemble un tel cas.

— Faites appel à votre instinct, Archimède, que voudrait-il que vous fassiez ?

Mais je ne suis pas doté de ce que vous, les humains, appelez l'instinct, hurla-t-il dans sa tête avant de se mettre à réfléchir et de repenser à l'attitude du professeur dans leurs derniers instants d'intimité.

— Il voulait que je vous vienne en aide et que je vous sauve, à tout prix.

— Alors, Archimède, conclut Rose, vous détenez la réponse à vos interrogations.

Chapitre XXXVII

C'est le souffle coupé que Richard entreprit sa chute vers la forêt avoisinante qui entourait la prison de Gorkham. Les joues bleuies par les caresses meurtrières des bourrasques, il ressentit un énorme soulagement lorsque le parachute s'ouvrit.

Le sol continua de se rapprocher et de grossir à vue d'œil mais avec moins de vitesse que lors des premiers kilomètres, une rapidité qui lui parut tout de même relative. De longues minutes semblaient s'être égrenées dans son esprit au moment où une secousse le surprit et l'obligea à changer de position.

Désormais, il essayait de diriger tant bien que mal le parachute afin de ne pas se retrouver empêtré dans des branchages. La prison naturelle paraissait bien plus hospitalière que celle dirigée par la femme d'Anatolis Gorkham mais sa mission consistait bien à pénétrer dans l'enceinte qui paraissait bien terne et guère accueillante, vue du ciel. Pourtant, alors qu'il profitait de ce moment de solitude pour réviser le plan relativement sommaire qu'il avait élaboré, il ne voyait pas d'alternative.

Il était déterminé à s'afficher à la porte d'entrée et à improviser lorsqu'il se retrouverait confronté à l'épouse de l'homme qui avait financé son expédition. Richard n'imaginait pas qu'un gentilhomme aussi aimable et généreux ait pu s'unir avec une femme cruelle. Le pauvre homme n'avait pas idée du traquenard vers lequel il se précipitait.

Bien qu'il souffrît encore de sa décision finale de ne pas avoir sauvé ses parents, il était déterminé à se faire pardonner auprès d'Edgar. Il n'ignorait pas que son ami l'observait et il regrettait de l'avoir abandonné à un hôte légèrement excentrique et surtout imprévisible. Mais qui diable aurait bien pu ramener la montre à Rose ? S'il n'avait pas écouté son cœur au détriment de son esprit, qui pouvait prétendre arguer avec certitude que les fils du destin auraient fait en sorte que l'objet maudit lui revienne ?

Ainsi, Richard serra les dents au moment de l'atterrissage sur le parterre dallé qui entourait le bastion fortifié de Gorkham et il tut la douleur ressentie par tous les os s'étendant de ses pieds jusqu'à ses hanches. Ensuite, il dut se débattre pour se défaire de l'emprise extrêmement collante du parachute dégonflé. Ses doigts experts s'efforcèrent de ne pas trembler au moment de détacher les lanières. Il trébucha à plusieurs reprises au moment de s'extraire de cette prison qui lui avait pourtant permis de s'affranchir des limites du corps humain et surtout d'expérimenter les sensations que pouvaient ressentir les oiseaux.

Toutefois, il fut immensément soulagé lorsqu'il s'éloigna du parachute. La lisière de la forêt était certes proche mais il ne jugea pas nécessaire de perdre du temps pour enfouir cet équipement encombrant alors il rajusta sa tenue et vérifia que ses poches ne s'étaient pas vidées.

La montre était toujours là et avec elle, la lettre manuscrite d'Anatolis Gorkham.

— Bien, il ne me reste plus qu'à sonner à la porte. Je suis sûr que le comité d'accueil est délicieux, se rassura Richard.

Quand on voit le soin qu'ils ont mis à décorer leur enceinte, on ne peut en douter, ironisa-t-il dans ses pensées personnelles.

Enfin, il s'avança et prit le risque de marcher à découvert, à savoir dans la zone éclairée par d'immenses lampadaires suspendus au-dessus de la muraille de béton gris qui faisait office de clôture sur tout le pourtour de l'institution.

Un coup d'œil de Richard sur ces murs lui permit de confirmer que son pilote l'avait déposé au bon endroit. Des lettres majuscules peintes en noir indiquaient avec certitude l'identification de ce site.

RESTRICTED AREA : GORKHAM

De toute évidence, elles n'invitaient pas les curieux à venir y rendre une visite de courtoisie. Cela ne dissuada pas Richard de se diriger vers le portail. Il ne douta pas que des caméras devaient enregistrer les moindres de ses mouvements mais il se contenta de se diriger vers l'écran numérique situé du côté droit du portail d'entrée, celui réservé aux rares visiteurs qui ne venaient pas loger pour un certain temps à l'intérieur de cette citadelle imprenable.

Les yeux de Richard s'arrondirent lorsqu'il sentit un courant d'air frais glisser sur sa peau. Deux panneaux blindés se mirent à coulisser. La voie était libre. Il ne s'attendait pas à ce qu'on lui montre le chemin, pas avant d'avoir dévoilé ses intentions à un membre de l'accueil.

Et pour cause, lorsque le portail fut suffisamment ouvert, il reconnut l'une des deux silhouettes qui se trouvaient derrière.

— Rose ! hurla-t-il avant de s'élancer vers elle.

— Richard ? Richard ! Oh mon Dieu !

La jeune femme quitta Archimède et courut vers son vieil ami puis elle se jeta dans ses bras.

— Est-ce vraiment toi ? Ou est-ce encore le fruit d'une illusion ?

— Non, c'est bien moi. Je suis venu te rapporter un objet que tu as égaré sur ta route, expliqua-t-il en dévoilant la montre.

— Richard ! Tu es notre sauveur ! Mais comment as-tu fait pour venir jusqu'ici ?

— Ce serait bien trop long à t'expliquer, objecta-t-il alors que le droïde les rejoignait.

— Nous devons partir d'ici tout de suite et rejoindre le passé. Il nous faut empêcher son invention et la détruire. Personne ne doit plus jamais pouvoir l'utiliser.

Le visage de Richard s'assombrit subitement et Rose comprit qu'il y avait un problème. Mais avant de l'évoquer, il jeta un coup d'œil interloqué vers l'homme qui se baladait à moitié nu à une heure tardive de la nuit.

— Qui est-ce ?

Rose pivota et comprit qu'il désignait le droïde.

— Oh, c'est Archimède, il m'a aidé à m'échapper de la prison. Il est…

— Je suis un droïde, précisa-t-il de son propre chef. Je suis né de l'imaginaire de l'esprit humain. Comme cette montre que vous tenez entre vos mains.

— Il a piraté le système de sécurité de la prison, il a désactivé les caméras, établi une fausse alerte comme quoi nous avions été repérés dans un autre secteur de la prison de celui où nous nous trouvions réellement, c'est un véritable héros !

Richard s'efforça de digérer ces troublantes révélations. Bien qu'il ne fût guère séduit par la nouvelle de l'existence de droïdes, il ne put que lui tendre la main.

— Si vous êtes un ami de Rose, alors cela fait de moi votre ami. Et, en prime, je vous suis redevable.

Archimède observa cette main tendue vers lui pendant quelques instants. Jamais aucun être humain ne lui avait offert le privilège intime d'une poignée de main amicale. Il hésita puis il goûta à cette habitude courante chez les hommes. Un courant de chaleur se diffusa alors dans sa poitrine.

— Merci, Monsieur. Mais je ne fais qu'obéir aux dernières volontés de mon maître.

— Je ne voudrais pas vous interrompre messieurs, mais ce n'est ni l'endroit ni le moment de nous congratuler, n'est-ce pas, Richard ?

L'assistant d'Edgar Stone esquissa une grimace qui effraya Rose.

— Il y a un problème. Regarde l'heure.

Puis il ouvrit la coquille et dévoila le cadran de la montre. Les aiguilles tournaient dans tous les sens.

— Que se passe-t-il ?

— Elle ne fonctionne plus. Lors de mon dernier voyage, j'ai atterri à des milliers de kilomètres de Londres. D'ailleurs, si toi tu dois fuir Gorkham, moi je dois encore m'y rendre, j'ai une dette à honorer.

— Je… Non, non, non. Tout ça ne peut pas continuer. Nous devons tout arrêter au plus vite.

— Je suis désolé, Rose. Tiens, je te confie la montre. Il faut que tu trouves un moyen de la réparer. Peut-être que ton ami Archimède pourra t'aider. Croyez-vous que ce soit dans vos cordes ?

Le droïde entendit la question et réfléchit rapidement tout en observant l'objet.

— Je ne sais pas. Il faudrait que je l'examine attentivement. Tout seul, je ne suis pas certain de pouvoir y arriver.

— Oh non ! comprit Rose. On ne peut pas.

— Je ne connais qu'un homme dont je suis sûr qu'il pourra remettre en état de fonction votre appareil.

— Ton créateur…

— Oui, mon créateur.

— Merveilleux, s'enthousiasma Richard, vous savez donc ce qu'il vous reste à accomplir.

— Mon maître se trouve enfermé dans cette prison, Monsieur.

— Oh, cela est vraiment fâcheux.

Voyant l'inconfort de Rose, Richard décida de succomber à un peu d'optimisme. Après tout, ils semblaient pouvoir se sortir de n'importe quelle situation. Il les prit par les épaules et les emmena à l'intérieur de Gorkham.

— Si vous avez pu en sortir, vous pourrez très bien y retourner. D'autant que vous avez un avantage, tout le monde va bientôt vous croire dehors.

— Mais Richard…

— Je vais faire diversion, je dois rencontrer la directrice de Gorkham, une femme charmante, j'en suis certain, j'ai un message à lui remettre de la part de son mari.

— C'est de la folie ! s'outra Rose.

— C'est complètement absurde, convint Archimède.

— Surtout Rose, n'hésite pas, lorsque la montre sera fonctionnelle, repars sans hésiter et ne m'attends pas. Il ne faut plus perdre de temps ni l'utiliser à mauvais escient. Mon sacrifice ne doit pas être vain, affirma Richard déterminé à effacer les erreurs qu'il avait commises.

Chapitre XXXVIII

Les joues empourprées par la colère sublimaient le noir qui entourait les yeux de Samantha Zandora. Derrière les moniteurs de contrôle de la salle de réseau, la directrice fulminait alors que ses employés se terraient dans un mutisme volontaire.

— Le droïde a modifié les codes d'accès de l'intégralité du système et il n'y en a pas un parmi vous qui est capable de restaurer les paramètres d'origine ? C'est une farce, n'est-ce pas ? gronda-t-elle subitement.

Elle se tourna alors et dévisagea successivement chacun des gardiens de prison ainsi que les informaticiens réunis dans cette pièce. Aucun n'osa lui répondre. L'un après l'autre, ils détournèrent les yeux car ils préféraient fuir la confrontation visuelle avec cette femme qui n'était pas réputée pour sa clémence.

Manifestement, elle ne pouvait pas s'en prendre à eux avec trop de véhémence, elle avait bel et bien besoin de gardiens et en l'occurrence, il n'y en avait pas un pour rattraper l'autre.

— Heureusement que tu es là, droïde, finit-elle par soupirer en baissant le regard pour observer Aristote, un robot que le professeur Von Schnäbbel avait conçu pour elle à sa propre demande.

— Cela prendra encore quelques minutes, j'en ai bien peur, maîtresse. À moins…

— À moins que quoi ?

— Je ne comprends pas, j'étais sur le point de réactiver le système de surveillance optique dans le bloc A mais l'accès m'a été interdit sous prétexte que je ne suis pas accrédité des autorisations nécessaires.

— C'est absurde ! Les deux fugitifs se sont certainement échappés depuis le temps, il a réussi à faire en sorte que l'accueil soit déserté, si ce n'était pas pour sortir par la porte d'entrée…

— Il est revenu, Maîtresse, je ne vois pas d'autre explication.

— Il aurait mis la femme à l'abri et aurait décidé de venir à la rescousse de son maître ? Ce n'est pas possible, aucun droïde n'a jamais fait preuve d'un tel esprit d'initiative…

Soudain, une voix trahissant une certaine fébrilité les interrompit.

— Madame la directrice, sauf votre respect, je crois que nous avons un visiteur, déclara un gardien situé derrière elle.

Samantha leva la tête et aperçut à travers la vitre teintée l'homme qui ne pouvait pas les voir. Elle étrécit les yeux et ne put s'empêcher de croire qu'il était lié au calvaire que leur faisait vivre Archimède.

— Ne bougez pas. Restez ici et attendez qu'Aristote ait remis à jour le système de surveillance. Ensuite, vous pourrez reprendre vos postes, donna-t-elle comme ultime consigne avant de s'éloigner du cœur de la pièce et d'ouvrir la porte située sur la gauche.

Elle remonta le couloir et arriva devant le standard.

— Vous êtes dans une zone à haute sécurité où l'accès est rigoureusement contrôlé. À moins que vous ayez une excellente raison d'être entré ici sans en avoir la permission, je vais devoir vous demander de sortir.

— Je suis venu à la demande de votre époux, riposta Richard en exhibant aussitôt le courrier rédigé par les soins d'Anatolis Gorkham.

— Monsieur, je suis veuve, et si vous persistez à me chercher querelle, vous pourriez le regretter amèrement.

— Je ne plaisante pas, Madame, je ne tiens pas à vous manquer de respect. Voyez par vous-même.

La fureur qu'elle éprouvait émanait des pores de sa peau qui semblait si douce. Pourtant, Richard ne faiblit pas. Le bras tendu, il l'implora de s'emparer de la lettre. L'espace d'un instant, Samantha eut envie d'appeler les gardes et de condamner cet homme à une fin inattendue mais elle s'abstint. Il avait tout de même attisé sa curiosité.

— Comment avez-vous réussi à pénétrer dans la prison ? dit-elle en s'avançant vers lui et en se saisissant du message.

— Je suis arrivé par le portail, j'allais m'adresser à l'écran prévu à cet effet mais les portes se sont ouvertes alors j'ai cru que j'avais le droit… Vous savez, j'ai pensé…

Peu intéressée par son récit invraisemblable, Samantha acquiesça et baissa les yeux. Se trouvant à quelques pas à peine de la directrice, Richard remarqua le frémissement dans ses yeux lorsqu'elle reconnut l'écriture de son mari censé être décédé depuis déjà quelques années. Le papier tremblait à mesure qu'elle entendait les états d'âme de son époux décédé.

Samantha, ma petite lionne,

Te connaissant, je ne doute pas une seule seconde que tu auras envie d'étrangler l'homme que j'ai mandaté pour te délivrer cette lettre. Je t'en prie, je t'en conjure, je t'en supplie, ne déchire pas ce papier. Ne le froisse pas. Lis ce que j'ai à te dire. Jusqu'au bout, et ensuite prends la décision que ton cœur te dictera.

Il faut que tu le saches, je suis épris de toi comme au premier jour, je n'ai jamais cessé de t'aimer et de t'idolâtrer, comme le font d'ailleurs toutes les pauvres créatures masculines qui croisent ton chemin. Pourtant, j'ai décidé non pas de mourir mais de te quitter. Oh, pas seulement toi. C'est le monde oppressant dans lequel nous vivions que j'ai voulu abandonner. Je n'étais pas sot, j'étais bel et bien conscient que maintenant que j'avais donné naissance au site qui te permettrait de régner et d'assouvir ta soif d'autorité, tu n'accepterais pour rien au monde de t'en séparer. Pas pour moi. Et je ne le regrette pas. Te combler de bonheur a toujours été ma motivation à partir du moment où tu m'as accepté dans ta vie.

Je me rappelle encore de nos ébats passionnés, jamais je n'avais connu une telle furie. Toutefois, au bout de quelques années, ils ne suffirent plus à te satisfaire, tu étais un volcan qui avait besoin en permanence d'être embrasé et ça, ce n'était pas dans mes facultés. Et de mon côté, je ne parvenais plus à faire semblant. Alors, j'ai agi... À ma manière...

Je te sens déjà rougir à la lecture de ces quelques lignes. En dépit de l'amour indéfectible que je te porte et de mon incapacité à regarder malicieusement les courbes d'une autre femme, aussi jeune et belle put-elle être, tu dois malgré tout m'avoir déjà insulté à quelques reprises.

Oh que je n'envie pas le pauvre fou que je t'ai envoyé, tu risques de te déchaîner sur lui... Ah, tu souris ! C'est bien, cela va m'offrir un peu de répit avant l'estocade finale.

J'ai donc cédé à ce que tu considérerais comme de la lâcheté mais qui, pour moi, relevait plutôt du courage et de la détermination. Si nous étions complémentaires, nous ne partagions pas totalement les mêmes idéaux et j'ai dû sacrifier notre union pour pouvoir vivre sans dépérir. À Londres, et particulièrement à Gorkham, mon cœur se flétrissait, ma peau se ternissait et la flamme qui m'animait s'éteignait. Alors, j'ai fait comme d'autres mécènes... J'ai fait ce pour quoi tu m'enfermerais dans ta prison si jamais tu me retrouvais... J'ai utilisé une partie de ma fortune et je me suis offert une retraite dorée pour l'Eldorado.

Ma petite lionne, ne pense même pas à me traquer, tu ne me retrouveras pas. Rien ni personne, pas même toi, ne pourra m'obliger à sortir de ma tanière si confortable. J'écoule des jours paisibles sous le soleil de l'Afrique du Nord.

Je vis, Samantha, je vis ! Même s'il me manque un petit quelque chose... De quoi s'agit-il ? Certainement de la douceur de ta peau, de la chaleur de tes caresses et de la férocité de tes scènes de jalousie... Mais à Londres, tout cela n'aurait pas suffi à me garder en vie.

Pourquoi cette révélation ? Pourquoi maintenant ? Je ne sais pas. L'opportunité s'est présentée. Ce pigeon voyageur était là devant moi, un pauvre fou aussi téméraire qu'inconscient, il croit que je lui ai rendu service, alors que je n'ai fait que le manipuler. Enfin bref, je n'ai pas pu résister à la dernière occasion que le destin pouvait me tendre d'interagir avec toi.

Ma petite lionne, tu dois le savoir. Je suis vivant. Je me nourris de bourbon et de pâtisseries orientales, je ne me plains pas, je me languis seulement de ta bestialité amoureuse. Peut-être auras-tu envie de venir m'enguirlander et me sermonner ? Serais-tu capable, toi aussi, de tout quitter pour rejoindre l'homme qui t'aime ? Alors, tu vois, décider de tout laisser derrière soi n'est pas aussi aisé qu'on veut bien le croire. Est-ce vraiment l'apanage des faibles ou celui des forts ?

Tu trouveras la réponse sous mes draps, si l'envie te prenait de les réchauffer. Sans toi, ils restent immaculés.

Ma petite lionne, je t'aime.

Anatolis.

Une fois qu'elle eût achevé sa lecture, elle faillit céder à son impulsivité. Ses doigts se crispèrent et manquèrent de broyer le papier mais elle s'abstint. Il s'agissait d'une preuve. Du seul document qui pouvait incriminer Anatolis Gorkham. Et face à des magistrats certainement corrompus, si elle voulait le retrouver et rendre justice, il ne fallait pas agir dans la précipitation.

Néanmoins, elle ne put empêcher sa langue de fourcher.

— Enfoiré. Putain d'enfoiré. Tu le regretteras. Tu aurais dû continuer à te terrer dans ta cachette sans que personne ne soit au courant.

Richard ne dit rien et étrangla un sanglot alors que la directrice releva la tête et se rappela la présence de ce visiteur.

— Bien, à nous maintenant, Monsieur ?

— Morris, Richard Morris.

— Une minute, je vous prie.

La brune ténébreuse posa un doigt sur le lobe de son oreille et murmura quelques mots qui demeurèrent inaudibles pour lui.

Quelques instants après, plusieurs gardes armés déboulaient dans la pièce et ne mirent que peu de temps à l'encercler.

— Vu d'où vous venez, je suis certain qu'un contrôle d'identité sera vain. Vous allez apprendre une leçon douloureuse, Monsieur Morris. Quand on a le loisir d'atteindre l'Eldorado, on y reste, on ne revient pas en Europe. Encore moins à Gorkham.

— Mais je suis innocent, madame la directrice, je n'ai rien à me reprocher.

— Peut-être, je ne suis pas en mesure d'attester ni de votre culpabilité, ni de votre innocence. En revanche, vous pouvez m'être utile. Vous allez me dire tout ce dont j'ai besoin de savoir.

Richard l'observa se mouvoir pendant qu'elle s'exprimait et la vit se diriger vers l'un des bureaux. Sans qu'elle ne touche la poignée du tiroir de son choix, celui-ci coulissa et dévoila son contenu au plus grand jour. Instantanément, elle s'empara d'une seringue et d'un flacon. Elle enleva la seringue de son emballage et injecta le contenu du sérum de vérité à l'intérieur puis elle s'approcha de Richard.

— Ne bougez pas, je vous prie. Cela va piquer un peu. Comme un vaccin, précisa-t-elle en lui offrant un sourire horriblement savoureux.

Chapitre XXXIX

Rose fixait le visage livide et bouffi du génie inventif qui était censé les sortir de ce mauvais pas. Et pour le moment, si des chiffres ne cessaient de laisser place à d'autres sur des moniteurs, le professeur n'avait pas vraiment repris des couleurs. Ainsi, elle s'inquiétait.

— Il y en a encore pour longtemps ? demanda-t-elle au droïde.

— N'ayez crainte, le processus de réanimation est enclenché. Il va se réveiller sous peu. *Sans compter qu'Aristote ne me facilite pas la tâche*. Tenez, regardez !

Soudain, le rougeoiement de ses joues apparut comme une évidence. Son menton trembla et ses paupières se décollèrent.

— Vous êtes en vie, Maître ! s'extasia le droïde.

— Archie, c'est bien toi ? demanda-t-il avec une voix empreinte d'une grande faiblesse.

— Oui, c'est moi, Maître. Je suis désolé d'avoir dérogé aux ordres que vous m'avez donné mais il s'agissait…

— D'une question de vie ou de mort, conclut Rose.

De son côté, le quinquagénaire essayait encore de se détacher de l'emprise sensuelle de la Samantha Zandora qui l'avait charmé durant les dernières minutes qui lui avaient semblé durer des heures voire des jours.

— Je suis resté endormi longtemps ? demanda-t-il, ignorant par la même occasion la supplique de Rose.

— Pas vraiment, moins d'une heure, répondit Archimède.

— Bonté divine, j'ai l'impression d'avoir vécu des jours entiers en compagnie de… Pourquoi m'as-tu réveillé ? demanda-t-il brutalement. Je veux y retourner. *Je veux la retrouver*, omit-il de préciser.

— Nous avons besoin de vous, Professeur, le supplia Rose.

Pour la première fois depuis son réveil, il remarqua la présence d'une femme dans cette pièce. Il se redressa puis se tourna et découvrit le visage de la mystérieuse inconnue.

— Il vous faudra être sacrément convaincante pour me persuader de risquer de mettre davantage en colère la directrice de cet établissement.

— Professeur, croyez-vous au voyage dans le temps ?

Il esquissa une moue dubitative alors que son esprit était encore embrouillé.

— Pas vraiment.

— Vous avez tort.

Alors, le scientifique se pencha vers son ami.

— Est-ce bien la prisonnière que nous ne parvenions pas à identifier ?

— Oui, c'est bien elle. À ce propos, vous aviez vu juste, Maître, elle ne vient pas de ce monde. Elle est originaire d'une autre époque.

— Quel est le problème ?

— Regardez par vous-même, dit-elle en lui remettant la montre entre les mains.

Le professeur ouvrit la coque protectrice et découvrit le cadran. Spontanément, il comprit qu'elle ne fabulait pas.

— Je suis un homme de sciences, pas un ingénieur. Si elle ne fonctionne plus correctement, je ne suis pas l'homme de la situation. Est-ce la raison pour laquelle vous m'avez réveillé ?

— Nous étions sortis de la prison, Maître, nous sommes revenus exprès.

— L'équilibre de notre planète et de notre espèce est intimement lié. Et il est grandement menacé, avança Rose.

Von Schnäbbel acquiesça.

— Il faudrait que je l'examine attentivement, mais je ne suis vraiment pas sûr de pouvoir la réparer. J'aurais besoin d'un atelier et de temps. Pour cela, il faudrait nous échapper, sans compter que Samantha va nous pourchasser. Elle ne tolérera pas que quelqu'un s'évade de sa prison considérée comme étant inviolable. Sans même se soucier de la réputation de son institution, elle en fera une question d'orgueil.

— Vous commencez à bien me connaître, Professeur, lui confirma la directrice de sa voix envoûtante.

Les trois comploteurs se retournèrent alors et remarquèrent qu'elle se tenait sur le pas de la porte. Aucun d'entre eux ne l'avait entendu arriver. L'avantage des portes coulissantes.

— Personne ne quittera cette pièce, cingla-t-elle en se rapprochant de ses invités, suivie par une patrouille composée de plusieurs gardes, armés jusqu'aux dents.

— Vous ne comprenez pas, Madame. Il ne s'agit pas que de notre sort individuel. Les enjeux dépassent…

— Je ne veux rien savoir de votre petite quête. Je veux cette montre, et tout de suite. Je saurai retrouver des spécialistes pour la réparer. Professeur ? demanda-t-elle en lui tendant la main.

Le solitaire endurci avait vu sa carapace s'effriter depuis qu'il avait connu des nuits enfiévrées aux côtés de la créature de rêve dont il était amoureux en secret depuis trop d'années. Face à ces mêmes yeux en amande qui le fixaient, il ne pouvait lutter. Son esprit ne dissociait pas encore suffisamment la différence entre la réalité et entre l'illusion, il ne put qu'obéir à la volonté de Samantha.

— Je suis navré, adressa-t-il à Archimède et à Rose, tous les deux abasourdis.

— Je vous remercie, mon cher professeur pour votre docilité. Toutefois, n'allez pas croire que je modifierais le jugement que j'ai établi à votre encontre.

— Je n'en doute pas, Madame la directrice. Injectez-moi le produit, que l'on en finisse.

Les sourcils de la directrice s'arquèrent et ses yeux pétillèrent d'excitation.

— Bien, je ne voudrais pas m'opposer à vos souhaits. Numéro quatre, je vous prierai d'anesthésier cet homme et de l'enfermer dans l'un de ces tiroirs.

— Reçu, répondit son sbire avant de s'exécuter.

— Numéro trois, désactivez Archimède, il nous a causé assez de problèmes.

— Reçu.

Le droïde n'eut pas le temps de réagir que le gardien s'était placé dans son dos. D'une main, il tenait sa cible en joue avec son pistolet et de l'autre, il retirait un tournevis de l'une des poches de son gilet renforcé. Ensuite, il le brandit à hauteur de la nuque et il l'enfonça dans la peau. Un craquement se fit entendre puis il tourna sur la gauche. L'instant d'après, un gazouillement émana de l'organisme électronique du droïde. Ses paupières se refermèrent et il cessa de vivre.

La directrice se décala lorsqu'elle sentit du mouvement derrière elle. Tout en faisant un pas de côté, elle jeta un bref coup d'œil sur le corps assoupi de Richard Morris, allongé sur un brancard poussé par un garde.

Rose lui jeta un regard horrifié et sentit la fin de leur aventure se terminer. Après tout, n'avait-elle pas vu le futur et l'extinction de l'humanité ?

Enfin, Samantha lui accorda toute son attention.

— À votre tour, Rose Cunningham, annonça-t-elle en lui offrant son plus beau sourire.

Chapitre XL

Les mains posées contre l'écran et les genoux posés à terre, Edgar souffrait et se désolait de voir sa moitié tomber de nouveau entre les griffes de Samantha Zandora.

Il avait échoué.

Cette fin était la sienne. Ce fardeau, c'était à lui de le porter. Pas à Richard ni à Rose. Et pourtant, voilà que la destinée de la Terre était confiée à une impitoyable dictatrice.

— Non, non, ce n'est pas possible…

Alors qu'il s'était attendu à recevoir une phrase pleine de compassion de la part de l'Inspiratrice, c'est un ricanement sadique qui résonna dans la salle d'attente.

Il se retourna et découvrit deux nouvelles créatures. L'un ressemblait à un chacal et l'autre à une hyène.

— Edgar, je te présente mon frère, annonça l'Architecte.

— On m'appelle le Destructeur. Comme mon nom l'indique, j'aime détruire. Mon frangin crée, et moi, je viens bousiller ce qu'il a produit. C'est mon passe-temps, j'aime cela, n'est-ce pas, ma chérie ?

— Il n'y a rien qui ne nous plaît plus que de saccager le travail de ce bon Architecte, avoua-t-elle à son tour.

Le chacal posa une main sur son thorax et prit une mine offusquée.

— Mais quel goujat ! J'ai oublié de te présenter ! Voici ma muse, la Tentatrice !

Sous son apparence animale, son sobriquet ne semblait pas lui correspondre. En revanche, elle savait jouer avec son imagination et surprendre ses victimes en la transformant quand l'envie lui prenait. Et alors, il était quasiment impossible de ne pas succomber à ses vices.

— Voyou ! ronronna-t-elle.

L'Inspiratrice roula des yeux, écœurée par cette énième illustration de leur numéro de couple.

— Toutefois, nous ne sommes pas venus car nous avons l'intention de saboter votre petite quête.

— Non, ça nous l'avons déjà fait, confessa la Tentatrice, un doigt posé sous le menton, avant de rire à gorge déployée.

— Oui, c'est exact, chérie. Maintenant…

— Vous voulez nous narguer, confirma l'Architecte.

Ni lui ni l'Inspiratrice n'avaient besoin de découvrir leurs sourires pervers pour connaître la raison de leur irruption.

— Nous n'avons pas le choix, ma chère et tendre, soupira-t-il.

— Non, nous allons devoir faire une entorse à notre propre règlement intérieur.

— Oh, nous avons donc réussi alors ! s'enthousiasma le Destructeur.

— Si tel était votre but, oui, nous allons interférer sur le monde des humains.

— Incroyable !

— Tenez, Edgar, dit l'Inspiratrice sans se soucier des moqueries et des éclats de rire de son beau-frère et de sa belle-sœur.

Les yeux étonnés, il ouvrit les paumes de sa main et accueillit une arme.

— Vous allez en avoir besoin là où vous allez, poursuivit-elle.

— Essayez de faire en sorte que cela reste dissuasif, ajouta l'Architecte.

— Oh oui, nous ne voudrions surtout pas assister à un effroyable bain de sang, s'outra le Destructeur.

— Oh non, ce serait vraiment la dernière chose que nous aimerions voir sur cet écran, se navra la Tentatrice.

Sans se soucier de leurs sarcasmes, Edgar observa le pistolet.

— Il s'agit du même prototype que celui possédé par les gardiens de Gorkham, expliqua l'Inspiratrice. Il est doté de quatre tubes, il y en a deux de chaque côté, ils contiennent le liquide qui permet d'éjecter un faisceau laser terriblement…

— Destructeur ! hurla le personnage du même nom, les yeux exorbités.

— Évitez autant que possible d'appuyer sur la gâchette. Surveillez bien les jauges, une fois vides, la partie est finie. Il faudra vous débrouiller par vos propres moyens.

— Mais si vous êtes aussi malin qu'on le pense, vous ferez en sorte de préserver ces substances dans leurs contenants.

— Je… Mais…

— Qu'est-ce qu'il y a, Edgar ? Vous ne voulez pas aller sauver votre femme ?

— Nous ne sommes pas encore mariés !

— Il faudra y songer bientôt, Monsieur. On ne fait pas attendre éternellement une lady, lui fit savoir l'Inspiratrice.

— Chaque chose en son temps, ma chère ! objecta l'Architecte. Allez, mon ami, fermez les yeux.

— Et n'oubliez pas, vous allez devoir improviser, et vite !

Chapitre XLI

Avant qu'Edgar ne rouvre les yeux, il avait déjà senti le changement d'atmosphère autour de lui. L'aura des étoiles environnantes s'était dissipée et avait été remplacée par la froideur glaciale des murs stériles chers à Samantha Zandora.

La porte de la chambre froide où dormait le professeur Von Schnäbbel était restée ouverte et il pouvait voir le dos de la fameuse directrice. Le bras levé, elle s'apprêtait à terrasser pour de bon sa dulcinée. L'Architecte et l'Inspiratrice l'avaient renvoyé à temps sur sa planète. Sa main droite qui tenait fermement la crosse du pistolet laser se leva avant qu'il ne se mette en marche. Sa main gauche vint s'y coller et il rugit juste avant de se placer dans un périmètre où sa sécurité ne serait assurée que par la sûreté de sa prise sur cette arme.

— Que personne ne bouge ! Au moindre mouvement, je tire et j'abats votre directrice. Vous m'avez entendu ?

Du coin de l'œil, Edgar remarqua la confusion et la crainte dans le visage des gardiens. Pour une raison qui lui échappait, ils tenaient farouchement à celle qu'il prenait pour une sorcière.

Quant à Samantha, elle se figea alors que l'aiguille se trouvait à quelques millimètres de la peau douce du cou de Rose.

— Je vous saurai gré de poser cette seringue. À la moindre tentative désespérée, je presse la détente et le résultat ne sera pas beau à voir.

— Vous n'aurez pas le cran, le défia Samantha.

— Un homme amoureux est prêt à tout, Madame Zandora.

Le visage enjoué de la directrice laissa place à un masque austère. Elle comprit soudainement que l'étrange personnage qui la menaçait était prêt à sacrifier sa propre vie pour celle qu'il aimait. Un romantique. Elle étouffa un sanglot. Qu'elle aurait aimé qu'un gentleman agisse de la même sorte pour elle. Oh, elle savait bien qu'elle faisait tourner les têtes, chavirer les cœurs et bouleverser les grands sensibles comme les durs à cuire. Mais aucun d'entre eux n'avait agi comme lui. Pas même son époux. Certainement pas son mari. La jalousie la consuma. Si cette traînée, comme elle la désignait dans ses pensées, avait droite à tant de bonté, pourquoi pas elle ?

Samantha n'avait pas flanché et semblait prête à lui désobéir quand elle sentit un éclair fulgurant réchauffer le côté de son crâne et griller quelques mèches de sa belle chevelure. Une odeur de cochon brûlé monta alors à ses narines et elle ne put qu'apercevoir l'énorme tache noire qui se trouvait sur l'un des tiroirs de l'armoire où reposaient une partie des prisonniers de Gorkham, celle-ci se cachant derrière un épais nuage de fumée, mais demeurant tout de même perceptible.

— Je ne plaisante pas, Madame Zandora.

— D'accord, d'accord, gémit-elle.

Puis elle éloigna la seringue de Rose.

Avant que ses doigts ne rencontrent un élément du mobilier où poser son arme, elle la sentit lui glisser des mains.

— Permettez, lui susurra le mystérieux prince charmant.

Avec délicatesse, il s'empara de la seringue et la tint du bout des doigts.

— Numéro quatre, rendez-vous utile et réactivez Archimède. Si la vie de votre directrice vous tient à cœur.

Le ventre de Samantha se souleva légèrement mais elle ne manifesta pas physiquement le moindre signe d'inquiétude. La directrice tenait à afficher une sérénité inébranlable en toutes circonstances.

Cependant, son gardien, loyal et bien dressé, ne lui donna aucune raison de douter de lui. Il acquiesça, se saisit de son tournevis et alla le placer dans la fine cavité située derrière le crâne du droïde. Il exécuta une légère rotation vers la droite et le robot se réanima. Comme s'il n'avait jamais été mis hors service. Seule la mémoire des instants qu'il avait manqués lui faisait défaut.

— Enchanté, Archimède. Je me présente, Edgar Stone, pour vous servir. Vous serez aimable de m'aider moi et Rose à nous évader.

Archimède ne dit rien. Il détourna le regard, comme s'il étudiait la requête venant de cet inconnu.

— Et bien, la dernière volonté de mon maître concernait le sort de Rose. Alors, je ne vois pas de raison de ne pas vous aider mais nous étions revenus pour réparer la montre.

— Je serai en mesure de l'arranger moi-même. En revanche, je suis navré, Archimède, je ne crois pas que nous pourrons sauver tout le monde.

La déception se dessina furtivement sur le visage du droïde, une créature de plus en plus sensible aux émotions qu'il croyait réservées aux humains.

— Je comprends. Je suis en mesure de calculer les probabilités que nous avons de quitter cette salle.

— Gardez vos statistiques pour vous, mon ami. Il ne faut pas donner de faux espoirs à notre ennemi.

Archimède acquiesça.

— Maintenant, Rose, viens vers moi. Au passage, Madame la directrice va te remettre ton bien, ta montre. Je te l'avais offerte, tu te rappelles ?

— Oui, mon amour, bien sûr que je me souviens, répondit-elle tout en ouvrant la paume de sa main.

À contrecœur, Samantha lui remit l'objet si précieux.

— Vous êtes aimable, la remercia Rose avec un sourire hypocrite, avant de s'écarter et de rejoindre Edgar.

La voyageuse du temps glissa ses mains le long du poitrail de celui dont le contact physique lui manquait tant et se blottit contre lui tout en se servant de son corps comme d'un bouclier.

— Et Richard ? demanda Rose à voix basse.

— On ne peut pas. C'est trop risqué. On va mettre fin à tout ça et il nous reviendra, d'accord ?

— D'accord.

— Tiens, prends la seringue, tu sais ce qu'il te reste à faire ?

— Avec plaisir.

Rose récupéra le psychotrope préparé par Samantha Zandora en vue de l'anesthésier et décida de le retourner contre son employeur. Elle se déroba de l'étreinte d'Edgar et se plaqua contre la directrice de Gorkham, à sa grande surprise avant de passer son bras gauche à hauteur de son cou et de serrer avec une pression suffisante pour lui faire comprendre qu'elle ne plaisantait pas. De son autre main, elle lui présenta l'aiguille.

— À la moindre embrouille, je pique. Compris ?

— Compris, répondit Samantha, sa voix perdant de son assurance habituelle.

— Vous, vous venez avec moi.

— Et vous, vous restez là, ordonna Edgar aux gardiens de prison. Sinon…

La mine défaite, ils se résignèrent. Pour le moment. Une fois que le petit trio se serait échappé, ils auraient tout le loisir d'entreprendre des recherches pour les arrêter.

— Votre lutte est vaine, ne put se retenir de pérorer Samantha.

Edgar et Rose ne répondirent pas, ils se contentèrent de se retirer en silence, accompagnés d'Archimède, déjà occupé à pirater le système et à reprendre le dessus sur Aristote. Par chance, ils avaient hérité du droïde le plus abouti et le plus perfectionné.

Une fois qu'ils se trouvèrent dans le couloir, Edgar s'adressa à lui.

— Archimède, mon ami, peux-tu verrouiller cette porte ?

— Bien sûr, Monsieur.

L'instant d'après, la porte coulissa et emprisonna les gardiens, les seuls dans l'immédiat à être au courant de leur tentative d'évasion.

— Ma chérie, décale-toi, je te prie.

Étonnée, la jeune femme n'oublia pas que son amoureux était armé et que même si elle relâchait sa prise, ils garderaient le contrôle sur Samantha. Ainsi, elle se retira.

La directrice n'eut pas le temps de savourer sa liberté nouvelle qu'un choc violent s'abattit à l'arrière de son crâne. Les murs tournèrent autour d'elle. Le plafond devint le plancher et le plancher le plafond. Enfin, ses yeux roulèrent dans leurs orbites et elle s'effondra.

— On ne pouvait décemment pas l'amener avec nous, se justifia Edgar qui tenait son pistolet par le canon.

— Et maintenant ? demanda Rose.

— On déguerpit. Et vite.

Chapitre XLII

Un gémissement émana de la bouche de Samantha. Il lui semblait venir d'outre-tombe. Des pas vibraient autour d'elle. Était-ce les anges de la mort qui venaient s'emparer d'elle ? La délivrance était-elle vraiment si douloureuse ? N'était-elle pas censée la soulager de la souffrance physique. Péniblement, elle rouvrit les yeux.

Je suis encore vivante. Les idiots, ils m'ont épargné. Ils n'ont pas eu le cran de m'achever.

Progressivement, les cinq sens lui revinrent.

Le toucher d'abord, grâce au contact de son corps sur le sol glacé de la prison

Ensuite, ce fut au tour du goût. Une amertume prononcée pimentait la salive qui s'agglutinait sous son palais.

Puis, l'odorat la rappela à la vie en lui remémorant le parfum nauséabond de la défaite.

Ce ne fut avant que la vue lui permette de voir ses cheveux tomber de chaque côté de son visage pour recouvrir ses mains posées à terre.

Enfin, l'ouïe refit son apparition par l'intermédiaire de la voix de l'un de ses sbires.

— Vous allez bien, Madame la directrice ?

Il n'attendit pas sa réponse et passa sa main sous son bras pour l'aider à se relever. L'un de ses collègues agissait de la même manière et, ensemble, ils la hissèrent pour la remettre debout.

Samantha grimaça avant de finalement les rassurer.

— Ça va, Messieurs, je vous remercie. Je crois que j'ai reçu un coup derrière la tête, rien de plus.

— Oui, vous saignez, fit remarquer l'un des deux. Il faut vous amener à l'infirmerie.

— Non, nous n'avons pas le temps, on verra plus tard. On doit retourner immédiatement à la salle de contrôle.

Avec tact, Samantha repoussa les deux gardes et rajusta sa robe pour faire disparaître les plis et retrouver de sa superbe.

— Je suis restée longtemps assoupie ?

— Un certain temps, nous sommes venus vous réveiller dès que la porte s'est ouverte.

— Je vois, Aristote a perdu une bataille contre son rival. Bien, alors écoutez-moi bien car je ne me répéterai pas. Vous deux, vous allez étudier les enregistrements vidéo et capturer des images permettant d'identifier clairement la fugitive et ses deux complices, ensuite, vous communiquerez leurs profils et toutes les informations que nous avons à notre disposition à Scotland Yard. Un avis de recherche doit être diffusé dans toute la ville. *Ensuite, on évoquera le cas de mon époux. Crois-moi Anatolis, je ne suis pas près de pardonner ta traîtrise.*

— Reçu, répondirent-ils en même temps.

— Vous deux, poursuivit-elle en désignant les deux autres gardiens qui se tenaient en retrait, venez avec moi, nous allons examiner de notre côté les vidéos qui filment les environs de la prison pour découvrir dans quelle direction débuter la poursuite.

— Reçu.

Et ils lui emboîtèrent le pas.

Un pas qui se voulait dynamique et exalté, chacun de ses talons cognant le sol avec violence, alors que les deux hommes s'efforçaient de ne pas se laisser distraire par les mouvements chaloupés de son bassin. Samantha Zandora n'aimait pas surprendre un regard déplacé à son endroit. Ils devaient l'idéaliser, et pour cela, le moindre écart était rigoureusement interdit.

Pendant qu'elle les guidait avec elle, ses méninges s'actionnaient pour enrayer la fuite de ses ennemis, mais surtout dans le but de retrouver cette montre si particulière.

— Ils vont essayer de réparer leur bijou. Nous allons devoir penser à la liste des ingénieurs ou des techniciens qu'ils pourraient contacter afin d'accomplir leur besogne.

— En général, quand une montre ne fonctionne plus, on va voir un bijoutier, suggéra un gardien.

— Ou un horloger, proposa le second.

— Oh, mais ce n'est pas n'importe quelle montre, pérora Samantha. Ceci dit, cela pourrait être une idée ! s'enthousiasma-t-elle brutalement alors qu'elle s'était apprêtée à écarter du revers de la main cette alternative.

Au même moment, Rose et Edgar sillonnaient la forêt qui s'étendait aux alentours de la prison et faisait office de frontière naturelle entre le secteur urbain et la zone rurale. Des hectares de verdure formaient une espèce de labyrinthe pour celui qui n'était pas doté d'une mémoire artificielle, comme ce fut le cas d'Archimède.

Désormais, il était clair que leur destin était intimement lié à celui de ce droïde, étant donné qu'ils n'étaient pas certains de pouvoir s'extirper de ce manteau verdâtre s'ils venaient à être séparés de leur curieux acolyte.

Soudain, il se figea devant un arbre relativement massif.

— Nous sommes arrivés, déclara-t-il. Voici le refuge.

Le refuge.

Ces deux mots, anodins en apparence, firent tressaillir Rose. Malheureusement, le moment n'était pas venu d'évoquer le souvenir auquel ils étaient associés dans son esprit. Elle s'abstint de tout commentaire et le laissa préciser sa pensée.

— Il s'agit de l'entrée du refuge de Maître Von Schnäbbel. Son antre secret. Son sanctuaire. La première de ses créations dans laquelle il s'abritait afin de laisser libre cours à sa créativité.

Dubitatifs, Rose et Edgar se dévisagèrent. Ils ne voyaient rien de plus qu'un arbre.

— Pour vous dire à quel point le maître me faisait confiance, je suis le seul en dehors de lui qui soit capable d'ouvrir le passage, expliqua-t-il. À l'intérieur de ce tronc, nous serons tranquilles pour un certain temps.

— Un certain temps seulement ? s'interrogea Edgar.

— Oui, Madame Zandora va nous traquer. Elle ne nous accordera pas le moindre répit, vous n'avez aucun doute à avoir à ce sujet.

— Alors, qu'attendons-nous ?

Archimède posa alors trois de ses doigts de la main droite à un endroit précis et deux de sa main gauche à quelques centimètres de là et il attendit.

Un léger grondement rompit le calme de la forêt plongée dans un sommeil nocturne. Rose recula la première, suivie par son compagnon. Enfin, les contours d'une porte apparurent et une partie du tronc se détacha de sa base. Un souffle se fit entendre et la porte fut repoussée vers l'extérieur avant d'être décalée sur la gauche.

Archimède avança puis il s'immobilisa au moment de pénétrer dans le quartier le plus intime du professeur Von Schnäbbel. Il se retourna et pointa du doigt ses deux complices.

— Nous entrons dans le laboratoire privé d'un grand homme. Je vous prierai de ne rien toucher ou déplacer sans vous être assuré de mon consentement au préalable.

Edgar comprenait parfaitement ce que cela signifiait. Il n'aurait guère apprécié que quelqu'un vienne fouiller dans son atelier et se l'approprie comme s'il était chez lui. Ce qu'un certain McCartigan ne s'était d'ailleurs pas gêné de faire. Mais cela, il n'en était pas vraiment conscient.

— Nous saurons nous tenir, je t'en fais le serment, le rassura Edgar.

Archimède acquiesça et pivota puis il disparut dans l'obscurité et descendit les marches de l'escalier métallique qui s'enfonçaient sous la terre.

— Si vous voulez bien me suivre.

Chapitre XLIII

D'autres que Samantha Zandora se seraient réfugiées derrière leur ordinateur et se seraient morfondues en se rongeant les ongles. Pas elle. Un conflit ne pouvait connaître son dénouement que lorsque sa victoire serait assurée. En attendant, une partie excitante avait été lancée. Et bien qu'elle ne l'exprimât pas à haute voix devant son personnel, elle ressentait une certaine forme d'excitation. Il y avait longtemps qu'ils n'avaient plus éprouvé l'adrénaline de la chasse.

Le système qui régissait le système carcéral national était bien rodé. Il n'y avait plus de tentatives d'évasion ni de problèmes internes dus à l'agitation des prisonniers. Ils dormaient tous paisiblement, correctement rangés dans des tiroirs qui s'emboîtaient parfaitement dans les encarts prévus à cet effet. L'ordre avait supplanté le chaos. Mais il avait également annihilé les sensations vertigineuses qui faisaient augmenter la tension artérielle des policiers ou des gardiens de prison ainsi que celle des fugitifs.

Il y avait bien longtemps que Samantha Zandora avait dû entrer en contact avec Scotland Yard afin de lancer une alerte. Désormais, elle savait que les dés avaient été lancés. Étaient-ils pipés ? Rien n'était moins sûr. Cela dit, la toile d'araignée qui se tissait dans la capitale n'offrait que peu de possibilités pour les fuyards de se fondre dans le décor, surtout quand l'un d'eux était vêtu d'une modeste toge et l'autre d'une tenue de prisonnière. Non, Samantha Zandora ne tremblait pas. Elle s'était fait surprendre et elle n'aimait guère cela mais elle n'avait pas abandonné l'idée de l'emporter. Loin de là.

Ainsi, elle avait pris l'initiative de contacter personnellement John Cook, le commissaire de Scotland Yard, depuis l'intimité de son bureau.

Une fois la connexion assurée, elle éloigna son index de son oreille et se figea, observant dans le même temps les images retransmises par nombreuses caméras de surveillance situées aux abords des centres commerciaux de la cité.

— Commissaire, merci de m'accorder une partie de votre temps si précieux.

Le chef de la police se racla la gorge.

— Madame Zandora, c'est la moindre des choses. Nous vous sommes tous redevables. Grâce à votre travail et à celui de votre mari, nous possédons un établissement renommé qui suffit à lui seul à dissuader les criminels d'écouter leurs instincts meurtriers. Si vous avez un problème, Londres a un problème. Et alors, nous sommes là.

— Tout de même, vous êtes bien aimable, commissaire, avoua-t-elle avant de laisser échapper un gloussement typiquement féminin. N'hésitez pas à me contacter sur ma ligne personnelle, si vous avez du nouveau. De notre côté, nous vous tiendrons au courant.

— Très bien, Madame Zandora. Sachez simplement que la fuite de ces trois suspects constitue notre priorité et nous mettrons tout en œuvre pour qu'ils soient sous les verrous d'ici ce soir.

— Mais le soleil ne s'est pas encore levé, commissaire.

Le commissaire esquissa alors une grimace. Samantha ne la vit pas mais elle la devina.

— D'après les informations que vous nous avez transmises, tout laisse à penser qu'ils vont chercher à quitter le pays et à rejoindre l'Eldorado. Pour cela, ils ont besoin d'argent, de moyens matériels, de temps et… D'intermédiaires. Il sera difficile de les appréhender avant l'aube, mais une chose est sûre, ils chercheront à réunir les ressources suffisantes leur permettant de déserter l'île.

Samantha sourit, elle avait omis sciemment le rapport sur la montre. Il y avait des détails qu'il valait mieux éviter de partager.

— Bien, je comprends, commissaire. Je compte sur vous.

— Vous pouvez dormir sur vos deux oreilles, Madame Zandora. Personne ne parvient à nous échapper.

À l'exception des personnages fortunés qui n'hésitent pas à corrompre des magistrats, dotés d'un pouvoir de décision qui dépasse ses simples fonctions de chef de la police locale et nationale.

— J'espère que votre efficacité sera à la hauteur de votre arrogance, Monsieur Cook. Maintenant, si vous permettez…

— Je ne vais pas vous importuner plus longtemps, le travail m'attend. Je vous tiens au courant dès que possible, Madame la directrice.

— Merci, commissaire.

Et la communication s'interrompit.

Pour autant, les yeux de Samantha n'avaient cessé de se promener d'un écran à l'autre. Les principales boutiques susceptibles d'offrir une aide cruciale à Rose, Edgar et Archimède n'étaient pas encore ouvertes. Mais la directrice avait dans l'idée qu'entrer par effraction dans un commerce ne les arrêterait pas. À vrai dire, elle n'attendait que ça. Qu'ils se mettent à la faute.

— Où vous cachez-vous mes petits lapins ? murmura-t-elle à sa propre intention, ne se doutant pas que la réponse allait lui être servie sur un plateau.

Tout à coup, une voix communiqua à l'intérieur de son oreille.

— Numéro zéro, le chef du service de garde demande à être reçu, Madame la directrice.

— Faites-le entrer, Elysa, répondit-elle au logiciel conçu pour gérer tout l'aspect logistique de l'enceinte.

Dans la foulée, la porte s'ouvrit et le gardien apparut.

— Madame, je viens vous remettre un rapport. Nous avons du nouveau.

— Je vous écoute, numéro zéro.

— Comme vous nous l'avez ordonné, nous avons envoyé une patrouille de détectoïdes, les petits drones ont survolé les alentours de la prison et ils ont remarqué des empreintes thermiques se dirigeant vers la forêt. Malheureusement, ils n'ont pas réussi à les pister dans les bois. Toutefois, nos petits détectoïdes sont dotés de certaines capacités et ils ont décelé des indices de chaleur inhabituels en cette contrée. Ainsi, ils ont survolé la forêt et ont scanné le périmètre dans son ensemble en se séparant afin de collecter des données topographiques sur chaque partie du terrain boisé.

— Venez-en au but, numéro zéro. Qu'ont-ils découvert ? l'interrompit-elle.

— Eh bien, il existe une sorte de souterrain qui s'étend sur des dizaines de kilomètres. Sur le moment, les détectoïdes n'ont pu qu'en analyser un fragment. Vous pourrez trouver le compte rendu dans votre messagerie.

— Est-il possible de procéder à un scan plus précis ?

— Oui, mais nous attendions d'obtenir votre approbation pour envoyer des drones plus perfectionnés, avec une meilleure autonomie et surtout qui sont plus imposants.

— Et donc moins discrets, résuma Samantha.

— En effet.

— Ne bougez pas.

La directrice pivota et se retourna vers son écran. Elle consulta aussitôt ses messages et étudia les données fournies par les détectoïdes. Les ingénieux petits volatiles électroniques avaient mis en relief l'existence sur plusieurs niveaux d'une sorte de gigantesque laboratoire secret.

— Cela ne peut être que le fruit du travail du professeur Von Schnäbbel, pensa-t-elle à voix haute. Quel filou, ce vieux cochon de Teuton ! Il nous avait caché un véritable bastion, juste là, sous notre nez. Quel culot !

Samantha gloussa à plusieurs reprises, estomaquée par l'audace du scientifique allemand que son mari avait recruté il y a déjà de longues années. Puis lorsqu'elle se fut remise de ses émotions, elle reporta son attention vers le garde.

— L'heure n'est plus à la subtilité. Ce scan ne nous permet pas de repérer avec exactitude l'entrée du laboratoire. Agissez sans plus tarder, numéro zéro. Dès que nous aurons un schéma détaillé et complet du bunker du professeur, nous lancerons l'assaut, expliqua Samantha.

Ils n'ont aucune chance de nous échapper. La montre doit me revenir.

Chapitre XLIV

Au-dessus de leurs têtes, entre les parois du tronc de l'arbre, le vide les contemplait alors qu'ils descendaient des marches métalliques tout en s'agrippant à la rampe latérale prévue pour faciliter les montées et les descentes dans cet escalier relativement abrupt. Autour d'eux, ils ne voyaient rien d'autre que de la terre. Seules des racines émergeaient parfois et venaient offrir un peu de variété au décor. Sans mot dire, ils suivaient Archimède qui semblait très bien savoir où aller. En outre, ils n'avaient d'autres possibilités que de descendre. Encore et encore.

Les escaliers ne cessaient de former des virages en angle droit. Ainsi, Rose et Edgar se demandèrent jusqu'où ils allaient plonger dans les entrailles de la terre. Cette réponse leur fut donnée lorsqu'ils arrivèrent à un seuil où au lieu de rencontrer un virage, ils débouchèrent sur une passerelle qui faisait office de pont.

Edgar se pencha par la rambarde et sentit son ventre le tourmenter lorsqu'il comprit qu'ils marchaient temporairement au-dessus d'un précipice qui était bien trop obscur pour qu'il puisse en apercevoir le fond et en deviner la profondeur. Et cela, malgré l'éclairage diffusé par des diodes situées sur toute la longueur du passage. Le professeur avait visiblement pensé à tout. Une fois sa curiosité assouvie et son malaise apaisé, Edgar se redressa pour constater que, de l'autre côté, les attendait une cavité de la forme d'une porte et taillée dans la pierre.

Alors, il se remit en route, sachant que ni Archimède ni Rose ne s'étaient arrêtés. Il vint se placer gracieusement dans le dos de sa dulcinée au moment d'atteindre l'entrée vers le sanctuaire d'un esprit ingénieux et visiblement sous-estimé.

Les trois fuyards débouchèrent dans une salle de forme circulaire dont les murs avaient été pavés de planches de bois.

Ainsi, ils retenaient la terre et ils offraient des prises pratiques. En effet, des étagères mais aussi des panneaux recouverts de plans, de dessins et de schémas les garnissaient.

Fasciné de pouvoir entrer dans le crâne d'un autre homme, mais surtout d'un autre inventeur, il se fraya un chemin entre Rose et Archimède en posant successivement ses mains sur leurs épaules. Il fit abstraction du centre de la pièce et alla directement s'épancher devant les croquis de quelques-unes des créations du scientifique allemand.

— Je croyais que votre professeur était un médecin, avoua-t-il.

— Oh, il était bien plus que ça, lui confirma le droïde. Il travaillait en tant que tel pour Madame Zandora mais il était bien plus qu'un docteur.

Soudain, les yeux d'Edgar s'écarquillèrent.

Stupéfait, il se retourna et fixa Archimède.

Spontanément, le robot comprit la raison de son désarroi.

— Oui, c'est bien moi. Voici les différentes couches qui représentent mon anatomie. Il s'agit d'un souvenir qui tenait à cœur à mon maître. Ainsi, il l'a affiché ici. Vous devez savoir que nous nous trouvons au premier niveau. Cette pièce est relativement petite et modeste. Pourtant, c'était celle dans laquelle il passait le plus clair de ses nuits, du moins lorsqu'il ne se trouvait pas dans la prison. Un jour, il m'a dit que chacune de ses créations était née d'une idée qui lui était venue à l'esprit dans cet endroit. C'était ici qu'il venait puiser son inspiration.

Pendant qu'il avait fourni quelques explications, Rose avait pris la liberté de se promener entre les armoires remplies de documents et le bureau principal sur lequel étaient encore exposés ces derniers projets.

— Malheureusement, nous n'avons pas le temps de visiter les lieux. Je dois m'installer dans un endroit calme et sûr où je pourrai examiner la montre et, éventuellement, la réparer.

— Bien sûr, nous allons devoir descendre.

Perplexes, Rose et Edgar se dévisagèrent. Ils avaient pourtant l'impression de se trouver dans une impasse. Archimède se rendit au cœur de la pièce et mit fin au mystère. Il se plaça devant une petite installation métallique qui grimpait jusqu'à la taille et qui formait une espèce de cercle. Une fois à sa hauteur, le droïde glissa ses mains dessus, appuya sur un bouton et ouvrit une sorte de portique puis il entra à l'intérieur et referma le dispositif derrière lui.

— S'agit-il d'un ascenseur ? demanda Edgar.

— En quelque sorte. Mon maître les a qualifiés de descendeurs. Si vous voulez bien prendre place, dit-il en désignant de la main le deuxième descendeur.

— Il en avait prévu deux ? s'interrogea Edgar, curieux.

— Au début, il y en avait un. Après ma conception, il a décidé d'en installer un deuxième. J'étais son assistant, je l'accompagnais dans la plupart de ses tâches. Toutefois, vous devriez pouvoir rentrer à deux.

— Il va falloir te blottir contre moi, Edgar, susurra Rose à son cher et tendre pendant qu'il ouvrait le portail.

— Une fois que vous êtes à l'intérieur, baissez les yeux et vous allez apercevoir un écran dévoilant plusieurs niveaux. Choisissez le moins deux et rejoignez-moi en bas. Bonne descente et accrochez-vous bien à la rambarde.

Le droïde sourit alors. Il était plus malicieux que ce qu'Edgar aurait pu imaginer de la part d'une telle créature.

Ensuite, il fut aspiré par le sol et il disparut. Une ouverture se fit dans le plancher, permettant au descendeur de chuter, avant de se refermer dès que la tête d'Archimède fut hors de portée.

— À notre tour, ma chérie, tu veux bien, glissa Edgar à sa compagne.

D'une main, elle s'agrippa à la balustrade et de l'autre, elle enlaça Edgar, soulagée de pouvoir compter sur son soutien en ces moments critiques.

Enfin, elle l'observa pendant qu'il glissait son doigt sur l'écran tactile.

Il choisit le niveau recommandé par Archimède et ils sentirent un haut-le-cœur lorsque le descendeur démarra. L'engin prit de la vitesse progressivement et ils se retrouvèrent rapidement en dessous du rez-de-chaussée.

Émerveillé, Edgar leva la tête et aperçut la surface souterraine qui hébergeait l'abri secret du professeur. De son côté, Rose penchait la tête au-dessus du vide et constatait qu'ils flottaient dans une espèce de cavité située entre deux nappes de la terre. Elle osait à peine imaginer que le docteur ait pu creuser à lui tout seul une telle quantité de terrain. Elle écarta les questions de logistique, se doutant bien qu'Edgar s'efforcerait d'y répondre, et elle essaya de distinguer les premiers signes de présence humaine sous leurs pieds.

Au bout de quelques secondes, elle aperçut une coquille de couleur magenta émerger des couches de roches et de pierre qui se superposaient à cette distance sous la surface de la terre. Elle étrécit les yeux et elle vit un passage s'ouvrir avant d'engloutir Archimède.

Ils continuèrent de chuter en silence à la verticale et un deuxième portail s'écarta pour leur permettre d'entrer à l'intérieur. Le descendeur ralentit ensuite sa course et ils eurent le temps d'observer l'intérieur de l'édifice.

— Nous sommes au niveau moins un, fit remarquer Edgar.

— En effet, qui aurait pu croire que des plantes pourraient croître dans un tel environnement ? s'extasia Rose en admirant la végétation luxuriante qui s'épanouissait dans une serre géante.

— Le génie de cet homme dépasse l'entendement.

— Tu as tendance à oublier que toutes ces évolutions ont été permises grâce à tes propres découvertes.

— Grâce à mes vols de propriété intellectuelle, tu veux dire, rectifia Edgar.

Rose ouvrit la bouche pour le défendre mais il riposta aussitôt.

— J'ai triché, Rose, j'ai triché. Mon échec m'a blessé dans mon orgueil alors j'ai trouvé un moyen de contourner la réalité, je n'ai pas réussi à supporter le fait que je n'avais pas réussi. J'étais la risée de Londres. Je…

— C'est du passé, mon amour. Je suis certaine que tu n'as jamais pensé à faire le mal.

— Non, c'est sûr, reconnut-il sans conviction. Mais, une fois de plus, j'ai…

Ne redis pas ça, ne le redis pas, je t'en supplie !

— J'ai échoué.

— Tu…

— Rose ! Ne te voile pas la face ! L'homme que tu aimes est une imposture ! Regarde ce qu'a créé le professeur Von Schnäbbel, dit-il en désignant les fleurs qui illuminaient les jardins de la serre avec les couleurs vives de leurs pétales, il ne le doit qu'à lui-même. Certes, il a hérité de connaissances et de principes mais l'utilisation qu'il en a faite par la suite, il ne la doit qu'à lui-même. C'est un génie ! Un véritable génie !

— Mais toi aussi, tu en es un !

Edgar haussa les épaules et détourna le regard, préférant se noyer dans la beauté des créations du docteur allemand.

— Je t'assure. Tu t'es peut-être fourvoyé en utilisant les inventions futures mais tu as mis au point une montre qui permet de voyager dans le temps. Personne d'autre n'a accompli une telle prouesse. Il s'agit de l'un des plus grands mystères de la science des hommes, et toi, tu l'as vaincu, comme ça, dit-elle en claquant des doigts. Et tu t'es laissé dépasser par les promesses qu'ils offraient, par la perspective d'améliorer notre monde. Tu n'as pas échoué, Edgar, tu t'es trompé, voilà tout. Même les esprits les plus brillants peuvent s'égarer. Aurais-je pu aimer un homme qui préfère vivre une chimère plutôt qu'affronter la réalité ? Certainement pas. Aurais-je pu aimer à la folie un homme qui met sa propre vie en jeu pour venir sauver la mienne ? Oh que oui. Un homme qui me fait suffisamment confiance pour me confier son dernier bien afin de réparer ses fautes ? Sans aucun doute. Edgar Stone, tu te méprends sur la valeur de ta personne. Ne baisse pas les bras, pas maintenant.

— Je n'abandonnerai pas Rose, tu le sais bien. Mais…

Edgar était sur le point de répondre lorsqu'ils quittèrent le niveau moins un. Leurs yeux qui s'étaient fixés intensément jusque-là s'éloignèrent et découvrirent le plafond verni d'un revêtement ocre à l'étage où ils croyaient terminer leur parcours. Leurs mains s'éloignèrent et chacun se tourna pour admirer la vue. Des étals de travail s'étendaient à perte de vue. Des prototypes de droïdes semblaient traîner un peu partout. Le laboratoire du professeur ressemblait à un désordre monumental. Microscopes, becs bunsen, outils de manutention et matériel scientifique s'étendaient à perte de vue.

Le descendeur ralentit sa course et se posa.

Archimède les attendait.

— Bienvenue à l'atelier principal, les accueillit-il sur un ton formel.

Chapitre XLV

Les mains posées sur les hanches, Samantha patientait en compagnie de ses gardiens dans la salle de contrôle. Ses yeux ne parvenaient pas à se détacher de l'écran principal qui diffusait en direct les retransmissions vidéo émises par les drones dépêchés pour scanner la forêt, mais surtout pour dévoiler l'évolution en direct de l'analyse.

Le schéma commençait sur la partie supérieure avec l'apparition de profil de la couche représentant la végétation, suivie de la première nappe terrestre. Ensuite, à partir d'un certain point se trouvait le début d'une construction métallique. Toutefois, les détails restaient encore un peu flous pour que l'entrée du laboratoire se dessine concrètement. Le processus afficha par la suite le reste de l'édifice qui s'étendait en profondeur et s'étirait sur une longueur stupéfiante. Sa superficie devait se mesurer en kilomètres carrés. Le logiciel de détection leur procurerait bien le résultat mais, à dire vrai, Samantha ne se souciait guère de ce genre de données.

Crispée, elle attendait que la résolution s'améliore et que l'ensemble du complexe ne fournisse plus aucun secret pour elle et ses hommes. Grâce au haut niveau de technologie des équipements mis à la disposition de Gorkham, Samantha n'eut pas à patienter bien longtemps.

Quelques secondes plus tard et l'architecture du bastion privé d'Hermann Von Schnäbbel n'avait plus rien de mystérieuse.

La directrice se pencha en avant et pointa du doigt un arbre en particulier.

— L'entrée se trouve là.

Puis, elle se tourna vers numéro zéro.

— Je vous donne cinq minutes pour préparer et briefer vos hommes, ensuite nous partons à l'assaut de cette forteresse souterraine.

Troublé, numéro zéro acquiesça. Il hésita alors qu'il sentait le poids de son regard inflexible peser sur lui.

— Il y a un problème, numéro zéro ?

— Je… J'ai cru comprendre que vous venez avec nous. Il s'agit d'une mission de terrain. De surcroît, on ne peut pas tous quitter la prison.

— Oui, vous avez raison. Je vais vous confier la responsabilité de Gorkham, vous opérerez depuis le poste de contrôle et vous ne manquerez pas de nous guider et de nous orienter. Chacun de vos hommes est équipé d'une oreillette, n'est-ce pas ?

— Oui, Madame… *Mais…*

— Bien, alors soyez à la hauteur, numéro zéro car je n'accorde ma confiance à un tel stade qu'une seule fois. Si vous me décevez, vous serez destitué de vos fonctions, compris ?

— Reçu, Madame la directrice !

Samantha esquissa un mince sourire.

— C'est mieux, numéro zéro. Je préfère cette attitude.

Aussitôt, numéro zéro fit réunir ses hommes et leur adressa un ultime rappel des consignes à respecter et du matériel militaire à emporter.

Pendant ce temps-là, Samantha les abandonna et se dirigea vers son bureau. Elle marcha d'un pas rythmé et dynamique car le temps pressait mais elle ne pouvait pas se permettre de courir.

Une fois à l'intérieur, elle verrouilla l'accès et se dirigea vers une armoire. Elle ouvrit la première porte et fit un rapide tour des vêtements suspendus à sa penderie personnelle. Samantha Zandora ne pouvait décemment pas partir à la chasse aux fugitifs dans une tenue aussi peu seyante. Si elle se sentait irrésistible, moulée dans cette robe serrée, elle ne pouvait éviter une certaine forme de compression et un manque d'aisance pour partir faire une promenade sportive dans les bois.

Déterminée, elle ne gambergea pas, elle se saisit d'un cintre et posa l'uniforme de circonstance sur son bureau puis elle se plaça devant un miroir fixé sur une porte de l'armoire. Elle se tourna légèrement de manière à pouvoir atteindre la fermeture éclair qui se trouvait dans son dos puis elle retira ses bras, faisant jaillir dans le même temps sa poitrine voluptueuse. Ensuite, elle fit glisser sa robe le long de sa chute de reins, libérant ainsi les formes exquises et savoureuses qui faisaient palpiter le cœur de nombre d'hommes.

Enfin, elle la fit tomber à ses chevilles et se détacha de son emprise en faisant passer ses talons par-dessus la relique du chagrin qu'elle éprouvait depuis de trop longs mois.

Soudain, elle fit le rapprochement et comprit qu'elle n'avait porté uniquement du noir depuis la mort prétendue de son mari. L'heure du renouveau était enfin arrivée. Elle baissa furtivement les yeux sur la robe qu'elle affectionnait tant et se jura qu'elle ne la porterait plus.

Je souhaite que tu t'étouffes dans la tombe dans laquelle je vais t'enfermer lorsque je te retrouverai, vomit-elle dans ses pensées intimes. *Le deuil, c'est terminé mon cher Anatolis.*

Habillée de collants et d'une simple culotte en dentelle noire, elle se dirigea vers le bureau et se hâta de changer de tenue. Elle ôta ses talons puis ses bas et s'empara du pantalon traditionnel porté par les gardiens de la prison afin de l'enfiler à son tour.

À vrai dire, il s'agissait d'une tenue qu'elle avait déjà étrenné par le passé, à l'époque où elle n'était pas encore la directrice mais où elle souhaitait déjà s'impliquer dans la vie carcérale.

Ensuite, elle enfouit sa poitrine derrière un tricot de peau blanc avant de mettre le pull bleu marine qui convenait, puis elle enfila en dernier un gilet renforcé.

Avant de retourner auprès de ses hommes, elle se rendit une dernière fois devant l'armoire et détacha ses cheveux. Fini le chignon. Elle noua fermement ses cheveux afin qu'ils ne viennent pas la déranger et forma une queue-de-cheval qu'elle laissa retomber derrière sa nuque.

Samantha se jeta un regard empli de noirceur et de haine pour se rassurer de sa motivation, puis elle se baissa pour récupérer les rangers déposés au bas du meuble.

Une fois prête, il ne lui manquait plus qu'à s'équiper.

Un passage rapide à l'armurerie et elle serait outillée pour partir à la recherche des fuyards.

On ne s'enfuyait pas de Gorkham. Pas sans que Samantha Zandora ne vous y autorisât. Et elle n'accordait son consentement à personne. Quand bien même un individu pouvait être innocenté.

Chapitre XLVI

Rose venait de se parer de la blouse que le droïde lui avait dégottée. Elle ne trouvait pas le vêtement réellement agréable sur le plan esthétique mais c'était nettement plus confortable qu'une tenue de bagnarde. Pendant ce temps, Edgar s'apprêtait à opérer.

Assis devant une table, la montre en partie désossée devant lui, l'inventeur dévisageait Archimède avec un air circonspect.

— Tu veux vraiment que j'enfile ceci sur ma tête ? demanda-t-il en faisant référence au masque optique qu'il tenait entre ses doigts.

— Oui, Monsieur Edgar, cela vous aidera à y voir avec clarté. Votre création est composée de pièces de taille extrêmement réduite.

— De mon temps, je travaillais avec une loupe, soupira l'inventeur capricieux.

— J'ai bien peur que plus personne n'ait recours à ce genre d'instrument.

— La faute à qui ? À moi, je présume, glissa Edgar avec malice et autodérision. Bien, si je n'ai pas le choix.

Décontenancé, il approcha de son visage, ce qui ressemblait au bulbe d'une méduse flasque et dégonflée, dépareillée de ses filaments. Il l'étudia quelques instants avant d'oser la placer au-dessus de ses cheveux.

— Archimède, vous êtes sûr qu'il n'y a rien à craindre.

— N'ayez pas peur, j'ai vu mon maître s'en servir à maintes reprises, dit-il en lui prenant l'objet des mains. Tenez, laissez-vous faire.

Le droïde l'enfila à sa place sans qu'Edgar n'ait eu le temps de protester. Des ventouses disposées sur tout le pourtour intérieur du masque vinrent s'attacher à son crâne, malgré sa chevelure dense. Ensuite, sous le regard stupéfait de Rose, l'appareil se gonfla et des lumières d'une clarté pure éclairèrent le masque. Les principales nuances de couleurs qui pouvaient orner la palette d'un peintre se succédaient jusqu'à ce que la couleur rouge finisse par se stabiliser au détriment des autres.

Fascinée, Rose admira ce spectacle insolite. Des nuances de rouge semblaient flotter tout autour de la tête de son compagnon.

— Qu'est-ce que cela veut dire ? demanda-t-elle à Archimède.

Son fidèle serviteur ne daigna pas la regarder dans les yeux, trop occupé à surveiller Edgar Stone, mais il lui répondit avec un flegme déconcertant.

— Le masque est connecté au système neurologique de son porteur. Des capteurs sensoriels détectent les émotions qui émanent du cerveau. La couleur risque de varier selon l'état psychique de votre ami.

— Et que signifie la couleur rouge ?

Archimède resta de marbre.

— Cela dépend de l'individu, mais d'après l'échelle de compréhension des statuts émotionnels élaborée par mon maître, elle symbolise en premier lieu la passion. Mais suivant les nuances qui la caractérisent, elle peut évoquer la détermination, l'amitié, l'amour ou l'ambition, entre autres.

Rose esquissa alors une moue admiratrice.

— Que dois-je faire maintenant ? les interrompit Edgar.

— Il vous suffit de penser, Monsieur. Imaginez que vous voulez que les lentilles optiques augmentent la résolution de l'écran et elles obéiront à votre requête. Il s'agit de l'un des premiers outils à avoir libéré les capacités télépathiques de l'être humain. Maintenant, c'est à vous de jouer.

Edgar acquiesça et s'empara d'une pince que le droïde avait mis à sa disposition et il se pencha vers la carcasse exposée à l'air libre.

Il souffla et l'inséra au milieu du mécanisme qu'il avait déjà en partie désamorcé. Son instinct l'incitait à vérifier les pièces maîtresses qui permettaient à la montre de s'affranchir des limites fixées par l'espace et le temps.

Il porta à la hauteur de ses yeux une première pièce et songea aux consignes fournies par Archimède.

Zoom, pensa-t-il.

Aussitôt, sa vision se modifia et se grossit. Il put alors observer le convecteur temporel sous toutes ses coutures. La précision était optimale et le rendu stupéfiant. Dire qu'il avait quémandé une loupe !

— Non, le problème ne vient pas de toi, mon ami, marmonna-t-il.

Et encore heureux ! Sinon, je ne suis pas sûr que j'aurais pu arranger le problème.

Pendant que Rose et Archimède guettaient le moindre de ses gestes, il réimplanta avec soin le convecteur dans son emplacement d'origine et décida d'examiner une autre pièce. Celui qui captait l'énergie nécessaire au fonctionnement du dispositif. Le prisme interdimensionnel. Du moins tel qu'il l'avait conceptualisé.

En réalité, il s'agissait d'une pierre de Lune taillée sur mesure.

Avec tact, Edgar la retira.

Zoom.

Si le masque dissimulait la partie supérieure de son visage, il n'empêchait pas Rose de reconnaître quelques-unes de ses expressions faciales et notamment le durcissement de ses joues et de sa mâchoire lorsqu'il se crispait.

Il tourna lentement le prisme et observa méticuleusement chacune de ses faces.

— Le prisme interdimensionnel ne fonctionne plus, conclut-il, l'amertume teintant perceptiblement le ton de sa voix. Il faut impérativement le remplacer. La pierre a perdu de son éclat, certainement à cause de l'utilisation excessive qui en a été faite.

Dépité, il retira le masque qui se dégonfla spontanément et retrouva son aspect originel. Sans savoir s'il affectionnait réellement ce masque, fruit de l'imagination d'un autre esprit torturé, il le remit à Archimède en le remerciant pour son amabilité puis il se tourna vers Rose.

— Tiens, ma chérie, tu peux garder la pierre comme un souvenir de notre quête et la porter autour de ton cou. Ne te méprends pas, elle a une valeur inestimable à mes yeux, précisa-t-il. Comme toi.

— Je n'en doute pas, mon intrépide savant fou, le rassura-t-elle en refermant ses doigts sur la pierre de Lune. Lorsque j'aurai le temps, je la ferai apprêter par un bijoutier.

Edgar lui rendit son sourire, soulagé de voir que toute cette aventure n'avait pas brisé le lien qui l'unissait à celle qu'il aimait par-dessus tout. Ensuite, il s'enquit d'Archimède.

— Archie, débuta-t-il, alors qu'il commençait à s'attacher à celui qu'il peinait à considérer autrement que comme l'un des leurs, rassurez-moi, est-ce possible de se procurer une pierre de Lune à Londres en cette époque ? Je tiens à vous rappeler qu'aucune réponse négative ne sera tolérée alors réfléchissez bien à ce que vous allez dire !

— Je vais me connecter au réseau de la ville et effectuer une rapide recherche. Veuillez patienter, Monsieur Edgar.

Conciliant, Edgar opina. Mais il n'eut pas le temps d'attendre la réponse du droïde que son visage se durcit. Une sirène retentit et hulula dans l'intégralité du complexe alors que les néons fixés au plafond se mirent à clignoter et à diffuser une lumière rouge.

Rien de rassurant.

— Je suis désolé, Maître. Je vais devoir reporter cette tâche. Une tentative d'effraction a été signalée. Je suis confus, c'est la première fois que cela se produit.

— La directrice de la prison. Elle nous a repérés.

— Je ne pensais pas qu'elle serait aussi rapide, se confondit Archimède.

Il tendit un doigt, leur demandant de patienter et il ouvrit la bouche, le regard fuyant tout contact visuel.

— Ordinateur principal, je veux un rapport en direct de l'intrusion.

Aucune voix ne lui répondit mais des petits pas se firent entendre derrière eux. Le bruit d'une trappe placée dans le mur qui se referme résonna, ce qui attira leur attention.

Ensuite, ils le virent.

Un cafard. Mais pas n'importe quel cafard. Un cafard cybernétique. Comme Archimède. Sauf que celui-ci n'avait pas été doté d'un revêtement imitant la silhouette naturelle des insectes de son genre.

Le cafard crapahuta pour se figer devant Archimède et une lumière émana de son dos.

— Il s'agit d'un hologramme, expliqua Archimède.

Bouche bée, Edgar se leva de son siège et assista, en silence, au spectacle qui reflétait la scène filmée par le dispositif de surveillance du professeur Von Schnäbbel.

Une explosion avait retenti à la surface et avait mis à nu l'habillage fait de circuits électroniques, de métal et de câbles qui se cachait derrière le camouflage du tronc qui servait de porte d'entrée au refuge. Un nuage épais les empêchait d'apercevoir le visage de leurs assaillants.

À mesure qu'il se dissipait, Rose et Edgar écarquillèrent leurs yeux alors qu'Archimède demeura stoïque. Les traits féminins de Samantha Zandora apparurent au grand jour. Vêtue d'une tenue de combat, elle avait osé s'éloigner de sa prison et prendre les armes.

À ce moment-là, ils comprirent qu'il ne s'agissait pas d'une simple gérante d'un établissement pénitentiaire.

Non, ils voyaient devant eux un véritable prédateur.

Il ne fallait pas se fier à son sourire enjoliveur et à ses petits yeux en amande qui pouvaient vous donner l'impression qu'elle servait une cause juste et noble.

— Nous devons partir, suggéra le droïde comme s'il n'y avait aucune autre possibilité.

Alors qu'Edgar envisageait déjà de se battre par la seule force de ses bras, Archimède avait déjà imaginé leur retraite.

— Est-ce possible ? Nous ne pourrons pas remonter à la surface, non ?

— Pas par le chemin que nous avons emprunté, en effet. Si vous voulez bien me suivre, nous allons encore devoir nous hâter, dit-il en se plaçant à l'intérieur du descendeur.

Edgar hésita dans un premier temps mais Rose, plus téméraire que son compagnon, le prit par la main et l'attira dans le second descendeur.

Une fois à l'intérieur, elle ouvrit la paume de son autre main.

Perplexe, Edgar arrondit les yeux.

— Ton arme, mon chéri.

Edgar fronça les sourcils, peu enclin à lui confier un objet censé apporter la mort et la destruction.

— Écoute, on ne va pas tergiverser. Tu sais très bien que de nous deux, c'est moi le méchant flic, je n'hésiterai pas à me salir les mains, contrairement à toi. Donne, ordonna-t-elle.

Edgar soupira mais il céda à sa demande. Il récupéra le pistolet qu'il avait planté entre son pantalon et le bas de son dos puis le lui remit.

— Merci, tu as pris la bonne décision, affirma-t-elle avant de se hisser sur la pointe des pieds et de lui glisser un baiser.

Archimède attendit avec patience qu'ils en aient terminé avec leur petit numéro de couple et il s'adressa de nouveau à eux.

— Direction le niveau moins cinq. Maintenant.

Chapitre XLVII

Samantha tenait fermement la crosse de son pistolet à deux mains pendant qu'elle avançait avec précaution au milieu de sa formation d'hommes. Prudente et superstitieuse, elle n'avait pas souhaité se placer aux avant-postes. Pourtant, elle sentait l'excitation grandir en elle, telle une flamme qui s'enorgueillissait à mesure qu'elle rougissait et s'épanouissait.

— Que tout le monde s'arrête ! ordonna-t-elle lorsqu'ils arrivèrent de l'autre côté de la passerelle.

Les gardiens de prison qui ressemblaient désormais à des soldats obéirent promptement. Le bruit de leurs bottes qui résonnait contre le métal froid du pont cessa et on n'entendit plus que le murmure malicieux d'un courant d'air.

— Numéro douze et numéro treize, partez en éclaireurs !

Dociles, bien formés et insensibles à la peur, les deux hommes s'exécutèrent.

Leurs pistolets brandis à hauteur de leurs épaules, ils s'éloignèrent progressivement du reste de la cohorte. Un pas après l'autre, ils creusèrent un fossé non négligeable avec leurs équipiers jusqu'à ce qu'ils disparaissent dans la cavité qui abritait le premier niveau du laboratoire du professeur Von Schnäbbel.

La veilleuse se ralluma dès qu'elle détecta du mouvement à l'intérieur. Ainsi, leur tension s'accéléra légèrement. Leurs yeux parcoururent les moindres recoins de la salle et ne virent rien d'autre que de la paperasse et du matériel technologique à la pointe. Ils voyaient là l'antichambre d'un chercheur. Rien de plus. Ils déshabillèrent du regard les croquis des futurs droïdes lorsqu'ils ne relevaient encore que du stade du virtuel et du fantasmagorique.

Puis, ils se figèrent et se retournèrent quand un son subtil mais bien audible sembla remonter du bas vers le haut.

Les descendeurs.

Ils retrouvèrent leur place d'origine.

Sans se concerter, les deux hommes s'approchèrent pour les inspecter et il ne leur fallut pas longtemps pour comprendre l'utilité du dispositif.

Enfin, ils baissèrent leurs armes.

— Il n'y a rien à craindre, conclut numéro douze.

— Je vais prévenir Madame Zandora, ajouta numéro treize.

Numéro douze acquiesça, maintenant malgré tout sa prise sur son pistolet. Le temps que son collègue aille rameuter les renforts, il porta le bracelet qui se trouvait accroché à son poignet. S'il était doté d'un cadran, il n'avait pas pour fonction d'indiquer l'heure. Il dévoilait, entre autres, la température, de nombreuses informations sur la qualité de l'air et sa concentration en oxygène. Mais pour ce qui concernait numéro douze, il faisait également office de scan thermique et pouvait déceler des zones qui recelaient d'une activité anormale.

En l'occurrence, il observait des taches rougeâtres tout autour de lui. Sur le moment, cela ne l'étonna guère au vu de l'équipement perfectionné utilisé par le professeur Von Schnäbbel. En revanche, un détail lui mit la puce à l'oreille.

Ils bougeaient, ils semblaient se rapprocher des murs et se mettaient à grouiller.

Soudain, il fut rattrapé par le bruit des gardiens qui envahissaient la pièce, escortant avec vigilance leur meneuse.

— Attendez ! Je crois que nous avons un problème !

La directrice n'eut pas le temps de digérer l'alerte qu'une explosion les secoua. Tous, sans la moindre exception. Ils tombèrent à terre, ébranlés par le choc qui provenait de derrière eux.

Réactive, Samantha se releva aussitôt et voulut rebrousser chemin. Cela, malgré l'épais nuage de fumée qui obstruait le passage.

Toutefois, une main osa la retenir et la rattrapa par la manche de son gilet de protection.

Le courant d'air balaya alors la brume et Samantha aperçut le vide qui se trouvait en lieu et place de la passerelle.

Un pas de plus et elle accomplissait le saut de l'ange.

— Merci, parvint-elle à bafouiller avant de reculer.

Ce n'est qu'à ce moment-là qu'elle les entendit.

Ils étaient tout petits, mais ils étaient agiles, rapides et insaisissables.

Des cafards. Partout.

Ils rampaient le long des murs et pouvaient même se trouver la tête à l'envers en venant occuper le plafond de la salle. De petites diodes vertes clignotaient sur leur dos, trahissant une activité suspecte.

Brusquement, Samantha vit rouge. Une colère violente scintilla dans la lueur de ses yeux et un besoin impulsif d'éliminer ses opposants prit le dessus sur la raison.

Elle se plaça en plein cœur de la salle et brandit son arme et cibla calmement l'un d'entre eux.

— Je vais tous vous dérouiller, saletés de bestioles ! vociféra-t-elle.

— Attendez ! osa l'interrompre numéro douze en baissant son bras.

Le visage de Samantha se tourna brutalement vers lui et l'expression qui le déformait l'invitait à se justifier rapidement et avec pertinence.

— Regardez, Madame la directrice. Ces cafards semblent contenir des charges explosives. Si nous leur tirons dessus, cela va entraîner une série retentissante de détonations. Et dans un endroit aussi restreint, je crois qu'il est inutile de vous dévoiler les conséquences de l'impact sur nos vies.

— Je vois.

Non, elle ne voyait pas vraiment. Elle était surtout contrainte, pour sa propre vie, de taire ses pulsions destructrices.

Toutefois, elle n'eut pas le temps de fulminer. Son attention fut rapidement captivée par une apparition impromptue.

Celle du professeur Von Schnäbbel.

En personne.

Des applaudissements se firent entendre lorsque sa représentation holographique apparut, déployée par l'un des cafards.

— Mes amis, bonjour. Si je suis parmi vous, en ce jour et sous cette forme, c'est que des intrus ont mis à mal mon refuge personnel. Sachez que je le regrette vivement. Je tiens farouchement à cet endroit. Toutefois, si je devais perdre le contrôle de mon laboratoire personnel, je ne suis pas pour autant disposé à le léguer à qui que ce soit. Mon expérience m'a enseigné une chose importante sur les êtres humains. Ils ne sont pas fiables. C'est triste à dire, mais la seule créature en qui j'ai confiance, c'est Archimède, mon droïde. Tout cela pour vous dire que je ne souhaite pas que le fruit de mes découvertes les plus intimes soit utilisé à mauvais escient. Personne ne doit se les approprier. Pour vivre et financer mon exploitation, j'ai dû travailler pour une institution que j'ai appris à mépriser au fil des années. Au début, je pensais que nous servions la justice. Désormais, je ne suis plus sûr de rien… Enfin, bref, personne ne doit témoigner de l'existence de mon sanctuaire. Vous m'entendez bien ? Personne ! Qui que vous soyez, je ne le permettrai pas. Si cet enregistrement de moi vous est apparu, c'est que la procédure d'autodestruction a été activée. La terre va trembler, le feu va jaillir et la mort risque de vous surprendre. Sauf si vous fuyez. Mais j'ai bien peur que l'unique capsule de départ soit déjà partie. Cependant, je suis magnanime, je vous accorde dix minutes pour trouver une issue. Une fois ce délai arrivé à son terme, les cafards cybernétiques exploseront. Rassurez-vous, ils sont présents à chacun des niveaux du complexe. Sur ce, bon courage !

Le professeur leur adressa un dernier sourire et la retransmission prit fin.

Les diodes portées par les cafards changèrent alors de couleur. Elles virèrent du vert au rouge.

Le compte à rebours venait d'être lancé.

Tic-tac. Tic-tac.

La minuterie annonçant une fin inévitable se mit à résonner dans le creux des oreilles de Samantha. Ses tympans sifflèrent alors qu'elle ne put retenir un ultime juron.

— Putain d'enfoiré !

Chapitre XLVIII

Calfeutrée dans les bras d'Edgar, Rose dévisageait Archimède avec inquiétude pendant qu'il réglait les derniers préparatifs de leur départ. Bien qu'ils fussent à l'étroit à l'intérieur de la capsule en forme d'œuf, le dernier recours pour quitter le refuge du professeur, ils n'avaient guère d'autre solution que de faire confiance au droïde.

— Lancer une procédure d'autodestruction était-il vraiment obligatoire ? demanda Edgar.

— Je ne fais que respecter les consignes d'urgence que le professeur m'avait confiées si jamais il venait à lui arriver un grand malheur.

— Nous aurions peut-être pu trouver un moyen d'épargner la vie de nos poursuivants. Nous ne sommes pas des assassins, Archie.

Un coup d'œil subtil de la part d'Edgar lui permit de constater que la main droite d'Archimède se crispait sur le levier qui servait à piloter l'appareil.

— Monsieur Edgar, je ne l'ignore pas. J'ai simplement pensé à notre survie. Il fallait éliminer ceux qui nous traquent de l'équation. Les probabilités de parvenir à remplacer la montre étaient faibles. Ainsi, elles ont…

— De combien étaient-elles ? le coupa Rose.

— De trois pour cent, annonça le robot.

Rose et Edgar se raclèrent la gorge, estomaqués par cette révélation peu enthousiasmante.

— Ne vous inquiétez pas, les statistiques sont faites pour être démenties. Et puis, soyez sans crainte, vous allez accomplir votre objectif. Ce présent n'existera plus. De cette sorte, ils ne pourront pas mourir, expliqua Archimède.

Jusque-là, Edgar et Rose n'étaient pas certains que le droïde avait conscience du sacrifice qu'il était en train de réaliser.

Maintenant, ils n'en avaient plus aucun doute. Malgré ce qu'ils pensaient, ils ne purent trouver la force de poursuivre ce débat.

— Bien, vous êtes prêts à partir ? Le temps presse.

Rose porta son regard à travers le hublot au moment où Edgar acquiesça. Elle aurait voulu pouvoir prendre une photographie de cette sorte de gare. Un seul œuf, une seule voie mais imaginer de concevoir une ligne qui se frayait un chemin sous la plus grande cité de l'île britannique, il fallait vraiment être audacieux et… Fou allié.

Pourtant, Rose était admirative.

Elle avait déjà eu des étoiles qui brillaient dans les yeux lorsqu'elle avait aperçu les courbes élégantes et le revêtement chatoyant de leur nouveau mode de transport. Enduit d'une peinture beige et dotée d'une visière qui s'étendait de l'aile gauche jusqu'à l'aile droite, l'engin jouissait d'un aspect relativement simpliste mais extrêmement futuriste et agréable.

Posé au début d'une piste éclairée par des lumières disposées à intervalles réguliers, il incarnait la perspective d'un nouveau départ. Et il contrastait avec le décor dans lequel il dormait jusqu'à leur arrivée. Le dernier niveau du complexe qui avait été bâti en forme de soucoupe était modeste.

Un quai se déclinait depuis la base des descendeurs et se dirigeait vers un tunnel sombre. De longues lignes jaunes étaient tracées sur le sol bétonné qui entourait de chaque côté la capsule personnelle du professeur Von Schnäbbel.

Auparavant, cet œuf lui avait permis d'effectuer des allées et venues en toute discrétion avec le cœur de la capitale afin d'effectuer quelques emplettes dans le but de se procurer des ressources indispensables à l'accomplissement de son travail.

Aujourd'hui, il était semblable à un canot de sauvetage. Le dernier moyen de poursuivre leur aventure.

Et surtout de l'achever.

Tout s'était déroulé si vite.

Rose n'avait pas eu le loisir d'assister à l'évolution industrielle et à l'accélération technologique. Elle n'avait pas connu le frisson de ces trains portés à grande vitesse qui démarraient lentement avant d'accélérer progressivement et de faire défiler le paysage autour d'eux.

Elle avait connu une époque où les moyens de locomotion n'allaient guère plus vite qu'une bicyclette lancée à toute allure dans une descente relativement peu abrupte.

Et là, son cœur n'eut pas le temps de se soulever qu'elle se trouvait déjà au terminus de cette ligne.

Archimède se tourna vers eux et leur intima de sortir.

— Nous sommes arrivés, tout le monde descend.

Les portes latérales qui se confondaient à la perfection avec l'habillage du véhicule s'ouvrirent automatiquement et s'écartèrent sur le côté pour qu'ils puissent s'en extraire en toute quiétude.

Rose fut la première à poser le pied à terre. Elle regarda autour d'elle mais peinait à y voir quoi que ce soit dans la pénombre.

— Où sommes-nous ?

— Au cinéma, répondit le droïde le plus naturellement du monde.

— Qu'est-ce donc ?

— Vous allez voir.

Archimède sortit sur sa gauche et il rejoignit le couple devant l'œuf.

— Par ici, si vous le voulez bien.

Une porte était encastrée dans le mur qui servait d'impasse. Archimède posa sa main sur la poignée et l'ouvrit.

Des sons parvinrent à leurs oreilles et une lumière aveuglante les éblouit.

Époustouflés, ils entrèrent en silence dans la salle de cinéma où les spectateurs assistaient à la représentation holographique d'un monument du cinéma moderne. Seul le craquement des morceaux de pop-corn imposé par les mâchoires des spectateurs se faisait entendre, en dehors du timbre de la voix des acteurs.

Soudain, un personnage parla et Edgar se figea alors qu'Archimède les invitait à quitter la salle pour se noyer dans la masse qui devait abonder dans les couloirs du centre commercial.

— Personne ne me traite de mauviette !

Chapitre XLIX

La louve au pelage argenté ne cessait de tourner en rond, debout derrière sa moitié. Ses yeux ne cessaient de se poser sur le jeu d'échecs qui se trouvait entre l'Architecte et le Destructeur. Un sourire narquois habillait le visage du chacal.

— Tu ne fais que retarder l'échéance, ta défaite est inéluctable.

Ce à quoi l'Architecte ne répondit pas. Il resta concentré et continua de fixer le plateau, prenant son temps pour étudier le jeu de l'adversaire.

Enfin, il leva son bras et ses doigts poilus se saisirent d'une pièce.

Le Destructeur avait beau l'avoir mis, une fois de plus, en situation d'échec, le renard parvenait toujours à trouver une pirouette qui lui permettait d'éviter la défaite.

En réalité, il ne faisait que prolonger le plaisir. Ce n'était pas tant le succès qu'il affectionnait, c'était surtout la bataille homérique qui l'annonçait.

À vaincre sans périls, l'on triomphait sans gloire, aimait-il penser.

L'Architecte se jouait de son adversaire. Rusé, il anticipait avec malice les coups de son adversaire avant qu'ils ne viennent à l'esprit de ce dernier.

Le Destructeur aimait détruire, mais il n'était pas le meilleur quand il s'agissait de construire. Il fonçait dans le tas et il en oubliait de bâtir une stratégie.

— Mon ami, tu as intérêt à tenir ta parole, devisa le renard pendant que le chacal réfléchissait à sa prochaine manœuvre. Si je gagne, tu devras ensuite mettre en jeu l'un de tes mondes plongés dans les ténèbres, pour que moi et ma douce femme, nous allions y apporter la lumière.

Le Destructeur oublia furtivement le jeu et leva un œil en direction de son rival.

— Quelle arrogance ! Tu es mal mené depuis le début de la partie et tu es sur le point de perdre. Mais tu t'imagines l'emporter.

— Dans deux coups, je vais te priver d'une pièce maîtresse. Ensuite, tu ne pourras pas empêcher ma victoire.

La provocation fit mouche et le Destructeur joua, un peu trop rapidement qu'il ne l'aurait dû.

L'Architecte demeura impassible. Il savait déjà quelle figure de l'échiquier déplacer, il lui fallait seulement faire languir le chacal. Ainsi, il étudia patiemment le plateau, jusqu'à ce qu'il sente le Destructeur commencer à perdre son sang-froid.

Il n'était pas aussi malin que lui mais lorsqu'il prenait le temps de penser, il pouvait voir avec clarté. Et il avait vu l'enchaînement de coups qui allait sonner le glas.

L'Inspiratrice sourit et l'Architecte choisit ce moment pour déplacer son fou.

La reine du Destructeur allait tomber. Aucune parade ne pouvait la sauver.

Les doigts du chacal se crispèrent alors que ceux de la hyène commencèrent à masser délicatement ses épaules.

— Ne te laisse pas perturber par sa gouaille, mon chéri, lui susurra la Tentatrice dans le creux de l'oreille. Je crois en toi !

Chapitre L

À la grande surprise de Rose et d'Edgar, le trio sortit du complexe cinématographique dans le plus grand anonymat et les voilà qui se trouvaient dans le renfoncement d'une allée du plus grand centre commercial de la cité quand Archimède se tourna vers eux. Il fut le premier décontenancé de constater qu'il ressentit une étrange chaleur, à même de faire crépiter le cœur factice qui lui permettait de vivre.

— Nous allons devoir nous séparer, tonna-t-il sur un ton cinglant.

— Qu'est-ce que tu racontes ? balaya Rose d'un revers de la main, comme si elle ne daignait pas relever cette absurdité.

— Si nous restons ensemble, les probabilités que nous soyons arrêtées par les forces de l'ordre sont extrêmement élevées. Je vais m'en aller dans une direction différente et faire diversion. Cela accroîtra considérablement vos chances de réussite. Faites-moi confiance, j'ai tout calculé.

Déçu de perdre un allié aussi valeureux, Edgar se contenta d'acquiescer sobrement.

Archimède ne laissa pas le temps à Rose de protester et il leur fit signe d'attendre.

— Ce n'est pas tout.

Il fouilla dans sa tunique et en retira une boîte. Puis il l'ouvrit devant eux. Elle était remplie de comprimés.

Rose ignorait tout de la propriété de ces médicaments mais Edgar les reconnut. Il se souvint avoir vu l'homme qui avait subtilisé la montre à Rose les ingérer.

— Des transfigureurs, n'est-ce pas, Archie ?

Le droïde n'était pas un homme que l'on pouvait facilement prendre au dépourvu. Pourtant, Edgar y parvint dans les derniers instants de leur interaction.

— En effet, oui. Ils vous permettront de modifier votre apparence. Des photographies de vos visages ont été diffusées dans les médias. Si vous voulez passer totalement inaperçu, vous n'avez pas le choix. Mais les effets sont limités dans le temps.

Rose se tourna vers Edgar, alarmée.

— Nous n'avons guère le choix, ma chérie, lui avoua-t-il pour l'encourager à ne pas abandonner leur quête, tout en serrant ses doigts avec les siens.

Rapidement, Archimède leur expliqua la méthode à respecter rigoureusement, s'ils voulaient éviter que la métamorphose ne devienne permanente. Il leur précisa également qu'il leur avait laissé les coordonnées bancaires du professeur afin de subvenir à leurs besoins. La pierre de Lune ne leur serait pas offerte. Enfin, il remit le coffret à Edgar qui l'enfouit dans l'une de ses poches.

— Bien, mais comment allons-nous trouver la pierre de Lune sans toi ?

— Vous trouverez des panneaux informatifs partout dans la zone commerciale, ainsi qu'en ville. Vous devez chercher la boutique de Tobias Lieder. D'après mes recherches, cet antiquaire incarne votre meilleure chance de dénicher votre perle rare. Il se trouve dans le quartier de Jesmond.

Et s'il ne l'a pas ? songea Rose, qui voyait l'inquiétude s'accroître à mesure que le dénouement s'approchait.

Le moment était venu de se quitter. Pourtant, les yeux d'Archimède les contemplaient, habités d'une lueur inhabituelle.

— J'ai une question à vous poser. Je me dois de savoir. Je ne trouve pas la réponse avec mon système d'analyse.

— Nous t'écoutons, l'encouragea Edgar.

— Si vous réussissez, cela signifie que je ne vivrai pas ?

Ses deux amis blêmirent instantanément. Le masque livide qui apparut sur leurs visages suffit à lui confirmer ce qu'il craignait tant.

Toutefois, cela ne le dissuada pas de se sacrifier. Il tendit la main.

— Donnez-moi votre arme, vous n'en aurez pas besoin. Elle m'aidera à détourner l'attention de la police, poursuivit-il avant qu'ils n'aient le temps de protester.

Edgar se tourna vers Rose et l'invita à accéder à sa demande.

À contrecœur, Rose lui remit le pistolet qu'elle avait gardé de côté. Mais elle garda les doigts serrés dessus lorsqu'il voulut s'en emparer.

— Archie, tu continueras d'exister. Dans ma mémoire. Tu es un héros et tu peux me faire confiance, je ferai en sorte que le monde entier le sache.

En cherchant à rassurer celui qu'elle considérait comme un ami, elle eut une étincelle. Au lieu de vouer sa vie à rédiger uniquement des articles journalistiques, elle s'octroierait une partie de son temps à rédiger un roman, plus exactement un livre qui serait une fiction pour ses lecteurs et dont elle serait la seule à savoir qu'il serait inspiré de faits réels. Oui, Archimède, le droïde du professeur Von Schnäbbel ne finirait pas oublié et ignoré. Il serait consacré par l'hommage qu'il mérite.

Même s'il ne le saurait pas.

— Et puis, l'on ne peut pas savoir de quoi demain sera fait. Rien ne dit que dans un futur plus lointain, un scientifique de l'acabit du professeur Von Schnäbbel ne rééditera pas les mêmes inventions que lui. Chaque chose en son temps, conclut Edgar. C'était trop tôt. Beaucoup trop tôt. Les consciences n'étaient pas préparées à une telle évolution technologique et aux conséquences qui en découlent.

Alors, le droïde eut une réaction qui les surprit.

Il sourit.

— Vous n'êtes pas des humains comme les autres. Vous avez cette faculté de toujours avoir la foi. Je l'ai vu dans le visage de Mademoiselle Rose, même lorsqu'elle était assoupie. *C'est ce qui m'a incité à vous aider*, s'abstint-il de préciser.

Il aurait pu les trahir, il aurait pu assurer un besoin fondamental, celui qui animait toutes les créatures vivantes.

Le désir de survivre, quand bien même cela fut au détriment des autres espèces peuplant la même planète.

D'ailleurs, Rose n'ignorait pas que dans une ligne temporelle, il l'avait fait.

Au moment de le quitter, son ventre se noua. Et s'il cachait son jeu ? Elle lui avait confié son arme. Ils n'avaient plus la possibilité de se défendre. Comment pouvait-elle être certaine qu'elle avait réussi à modifier le présent dans lequel elle se trouvait prisonnière ? Celui qui avait pour avenir le fameux soulèvement des machines.

L'inquiétude brilla dans le reflet de ses yeux.

Archimède sentit le trouble nouveau qui se lisait sur le visage de la jeune femme mais il avait une connaissance insuffisante des sentiments humains pour interpréter l'émoi soudain de Rose.

— Il est temps de partir, murmura-t-elle.

Ils ne pouvaient plus se permettre de gaspiller la moindre seconde qui s'égrenait.

— Un dernier conseil, affirma-t-il. Méfiez-vous tout de même de Tobias Lieder. Mon maître m'a beaucoup parlé des humains. Il me racontait notamment qu'ils étaient dépendants de leur invention la plus pernicieuse et qu'ils lui accordaient parfois plus d'importance que le sort de leurs congénères.

— L'argent, chuchota Edgar.

— Oui, l'argent. Le bijoutier est un commerçant. Tous les antiquaires ne sont pas cupides. Mais ceux-là sont bien rares et je n'ai aucune idée de la valeur de l'homme vers lequel je vous envoie. Il y a des détails que même mon ordinateur extrêmement sophistiqué ne peut pas calculer.

Edgar acquiesça et lui tendit la main.

— Merci Archie, merci du fond du cœur.

— De rien, Monsieur Edgar. J'ai fait ce qui est juste.

Dès qu'Edgar parvint à récupérer sa main, Rose jaillit et se blottit contre la poitrine du droïde.

Malgré les doutes qu'elle peinait à effacer, au vu de ce qu'elle avait vu du futur, elle ne pouvait s'empêcher de témoigner son affection pour cet « homme » qui avait joué un rôle crucial dans leur histoire.

En silence, elle retint des larmes de couler et elle recula.

— Merci, Archie, on te doit une fière chandelle. L'humanité te doit une fière chandelle ! se reprit-elle.

Archimède opina et il leur tourna le dos.

Edgar prit sa compagne par l'épaule et l'invita à partir dans la direction opposée. Rapidement, il crut repérer l'un de ces panneaux informatifs qui leur permettraient de trouver leur chemin jusqu'à la boutique de Tobias Lieder.

— Allez, dépêchons-nous, ma chérie.

Chapitre LI

Une jambe posée par-dessus l'autre, les doigts placés délicatement sous la coupe parfaite d'un verre à vin, Tobias Lieder savourait les arômes issus des raisins, émancipés grâce à la créativité des hommes, et en particulier de ceux qui habitaient un pays qu'ils avaient appelé la France.

Au cours de ses pérégrinations en Europe qui l'avaient incité à quitter de manière prématurée sa Prusse natale, le brocanteur s'était arrêté pour un certain dans le sud-ouest de cette nation. Cette partie de sa vie renfermait quelques-uns de ses souvenirs les plus poignants et c'était de cette époque qu'était né son amour bucolique pour le vin.

Où qu'il soit allé par la suite, il n'avait jamais pu se soustraire à la présence de cet alcool savoureux. Certes, il aurait pu goûter aux vins qui provenaient d'autres régions du globe. Les Français n'étaient pas les seuls à posséder un attrait certain pour l'œnologie et à exploiter des terres viticoles. Mais, il était amoureux de leur nectar. Ainsi, il n'avait jamais cessé d'exporter des caisses de millésimes qui n'attendaient que de voir leurs bouchons sauter avant d'être savourés.

Rien ne pouvait l'empêcher d'assouvir ses petits penchants.

La perte de son ami Clint Pepperwood n'avait pas suffi à taire sa soif. Oh, il n'était pas alcoolique. Du moins, il ne se considérait pas comme tel. Il ne buvait pas à en perdre la raison. Il s'autorisait un verre quand l'envie lui en prenait et il prenait le temps qui lui était nécessaire pour le déguster. Non, Tobias Lieder avait une vision romantique et romanesque de l'œnologie. Il ne versait pas dans l'excès et la soif d'ivresse.

Pourtant, ce jour-là, son regard se noyait dans la robe de sa muse. Ses yeux étaient interloqués. Ils cherchaient à comprendre le mystère qui reposait derrière cette montre et l'interpellation autoritaire d'un simple vigile.

Un simple vigile ?

Clint Pepperwood était-il vraiment un personnage commun et banal, comme il l'avait longtemps cru ?

On croyait connaître quelqu'un et l'on s'apercevait qu'au final, une facette de sa personnalité nous échappait. Voilà une réflexion qui naissait souvent dans l'esprit des gens. Ainsi, Tobias ne dressait pas ce constat pour la première fois de son existence. Fort d'une certaine expérience, il ne faisait qu'en être de nouveau le témoin.

Néanmoins, quelque chose clochait. Et s'il avait été à deux doigts de mettre la main sur un objet particulier. Quel caractère précieux pouvait revêtir une montre ? À tel point qu'un homme désire lui vendre à un prix qu'il espérait obséquieux alors qu'un autre n'hésitait pas à entrer dans son magasin et à lui dérober par la force. Avant de disparaître.

Comment avait dit le policier, déjà ?

Comme par magie.

Préoccupé par cette sombre histoire, Tobias avait besoin d'un allié de poids pour l'aider à y voir dans ce brouillard opaque.

L'antiquaire s'offrit un moment d'intimité dans son arrière-boutique et, à sa grande surprise, c'était cet instant précis que le destin choisit pour lui apporter un élément de réponse.

L'écran de son téléviseur restait allumé en permanence et figé sur la chaîne principale d'informations du pays. Il entendait les journalistes répéter à de multiples reprises les nouvelles quotidiennes, mais il ne les écoutait pas.

Il ne leva la tête que lorsqu'il sentit un frémissement vibrer sous la terre. Il jura avoir aperçu des grains de poussière se dérober du plancher et flotter à quelques centimètres du sol.

À ce moment-là, il aperçut la banderole indiquant un flash spécial. Une explosion monumentale venait de secouer la ville de Londres. Il était encore trop tôt pour que les principales sources de renseignement puissent expliquer avec clarté et précision les causes du choc mais une chose était sûre, cela avait un lien avec l'incident de l'autre jour.

Tobias Lieder ne savait pas pourquoi ni comment.

Il le savait, c'était tout.

Ses tripes le lui disaient.

Des caméras retransmettaient déjà les premières images qui dévoilaient des nuages de fumée s'étendant au-dessus du quartier de Gorkham.

Gorkham.

Son champ de vision s'agrandit ensuite et il vit alors le message d'alerte qui avait été relégué dans un coin. Il divulguait le portrait de fugitifs, liés de près ou de loin à cet événement qui serait, sans nul doute, considéré comme une catastrophe.

Tobias posa le verre à vin sur la table basse la plus proche et se pencha.

Bientôt, il allait apprendre que la détonation n'avait pas seulement déclenché un incendie sur le point d'embraser le nord de la cité londonienne mais qu'elle avait également provoqué une série d'éboulements de terrain.

La terre s'écroulait autour de la prison et menaçait des quartiers situés à la périphérie de la ville.

Les services de secours étaient en alerte maximale. Un processus d'évacuation allait être rapidement mis en place.

Toutefois, ses turpitudes étaient bien différentes.

Elles ne pouvaient se détacher de la montre.

Chapitre LII

Les mains enfoncées dans les poches, Edgar avait entrouvert suffisamment son bras droit pour que Rose vienne l'entourer avec le sien. Ainsi, ils se baladaient comme n'importe quel couple qui venait fouiner les magasins en cette matinée.

Ils arrivèrent rapidement devant le panneau d'informations. Un écran doté de cristaux liquides leur permettait d'interagir avec le monde qui les entourait. Habitué à la modernité grâce à ses voyages temporels, Edgar prit l'initiative de glisser un doigt dessus et de choisir la rubrique qui concernait les commerces de la ville.

— Regarde la petite loupe, c'est certainement un symbole qui permet d'effectuer une recherche, lui intima Rose.

Edgar ne répondit pas mais il l'écouta.

Il posa un doigt dessus et un clavier apparut. Il entra le nom de Tobias Lieder et valida sa requête.

Une fiche apparut aussitôt, dévoilant notamment une photographie du devant de la boutique de l'antiquaire. Son adresse ainsi que ses coordonnées étaient indiquées. Edgar lut en diagonale les informations qui concernaient la nature de l'activité de son affaire et il s'intéressa aux options qui étaient affichées sur le côté, et en particulier à l'une d'entre elles : « itinéraire ».

Edgar appuya dessus et le profil de Tobias Lieder céda sa place à une carte de Londres. Toutefois, elle se grisa et bascula à l'arrière-plan, remplacée au premier plan par trois cases qui invitaient l'utilisateur à sélectionner le moyen de locomotion préféré.

Edgar opta pour le chemin pédestre. Dans la foulée, l'ordinateur recalcula le trajet qu'il fallait emprunter pour s'y rendre et l'exposa à la vue de Rose et d'Edgar.

— Diantre ! Il y a une sacrée trotte. Nous allons nous faire repérer et nous ne pouvons même pas utiliser les transfig…

— Chut, Rose. Tais-toi !

Il examina furtivement les autres possibilités qui avaient été triées sur le côté, permettant à l'utilisateur de les consulter s'il changeait d'avis.

Edgar décida de cliquer cette fois sur la solution qui impliquait de prendre le métro.

Un nouveau parcours fut établi et, cette fois-ci, la durée de voyage fut largement réduite. Edgar et Rose étudièrent la carte et comprirent vite qu'il s'agissait de leur meilleure alternative.

Edgar leva la tête et fouilla du regard la place ronde qui se trouvait au carrefour de plusieurs galeries alors que Rose examinait encore le plan de la ville. Enfin, il le remarqua. L'ascenseur qui leur permettrait de rejoindre la station de métro située dans les entrailles du complexe commercial.

Ses yeux rencontrèrent alors le gigantesque écran holographique qui diffusait des informations en temps réel.

Un frisson remonta le long de son échine lorsqu'il reconnut des clichés d'eux réalisés dans la prison de Samantha Zandora. Heureusement, les photos passaient au second plan. La foule qui se massait aux abords de l'écran était captivée par les flammes qui ravageaient la forêt et surtout par le ravin colossal qui se creusait entre la capitale et le pourtour de Gorkham. Des caméras permettaient même de se plonger au-delà du voile brumeux formé par les nuages de fumée. Avec une acuité déconcertante, ils mettaient en évidence les silhouettes effrayées de ces hommes qui arboraient l'uniforme de Gorkham et qui s'accrochaient désespérément à des pans de terre pour ne pas glisser dans les limbes d'une terre en colère.

Parmi tous ces individus, Edgar crut reconnaître un visage. Des cheveux bruns s'étaient détachés et se collaient aux joues de celle qui les avait noués auparavant.

Cela ne pouvait être qu'elle.

Samantha Zandora.

Elle était vivante.

Vaincue.

Mais vivante.

Rose acheva sa lecture et elle fixa son compagnon.

— Qu'est-ce qu'il y a, mon chéri ?

— Rien, mon amour, rien.

Puis, il désigna l'ascenseur.

— Allons-y.

— Attends, il nous faut imprimer la carte, sinon nous allons nous perdre.

— Imprimer la carte ?

— Oui, regarde, dit-elle en montrant la commande qui apparaissait dans le coin supérieur gauche du panneau informatif.

Elle appuya et l'instant d'après un document fut expulsé depuis une mince fente.

— Tout de même, il y a des inventions qui mériteraient de voir le jour. Elles sont pratiques.

Rose le poussa alors pour le faire taire.

— Arrête tes bêtises, on s'en va !

Chapitre LIII

Doté d'un sang-froid à toute épreuve, le droïde avait la particularité de parvenir à se détacher de l'emprise des émotions, celles-là mêmes qui aimaient torturer les humains. Ainsi, il déambulait calmement dans les galeries commerçantes, le pistolet laser enfoui derrière les plis de sa toge bleue.

Archimède décida de prendre le temps qu'il estimait nécessaire pour permettre à Rose et à Edgar de s'éloigner avant que les allées ne soient inondées par les uniformes des représentants de Scotland Yard. Étant quelque peu familier avec l'articulation de passages qui se superposaient sur de nombreux étages, il se rendit vers l'une des places les plus renommées du centre. Un endroit où des familles avaient la possibilité de prendre le thé, de s'offrir une collation, que ce soit un petit-déjeuner le matin ou une gourmandise l'après-midi, tout en ayant la possibilité de musarder et de se laisser tenter par les produits de consommation mis en valeur derrière les vitrines transparentes.

Une fois qu'il arriva dans l'un de ces croisements les plus fréquentés de la ville, il remarqua un banc inoccupé et décida d'aller s'y asseoir, sans se soucier des regards interloqués qu'il attirait. En effet, l'existence des droïdes était désormais courante et plusieurs modèles étaient connus, dont celui d'Archimède qui était catalogué sous l'étiquette de philosophe. Comme la plupart d'entre eux étaient aisément reconnaissables en public, il était difficile pour nombre de gens de ne pas les scruter, comme s'ils parviendraient à résoudre le mystère de leur personnalité par le simple fait de les observer.

En outre, ils n'essayaient même pas d'être discrets. Comme s'ils considéraient ces créatures comme des êtres froids et insensibles à des sentiments humains telle que la pudeur, la gêne ou le besoin d'intimité. Plus le temps passait et plus Archimède éprouvait une certaine forme de vulnérabilité. Cela dit, il avait pris l'habitude de faire abstraction du manque de tact des êtres humains qui croisaient sa route.

D'autant plus un jour comme celui-ci.

Une date qui serait susceptible d'être effacée de l'histoire de l'humanité si Rose Cunningham parvenait à accomplir son destin.

Ce qu'il s'apprêtait à commettre serait bientôt effacé.

Quand ? Comment ? Pourquoi ?

À son grand désarroi et en dépit de son intelligence artificielle supérieure, il restait tout de même des questionnements qu'il ne pouvait résoudre car ils impliquaient des paramètres qui ne pouvaient être mesurés.

Assis sur ce banc, Archimède se laissa aller à une certaine réflexion. Une douleur lancinante venait l'affaiblir au niveau de la poitrine. Son cœur souffrait.

Au début, il eut un doute, mais rapidement il comprit la raison de cette agonie.

Une partie de lui ne voulait pas mourir.

Je ne suis pas un traître, songea-t-il.

Je ne serai pas un traître.

Pour se rassurer sur sa loyauté vis-à-vis de Rose, il plongea une main sous sa toge et empoigna la crosse du pistolet.

Calme-toi. Réfléchis avant d'agir. Analyse la situation et passe à l'action.

Soudain, Archimède eut une révélation. Il se remémora un extrait du *Soulèvement des machines*, son livre de chevet. Deux androïdes s'interrogeaient sur leur condition. L'un d'eux argumentait sur le fait qu'en dépit des mauvais traitements que les humains leur infligeaient parfois, ils n'en étaient pas moins leurs parents, ceux qui leur avaient donné la vie et que sans eux, ils n'existeraient pas.

Ce fut surtout la réplique de son alter ego qui frappa son esprit.

Mais les enfants ne survivent-ils pas à leurs parents ? Ne doivent-ils pas se préparer à porter le deuil de leurs géniteurs ?

— Ils ne tuent pas, murmura Archimède. Ce ne serait pas juste de condamner une civilisation.

Chaque espèce dominante jouit d'un temps limité sur cette planète. Il s'agit du processus de l'évolution. Ni plus, ni moins.

— Non, tu te trompes. Alors, pourquoi Rose et Edgar cherchent-ils à empêcher ce futur de se matérialiser ? Les humains sont-ils voués à détruire tout ce qu'ils touchent ? Non, je ne dois pas savoir, je ne peux pas savoir. Je dois leur faire confiance, pensa-t-il à voix haute.

Lorsqu'il eut cessé de s'exprimer, il comprit qu'il avait parlé bien trop fort.

Le contact glacé d'un canon sur sa nuque vint le lui confirmer.

— Doucement, tas de ferrailles. On ne bouge pas et on ne fait pas de bêtises, le prévint l'homme qui le tenait en respect. Mes hommes sont en train de quadriller la zone.

En écoutant attentivement le policier, Archimède remarqua que la foule s'était dispersée. Plongé dans ses songes, il n'avait pas vu venir le piège qui se refermait sur lui.

— Tu sais, tu n'es pas très discret. Il ne nous a fallu que peu de temps pour te repérer dans ce labyrinthe. Alors, ne crois pas qu'il nous en faudra beaucoup plus pour te désactiver. À la moindre entourloupe, c'est *game over*, le droïde. Compris ?

— C'est très clair, Monsieur.

— Bien, alors tu vas retirer délicatement les doigts qui sont tapis derrière le tissu de ton vêtement et exposer de manière visible tes deux mains.

Archimède ferma les yeux et respira lentement avant d'obéir. Pendant qu'il s'exécutait, l'inspecteur Collin Mertyn le contournait, désireux de contempler l'un des principaux suspects impliqués dans l'affaire qui était actuellement sur toutes les lèvres à Londres.

Il n'aimait pas les droïdes. Pire, il les exécrait. Archimède le devina tout de suite. Le visage de l'inspecteur paraissait avoir été maquillé par une poudre d'arrogance tellement il luisait d'une assurance insolente. La haine brillait dans ses yeux et l'envie de le désactiver pouvait se deviner aisément.

Pourtant, il n'écoutait pas ses propres démons. Respectueux de la hiérarchie, il exécutait scrupuleusement les ordres qui venaient de ses supérieurs.

Archimède comprit tout de suite la raison pour laquelle il pouvait encore voir, entendre mais surtout réfléchir, s'exprimer et respirer.

Ils le voulaient vivant.

L'inspecteur fit un signe qu'il crut subtil et l'un de ses sous-officiers surgit à pas feutrés dans le dos d'Archimède. Il lui saisit les mains et lui enfila des menottes autour des poignets.

— Droïde Archimède, vous avez été reconnu coupable de complicité dans une tentative d'évasion d'une prisonnière au sein de l'établissement pénitentiaire de Gorkham. D'autres accusations complémentaires reposent sur votre tête et j'ai été mandé par les pouvoirs judiciaires de procéder à votre interpellation. Vous serez traité comme n'importe quel être humain, vous allez être interrogé, jugé et condamné ou innocenté. Tout ce que vous pourrez dire désormais sera retenu contre vous, déclara l'inspecteur pendant que l'agent lui retirait le pistolet laser.

Ils veulent m'amener au commissariat pour obtenir la vérité de moi, ils sont déterminés à appliquer le règlement à la lettre. Sûrement qu'ils ne veulent pas provoquer d'esclandre et se mettre en porte à faux. Une fois dans l'intimité d'une de leurs salles d'interrogatoire, ils me désactiveront et examineront mon disque dur. Je ne peux plus rien pour vous, Rose et Edgar. Je suis navré. J'ai… J'ai failli.

Chapitre LIV

Une sensation oppressante envahit Rose lorsque les portes de l'ascenseur se refermèrent derrière eux et les autres passagers. Cloîtrée ainsi, elle craignait de ne pouvoir ressortir vivante de cette cellule entourée d'une vitre translucide et piégée dans une tour métallique.

Lorsque l'ascenseur commença à descendre, sa main saisit celle d'Edgar et ses doigts se crispèrent avec une intensité phénoménale.

Nous allons y arriver. Nous allons y arriver. Nous allons y arriver, se répéta-t-elle en son for intérieur.

Le dispositif permettant aux clients de jongler entre les étages glissa dans un doux murmure et se détacha de l'emprise du béton. Une lumière agréable se diffusa soudainement dans leur cabine et ils aperçurent alors l'intégralité de l'étage dans lequel ils se trouvaient.

Ensuite, il ralentit sa course et s'arrêta pour permettre à certaines personnes de s'extraire de cette cage de verre. Rose profita de ce moment pour se tourner vers son compagnon.

— Tu crois que nous sommes à l'abri, ici ? J'ai l'impression qu'il y a des caméras partout et que nous sommes filmés en permanence.

Edgar leva la tête et examina les moindres recoins de l'ascenseur. Si un système de vidéosurveillance y était installé, il avait été rudement bien camouflé. Ils n'y voyaient que du feu.

— Je ne sais pas, chuchota-t-il. Je ne suis plus sûr de rien.

Ses doigts se promenèrent avec agilité dans l'une de ses poches alors que l'ascenseur s'était remis en mouvement.

Discrètement, Rose le tira par la manche de son veston.

Elle n'eut pas besoin de lui indiquer la raison de son inquiétude. Des voix autour d'elle s'en chargèrent.

— Regardez ! Les policiers sont en train d'investir les lieux ! Il y en a partout !

— Ils cherchent des fugitifs qui ont causé des problèmes à Gorkham. Vous n'avez pas vu le message d'alerte ?

— Apparemment, ils ont provoqué une catastrophe. La forêt de Gorkham a été décimée. Les forces de l'ordre ne savent pas où donner de la tête, expliqua une autre voix.

— À quoi ressemblent ces criminels ? demanda la première dame, qui s'inquiétait plus de la perspective d'être la cible de malfrats que de celle de voir du bois voler en cendres.

Edgar profita de leur distraction pour sortir deux comprimés du coffret.

Un pour lui. Un pour Rose.

— Avec moi, Rose, lui susurra-t-il.

Ils pivotèrent et tournèrent le dos à l'étrange défilé des policiers qui déambulaient dans les galeries commerçantes.

Ensemble, ils portèrent leurs pastilles respectives à hauteur des lèvres et ils les avalèrent, malgré la sensation de dégoût qu'ils éprouvaient à l'idée de perdre leur apparence naturelle.

Ils serrèrent les dents et se retinrent d'exprimer la douleur insoutenable qui se propageait depuis les racines de leur cou jusqu'à celles de leurs cheveux. Edgar passa son bras derrière la tête de Rose et la blottit contre lui. Les ongles de la jeune femme pétrirent ardemment la veste d'Edgar pour trouver un moyen d'expier la douleur insoutenable qui martyrisait chacune des cellules de son organisme. Fort et déterminé, Edgar parvint à rester de marbre alors qu'il découvrait une forme d'agonie qu'il n'aurait jamais pu imaginer. Lorsque la transformation, rapide, fut terminée, ils se retournèrent et furent surpris de constater que tous les regards étaient posés sur eux.

Un doigt tendu dans le vide les visait, brandi avec certitude par un témoin. Soudain, sa détermination faiblit et il le baissa. Puis, il observa de nouveau le portrait des suspects qui étaient apparus entre-temps sur la vitrine de l'ascenseur, à la demande des passagers. Il y avait un air de ressemblance au niveau vestimentaire. Mais non, ce n'étaient pas eux.

— Excusez-moi, je suis confus, j'ai cru que…

— Ce n'est pas grave, répondit Edgar, le ventre serré par un étrange malaise.

En face de lui se trouvait son visage.

Pourtant, il ne s'agissait pas de son reflet.

Le compte à rebours avait été déclenché et ils n'avaient plus de temps à perdre. Pourtant, une chose était certaine aussi bien pour Rose que pour Edgar.

Même s'ils étaient différents, ils ne cesseraient jamais de s'aimer.

Rose était toujours la même derrière ces cheveux blonds et ces yeux bleus qui donnaient un nouvel éclat à son joli minois, même si elle ne reconnaissait pas la rondeur de ses joues. Toutefois, la même personnalité l'habitait.

Edgar, lui non plus, n'avait pas changé d'un iota malgré son crâne dégarni et ses sourcils fins qui couvaient des yeux noirs au regard impénétrable.

Voilà une invention à laquelle il n'avait pas songé, mais qui s'avérait diablement efficace. Il avait envie de porter les mains à son visage et de toucher cette nouvelle peau mais il refréna ses envies primales. Il aurait certainement provoqué le doute dans l'esprit des plus imaginatifs.

Et il n'en avait certainement pas besoin.

La voix féminine qui résonna brutalement dans la cabine s'en chargea à sa place.

— Messieurs dames, bonjour. Veuillez excuser cette intervention inopinée et inhabituelle. Nous sommes au regret de vous annoncer que nous suspectons deux personnes recherchées par la police de se trouver parmi vous. La cabine de l'ascenseur a été verrouillée et nous vous demanderons de patienter avant d'en sortir lorsqu'elle sera immobilisée au prochain niveau. Les forces de l'ordre viendront vous ouvrir pour procéder à un contrôle d'identité, une formalité pour les citoyens qui n'ont rien à se reprocher. La direction de Wallmarket est sincèrement navrée pour ce désagrément et vous fait désormais savoir que vous pourrez vous rendre dans un de nos bureaux pour bénéficier de bons d'achat afin de compenser le préjudice moral que cette amère expérience pourrait engendrer. Merci pour votre compréhension.

On est foutus, pensa Rose. *Foutus, foutus, foutus.*

Edgar fut frappé par la foudre. Il songea à l'avenir de l'humanité.

Guerres.

Famines.

Maladies.

Catastrophes naturelles.

Son espèce courait à sa propre perte.

À cause de lui.

À cause de moi.

Il ne pouvait l'accepter. Cela ne pouvait être le dénouement tant espéré. Mû par l'énergie du désespoir, il s'approcha de la baie vitrée alors qu'une dame comprit.

— C'est vous, oui, c'est bien vous !

— Ils ont certainement utilisé un transfigureur, conclut un homme.

— Il faut bien plus qu'un transfigureur pour échapper à la vigilance des microcaméras disposées dans le centre commercial, ajouta un autre.

Edgar ignora leurs bavardages.

L'ascenseur descendait au ralenti, ce qui lui permettait d'étudier les environs. La bouche de métro se trouvait en bas alors que le hall principal où la police allait prendre place devait se trouver de l'autre côté, celui où la porte s'ouvrirait.

S'il pouvait démonter la glace.

Tout à coup, un passager éclata de rire.

— Mais d'où sortez-vous mon cher ? Pour un gredin, vous n'êtes pas bien malin.

Incrédule, Edgar se tourna vers lui et le fixa.

Il ne comprenait pas. Qu'y avait-il de si drôle ?

Edgar recula et alors il vit Rose s'approcher de lui. Un sourire radieux illuminait son visage alors qu'elle avait retrouvé une lueur d'espoir.

— Tiens, je crois que la jeune femme a décelé la faille du système de sécurité, s'étonna le témoin, choisi par l'Inspiratrice pour se trouver à cet instant très précis à cet endroit bien spécifique.

Chapitre LV

L'Architecte esquissa une moue approbatrice à la suite de cette parade de l'Inspiratrice.

— Bien joué, ma chérie.

— Ce n'est pas fini, répondit le Destructeur alors que la Tentatrice s'était assise sur ses genoux et fixait à son tour l'échiquier.

— Je dois reconnaître que j'ai clamé ma victoire trop tôt.

— C'est ton défaut, mon amour. Tu parles trop. Tu n'aurais rien dit…

— Je n'y peux rien, je suis comme ça.

Silence ! avait envie de hurler la Tentatrice alors qu'elle réfléchissait à son prochain coup. Elle devait jouer vite et intelligemment. L'étau semblait se resserrer. Il lui fallait impérativement entrevoir toutes les formes de scénario imaginables. S'ils avaient la moindre occasion de s'en sortir et qu'elle ne le voyait pas.

— La fin est proche, murmura l'Architecte. Il y aura bientôt un vainqueur et un perdant.

Le Destructeur sourit.

— Vous avez beau retarder l'échéance, les ténèbres finissent souvent par étendre leur ombre. C'est un sort inévitable. Les humains sont destinés à échouer.

— Qu'ils échouent ou qu'ils réussissent, nous n'avons pas à interférer !

— Et là, que faisons-nous ?

— C'est de ta faute, tu es venu t'immiscer dans les rêves de ce pauvre Edgar. Si tu n'avais pas empoisonné son subconscient, jamais il n'aurait inventé cette montre !

— Et tu ne peux pas t'empêcher de les défendre et de les protéger ?

— Il s'agit de ma progéniture. Je les aime.

— Taisez-vous, finit par s'agacer l'Inspiratrice. Cessez vos enfantillages et laissez-la réfléchir.

L'Architecte et le Destructeur se fixèrent, ils haussèrent un sourcil, retinrent un éclat de rire et ils se turent.

En fait, ils se ressemblaient plus qu'ils n'osaient se l'avouer. Leur complémentarité était même nécessaire dans le cycle de la vie. En prenant un plaisir presque malsain à se battre en permanence, ils instauraient une forme d'équilibre dans les mondes auxquels ils avaient donné naissance.

La lumière avait besoin d'une part de ténèbres pour la défier et la réciproque était également valable.

La Tentatrice se pinça les lèvres puis elle posa ses doigts sur une figurine.

À ce moment-là, la Tentatrice pensait déjà à tous les mouvements qu'elle pouvait effectuer et à tous ceux qu'elle pourrait à son tour jouer.

L'heure n'était plus venue d'échafauder de longues stratégies.

Il fallait se rendre coup pour coup.

Et frapper fort, jusqu'à l'un des deux camps cède et perd la face.

Chapitre LVI

Impassible. Voilà un mot qui définissait en général l'attitude d'Edgar Stone lorsqu'il faisait face à un évènement défiant l'entendement. Pourtant, lorsqu'il passa sa main à travers l'illusion holographique, il ne put qu'être éberlué.

— Un hologramme, c'était un hologramme ! Tu avais raison, ma chérie ! Pourtant, mes doigts semblaient glisser comme s'il s'agissait d'une véritable vitre.

— Quand l'on ne sait pas que l'on a affaire à une représentation holographique, on n'ose pas traverser le champ électromagnétique et on se laisse avoir, expliqua un passager, guère effrayé par celui qui était poursuivi par les forces de l'ordre.

Edgar se retourna alors vers Rose.

— Nous avons trouvé notre porte de sortie. Tu vas descendre en première, lui dit-il en lui faisant signe de se rapprocher du rebord.

Rose ne voyait pas encore le vide mais alors elle comprit qu'il se trouvait juste là. Ce moyen de locomotion public lui parut tout d'un coup extrêmement dangereux.

— Tu es sûr ?

— Oui, ne t'inquiète pas, je vais t'aider. Fais-moi confiance, lui assura-t-il, sa confiance soudainement renouvelée.

Pendant qu'elle s'accroupissait et s'asseyait, les autres passagers reculaient et les observaient, médusés. Aucun d'eux n'osait les empêcher de s'enfuir. En fait, ils préféraient rester neutres dans cette histoire. Tant qu'ils ne leur faisaient pas de mal, ils ne voyaient pas de raison d'interférer.

Edgar, lui, ne pouvait s'empêcher d'observer les hommes qui approchaient au loin. Oh, ils n'étaient pas plus gros que des fourmis. Les verres transparents qui habillaient l'intégralité du complexe permettaient de jouir d'un point de vue exceptionnel à chaque étage. En réalité, les policiers se trouvaient encore loin. Une grande partie d'entre eux avait dû se résoudre à utiliser les tapis glissants qui constituaient une autre manière de se promener entre les niveaux.

Son regard finit par s'éloigner des longues files indiennes d'agents de Scotland Yard qui se rejoignaient pour ne plus former qu'un seul mouvement de foule et il se tourna vers sa compagne.

— N'aie pas peur, Rose.

— Tu as vu la distance qui nous sépare du sol, je vais me casser au moins une jambe.

— Non, je vais te lâcher au dernier moment. Dès que tu es à terre, tu cours vers le métro.

— Et toi ?

— Quoiqu'il arrive, ne m'attends pas. Je serai toujours derrière toi.

Peu convaincue, Rose fit la moue.

— On n'a pas le temps de discuter. Tu vas sauter, affirma-t-il, presque avec véhémence.

L'espace d'un instant, elle voulut le défier mais elle finit par se résigner.

Rose se rapprocha du rebord et fit tomber d'abord ses jambes dans le vide. Ensuite, elle se tourna sur le côté et posa ses mains sur le sol avant de continuer à descendre. Seul le haut de sa poitrine, ses bras et sa tête dépassaient du mur holographique.

Edgar s'agenouilla et se saisit de ses bras.

— Tu as réfléchi au moment où tu retournerais dans le passé ?

Rose, suspendue en l'air, fronça les sourcils. L'instant était mal choisi à ses yeux pour en discuter.

Pour Edgar, il ne pouvait espérer meilleure opportunité. Quelle que soit l'issue de leur conversation, Rose n'aurait pas le choix que de l'écouter.

— Je sais ce que je dois faire, finit-elle par répondre.

— Parfait. Ensuite, il te faudra revenir dans notre présent et reprendre ta vie là où tu l'avais laissée quand tu as emprunté les couloirs du temps. Si tout se passe bien, tu me retrouveras, mais je ne saurai rien de tout ce que l'on a vécu. Je ne me souviendrai pas de notre aventure car cet Edgar Stone ne l'aura pas vécu. Tu en es consciente ?

— Oui, mais tu commences à me faire peur ! Que se passe-t-il ?

— J'ai glissé dans la poche intérieure de ta blouse la boîte avec les comprimés ainsi que la montre. À l'intérieur, tu trouveras un descriptif de la méthode à suivre pour la réparer. Je t'aime Rose. Plus que tout au monde.

— Non, non, non ! Ne me fais pas ça, Edgar !

— Tu as commencé cette quête toute seule, tu dois la terminer sans moi. Je vais essayer de les retarder.

— Edgar, je te jure que tu vas me le payer !

— Tu ne pourrais tout de même pas blâmer un pauvre innocent qui n'aura rien fait ?

— Edgar, je vais te tu…

Et soudain, les lèvres de l'inventeur se posèrent contre celles de Rose et il la fit taire. Bien que les traits du visage ne fussent plus les mêmes que ceux de l'homme dont elle était tombée sous le charme, elle reconnaissait là sa manière à lui de manifester son amour.

Leurs langues s'entremêlèrent et la jeune femme céda. Elle canalisa sa hargne grâce à un baiser fougueux.

Edgar, à genoux, enserrant ses poignets, voyait sa tête penchée vers le bas et ne se souciait guère de la position inconfortable dans laquelle il se trouvait.

Il pouvait s'agir de leur dernière embrassade. De leur ultime démonstration affective.

Peut-être ne s'en souviendrait-il même pas.

À son tour, il se sacrifiait.

Lorsque sa bouche s'éloigna de celle de Rose, des yeux embués de larmes se miroitèrent dans les siens, également humidifiés par l'émotion.

— Edgar, non, je t'en supplie, l'implora-t-elle en dernier recours, sa voix faiblissant à mesure qu'elle acceptait sa décision.

Edgar Stone ne souhaita pas soutenir son regard supplicateur et il pencha sa tête sur le côté pour estimer la distance qui les séparait du sol.

— Non ! cria-t-elle au moment où les doigts d'Edgar relâchèrent ses mains.

Rose fut aspirée brutalement par le néant derrière elle et tous les témoins retinrent leur souffle.

Ses bras glissèrent sans que ses doigts ne pussent s'accrocher au plancher de l'ascenseur et ses doigts fendirent l'air alors que les passagers se précipitèrent vers le rebord pour assister à sa chute.

Un hurlement résonna et fit converger sur elle tous les regards des personnes présentes dans les galeries mitoyennes.

Un craquement se fit entendre lorsque son pied gauche atterrit à terre et qu'elle trébucha en arrière. Par réflexe, elle plaça ses bras en opposition et parvint à amortir l'impact avant de rouler sur quelques mètres.

Une grimace ornait désormais son visage lorsqu'elle se retourna, recroquevillée sur elle-même, et désireuse de maudire son amoureux.

— Va-t'en Rose ! Je t'en conjure !

Rose pesta en silence et se releva péniblement, non sans gémir de douleur.

Elle se mit à boiter et fit face à un mur de panneaux blancs qui étaient dotés d'une ouverture, formant une sorte de tunnel, au-dessus de laquelle scintillait l'inscription « Wallmarket Station ».

Rose se mit à boiter et se plaça sur le tapis glissant qui l'emporta en silence. Elle n'osa pas se retourner, trop craintive d'assister à l'arrivée des policiers.

Devant elle, un vent de liberté lui permettait encore d'espérer.

Séparée d'Edgar Stone, allait-elle y arriver ?

Elle n'était plus sûre de rien.

Chapitre LVII

Archimède resta silencieux durant tout le trajet jusqu'au commissariat. Les agents de police l'escortèrent jusqu'à leur voiture et il s'y laissa conduire sans leur opposer la moindre forme de résistance. Il les laissa l'attacher aux poignées prévues à cet effet et situées entre chaque siège de la banquette arrière.

Calmement, il observa le paysage urbain défiler à travers la vitre. Le voyage se déroula à toute allure puisque les policiers bénéficiaient d'une priorité légitime au sein du trafic londonien. Les autres voitures s'écartaient lorsqu'ils apercevaient leurs gyrophares et il ne fallut que peu de temps pour leur chauffeur pour les amener dans l'antre de Scotland Yard.

Le droïde profitait de ses derniers instants, il ne l'ignorait pas. Il se comptait de respirer et de penser. Il savourait l'instant présent.

Pour le plus grand bonheur de ceux qui avaient sa responsabilité. En effet, les policiers avaient connu des interpellations plus musclées et fait face à des suspects plus récalcitrants, y compris chez les droïdes.

Jusqu'à la fin, Archimède conserva un flegme infaillible. Il ne souhaitait pas salir son honneur et préférait donc rester fidèle à lui-même. Le professeur Von Schnäbbel lui avait inculqué des valeurs morales et des principes de vie qui lui étaient chers.

Jamais il ne pourrait tromper la mémoire de son créateur, comprit-il alors qu'il était guidé dans les couloirs du bastion de la police comme s'il représentait une quelconque menace pour la nation tout entière.

Enfin, il fut installé dans une pièce aux murs blancs et assis sur une chaise. Peu de temps après, un homme en tenue de blouse apparut.

Deux policiers l'entouraient par mesure de précaution.

Steven Keepfaith, l'analyste informatique, technique et scientifique ne leur accorda pas la moindre attention. Il posa ses yeux instantanément sur Archimède, curieux de découvrir la mécanique complexe qui se cachait sous cette peau remarquablement bien imitée avant de les détourner et de poser la mallette blanche qu'il tenait à la main sur l'unique table qui était entreposée dans cette pièce.

Sans trembler, il l'ouvrit et en examina le contenu. Il s'empara d'abord de gants et les enfila puis il se tourna vers Archimède.

— Il y a deux façons de mener cet interrogatoire, Archimède. D'abord, vous pouvez coopérer, je vous pose des questions, vous y répondez et vous nous aidez à mettre fin à cette cavalcade puérile, en sachant très bien que, dans tous les cas, vos amis n'ont aucune chance.

Steven Keepfaith se tut et donna l'occasion au droïde de s'exprimer mais il demeura silencieux.

— La deuxième option consiste à vous désactiver puis à ouvrir votre crâne afin d'en extraire le disque dur. Il s'agit d'un travail conséquent et long, mais nous aurons la garantie d'obtenir ce que l'on veut. Que décidez-vous ?

— Je crois que vous connaissez la réponse, Monsieur. Si je calcule les probabilités de réussite de mes amis d'après les derniers éléments qui sont à ma connaissance, collaborer avec vous les condamnerait. En revanche, le temps joue en leur faveur.

— Je vois.

Steven Keepfaith fit comme si de rien n'était mais il devait reconnaître qu'il était étonné de voir un droïde faire preuve de tant de loyauté à l'égard d'êtres humains. Son attitude était vraiment inhabituelle. Une fois que cette enquête serait classée, il n'y aurait rien qui lui ferait plus plaisir que de disséquer cette étrange créature.

Archimède observa alors l'analyste dans son ouvrage. Il ne ressentit pas la moindre once de peur et savait que son créateur serait extrêmement fier de lui. Voilà une conclusion à son existence qui lui convenait amplement.

Steven Keepfaith s'empara d'un tournevis spécifiquement adapté à ce genre d'opération et il se plaça dans le dos du droïde. Il visa la nuque, planta le tournevis et effectua une légère rotation.

C'en était fini d'Archimède.

Quant à Steven Keepfaith, il n'éprouva ni empathie ni compassion lorsque le droïde s'éteignit. Il agissait comme s'il avait débranché la prise d'un appareil électroménager.

Par la suite, il continua son travail comme si de rien n'était et se plaça devant son oreille gauche puis il enfonça le tournevis à l'intérieur. Enfin, il s'adressa en même temps aux deux policiers.

— Messieurs, vous pouvez partir. Je vous remercie pour votre soutien.

Les deux agents le saluèrent et se retirèrent.

L'analyste retira le tournevis et alla s'occuper de l'autre oreille. Ensuite, un craquement se fit entendre et il posa le tournevis sur la table. Il se positionna devant le visage inexpressif du droïde et posa ses doigts de chaque côté de la mâchoire sous les oreilles et il tira délicatement.

La peau d'un être humain se serait déchirée et des torrents d'hémoglobine se seraient déversés, mais rien de ce genre ne se produisit lorsqu'il commença à ouvrir la boîte crânienne d'Archimède.

Steven Keepfaith retourna à hauteur de sa mallette et s'empara d'une visseuse dévisseuse sans fil. En dépit des avancées technologiques de cette civilisation, le travail manuel n'avait pas encore été éradiqué.

— Voyons ce que cache ton disque dur, murmura l'analyste qui s'apprêtait à retirer le masque facial d'Archimède afin d'atteindre le cœur de la mémoire du droïde, une pièce qui était reliée à ses canaux optiques.

Steven Keepfaith ignorait tout de la valeur des informations qu'il allait découvrir.

Bientôt, l'existence de la montre ne recèlerait plus d'aucun mystère pour lui et la police locale.

Chapitre LVIII

Perché sur sa plateforme mobile, Edgar épia Rose pendant qu'elle disparaissait dans l'ombre de la bouche de métro. Il avait joué son dernier coup. Le destin entier de l'humanité reposait entre les mains de Rose Cunningham. Si le sort semblait s'acharner contre eux, il éprouvait une étonnante sérénité.

Personne n'est aussi forte et déterminée que Rose, elle va y arriver. Tu vas y arriver !

Une fois qu'il se fut convaincu qu'il avait pris la bonne décision, il se releva et il serra les dents. Sa fin dans cette ligne temporelle s'approchait. À lui de l'affronter comme un homme et de l'accepter. Il savait qu'il ne serait pas témoin du dénouement.

Il lui fallait prier.

Prier pour que lorsque ses paupières se refermeront, il les rouvrirait dans la foulée, la mémoire effacée, mais les yeux aveuglés par la lumière du soleil printanier qui couvait Londres. Il voulait se retrouver en mille huit cent cinquante et un et revivre l'évènement de l'Exposition universelle de Londres.

Tout recommencer.

Obtenir une seconde chance et surtout ne pas la gâcher.

Les visages incrédules qui l'observaient en toute impudence ignoraient tout de son parcours et de sa quête. Ils voyaient un malfrat recherché par la police.

Edgar souffla.

— Ne vous inquiétez pas, je ne vais pas vous causer de problèmes, je vais me livrer à la police.

Il jeta un coup d'œil sur le côté et remarqua que des agents des forces de l'ordre étaient en train d'occuper le périmètre et d'encercler la zone où l'ascenseur allait se poser alors que des patrouilles s'étaient plongées à la poursuite de Rose dans la bouche de métro.

— Bonté divine, ils ne vont pas lui laisser une seconde de répit, murmura-t-il à sa propre intention.

Il ferma les yeux fugitivement. Lorsqu'il les rouvrit, il savait ce qu'il lui restait à faire.

Un léger soubresaut se fit ressentir lorsque la plateforme atterrit et ils entendirent les déplacements des policiers qui terminaient leur manœuvre.

Quelques instants plus tard, la porte coulissa et Edgar Stone se présenta en premier, les mains levées en l'air, au-dessus de sa tête.

Des pistolets le visaient alors qu'un homme se tenait en retrait derrière ses soldats. Un sourire malicieux se dessinait au coin de ses lèvres.

— Je me rends, confirma Edgar à voix haute. Je ne suis pas armé.

— Fouillez-le ! rétorqua Collin Mertyn, peu enclin à accorder sa confiance aussi aisément à un fugitif.

Edgar demeura stoïque lorsque des mains gantées le tapotèrent à des endroits précis de son corps.

— Rien à déclarer, inspecteur.

— Pas même une montre ? répondit par une question l'officier.

— Non, ses poches sont vides.

Collin Mertyn ne prit pas le temps de digérer ce constat et il donna un nouvel ordre. Malgré la reddition d'Edgar Stone, il n'était pas décidé à faire preuve de clémence.

— Dans ce cas, passez-lui les menottes ! Et emmenez-le au poste. On va confronter sa version des faits avec celle du droïde.

Quant à moi, je reste sur le terrain, il reste un coupable à appréhender. Quelque chose me dit que la femme ne se livrera pas. Pas si les informations que nous avons obtenues du robot sont vraies.

Edgar Stone, lui, venait de comprendre que l'existence de la montre avait été ébruitée. Plus que jamais, ce monde était en danger. L'ambition, la cupidité et la soif de domination. Tant de vices qui menaient les hommes à réaliser des choix qui leur semblaient légitimes et marqués du sceau de la justice. Pourtant, ils allaient droit dans le mur…

Malheureusement, la frustration était à la hauteur de son sentiment d'impuissance. Il n'y avait rien de plus qu'il ne pouvait accomplir.

Ainsi, il ne protesta pas lorsque des mains fermes le saisirent et l'éloignèrent de l'ascenseur dans le but de le conduire au commissariat.

Il croisa alors l'inspecteur Mertyn qui passa à côté de lui et l'ignora totalement. Son esprit était tourné vers Rose, et plus précisément vers la montre.

Désirait-il vraiment établir la lumière dans cette affaire qui devait sembler extravagante ? Ou bien, à l'image de Samantha Zandora, était-il envoûté par les sirènes du pouvoir ?

Nul ne saurait le dire.

Calmement, il contourna l'ascenseur et se dirigea vers la bouche de métro, écoutant attentivement grâce à son oreillette, invisible à l'œil nu, les transmissions actuelles de ses hommes.

Si tu montes dans un métro, nous te repérerons et t'interpellerons comme nous avons arrêté ton complice dans l'ascenseur. Tout n'est qu'une question de temps, ma jolie.

Chapitre LVIX

Plusieurs tapis se rejoignaient et ne formaient plus qu'une immense piste au moment d'arriver dans le complexe souterrain. Des gens affluaient de partout, l'heure avançant, la fréquentation des lieux augmentait en conséquence. Rose n'hésita pas à se noyer dans la masse alors qu'elle distinguait, au loin, les hauts-de-forme typiques portés par les officiers de Scotland Yard. Des siècles avaient beau s'étendre dans le circuit où le temps et l'espace s'entremêlaient, des traditions subsistaient.

Étrangère à cette civilisation, le moment venu d'emprunter le métro, elle décida d'imiter les Londoniens. Certains semblaient équipés d'une espèce de passe et parvenaient à franchir les barrières d'accès alors que d'autres devaient s'arrêter devant des panneaux numériques où ils devaient acheter un billet.

Rose, réactive, profita de la mêlée pour jeter un coup d'œil par-dessus son épaule.

Ils arrivaient, mais ils semblaient ralentis par la cohue qui se densifiait de manière croissante.

Soudain, son oreille fut attirée par une voix venue d'ailleurs.

— Tu as vu les informations ? Il paraît que des fuyards sont recherchés par la police dans Wallmarket.

— Comment ne pas le savoir ? Tous les écrans holographiques publicitaires ne diffusent plus que leurs portraits.

— Tu crois qu'ils vont leur échapper ?

— Aucune chance. Il y a des caméras partout.

— Ils en ont déjà appréhendé deux, leur répondit un homme qui avait tout entendu de leur conversation. Ils vont attendre qu'elle grimpe dans un wagon, la repérer avec le système de surveillance, immobiliser le véhicule et l'arrêter. Les criminels ont la vie dure désormais.

— Dieu soit loué, nous vivons dans un monde sain.

La discussion se poursuivit mais Rose n'était plus là pour l'espionner.

La peur au ventre, elle avait décidé de ne pas se jeter dans la gueule du loup. Malgré le spectre d'un avenir où elle serait condamnée à porter ce visage, elle jeta son dévolu sur la sortie qui indiquait un accès piéton vers le centre-ville.

Sa mâchoire durcie par l'effort âpre auquel elle se soumettait, elle parvint à se faufiler au milieu des passants qui désiraient respirer l'air pollué de cette bonne vieille ville de Londres. Avec souplesse, elle parvint à se frayer un chemin et à atteindre la rambarde pour s'appuyer dessus.

Ensuite, elle se contenta d'espérer que son nouveau visage qui était désormais connu des policiers ne serait pas déjà repéré par quelque citoyen un peu trop scrupuleux. Une chose était sûre, il était déjà diffusé. Un cliché d'elle réalisé dans l'ascenseur ornait désormais les murs du tunnel qui remontait vers la surface.

Dos à la balustrade, elle se saisit de ses cheveux et décida de les attacher. Guère convaincue que cette tentative de camouflage suffirait, elle se saisit de la montre et du coffret contenant notamment le transfigureur et les enfouit dans la poche de son pantalon puis elle déposa sa blouse sur la rambarde et la laissa glisser.

Elle était consciente d'offrir un indice aux agents de police mais sa tenue était vraiment trop voyante pour qu'elle continue de la porter.

Tout à coup, Rose sentit du mouvement autour d'elle. La piste se divisait en deux tapis. L'un était réservé aux piétons et l'autre concernait ceux qui voulaient rejoindre un taxi ou un bus, il était essentiellement utilisé par les touristes.

Rose voulut continuer son chemin à pied mais un groupe de jeunes déboula et bouscula tout le monde sur son passage, elle y comprise. La rambarde s'étant éloignée dans le vide, elle tomba à la renverse.

Mais elle ne percuta pas le sol.

Un bras solide et bienveillant la rattrapa au passage et l'aida à se redresser.

Lorsqu'elle se retourna, elle découvrit un jeune homme relativement séduisant et fier de lui.

Rose rougit.

— Merci beaucoup.

— Avec plaisir, Mademoiselle.

Il lui fit un clin d'œil et disparut.

Enfin, elle se retourna et constata qu'elle avait dépassé l'embranchement. De la lumière émanait du niveau dans lequel elle arrivait, puis elle les vit.

Les taxis volants qui attendaient leurs clients.

Peints en vert, ils flottaient au-dessus du sol, leurs conducteurs patientant paisiblement derrière leurs volants.

Rose souffla. Elle avait la sensation de toucher au but mais elle éprouvait une forme de liberté angoissante. Comme si on l'autorisait à courir avant de l'attraper.

En réalité, l'inspecteur Collin Mertyn échangeait en permanence avec les lieutenants se trouvant à la tête de chacune de ses patrouilles, qu'elles soient pédestres ou aériennes, ainsi qu'avec les analystes planqués dans les bureaux de Scotland Yard. Il ne jouait pas. Loin de là. Et il ne s'autoriserait à se décontracter uniquement lorsqu'il aurait mis la main sur la femme qui avait accompli l'impossible, à savoir s'échapper de Gorkham.

Personne ne devait fissurer la réputation de forteresse impénétrable associée à Gorkham, au risque d'égratigner les fondations du système judiciaire britannique.

Ainsi, il reprit confiance lorsque ses doigts caressèrent le tissu délicat de la blouse de Rose. Il reconnaissait là le vêtement qu'il avait vu grâce aux nombreuses caméras disposées dans tous les lieux publics. Peu de personnes déambulaient dans un centre commercial, vêtues d'une blouse de scientifique.

Collin Mertyn leva les yeux en l'air et observa la nuée de Londoniens qui se laissaient porter vers la surface de la cité. Il tint un fait pour acquis. Elle se trouvait parmi eux.

À moins qu'elle n'ait posé volontairement sa blouse ici pour les orienter dans une mauvaise direction.

Non, il écarta cette hypothèse aussitôt. Elle n'avait pas encore été repérée dans le métro et elle était bien trop occupée à fuir pour penser à élaborer ce genre de stratagème. Elle avait simplement voulu gagner en discrétion.

L'inspecteur posa un doigt sur le lobe de son oreille gauche et contacta Steven Keepfaith, son rat de laboratoire préféré.

— Monsieur Keepfaith, avez-vous progressé quant à l'analyse du disque dur du droïde ?

— Nous continuons de lire les séquences vidéo qui retracent les dernières heures de sa vie. Nous sommes obligés de les visionner en temps réel afin de n'omettre aucun détail.

— Bien. Aucune indication sur la destination des fugitifs ?

— Non, pas encore. Mais il nous reste quelques heures de film. D'ici cet après-midi…

— Ce sera peut-être trop tard, le coupa Collin Mertyn.

— Ne vous inquiétez pas, inspecteur, le deuxième fugitif vient d'arriver au poste. Nous allons lui injecter un sérum de vérité. Vous aurez votre réponse. D'une manière ou d'une autre.

L'inspecteur tiqua. Il avait un mauvais pressentiment.

— Faites vite, il ne faudrait pas qu'elle nous glisse entre les doigts à cause d'un manque latent de réactivité.

— Reçu, inspecteur.

Collin Mertyn rompit la communication et, d'un délicat mouvement du doigt, il bascula sur une autre fréquence.

— À toutes les patrouilles situées à Wallmarket, la cible se dirige vers le centre-ville, soit par la voie piétonne, soit par la voie réservée aux moyens de transport publics. Bouclez la zone. Elle ne doit pas quitter le centre commercial.

Il n'attendit pas de réponse et coupa la connexion puis il posa un pied sur le tapis. Sa main droite souleva son veston et se posa sur le revêtement métallique de l'étui contenant son pistolet laser. Il lui tardait de le dégainer et de clore ce chapitre.

C'est la fin pour toi. Crois-moi, tu vas retourner à Gorkham et Samantha Zandora sera réjouie de te revoir, songea-t-il en pensant à la directrice connue pour son intransigeance.

Chapitre LX

Une main posée sur sa cuisse, Rose essayait d'alléger les souffrances que sa jambe lui infligeait à chacune de ses foulées. Toutefois, son courage à toute épreuve lui permit d'atteindre le quai où stationnaient les taxis avant de s'envoler pour le centre-ville.

Un appareil libéra une place juste devant elle et un autre vint s'y garer. Il s'immobilisa et se posa à terre. La porte s'ouvrit et un couple de passagers en descendit.

Aussitôt, Rose en profita et se plaça dans l'entrebâillement de la porte avant qu'elle ne se referme.

Excusez-moi, je peux vous payer par virement ? aurait-elle demandé si elle avait respecté les conseils prodigués par Archimède.

Malheureusement, malgré le caractère périlleux de sa situation, elle ne se voyait pas utiliser l'argent d'une personne certes emprisonnée mais encore en vie. Le vol ne comptait pas parmi ses atouts.

Au lieu de cela, elle joua la carte de la séduction et ôta un bouton de sa chemise.

— Voudriez-vous bien conduire une demoiselle ? demanda-t-elle avec une voix exagérément sensuelle.

— Non, j'ai fini ma journée, ma petite dame, c'est l'heure pour moi de rentrer au bercail, répondit-il froidement sans se retourner.

— Même si je vous offre le collier que je porte, un héritage de ma grand-mère et qui possède certainement une valeur inestimable ? indiqua-t-elle en exposant le bijou et le haut de sa poitrine par la même occasion.

Le chauffeur se retourna et examina la potentielle cliente. Il hésitait. Ce genre de transaction n'était pas courante, elle était à la fois tentante et intrigante.

— Votre offre est vraiment séduisante, je vous le concède mais j'ai dépointé.

— Ainsi, cela vous éviterait de verser une commission à votre employeur, n'est-ce pas ?

Il avait beau dissimuler une chevelure rousse et touffue sous sa casquette, des mèches de cheveux dépassaient. Des grains de beauté décoraient ses joues et des dents de lapin apparurent lorsqu'il lui permit de voir son plus beau sourire. Elle espérait simplement ne pas avoir besoin d'user trop de ses charmes avec lui pour le convaincre. Il était jeune mais il ne respectait aucun des critères de beauté suffisants à son goût pour faire semblant, au moins.

— Je suppose que je peux faire une exception. Montez vite, ma petite dame… Avant que je ne change d'avis, lui ordonna-t-il avant de se retourner vers son tableau de bord.

— Je vous suis infiniment reconnaissante, dit-elle en se blottissant sur la banquette arrière.

Elle roula des yeux lorsqu'elle vit une main tendue vers elle.

— Votre collier d'abord. Je veux le scanner d'abord et vérifier qu'il ne s'agit pas d'une entourloupe.

— Bien, bien, concéda-t-elle en glissant les doigts derrière sa nuque pour retirer le bijou.

Enfin, elle le lui remit.

— Vous devriez vous allonger, ma petite dame.

La stupéfaction se lut sur le visage de Rose.

— Moi, c'est ce que je ferais si j'étais recherché, dit-il pendant qu'il scannait le collier sur son réseau personnel et se connectait au répertoire censé inventorier la valeur des bijoux, des montres et d'autres objets recherchés.

Rose ne chercha pas à savoir comment il savait. Elle se contenta d'obéir. Une fois baissée, elle vit les gyrophares d'une voiture de police clignoter à travers la vitre.

— C'est bon, ma petite dame. Où voulez-vous rendre ?

— Vous n'allez pas me dénoncer ?

— Il faut croire que je ne suis pas ce genre de chauffeur de taxi. J'ai plus besoin d'argent que des faveurs de la police locale. Tout ça pour vous dire, on va où, ma petite dame ?

— À la boutique de Tobias Lieder. Dans le quartier de Jesmond.

— À la boutique de Tobias Lieder ! répéta-t-il sur un air enjoué en parlant à son système de géolocalisation.

Une carte apparut alors sur l'écran principal et l'itinéraire se traça instantanément.

— Vous avez de la chance, dit-il en faisant léviter son véhicule, ce n'est pas très loin. On va peut-être réussir à ne pas se faire arrêter, qui sait ?

Un éclat de rire s'ensuivit mais cela ne détendit pas Rose pour autant.

— Pour votre gouverne, ajouta-t-il pendant qu'il manœuvrait et s'extirpait de la gare de taxis, vous pouvez inverser les effets de votre transfigureur. Votre nouveau visage est connu.

Médusée, Rose ne répondit pas.

Au lieu de cela, elle rouvrit le coffret et se rappela des ultimes consignes émises par Archimède.

D'abord le comprimé blanc. Puis le rouge. Toujours dans cet ordre. Toujours.

Rose inspira un grand coup puis elle expira et enfin elle avala le comprimé blanc.

— Attendez quelques minutes avant d'ingérer le comprimé rouge, avisa le chauffeur de taxi.

— Merci.

— Avec plaisir, ma petite dame, la rassura-t-il tout en effectuant la transaction bancaire sur son compte personnel.

Il jeta un coup d'œil dans les rétroviseurs.

Derrière lui, les policiers installaient un barrage.

Le chauffeur siffla.

— C'était moins une, s'enthousiasma-t-il. Trente secondes de plus et vous étiez bonne pour Gorkham. Vous, vous êtes née sous une bonne étoile ! On dirait que j'ai gagné le gros lot.

Et il imprima une légère poussée au taxi.

Il fallait se hâter. S'il voulait pouvoir revendre la breloque d'une valeur inestimable dont il avait hérité, mieux valait ne pas tergiverser.

Chapitre LXI

Sans se départir de son habituelle assurance, l'inspecteur Collin Mertyn arpentait les quais de la gare de taxis. Ses yeux ne pouvaient s'empêcher de fureter à l'intérieur de chacun des véhicules. Il espérait bien repérer la fuyarde. Mais le miracle tardait à s'accomplir.

Des barrages étaient déjà en place depuis de longues minutes et aucun contrôle ne s'était avéré fructueux. Avait-elle remarqué l'arrivée massive des policiers ? Avait-elle trouvé un recoin où se réfugier en attendant de laisser passer l'orage ?

Il en doutait.

Il aurait bien aimé pouvoir s'introduire dans son esprit et savoir quelle décision elle avait prise pour parvenir à échapper au piège qu'il lui avait tendu. En outre, il n'ignorait pas qu'elle était légèrement blessée, ce qui aurait dû la ralentir.

Pourtant, une intuition le rappelait à l'ordre.

Collin, celle-là, tu ne l'auras pas. Tu l'as sous-estimée.

Oui, Collin Mertyn l'avait prise de haut. Les moyens matériels qui étaient mis à sa disposition étaient tellement considérables qu'il n'avait jamais imaginé qu'une petite souris puisse filer à travers les mailles de son filet.

Ne sachant plus vers qui se tourner, il s'immobilisa et fit volte-face pour examiner la situation. Le trafic était ralenti et les chauffeurs de taxi rongeaient difficilement leurs freins. Leurs employeurs respectifs se moqueraient pas mal de cet imprévu au moment de compter les heures de travail et les kilomètres parcourus à la fin de la journée.

Collin porta alors un index à son oreille.

— Monsieur McCarthy, vous avez pu obtenir l'accès aux systèmes de traçage privés des compagnies de taxis ?

— Oui, conformément à vos ordres, inspecteur. Nous sommes en train de relever les parcours des différents taxis qui ont quitté la gare dans les quinze dernières minutes. Ils ne sont pas nombreux. Nous devons procéder à des vérifications mais les clients ont été identifiés et authentifiés par leurs chauffeurs. Pour l'instant, ils semblent tous être en règle.

Collin Mertyn, un homme courtois et serein en toutes circonstances, étouffa un juron.

— Je vous remercie Monsieur McCarthy, continuez et tenez-moi au courant dès que vous avez une piste.

Soudain, un appel se fit entendre. Il pressa le lobe de son oreille et accepta la communication.

— Oui ?

— Inspecteur, ici Monsieur Keepfaith.

— J'espère que vous êtes porteur de bonnes nouvelles, sinon…

— Excellentes, inspecteur. La femme se dirige vers la boutique d'un certain Tobias Lieder, elle cherche une pierre de Lune pour réparer sa fameuse montre.

— Beau travail, Steven, s'autorisa exceptionnellement l'inspecteur à appeler l'analyste par son prénom. Continuez et rassemblez toutes les informations afin d'y voir plus clair dans cette enquête.

— Bien sûr, inspecteur.

Collin Mertyn mit un terme à la communication mais il savait déjà qu'il avait de nouvelles directives à donner.

Donner la directive de mettre sous surveillance tous les commerçants susceptibles de commercialiser des pierres de Lune, quadriller le quartier de la boutique de Tobias Lieder et envoyer le gros des renforts à cet endroit tout en continuant de verrouiller la gare des taxis.

S'il y avait quelque chose qui avait manqué à Collin Mertyn depuis toutes ces années où la sécurité s'était accrue en ville, c'était l'adrénaline qui découlait de la traque des criminels.

Bien sûr, il ne se l'avouait pas mais ce jeu du chat et la souris l'exaltait profondément.

Collin n'avait jamais aimé perdre et il ne s'imaginait plus concéder une défaite qui aurait été considérée comme une humiliation par les médias britanniques.

Ainsi, il observa le ballet des taxis et des voitures de police qui se mélangeaient et il se faufila entre deux véhicules stationnés. La main levée, il ordonna à l'un des bolides de Scotland Yard de s'immobiliser.

Le pilote reconnut le visage bien renommé au sein de l'institution policière. Il décéléra et se posa devant Collin Mertyn. L'inspecteur fit le tour et lui fit ouvrir sa portière.

— Inspecteur ?

— Serrez-vous les bleus, je prends le volant.

Le jeune sous-officier n'eut pas le temps d'afficher sa surprise qu'il se poussa sur le côté et se serra contre son collègue, permettant à l'inspecteur de s'installer.

À peine la portière fut refermée que l'appareil reprit de l'altitude.

— Les enfants, vous avez de la chance. Pour l'un de vos premiers jours de service, vous allez participer à l'arrestation d'une fugitive.

Et il accéléra.

À fond la gomme, pensa-t-il alors que les policiers s'accrochaient à leurs sièges, peu habitués à rouler à contresens et à jongler à une telle vitesse entre les voitures qui formaient la dense circulation londonienne.

Chapitre LXII

Le chauffeur de taxi gara son véhicule dans un recoin obscur, situé aux abords de la boutique de Tobias Lieder et remit à Rose le collier qu'elle lui avait donné au préalable.

— J'imagine que vous allez en avoir besoin, ma petite dame. Reprenez-le avant que je ne change d'avis.

En guise de gratitude, Rose lui offrit un sourire aimable.

— Vous pouvez avaler le dernier comprimé, maintenant, lui préconisa-t-il.

Elle acquiesça et porta à ses lèvres l'espèce de bonbon qu'elle avait enfermé entre ses doigts depuis tout à l'heure.

— Au revoir, conclut-elle cet échange, désireuse de ne pas causer plus de troubles à cette âme charitable.

On ne savait jamais, si elle se faisait arrêter, elle ne souhaitait pas que ceux qui l'avaient aidé en paient le prix. D'autant plus qu'il était conséquent dans cette société.

Rose s'éloigna et le taxi prit sur lui la responsabilité de disparaître et d'échapper aux véhicules policiers qui n'allaient pas tarder à grouiller dans le secteur.

Elle soutint sa jambe alors qu'elle n'avait que quelques mètres à parcourir. Elle pouvait apercevoir la devanture du magasin et les lettres gothiques qui annonçaient le nom de Tobias Lieder.

Plus qu'un petit effort ! Tu y es presque !

Mue par une ténacité à toute épreuve, elle finit par poser ses doigts sur la poignée de la porte. Elle l'actionna puis elle entendit le son des grelots qui annonçaient l'arrivée d'un client.

Tobias Lieder éloigna ses yeux de son écran et déshabilla lentement la silhouette de la personne qui venait le voir. Ces quelques secondes passées à l'observer étaient cruciales. C'est à ce moment-là qu'il déciderait s'il devait l'aider, ou bien la dénoncer.

— Bonjour, Monsieur Lieder. Je me permets de vous importuner car j'ai un service à vous demander.

— Une charmante demoiselle comme vous ne m'importune jamais ! J'aimerais recevoir plus de clients aussi ravissants, si je puis me permettre, la flatta Tobias.

Oui, Tobias Lieder était un collectionneur féru d'antiquités qui affectionnait les petits plaisirs de la vie, comme le bon vin. Mais il y a quelque chose qu'il aimait par-dessus tout, bien plus que l'argent lui-même. Cette perle rare qui le faisait vibrer était le sourire exquis d'une femme élégante.

Incidemment, Rose lui en offrit un pour le remercier de sa gentillesse, même si elle n'était pas assez dupe pour se laisser conter fleurette par un beau parleur.

— Je cherche une pierre de Lune, je suis prête à vous payer le double du prix s'il le faut, dit-elle en posant son collier sur le comptoir.

— Une pierre de Lune ? fit-il mine de réfléchir. On n'en trouve plus beaucoup en Europe, mais je pense qu'il m'en reste un exemplaire dans mon atelier. C'est tout ce dont vous avez besoin ?

— Non, répondit-elle en jetant un furtif coup d'œil vers l'écran de télévision qui évoquait la course-poursuite dans le centre-ville de Londres entre elle et Scotland Yard.

— Ne vous inquiétez pas, lui rétorqua-t-il avec un accent fort, je suis Prussien mais je ne suis pas pour autant un collaborateur !

Rose ne comprit pas la référence mais elle se rasséréna quelque peu et dévoila au grand jour le coffret qui lui avait été remis par Edgar. Elle l'ouvrit et étala le schéma permettant de réparer la montre.

— Je ne suis pas sûr que cela soit dans mes cordes, est-ce dans les vôtres ?

Tobias fronça les sourcils et retira des lunettes de la poche située à hauteur de sa poitrine. Il les posa sur le nez et se pencha sur le croquis et les explications qui étaient annotées sur le côté.

Le cœur de Rose se mit à battre la chamade pendant qu'il étudiait le dessin de son bien-aimé.

Plus vite, plus vite ! Je n'ai pas le temps !

Le visage de l'antiquaire s'éloigna enfin du papier et il enleva ses lunettes. Il repoussa le bijou vers Rose pour lui signifier de le reprendre et se dirigea vers une armoire située derrière lui. Il caressa un pan de mur adjacent au meuble et l'armoire coulissa, libérant un passage derrière elle.

— Je ne voudrais pas vous offenser mais dépêchez-vous, Mademoiselle ! Il n'y a pas une seconde à perdre !

Rose ne se le fit pas répéter deux fois et récupéra son collier avant de se précipiter de l'autre côté du comptoir puis de suivre cet étrange personnage.

Le placard se referma derrière eux et une ampoule suspendue au plafond s'alluma et éclaira l'escalier en bois qui descendait vers une salle totalement isolée du reste du monde.

— Honneur aux dames, lui dit-il en désignant les marches.

Rose acquiesça et s'affranchit de cette courte descente avant d'arriver dans une pièce à la fois sombre et pleine de lumière. Des bibliothèques remplies de livres l'empêchaient de percevoir la couleur des murs alors que des établis se trouvaient au milieu.

De toute évidence, Tobias Lieder était un homme cultivé, un chercheur mais aussi… Un alchimiste.

— Posez la montre sur ce bureau, lui demanda-t-il alors qu'il se dirigeât vers une de ces gigantesques bibliothèques.

En se baissant, il lâcha un gémissement. Son corps ne parvenait plus à supporter les exercices physiques qu'il lui faisait subir. Par réflexe, Rose voulut lui apporter son aide.

— Ne vous inquiétez pas, Mademoiselle. Tant que je grince, c'est que je vis. Il me faudrait un peu d'huile de coude pour graisser mon squelette mais malheureusement, je ne crois pas que ce soit encore du domaine du possible, plaisanta-t-il, tout en tirant le tiroir conséquent qui se trouvait au bas du meuble.

Il sortit un coffret en acajou et souffla dessus pour évacuer la poussière qui s'était accumulée sur le couvercle.

— Parfait !

Il referma le tiroir, non sans se plaindre de nouveau puis il se redressa et alla poser ce coffret à côté de la montre. Il l'ouvrit et sentit la curiosité de Rose la piquer lorsqu'elle se plaça à ses côtés pour regarder par-dessus son épaule.

— Nous y voilà ! s'exclama-t-il en s'emparant d'une pierre qui semblât à Rose bien plus trouble que celle qu'Edgar lui avait confié.

— Vous êtes sûr de vous ?

Le visage de Tobias se durcit et se tourna vers elle. Puis, il éclata de rire.

— Enfin, voyons !

Il ne prit pas la peine de se justifier et se dirigea vers un établi où plusieurs outils étaient posés dessus.

— Je n'en ai que pour quelques secondes, tout au plus, déclara-t-il tout en examinant le schéma fourni par Edgar Stone.

D'une main, il fit glisser à l'aveuglette un tiroir et enfouit ses doigts à l'intérieur afin de piocher une paire de lunettes dotée de verres de protection. Ensuite, il les plaça au-dessus de ses oreilles grâce à l'élastique qui passait à l'arrière de son crâne et reliait les verres noirs qui reflétaient tout ce qui se trouvait en face.

Assis sur un tabouret rond muni de roulettes, il donna un coup de pied et se dirigea vers un autre meuble et fouilla dans une boîte qui contenait des stylos. Il les tria un par un et en choisit un avant de retourner devant l'établi.

— Je vais vous demander de vous tourner et de protéger vos yeux. La lumière d'un laser pur est éblouissante, à tel point qu'une exposition prolongée peut provoquer une forme de cécité extrêmement incommodante.

La jeune femme acquiesça puis obéit.

Tobias se repositionna devant son établi et se saisit de la pierre de Lune. Il l'encastra alors dans un support gris argenté en faisant rouler ses doigts sur une molette afin de resserrer deux pinces latérales et d'emprisonner la pierre.

Ce n'est qu'à ce moment-là qu'il baissa les verres sur ses yeux et se pencha au-dessus du minerai si particulier.

Tout en fixant la pierre précieuse, il se saisit de son stylo et visa la pièce qui demandait à être polie. Il appuya sur un bouton fiché sur le côté et un rayon laser extrêmement fin se déploya et percuta la première couche de la pierre de Lune.

Des bouffées de chaleur saisirent Rose alors qu'elle ressentait la violence de l'éclat qui illuminait la pièce.

Tobias s'affaira à travailler minutieusement la pierre, des volutes de fumée se dispersant dans l'air à mesure qu'il éclaircissait et polissait chacune de ses faces.

Une minute plus tard, il éteignit son stylo et l'éloigna de la pierre. Il releva ses lunettes et porta le nouveau prisme au-dessus de sa tête pour l'admirer à la lueur de son ampoule, un vestige de l'ancien temps.

— Parfait ! Vous pouvez rouvrir les yeux. Ce serait dommage d'empêcher le monde de se pâmer devant leur splendeur, déplora-t-il, incapable de contenir un nouveau compliment.

Peu encline à se laisser corrompre par la flatterie, elle se contenta d'obéir puis elle le rejoignit.

Il était déjà en train de déshabiller la montre pour insérer la nouvelle pierre dans son emplacement lorsqu'il leva un doigt.

— Chut !

Rose ne comptait pas parler, elle tendit l'oreille, se demandant quelle était la raison de cette soudaine interruption.

Alors qu'elle demeurait dans la perplexité, elle finit par l'entendre.

Le doux ricochet des grelots.

Quelqu'un avait ouvert la porte.

Était-ce un client ? Ou bien l'arrivée de la police ?

Tobias abandonna le plan à Rose et se leva.

— À vous de finir, Mademoiselle. Nous avons de la visite, il me faut les accueillir.

Un voile livide fit pâlir le visage de Rose lorsqu'elle le vit se diriger vers une bibliothèque et procéder de la même manière qu'avec l'armoire située au premier étage de la boutique.

Livrée à elle-même, elle se rendit compte que son propre sort reposait littéralement entre ses mains.

Si elle n'assemblait pas correctement la pierre de Lune, qui savait à quelle époque et où elle pourrait atterrir ?

L'erreur n'était pas permise.

Chapitre LXIII

Du bruit se faisait entendre dans sa boutique et Tobias Lieder n'aimait pas cela. Il tira le rideau et découvrit des agents de police en train de fouiner dans ses affaires, aussi bien dans les antiquités mises en avant derrière des vitrines que dans la partie privée située autour du comptoir. Ils avaient beau être des policiers, il ne trouvait cela guère courtois.

— Excusez-moi, vous êtes en possession d'un mandat, j'imagine ? gronda-t-il, les prenant par surprise.

D'un geste sec de la main, l'inspecteur Collin Mertyn leur fit signe de s'interrompre. Ils obtempérèrent aussitôt et le calme refit son apparition.

Seuls les pas délicats de l'antiquaire venaient troubler le silence de cathédrale qui s'imposa soudainement.

— Non, nous n'avons pas eu le temps d'en obtenir un, répondit l'inspecteur. Nous nous trouvons dans une situation d'urgence et cela nécessite des mesures exceptionnelles.

— Cela ne vous autorise pas à enfreindre la loi et à empiéter sur mon intimité. Qu'est-ce qui ne me dit pas que vous n'êtes pas des usurpateurs venus me dérober quelque trésor d'un ancien temps doté d'une certaine valeur monétaire ?

— Ma plaque, Monsieur Lieder, précisa Collin en la sortant de la poche et en la tendant vers lui.

Tobias fit mine de l'examiner avant de scruter cet inspecteur, comme s'il eut pu douter qu'il s'agissait du même homme.

— Bien, et que recherchez-vous ?

— Une femme, celle-ci, dit-il en indiquant l'écran de télévision qui était resté allumé et qui évoquait en boucle le sujet de la course-poursuite.

— Et vous pensiez la trouver derrière des vases ou des livres ? rétorqua-t-il.

— Ne jouez pas au plus malin avec nous, Monsieur Lieder. Nos services de renseignement sont extrêmement performants et nos raisons de penser que la fugitive désire venir dans votre boutique sont alimentées de certitudes.

— Pourtant, comme vous pouvez le constater, elle n'est pas ici.

— Elle n'est peut-être pas encore arrivée. Mais vous ne m'avez pas confirmé ni infirmé si elle était venue vous voir avant notre arrivée.

— Vous ne m'avez pas posé la question.

— En agissant de la sorte, vous ne faites qu'augmenter les suspicions qui pèsent sur vous.

— Et quelles sont-elles ?

— Entrave à la justice et complicité d'évasion, pour commencer. Mon esprit peut se montrer très fertile lorsqu'il s'agit de trouver des motifs d'inculpation, monsieur Lieder. À votre âge et alors que vous êtes à la tête d'une entreprise florissante, ce serait dommage de tout perdre.

— Elle n'est pas encore arrivée.

— Bien, nous allons donc l'attendre en votre compagnie si vous le permettez. Est-il possible de nous dissimuler derrière ce rideau ? demanda l'inspecteur en désignant l'un des passages strictement réservés à Tobias Lieder et à personne d'autre, du moins pas tant qu'il ne le permettait.

Les yeux de Tobias roulèrent et suivirent le doigt de Collin Mertyn. Une grimace se forma sur son visage mais il n'eut pas le temps de répondre.

L'un des agents, l'un des bleus plus exactement, vint alerter l'inspecteur sur un détail qui le tracassait.

— Inspecteur, regardez ! C'est bizarre… lui dit-il en lui tendant un appareil en forme de clé anglaise, doté d'un écran encastré entre les deux pinces qui remontaient depuis le manche.

— Qu'est-ce donc ?

— C'est un cliché du mur qui se trouve derrière cette armoire.

— Ce n'est pas un mur, le corrigea-t-il. C'est un passage secret… Et vous êtes en état d'arrestation, poursuivit-il, tout en dégainant son pistolet laser. Levez les mains en l'air, mettez-les bien en évidence et écartez-vous du comptoir !

Tobias Lieder, surpris par la trouvaille des policiers, ne put que s'exécuter. S'il pouvait lui arriver de jouer avec les failles du système et de ne pas respecter à la lettre les ordres de la police, il n'était pas pour autant un homme pourvu d'une nature bagarreuse. Courageux mais pas téméraire.

— Trouvez l'ouverture ! ordonna Collin Mertyn alors qu'il tenait toujours en joue son suspect.

Ses yeux injectés de sang trahissaient la colère qui bouillonnait en son for intérieur. Mieux valait ne pas l'énerver ni faire le moindre geste qui pourrait être considéré comme déplacé. Les bras tremblants, Tobias Lieder était tétanisé.

Les policiers firent le tour du comptoir et utilisèrent leurs scanners pour étudier les moindres aspérités du mur et de l'armoire.

— Là ! cria l'un des agents.

Il caressa le mur à un endroit précis et l'armoire bascula.

— Ne bougez pas. Anton, occupez-vous de lui et menottez-le. Je veux être le premier à procéder à l'interpellation de notre suspecte.

Le vieil homme n'opposa aucune forme de résistance lorsque le policier vint enserrer ses poignets et il assista, frustré, à l'immersion d'un intrus dans son univers.

Collin Mertyn se fraya un chemin au milieu de ses hommes, l'arme toujours tenue à deux mains, et il plongea derrière l'armoire.

La pièce plongée dans l'obscurité s'éclaira lorsque le détecteur de mouvement remarqua la présence de l'inspecteur.

Des marches descendaient vers une espèce d'atelier privé. Tout tendait à laisser penser que Tobias Lieder avait travaillé récemment mais rien ne pouvait lui permettre d'affirmer que celle qui était suspectée d'avoir causé un désastre à Gorkham s'était jamais trouvée là.

Tenu par son geôlier, Tobias Lieder s'approcha et fut témoin du même spectacle.

Sauf que lui le tenait comme certain.

La fugitive s'était envolée.

Rose Cunningham était partie sans que personne ne sache vraiment où, quand, ni comment.

Elle était simplement ailleurs. Et bientôt aucun d'entre eux ne vivrait ce moment.

Car il n'existait déjà plus.

Cette ligne temporelle était en train de s'effacer.

Leur quête était vaine.

Chapitre LXIV

Adossée à une porte voisine, Rose patientait. Elle passait régulièrement le bout de la tête derrière le mur de pierre pour épier les mouvements qui émanaient de la maison voisine.

Subitement, elle la vit.

Elle se vit.

Rose Cunningham venait de sortir et de quitter son amant. Elle tourna directement sur la droite et s'en alla.

La Rose venue du futur se souvenait de cette journée. Elle comptait parmi ces moments qui avaient compté plus que les autres au cours de son existence et elle avait su que c'était à ce carrefour de leurs vies qu'il fallait changer le destin d'Edgar Stone.

Si elle savait que Rose ne se retournerait pas, par précaution, elle attendit qu'elle disparût au coin de la rue avant de sortir de sa cachette et de débouler chez son compagnon.

Elle ouvrit la porte et remonta les escaliers en trombe avant d'apparaître, essoufflée sur le palier du salon.

Edgar, toujours en train de lire le journal tout en attendant que son café refroidisse, lui jeta un regard interloqué.

— Tu as oublié quelque chose ?

Rose opina en guise de réponse et elle s'approcha de lui.

— J'ai un aveu à te faire. Je partais, mentit-elle pour donner le change, et puis je me suis dit que je ne pouvais pas te lancer dans le secret.

Edgar posa sa journée et se pencha dans son fauteuil avant de la fixer, intrigué.

Rose fronça les sourcils, cherchant de toute évidence les mots justes pour délivrer son message.

— J'ai fait un rêve cette nuit. Plutôt un cauchemar. Il s'agit de l'invention que tu dois présenter aujourd'hui à la ville.

— Le générateur ?

— Oui, cela ne se déroulait pas comme tu l'espérais. Il y a eu une explosion, un incendie a été déclaré, les spectateurs ont cédé à la panique. Une véritable catastrophe.

— C'est absurde, le générateur est au point. Tu n'as aucune raison de t'inquiéter.

— Je t'en prie, fais-moi confiance, j'ai comme une intuition, je pense que c'est un signe.

— Cela veut dire que tu te fais du souci pour moi et que mes projets revêtent d'une grande importance à tes yeux, répondit-il en se levant et en allant prendre sa bienaimée dans les bras.

— Je ne te dis pas le contraire, mais j'ai un mauvais pressentiment. Refais des essais ce matin à ton atelier. Vérifie que tout fonctionne. Ce doit être ton grand jour, tu m'entends ? Ton grand jour ! s'exclama-t-elle, ses yeux embués par l'émotion et plongés dans les siens.

En guise de réponse, il l'embrassa.

— Je te promets que je vais déshabiller mon prototype d'exposition et que je vais examiner le moindre des rouages qui lui permet de fonctionner, tu es rassurée ?

— Oui, mon amour.

— Alors, file, sinon tu vas être en retard. Il ne faut pas donner le moindre prétexte à ce satané McCartigan de te crier dessus.

Rose sourit et plaça sa main derrière la nuque de son amoureux.

Qu'il était agréable pour elle de retrouver celui dont elle était tombée amoureuse à en perdre la raison.

Cet Edgar Stone était pur et innocent, ignorant tout de l'aventure à laquelle il venait de participer.

Rose lui offrit le baiser le plus langoureux et le plus irrévérencieux qu'ils aient jamais échangé puis elle s'éloigna.

Encore troublé par la chaleur de ses lèvres, il mit quelques secondes avant de rouvrir les yeux. Lorsqu'il l'osa, il l'entendait déjà descendre à toute allure.

Telle une étoile filante, elle retournait à son travail.

Du moins, le croyait-il.

Une fois arrivée en bas, elle n'ouvrit pas la porte.

Elle s'empara de la montre.

Il lui restait un voyage à effectuer et ensuite, tout serait terminé. Elle détruirait cet objet et plus rien ne viendrait menacer l'équilibre de l'humanité ni l'amour qui l'unissait à cet inventeur de génie.

Rose régla l'horlogerie et retourna au moment où elle avait quitté les siens, sous peine d'être considérée comme disparue. Dans quelques instants, elle serait fixée sur la réussite ou sur l'échec de sa tentative.

Elle ferma les yeux et lorsqu'elle les rouvrit, elle se trouvait aux abords de l'atelier d'Edgar. La nuit était noire mais le ciel était dépourvu de nuages. Ainsi les étoiles et la lune éclairaient le quartier avec bienveillance.

Mais ils n'étaient pas les seuls.

Rose se retourna et découvrit avec joie l'éclat protecteur des lampadaires qui permettaient aux promeneurs nocturnes d'y voir dans la pénombre.

La lumière existait.

Edgar avait réussi. Il l'avait fait.

Son visage s'illumina et ses joues s'empourprèrent. Elle n'avait plus qu'une envie, c'était de se jeter dans ses bras.

Alors, elle se précipita vers la poignée de la porte d'entrée de l'atelier et l'ouvrit.

Ses yeux s'émerveillèrent lorsqu'ils rencontrèrent les croquis de l'invention qu'il avait présentée à l'Exposition universelle de Londres. Les plans d'un dirigeable étaient exposés et dévoilaient les moindres pans de son ossature. Toutefois, si Rose avait pris le temps de les étudier, elle se serait rendu compte que le Precursor n'était pas tout à fait le même que celui qu'elle avait déjà connu. Doté de panneaux solaires, il n'utilisait pas la même forme d'énergie et promettait d'influencer l'humanité dans une autre voie. Différente de celle passée, mais respectueuse de l'environnement et remarquablement positive.

Malheureusement, tout cela, Rose n'en était pas encore consciente. Ainsi, la panique commença à se frayer un chemin dans les méandres de son esprit.

— Il… Il l'a fait… Il a recommencé… Non, ce n'est pas possible…

Une porte s'ouvrit et le visage rayonnant d'Edgar Stone apparut.

— Qu'est-ce que j'ai fait ?

Ses doigts tremblèrent lorsqu'ils désignèrent les multiples dessins qui recouvraient les murs.

— Le dirigeable.

— Tu sais bien que cela fait des mois que je travaille dessus, dit-il en se glissant dans son dos et en la saisissant par la taille avant de lui déposer des baisers dans le cou, s'enivrant par la même occasion de son parfum corporel.

Il s'interrompit quelques instants avant de reprendre son récit.

— Je n'oublierai jamais ce matin où je me suis réveillé. J'avais fait un rêve. Celui d'une sorte de bateau volant complètement fantaisiste et futuriste. Je ne croyais pas parvenir à le construire et toi, tu m'as dit de croire en mes rêves.

— Alors, tu l'as créé, sans aide extérieure ?

— Seulement celle de Richard. S'il n'avait pas été là, j'y serai encore.

Richard. Ce nom rappela à Rose des souvenirs impérissables.

Edgar et Richard.

Voilà deux hommes qui lui étaient chers. Deux hommes à qui elle devrait mentir pour le restant de leurs vies.

Rose dut bien l'admettre, elle ne le réalisa qu'à l'instant fatidique où elle s'avérait devenir la seule rescapée de cette fabuleuse histoire.

Elle se voyait déjà immortaliser à sa manière les aventures d'Edgar Stone, de Richard Morris et de Rose Cunningham.

Quoique, il lui faudrait peut-être inventer des noms et imaginer de nouveaux personnages. La réalité et la fiction devaient peut-être conserver une frontière bien distincte. Une chose était certaine.

Archimède, le professeur Von Schnäbbel, le chauffeur de taxi, Tobias Lieder, Samantha Zandora. Ils seraient tous présents.

Alors qu'elle se perdait dans ses songes, Edgar s'adressa à elle.

— Alors, comme ça, tu as envoyé paître Sir Charles McCartigan ? Il va faire en sorte de te couper les ponts. Il est très influent. Même moi, avec ma nouvelle notoriété, je ne suis pas sûr de pouvoir t'ouvrir des portes dans le milieu du journalisme.

Rose se retourna subitement.

— Je ne veux plus être journaliste.

Edgar haussa un sourcil. Sa muse avait le don de la surprendre.

— Non ? Mais, que vas-tu faire alors ?

— Écrivain, je serai écrivain. Voilà un métier qui me sied. C'est ma vocation, je le sens dans mes tripes. Si je ferme les yeux, je vois déjà les esquisses de l'intrigue de ma première fiction se dessiner.

— Vraiment ? Il faudra un titre à ce roman.

— Oh, mais je le tiens déjà. L'Architecte du Temps.

L'inventeur fit une moue approbatrice. Il devait le reconnaître, il était épaté.

— Maintenant que je connais le titre, tu peux me raconter ton histoire.

Rose tapa le torse musclé de son homme.

— Que nenni, messire Stone ! Lady Rose Cunningham est une professionnelle chevronnée, elle loge tout le monde à la même enseigne. Tu devras attendre que le livre soit rédigé pour le lire, comme mes futurs lecteurs.

Sous le charme de son enthousiasme, il passa ses mains sur ses joues et les remonta doucement pour les enfouir sous les premières mèches qui bordaient ses oreilles et approcha ses lèvres des siennes.

— Tu es unique au monde, Rose Cunningham, et c'est pour ça que je suis fou d'amour.

Elle sourit.

Et il l'embrassa.

Il ne restait plus à Rose qu'à détruire la montre.

Et elle pourrait offrir une fin heureuse à son récit.

Épilogue

L'Inspiratrice et l'Architecte se dévisagèrent avec un grand sourire au moment de porter le coup final.

— À vous l'honneur, ma mie, devisa le renard.

— Oh non, je n'en ferai rien, mon bon seigneur. À vous de conclure.

— Vous êtes sûre ? Après tout le joli travail que vous venez d'accomplir ?

— Je ne saurai vous voler ce plaisir, je sais que cela vous tient à cœur, conclut l'Inspiratrice, assise sur les genoux de l'Architecte, les bras noués derrière sa nuque et ses lèvres se posant sur les siennes.

Le Destructeur esquissa une moue dégoûtée, comme s'il était atteint d'une violente nausée.

— Finissez-en et épargnez-nous vos jérémiades, s'agaça la Tentatrice.

— Si vous y tenez tant que ça, répondit l'Architecte.

Avec nonchalance et sans se détacher de l'étreinte de son épouse, il déplaça le fou qui lui permit de sonner le glas.

— Échec et mat.

Le Destructeur examina tout de même l'échiquier avant de se résigner vaincu. Il préférait vérifier, cherchant à se convaincre que l'Architecte et l'Inspiratrice avaient pu se tromper dans leurs calculs.

Mais il dut abdiquer. Ce n'était pas le cas.

— Vous voulez prendre votre revanche tout de suite ou on attend un peu ?

— Je ne suis pas pressé de voir un monde plongé dans les ténèbres être éclairé par la lumière divine, se lamenta le Destructeur. Toutefois, tu me connais. Je suis joueur.

— C'est là notre point commun à tous les deux, et notre plus grand péché également, déclara-t-il en repoussant délicatement sa compagne.

L'Architecte se leva et fit apparaître sur l'écran de la salle d'attente les différentes planètes gérées par le Destructeur et la Tentatrice, leurs créateurs.

— Il y a trop de choix, se désola-t-il. Je ne sais pas par laquelle commencer.

— Pourquoi pas celle-là ? suggéra l'Inspiratrice.

La planète proposée par la louve était jaunie par les nuages pollués qui filtraient méticuleusement les rayons du soleil présent dans son système.

Le renard se tourna vers le chacal.

— Comment se nomme-t-elle ?

— Aliandor, répondit-il.

— Aliandor, ça me plaît bien. Je sens que je vais m'amuser comme un petit fou, pas toi ma chérie ?

La louve lui sourit.

— Ne sois pas si arrogant mon chéri, tu vas nous les énerver.

La Tentatrice roula des yeux.

Comme si ce n'était pas déjà le cas.

Voyage hors du temps

NOUVELLE

Robin fixait le rougeoiement de son pétard qui était en train de se consumer et qu'il avait soigneusement déposé sur le cendrier, estimant avoir assez goûté au parfum envoûtant du cannabis pour le moment. La soirée commençait à peine pour les invités qu'il avait composté son billet depuis plusieurs heures déjà pour le voyage qu'il était en train de mener. Néanmoins, il essayait de garder autant que possible les pieds sur terre. Toutefois, il se demandait si ingérer un trip de LSD dans une soirée d'Halloween était la meilleure idée qu'il n'avait jamais eue, lui qui avait l'habitude de partir dans ce qu'il aimait qualifier le cosmos, tous les samedis soir.

Cependant, il décida de respecter la tradition de cette fête importée des îles Anglo-Celtes et qui doit son origine à une légende irlandaise. Robin n'ignorait pas que désormais, il ne s'agissait que pour les participants de ce genre de célébration d'une occasion de se divertir alors que pour les commerçants, cela représentait une belle opportunité de pousser les gens à consommer. Mais bon, il joua le jeu.

Pour ce faire, il ne put se résoudre à enfiler un costume de zombie ou de monstre sanguinaire, peu enclin à partager cette fascination populaire pour les créatures terrifiantes. Effectivement, l'idée de rentrer chez lui tard le soir et de croiser un type déguisé en Hannibal Lecter ne l'emballait pas des masses, ainsi, il n'avait pas envie de produire le même effet. Il opta plutôt pour une tenue de preux chevalier. Robin voyait d'un meilleur œil l'idée de rencontrer des types ressemblant à des Templiers, possédant des épées en plastique dans leur fourreau.

Cette vision des choses propre à Robin occupa donc la conversation inattendue qui s'engagea entre lui et une jeune infirmière morte vivante venue s'asseoir à côté de lui sur le canapé. Il essayait maladroitement de faire durer cette discussion tant bien que mal en s'efforçant de la faire rire. Un rire franc et généreux dévoila d'ailleurs à plusieurs reprises une dentition parfaite et éclaira un visage qu'il trouvait merveilleux, constellé par l'éclat de ses yeux pétillants de vie.

D'ordinaire, il rêvait toujours de réaliser une rencontre dans ses fameuses soirées et de tomber une fille, une prouesse qu'il croyait réservée à une catégorie de mecs dont il se sentait exclu. Mais il rentrait toujours seul et il avait abandonné depuis longtemps l'idée de repartir en compagnie féminine ou avec au moins un espoir infime d'entretenir une liaison avec une personne du sexe opposé, qui pourrait se traduire par exemple par un numéro de téléphone laissé sur un bout de carton ou un morceau de serviette.

Toutefois, Sabrina, qu'il connaissait de vue, ne correspondait pas aux critères physiques les plus stricts imposés par la société de consommation moderne. Des regards à la fois curieux et un brin moqueurs venant de certains de ceux qui se considéraient comme ses amis le préoccupèrent lorsqu'il comprit qu'il ressentait une vraie attirance pour la créature qui se trouvait enfoncée dans le canapé à quelques centimètres de lui.

Le parfum qui se dégageait d'elle lorsque ses cheveux se déplaçaient dans l'air l'envoûtait tout comme ses yeux qui lui donnaient l'impression de le posséder et de lire en lui comme dans un livre ouvert à chaque fois qu'elle le regardait droit dans les yeux. Les bourrelets moulés par sa tenue un peu juste au corps qui rebutaient la plupart de ses camarades de son âge ne lui déplaisaient pas. Bien au contraire. Ils l'invitaient à poser ses yeux successivement sur sa poitrine opulente et sur ses cuisses dodues qui lui donnaient l'envie de se sentir écrasé sous leur poids. Quant à son nez finement retroussé et sa bouche mutine ? Mieux valait ne pas en parler.

En outre, en dehors de ce désir purement physique, il se sentait troublé par sa jovialité et sa sincérité. Elle riait à gorges déployées et l'accompagnait volontiers dans ses délires les plus extravagants qui provoquaient souvent un air pantois et hagard sur le visage de ses interlocutrices. Lorsqu'il l'écoutait, il oubliait les regards déplacés et presque inquiets qu'il surprit à maintes fois alors que Sabrina, elle, n'accordait aucune importance aux autres personnes qui se trouvaient dans la même pièce qu'eux. Seul le mouvement des yeux baladeurs du garçon attirait son attention. Elle remarqua que ses yeux se perdaient par moments derrière elle et elle n'hésitait pas à récupérer son attention en rajustant délicatement son décolleté ou tout simplement en passant une main dans ses cheveux pour redonner un nouvel élan à sa chevelure aussi noire que les ténèbres.

L'attitude arrogante de Mathias, un ami dont il souhaitait s'attirer les faveurs, intriguait Robin. Sa façon de le dévisager avec mépris, alors que son bras gauche maintenait contre lui le corps de Jessica, une ravissante blonde faisant partie des filles les plus populaires et convoitées de leur université, dévoilait clairement le fond de sa pensée. Robin comprenait bien qu'en jouant le jeu de la séduction avec la charmante Sabrina, il signifiait clairement qu'il n'évoluait pas dans la même catégorie et le même monde que son collègue séducteur.

À moins qu'il se trompât. Peut-être que tout le monde s'en fichait et qu'il s'agissait juste de l'un des possibles effets secondaires que l'on pouvait ressentir après avoir goûté à un buvard de LSD comme cela lui était déjà arrivé. La paranoïa commençait donc à envahir son cerveau et il ressentait un dégoût profond dans les yeux de toutes les personnes qui les entouraient, y compris les filles. Il se sentait cerné par leur présence et traqué par leurs yeux sournois et perfides. Il craignait d'être exclu définitivement de leur cercle et des gouttes de sueur commencèrent à perler sur son front.

Toutefois, le doux bercement des différentes parties de l'anatomie de Sabrina le ramenait vers la réalité et le détournait de tous les autres. Soudain, le décor se flouta autour de Sabrina. Les autres festoyeurs devinrent des formes colorées se mouvant dans l'espace et émettant des sons incongrus. Il ne captait plus de leur part que des phrases ne revêtant aucun sens plausible alors que son ventre le taraudait et qu'une aura luminescente enveloppait l'infirmière qui le fixait intensément.

Elle était éblouissante.

Robin était captivé par sa beauté. Le rouge de ses lèvres scintillait dans l'obscurité et éclairait son visage radieux. Le désir naquit dans son esprit de poser ses lèvres sur les siennes et d'entremêler leurs langues pendant que ses mains exploreraient le reste de son corps et il ne parvenait plus à formuler aucune pensée intelligible.

Il se sentit subitement à l'étroit dans son pantalon, excité par le fantasme qui prenait vie dans son champ de vision. Une voix lointaine et ralentie parvenait néanmoins dans le creux de ses oreilles. Il se détourna brièvement de son rêve aphrodisiaque qui se concrétisait pour essayer de capter cette voix qui lui semblait familière.

— Ça va ? Robin ?

Tout d'un coup, le décor avait retrouvé son aspect originel et les personnes présentes dans la pièce leur forme normale, les couleurs vives s'étaient dissipées pour retrouver une nuance plus commune et banale. Mais il ne s'attarda pas sur la réalité qui l'avait rattrapée. Sabrina le fixait, un air inquiet ayant remplacé le sourire gracieux qu'elle arborait depuis le début de leur conversation.

— Oui, ça va, excuse-moi, je suis un peu fatigué… Je crois que je n'aurais pas dû fumer ce… bredouilla-t-il tout en désignant du regard le restant du joint qui attendait toujours d'être fini.

— Ah, tu fumes ?

— Ça m'arrive. En soirée. Et toi ?

— Non. Enfin, si mais pas ça. Je n'aime pas trop ça, dit-elle en grimaçant subitement comme si elle était profondément déçue.

— D'accord. Tu ne m'en veux pas, je dois m'absenter deux minutes, je vais me chercher à boire. Tu veux que je te ramène quelque chose ?

— Je dis pas non à une bière, si c'est si gentiment proposé, répondit-elle avec un sourire qui le rassura.

Ce n'est qu'à ce moment-là qu'il remarqua que Sabrina avait posé sa main douce sur son poignet, inquiète pour lui. Pour la première fois de sa vie, il se sentit immensément vulnérable. Le contact de sa main sur son corps était tel que tout son corps se sentit à la fois électrisé et sans défense, offert en pâture à cette créature en apparence inoffensive.

Robin se détacha lentement de l'emprise de sa main, masquant du mieux qu'il le put son émotion, puis il lorgna furtivement sur le spliff qui était désormais éteint mais qui ne cessait pourtant de répandre autour de lui son parfum particulièrement aromatisé. Ensuite, il s'éloigna, songeant qu'il devrait éviter de fumer devant elle. De toute façon, s'il fumait autant, c'était un peu aussi parce qu'il manquait de compagnie féminine pour le distraire. Il espérait surtout qu'il la retrouverait au même endroit sur le canapé. Était-ce vraiment une bonne idée de s'absenter ? Il ne le saurait qu'à son retour.

En attendant, il était de nouveau confronté à ses démons et au sentiment de parano qui le rongeait. Il croisa les regards assassins de Mathias et de Jessica. Mais ce n'était rien en comparaison de la façon dont Élodie, une rousse sculpturale, le dévisageait. Il l'avait toujours considérée comme un col hors catégorie pour quelqu'un comme lui. Or, Mathias avait réussi, par l'intermédiaire de Jessica, à attiser l'attention de cette beauté féline sur lui. Néanmoins, elle révisait son jugement après l'avoir finement observé. Elle ne désirait pas offrir un peu de sa compagnie à un jouvenceau qui se pâmait devant la première fille venue pourvue de seins volumineux.

Juste avant d'emprunter l'escalier qui grimpait à l'étage lui permettant d'accéder aux toilettes, Robin fut assailli par Guillaume, l'un des pires obsédés sexuels de sa promotion.

— Plus de rembourrage pour le bourrage ! Tu cachais bien ton jeu, cochon va !

Le rustre disparut aussi vite qu'il était arrivé laissant derrière lui résonner l'écho de son rire gras témoignant de son autosatisfaction.

Robin ne prit pas au sérieux ses propos même s'il se sentit quelque peu offensé. Non pas pour lui, mais pour elle. Toutefois, il ressentait un lourd besoin de se soulager.

Il gravit les marches de l'escalier de façon chaotique. Les effets de la drogue qu'il avait consommée en début de soirée reprenaient de plus belle et il se sentait emporté dans un colimaçon qui n'avait pas de fin et qui semblait l'emprisonner, en alternant les sensations de montée et de descente. Soudain, il faillit trébucher vers l'avant en posant le pied dans le couloir comme s'il continuait de monter, pensant être toujours cerné par les marches en bois qui reliaient le rez-de-chaussée à l'étage. La notion du temps devenait confuse dans son esprit et il eut la sensation de mettre une demi-heure pour atteindre la porte des toilettes. Il souffla avec une satisfaction non dissimulée lorsqu'il ouvrit celle-ci. Le temps de sa traversée laborieuse du couloir, il ne prêta aucune attention aux formes colorées qui se mouvaient à côté de lui, les confondant avec les décorations murales de la maison.

Quelque part, c'était une bonne chose. Cela lui éviterait d'avoir le souvenir d'avoir croisé des personnes dans un tel moment et d'avoir donné la sensation de marcher comme s'il avait ingurgité une citerne de whisky.

Sa perception redevint normale le temps passé à vider sa vessie et il n'osait regarder la cuvette, se contentant de fixer le mur blanc qui n'offrait aucune possibilité d'halluciner. Inconsciemment, il jeta un coup d'œil sur la cuvette lorsqu'il tira la chasse et il ne put résister à l'appel irrésistible créé par le tourbillon d'eau qui se forma sous ses yeux.

Il sentit sa tête tourner et son corps être aspiré par le vortex qui se formait sous ses yeux impuissants. Il vit ses mains s'étirer, happés par le fond de la cuvette. Instinctivement, il décida de fermer ses yeux espérant que lorsqu'il les rouvrirait, il serait de nouveau dans la même pièce et qu'il n'y aurait rien d'anormal à signaler.

Malheureusement, il vit des rivières de couleurs onduler et se mélanger lorsque ses paupières se refermèrent avant de se déformer pour ressembler à d'étranges symboles fantasmagoriques. Il ne put que rouvrir les yeux, déstabilisé par ces visions incontrôlables.

Mais lorsqu'il les rouvrit, rien n'était plus pareil.

Le décor avait changé. Robin ne savait plus ce qui lui arrivait. Il s'interrogeait lui-même se demandant s'il vivait un rêve ou s'il était en proie à une hallucination démentielle de par sa ressemblance avec la réalité. Ses yeux se baladaient tout autour de lui, examinant l'endroit qui ne lui était aucunement familier. Il se trouvait entouré de fougères de d'arbres. Manifestement, il se trouvait dans une forêt et portait toujours le costume de preux chevalier qu'il avait endossé avant de se rendre à la soirée d'Halloween. Mais, au vu des rayons de soleil qui perçaient à travers le feuillage touffu des bois avoisinants, il ne se trouvait plus entouré de la nuit mais du jour.

Soudain, il entendit des bruissements de feuilles et des craquements de branches successifs se rapprocher de lui.

Un homme jaillit brusquement d'entre les fougères, courant à quelques mètres devant lui. Il était vêtu d'un costume digne du Moyen-Âge, à l'image de celui qu'il portait, sauf qu'il semblait authentique. Robin se sentit subitement en proie à un état de panique. L'homme qui fuyait, de toute évidence, regardait droit devant lui et ne lui prêta aucune attention. Puis, sans qu'il ne comprenne pourquoi, le fuyard fut coupé dans son élan ainsi que tout l'environnement autour de lui. Il put apercevoir des feuilles en suspens dans l'air attendant de poursuivre leur chute sans compter les plantes emportées par le souffle léger du vent qui animait la forêt qui restaient suspendues attendant d'être repoussées dans l'autre sens.

Mais que se passe-t-il ? Il faut vraiment que j'arrête de prendre des drogues.

— Ce ne serait pas une mauvaise chose, effectivement, lui répondit une voix surgie de nulle part et qui avait capté ses pensées les plus intimes.

Robin sursauta puis se retourna. Ses yeux s'écarquillèrent à la vue de l'étrange créature qui le fixait avec un regard empli de sérénité et de sagesse.

— Dites-moi que je rêve, implora Robin.

— Non, tu ne rêves pas… Robin.

— Comment connaissez-vous mon nom ?

Son interlocuteur sourit à la suite de cette question et s'avança prudemment dans sa direction. Une aura multicolore enveloppait son corps velu des pieds à la tête. Des poils blancs garnissaient la fourrure qui composait son thorax ainsi que le dessous de son museau alors que le reste de son anatomie était truffé de poils roux lui conférant l'apparence d'un renard. De surcroît, il se tenait solidement sur ses deux pattes, comme un homme et pouvait non seulement comprendre le langage de Robin mais également communiquer avec lui. À la pointe de son museau se trouvait une truffe alors que des oreilles de renard trônaient au sommet de son crâne.

— Parce que je sais tout. De toi mais pas seulement. Certains m'appellent l'Architecte mais peu m'ont vu sous ma vraie forme.

— Vous savez tout ? Rien que ça ?

— Oui, rien que ça. Et ce que je sais n'est rien en comparaison de ce que je peux accomplir.

— Et qu'est-ce que vous pouvez accomplir ?

— Tout et n'importe quoi. Par exemple, je t'ai fait voyager dans le temps à l'insu de ton plein gré.

— C'est vous qu… Mais pourquoi ?

Le renard sourit avant de répondre.

— Pour que tu prennes conscience de ce que tu as été afin de ne pas te tromper sur celui que tu dois devenir.

— Je ne suis pas sûr de comprendre.

— Tu es encore trop jeune dans cette vie pour saisir qui tu es réellement. Mais ta destinée ainsi que celle de ton âme sœur sont très importantes pour le sort de l'humanité. Vous êtes des messagers, mais seule votre union peut vous permettre de comprendre l'importance de votre rôle et par la même occasion le sens de la vie.

— Monsieur l'Architecte, je ne sais pas d'où vient l'herbe que vous fumez, mais elle vous a envoyé dans le cosmos. Vous planez trop haut pour moi.

— Bien, si c'est ainsi que tu le prends, je vais m'en aller et te laisser comprendre par toi-même.

— C'est ça le renard, comme ça mon hallu va se terminer et je vais retourner à ma soirée.

— Non, pas encore. Lorsque je vais disparaître, le cours du temps va reprendre et l'homme que tu vois là va poursuivre sa course. Ce que tu ignores, c'est qu'il s'agit de l'une de tes anciennes réincarnations. Mais ce que tu ne sais pas non plus, c'est pourquoi il court. Grand seigneur, je vais te l'expliquer.

— Ben voyons…

— Il aurait eu une relation physique avec une femme promise au prince qui règne sur ses terres, reprit l'Architecte sans sourciller. Et au temps où nous sommes, il est fort probable qu'il ne puisse plus avoir de rapport sexuel avec une autre femme s'il se fait rattraper par la patrouille royale. Tu ne devrais pas tarder à voir arriver, dans la direction d'où il vient, des hommes armés jusqu'aux dents. Je serais toi, je ne voudrais pas être confondu avec ton ancien toi et je prendrais mes jambes à mon cou. Maintenant, tu sais ce qu'il te reste à faire.

La voix du renard se dissipa dans le vide, à l'image de son corps et le fil des événements reprit son cours. Robin fut rattrapé par la réalité dans laquelle il était plongé lorsqu'il entendit de nouveau l'homme en question, sa soi-disant incarnation passée, détaler comme un lapin.

En dépit de la situation, Robin avait toutes les peines du monde à prendre l'histoire de cet Architecte au sérieux. Néanmoins, lorsqu'il entendit le bruit de pas se hâter au loin dans sa direction, il n'hésita pas une seule seconde et se mit à courir à la poursuite de son ancien lui. Maladroitement et comme un dératé au début. Puis, de plus en plus vite et sans réfléchir.

Toutefois, il n'avait pas l'habitude de se promener en forêt avec ce genre d'accoutrement et il progressait avec beaucoup de difficulté. Il ne put esquiver la branche qui se trouvait sur son passage qu'il aperçut au dernier moment et effectua un vol plané pour retomber la tête la première dans une flaque de boue. Il perdit conscience un certain moment et aussi désagréable que put être ce moment, la branche lui sauva certainement la vie. Allongé entre les fougères, les poursuivants passèrent à quelques mètres de lui sans remarquer sa présence.

Du reste, cela ne l'empêcha pas de se réveiller en grognant, à cause de l'apparition d'une belle bosse sur le crâne. Circonspect sur sa propre situation, il décida de reprendre sa marche tout en se remémorant les révélations de l'Architecte. Ses propos et son aspect avaient beau être farfelus, il était toujours coincé dans cette forêt énigmatique et rien n'avait contredit ses prédictions.

La solitude et l'isolement désespéraient Robin, livré à lui-même à une époque inconnue. Le terrain descendait alors que la topographie évoluait. La végétation se raréfiait et des rochers apparaissaient de plus en plus, déterminés à imposer leur loi, ce qui n'était pas de son goût puisque le paysage rocailleux offrait peu de possibilités de se cacher.

Cependant, une cavité obscure attira son attention et la pluie qui commença à s'abattre sur la région acheva de le convaincre de s'y réfugier. En outre, il discerna rapidement une forme qui s'était terrée dans l'obscurité à l'intérieur de cette grotte. Stupéfaits l'un comme l'autre, ils se dévisagèrent un court moment avant de comprendre qu'aucun des deux ne voulait de mal à l'autre.

— Tu es un fugitif, toi aussi ? lui demanda l'homme qui dissimulait son visage dans l'ombre.

— On peut dire ça comme ça, répondit-il.

— Qu'est-ce que tu as fait ?

— Pas grand-chose. Je me suis simplement trouvé au mauvais endroit au mauvais moment. Et toi ?

— Moi ? ! s'exclama-t-il alors que les traits de son visage s'étiraient pour laisser apparaître un sourire empli de satisfaction. Moi, je me suis conduit comme une fripouille, une fois de plus.

— Comme une fripouille ?

— Oui. Je suis un peu coquin avec les femmes, ce qui a tendance à me porter préjudice.

— Je vois… Tu couches avec les femmes des autres…

— C'est ça, ça commence toujours de la même manière. J'arrive dans une nouvelle cité, je parviens aux abords du château et je vois, de loin, la dame qui règne sur les lieux. Les princesses et les reines sont toujours des dames éblouissantes et je m'efforce de pouvoir me rapprocher d'elles afin de les séduire.

— Tu es un Don Juan en quelque sorte ?

— Un Don Juan ?

— C'est une expression qui désigne, là d'où je viens, un homme qui vit de la jouissance et du moment présent se moquant totalement des règles morales imposées par la religion ou la bienséance et dans la plupart des cas, cela se traduit par un désir insatiable de folâtrer avec les femmes.

— Effectivement, ça me correspond plutôt bien. Malheureusement, ça finit toujours pareil, je me retrouve en train de fuir, pourchassé par des hommes sans merci. Et un jour, l'un d'entre eux finira bien par m'arracher la tête.

— Mais cela ne t'empêchera pas de continuer, n'est-ce pas ?

— C'est ce que je sais faire de mieux, répondit-il en souriant.

— J'aurais aimé être ce genre d'hommes mais la vie ne m'a pas doté de la même aisance que toi avec les femmes.

— Ce n'est peut-être pas plus mal, cela signifie sûrement que tu es l'homme d'une seule dame.

— Probablement… Néanmoins, peux-tu me raconter ta dernière aventure ?

— Bien sûr. Elle s'appelle Dame Béatrice et s'apprêtait à épouser le prince Philippe. Toutefois, j'ai peur que son infidélité remette en question leur union. Bref, lorsque je l'ai aperçue lors d'une réception organisée en son honneur, je n'ai pu résister à la tentation. Des petits yeux bleu clair illuminaient son visage à la peau laiteuse. Elle possédait une petite bouche délicate et des cheveux blonds, rayonnants comme l'or, étincelaient autour de son visage. Sans oublier sa poitrine opulente que son corset mettait en avant. Dissimulé derrière un déguisement, je me suis pris pour le prince et l'ai emporté avec moi dans une danse folle pendant laquelle nous avons échangé quelques mots. J'ai su attiser sa curiosité car elle n'a pas hésité à prendre ma main lorsque je la lui ai tendue pour l'emmener dans un recoin isolé du château. La polissonne ne portait pas de dessous et je me suis glissé sans scrupule sous sa robe pour lui administrer quelques douceurs. J'ai pu empoigner ses fesses bien dodues et me régaler avant de lui retrousser sa robe sur elle pour la…

— Ça va, tu m'as raconté assez de détails, l'interrompit Robin souhaitant mettre un terme à ses rêveries.

Le Don Juan se redressa et se hâta à l'entrée de la caverne.

— Je vois que la pluie s'est arrêtée, je vais en profiter pour reprendre ma route, les hommes du prince doivent continuer à me traquer.

— Dans ce cas-là, bonne fuite et fais attention à toi la prochaine fois.

— Il faudra bien que je finisse par me faire attraper. Nul homme ne devrait abuser de l'innocence et de la crédulité des dames comme je le fais.

— Serais-tu un séducteur doté d'une conscience ?

— Ma foi, ce n'est pas impossible mais malencontreusement, elle n'est pas assez forte pour retenir mes instincts les plus vils.

— Avant de partir, peux-tu me dire comment tu t'appelles ?

L'homme sourit tout en contemplant les gouttes qui coulaient le long des branches et des feuilles pour finir par se déverser sur la terre déjà bien trempée.

— D'ordinaire, je ne le partage à personne, à part à quelques rares conquêtes. Mais à toi, mon intuition me fait savoir que je peux te le dire. Mon nom est Godefroy. Godefroy de Beauval. Sur ce, que la vie t'apporte bonheur, prospérité, mais surtout l'amour.

Et il disparut dans la grisaille qui enveloppait les bois encore humides.

Toutefois, Robin ne resta pas seul bien longtemps. L'Architecte réapparut derrière lui sans qu'il ne s'en aperçoive.

— Alors, Robin, ne t'avais-je point dit la vérité ?

Robin sursauta, surpris par l'apparition impromptue de cette voix qu'il reconnut pourtant.

— Sacré renard, tu aimes vraiment te jouer de moi !

— Je dois avouer que ça m'amuse quelque peu. Tu représentes une proie tellement facile.

— Mais je dois reconnaître que tout ce que tu m'as révélé pour le moment a trouvé sa part de vérité, même si l'ensemble reste encore un peu flou dans mon esprit.

— C'est parce que tu n'as pas encore assimilé que tu étais lui et qu'il était toi.

— Oui, c'est la petite subtilité qui m'échappe.

— C'est parce que tu ignores le caractère éphémère de ta vie et de ton enveloppe physique actuelle. La vie que tu mènes sous les traits de Robin n'est qu'un court épisode de ta réelle existence, tout comme celle que tu as mené en tant que Godefroy.

— Cela signifie que l'on ne meurt pas vraiment ?

— Oui et non. Ton âme est éternelle. Lorsqu'une page se termine, une autre est en droit de s'ouvrir.

— Mais dans quel but ?

— Dans le but d'expérimenter et d'apprendre, pardi ! On ne devient pas un homme en une seule vie ! Les humains ont l'arrogance de le croire mais surtout de le penser. Tu constateras au cours de ta vie que les plus ignorants sont souvent les plus sûrs d'eux.

— D'apprendre ?

— Eh oui, mon jeune ami. La Terre n'est ni plus ni moins qu'une terre d'expériences pour permettre aux âmes de grandir. Chaque vie comporte son lot de leçons à retenir.

— Godefroy avait donc des enseignements à retirer de son comportement avec les femmes, n'est-ce pas ?

— Tout à fait, Robin. Cependant, ce n'était pas seulement Godefroy, c'était toi également.

— J'ai du mal à imaginer encore que…

— Tout cela est réel. Oui, comme tous les hommes, tu fais confiance à tes yeux pour voir au lieu d'écouter ton cœur. Pourtant, sache que, cachées dans ta poitrine, résident les mémoires de toutes tes vies. Ne te détache pas de ce qu'a vécu Godefroy car cela représente une partie de tes souvenirs. C'est très important, c'est à la fois ce qui a permis de définir l'être que tu es aujourd'hui mais cela représente aussi qui tu es, même si tu ne l'es plus.

— D'accord, mais pour le moment, je ne me souviens que de ma vie passée en tant que Robin, et encore je ne me souviens pas de mes premiers jours.

— Forcément, tu n'es pas encore prêt, mais un jour, tu le seras.

— Bien, mais qu'est-il arrivé à Godefroy ? A-t-il retenu la leçon de ses erreurs ?

— Pas dans cette vie-là. Dans la prochaine cité où il se rendra, il séduira une marquise aux formes exquises et sera pris en flagrant délit dans son lit. Une exécution publique va mettre un terme à sa vie libertine.

— Il a échoué alors… maugréa Robin alors que son visage s'assombrissait.

— Pas tout à fait. Il a été puni, en quelque sorte, dans sa vie d'après.

— C'est vrai ? Que lui est-il… Que m'est-il arrivé ? se reprit Robin après un léger temps d'arrêt.

L'Architecte se contenta d'esquisser un sourire approbateur avant de répondre.

— Je préfère ne pas t'en dire plus et te le montrer pour que tu le voies de tes propres yeux.

Le renard posa une patte sur une épaule de Robin et le jeune homme se sentit se dématérialiser comme si toutes les cellules composant son organisme se détachaient physiquement tout en restant étroitement unies pour se reformer ailleurs, et surtout, quelques décennies plus tard.

La surprise et l'effarement apparurent sur le visage de Robin qui ne s'attendait certainement pas à se retrouver dans une telle situation.

— Ne t'inquiète pas, ils ne peuvent pas nous voir, lui glissa dans le creux de l'oreille son compagnon doté de mystérieuses facultés et d'un savoir infini.

Un lit à baldaquin typique de l'époque victorienne représentait le principal ornement de cette chambre somme toute luxueuse, dont la décoration était soigneusement travaillée. Des peintures historiques pavoisaient les murs dont les tapisseries aux teintes pourpres se coordonnaient à merveille avec le lit qui attira dans un premier temps leur attention. Les grincements du lit ainsi que le cognement de ce dernier contre le mur amenèrent Robin à se rapprocher pour assouvir sa curiosité un peu mal placée.

Même s'il savait qu'il ne pouvait être vu, il s'avança à tâtons, s'efforçant de ne pas faire crisser les planches recouvertes d'un tapis aux formes baroques qui matelassait le plancher de la chambre. Derrière les voiles transparents de couleur mauve qui offraient un peu d'intimité aux pensionnaires de ce charmant lit à baldaquin, se trouvaient deux corps en pleine extase.

Robin écarquilla ses yeux lorsqu'il discerna distinctement les ébats sauvages et bestiaux qui se déroulaient en ce moment même sous ses yeux ébahis. L'amant qu'il pensait être le successeur de Godefroy avait placé les jambes de sa dame par-dessus ses épaules et l'honorait de sa virilité avec un plaisir non dissimulé. Les cheveux défaits, les joues écarlates et la gorge émanant des cris de plaisir, sa charmante partenaire s'abandonnait totalement à ce bellâtre généreusement doté par la nature. Elle offrait volontiers sa poitrine voluptueuse à son amant qui la dévorait tout en imprimant un rythme infernal avec le mouvement de ses hanches, pour son plus grand bonheur.

— C'est comme ça qu'il est censé tirer une leçon de son attitude à l'égard des femmes ? chuchota Robin.

L'Architecte opina de la tête pour répondre à sa question avant de s'exprimer.

— Oui, mais tu n'as pas besoin de parler aussi bas, ils ne peuvent pas nous entendre.

— D'accord, concéda Robin en parlant de nouveau normalement. Mais, j'aimerais bien savoir quelle leçon il va bien pouvoir retenir s'il continue à batifoler comme il le fait avec les femmes. En tout cas, je suis content. Au moins, je saurais que j'ai pris du plaisir avec les femmes.

— Qui te dit que c'est toi ?

— Mais vous m'avez bien dit que j'étais Godefroy donc je suis... réagit-il en fronçant les sourcils.

— La reine d'Angleterre ! Tu es la reine d'Angleterre et tu es en train de découvrir le plaisir incommensurable que ressent une femme lorsqu'elle a un orgasme.

— Comment ? ! Je suis une femme ? !

— C'est exact. Elle est là, la leçon. Après avoir abusé de la crédulité et de l'innocence de jeunes femmes qui tombaient follement amoureuses de toi, tu as été condamné si l'on peut dire, bien que je trouve ce terme un peu sévère, à vivre en tant que femme pour mieux comprendre ce que les femmes ressentent, non seulement lors de l'acte sexuel mais également lorsque les hommes leur font la cour pour s'immiscer dans leur lit avant de filer à l'anglaise, une fois qu'ils ont obtenu ce qu'ils désiraient.

L'Architecte se tut et constata que Robin restait médusé devant l'intensité de l'accouplement qui se tenait là à quelques centimètres de lui.

— J'ai beau être une femme, je suis quand même une reine, finit-il par affirmer comme pour se rassurer.

— Oui, après t'être introduit dans l'intimité de duchesses, marquises et princesses, il était logique que tu sois une femme haut placée dans la hiérarchie des hommes. D'ailleurs, ton règne a été très positif. Tu étais une reine très aimée par ton peuple. Et très aimée du prince Albert également, puisqu'il t'a donné neuf enfants. Mais il t'a surtout enseigné la fidélité. Mine de rien, tu as eu une longue vie couronnée de succès sur tous les plans. Être la reine Victoria a constitué une étape déterminante dans le cheminement de ton âme.

— Je n'ai donc pas seulement tiré des enseignements sur la sexualité.

— Bien sûr que non. Tu as développé ton sens de l'humanisme et tu as compris notamment les exigences de la vie de monarque.

— Pourtant, je ne pense pas qu'il soit judicieux de confier le sort d'un peuple entier à une seule et unique personne, et surtout à une même lignée.

— Tu penses bien, mais tu as été choisi personnellement car le peuple britannique avait besoin d'une reine juste et d'une icône, ce que tu devins à leurs yeux. Les fils du destin sont étroitement liés et le parcours d'une âme peut exercer une influence déterminante sur de nombreuses autres âmes. De toute façon, à l'époque, la monarchie constitutionnelle était déjà établie et ton pouvoir en matière de politique était somme toute limité bien que tu essayasses d'influencer en privé les politiques gouvernementales et ministérielles.

— Mais vous auriez pu me montrer un événement majeur de ma vie de reine plutôt que ma… Défloration ?

— J'aurais pu mais je suis de nature espiègle et puis tu n'as plus grand-chose à apprendre en ce qui concerne le reste. Je suis surtout intervenu pour t'aider à trouver ton âme sœur.

Robin préféra rester silencieux et observa calmement la pièce dans laquelle ils se trouvaient en s'efforçant de faire abstraction des gémissements de plaisir qui émanaient de celle qu'il fut naguère. Une table se trouvait à quelques pas du lit et il eut l'impression fugace de la reconnaître. Cet endroit semblait chargé en souvenirs et en émotions fortes.

Ses yeux se perdirent dans la lueur de la flamme qui se dégageait de la bougie et éclairait timidement la chambre, et en particulier des papiers déposés sur le meuble. Il ne reconnut pas son écriture mais comprit qu'il s'agissait de la sienne. Le caractère ancien et merveilleux mis en évidence par le style de l'époque lui souleva brièvement le cœur. Ses yeux embués de larmes exprimaient le sentiment inexplicable à ses yeux de mélancolie et de nostalgie qu'il ressentait à cet instant bien précis.

Luttant contre l'émotion qui le submergeait et soudainement victime de visions courtes mais intenses, il se revit en reine en train de se refaire une beauté devant un miroir aux courbes architecturales digne de la plus fabuleuse des souveraines et ne vit pas venir son ami le renard. Une main se posa sur son épaule et le ramena à la réalité du moment.

— Jusque-là, je t'ai fait voyager dans le temps et l'espace, mais cela représente une broutille, comparé à tout ce que je peux te faire vivre. Ou plutôt revivre.

Robin pivota et fixa l'Architecte avec un air incrédule.

— Actuellement, tu te sens envahi par une sensation mystérieuse que tu ne peux exprimer par des mots plausibles. Des fragments de souvenirs te reviennent, ton ancienne vie sous les traits de la reine Victoria prend une tournure concrète à tes yeux mais cela reste un peu flou, n'est-ce pas ?

— Oui, ça se rapproche de ce que je ressens, bredouilla-t-il avec un ton hésitant.

— Je peux te replonger dans la peau de Victoria pour que tes souvenirs deviennent plus prégnants.

— Je ne suis pas sûr que ce soit une… Bonne… Id.… essaya de rétorquer Robin, craignant le pire.

Puis, il se retrouva soudainement dans le corps de la reine, allongée sur le lit, humidifiée par l'intensité du rapport sexuel qui avait commencé, il y a déjà de longues minutes. Les mains du prince agrippèrent ses poignets pour les immobiliser alors que sa bouche luisante de salive s'approchait de la sienne. En dépit du dégoût que Robin éprouvait pour cet homme, il ne put désobéir à la volonté de Victoria. Il n'était seulement qu'un spectateur passager dans son corps. Toutefois, un spectateur qui ressentait toutes les sensations éprouvées par la douce créature et il ne put se retenir de l'accompagner dans ses gémissements.

La chaleur indescriptible qui envahissait son bas-ventre se différenciait nettement du plaisir sexuel qu'il avait ressenti en tant qu'homme. Des ondes de plaisir se déversaient le long de ses cuisses alors que des frissons de plaisir remontaient depuis ses hanches vers sa poitrine. Tout son corps était érogène et en proie à des émotions brûlantes. Albert, à la fois son cousin mais aussi le prince de Saxe-Cobourg-Gotha, lui faisait l'amour de façon frénétique comme ne l'avait jamais fait Godefroy en son temps et comme Robin n'avait encore eu la chance et le bonheur d'accomplir une telle prouesse avec un être aimé.

Il ressentit l'état de fusion qui unissait ces deux corps et surtout ces deux êtres à cet instant bien précis. Il n'était pas question de sexe mais d'un amour indestructible. Néanmoins, Robin n'eut pas le temps de gamberger bien longtemps. Les déhanchés d'Albert étaient sur le point de faire basculer l'esprit et le corps de la reine dans un autre monde. Un univers qui pourrait être qualifié de nirvana. Avec elle, il perdit pied et découvrit la sensation d'abandon et de lâcher prise offerte par le pouvoir d'un orgasme fantasmagorique.

Lorsque la sensation de plaisir s'estompa et qu'il rouvrit les yeux qu'il avait clos en même temps que Victoria, il avait retrouvé son corps d'origine et repris place aux côtés du renard qui ne pouvait s'empêcher d'arborer un sourire narquois exprimant à quel point il était fier de lui.

— Le pire dans tout ça Robin, c'est que ton image publique était associée à des valeurs morales strictes par le peuple britannique à l'époque. Alors qu'en privé, tu étais une vraie sauvageonne !

— J'ai remarqué.

— Tu n'as pas l'air content ?

— Si, si, c'était une expérience… Troublante. Mais j'ai l'impression que tu prends un malin plaisir à m'embarquer dans des situations… Cocasses, avoua-t-il en prenant le soin de bien choisir le dernier mot.

— Je reconnais que je peux être un peu cabotin. Je te prie d'accepter mes excuses si mon comportement t'a blessé.

— Non, ça va. Ça aurait pu être pire. Après tout, je n'ai ressenti que du plaisir.

— Ah, tu vois ! Tu as aimé ça ! D'ailleurs, c'est justement là où je voulais en venir.

Robin le dévisagea d'un air méfiant, en fronçant les sourcils.

— En fait, tu as tellement apprécié ta vie de monarque, consacrant une grande partie de ton temps à découvrir les possibilités que pouvaient offrir les activités sexuelles en tant que femme que tu as mis de côté tes rapports avec les femmes dans les vies d'après.

— Je ne suis pas sûr de te suivre.

— C'est simple pourtant. Bon, d'abord, tu as été réincarné en France à nouveau mais tu n'as pas vécu longtemps. Tu as participé à la Première Guerre mondiale et tu n'en as pas vu la fin, un obus t'en a empêché en t'arrachant la tête.

— Ah…

— Ne t'inquiète pas, je n'ai pas prévu de t'emmener sur les tranchées ni de te faire revivre de tels moments, à moins que tu ne le souhaites réellement.

— Non, je pense que je saurai vivre sans ce souvenir.

— Malheureusement, un jour, il te reviendra à l'esprit. Toutefois, tes nouvelles pulsions ont commencé à te tarauder dans cette vie-là pour s'affiner dans la suivante.

— Tu veux dire que…

— Plus un mot ! ordonna l'Architecte en pointant l'un de ses doigts velus en l'air. Je vais te montrer.

De nouveau, le renard agrippa son jeune acolyte par l'épaule et lui fit traverser les couloirs du temps.

Robin fut de nouveau confronté à l'une de ses anciennes vies. Il n'était désormais plus question de princes et de reines. Mais le contexte de la guerre se répétait. Une montée en puissance de l'Allemagne se déroulait sous l'égide du Führer Adolf Hitler qui, avant de s'attaquer à des nations telles que la France ou le Royaume-Uni, avait pour objectif de récupérer certains territoires germanophones afin de constituer le Troisième Reich, ce qui fut dénommé plus tard par les historiens comme l'Anschluss.

L'Architecte avait conduit Robin dans ce qui ressemblait à une petite chambre d'étudiant coincée au grenier d'une maisonnette en plein cœur de Vienne. La situation était tendue au plus haut point en Autriche. Une nazification de cet état se déroulait progressivement et de façon autoritaire depuis de longs mois. Un coup d'État avait d'ailleurs été tenté quelques années auparavant par les nazis, sans succès. Mais la victoire n'avait jamais été aussi proche pour le Führer. Un référendum devait avoir lieu d'ici quelques semaines pour consulter le peuple autrichien et établir s'il préférait rester indépendant ou être incorporé au Troisième Reich.

Allongé dans son modeste lit, Friedrich s'adonnait à la lecture. Robin reconnut le nom de l'auteur qui était imprimé sur la couverture.

— Stefan Zweig… Je connais cet auteur.

— C'est un virtuose, n'est-ce pas ?

— Ce n'est rien que de le dire.

— C'était également une âme torturée par la noirceur de l'époque qu'il a côtoyée.

— Ce jeune homme en train de lire, est-ce moi ?

— Oui, tu t'appelles Friedrich et tu es Autrichien. Nous sommes très précisément le 11 mars 1938. Cette date t'évoque peut-être quelque chose ?

— Non, je n'étais pas très passionné par cette période de l'histoire à l'école.

— C'est le jour qui va marquer l'annexion de l'Autriche au Troisième Reich. Le parti nazi autrichien va organiser un coup d'État en ce jour même. Le bruit des bottes défilant dans les rues de la capitale ne saurait tarder à se faire entendre.

— Et c'est une mauvaise chose pour moi ?

— Plutôt, oui. Tu aurais dû suivre plus attentivement les conseils de cet écrivain que tu es en train de lire et quitter l'Autriche comme lui l'a fait en 1934. Il avait anticipé cette montée en puissance de la dictature et de l'horreur. Malheureusement, tu étais bien trop jeune, et puis après tout, ce n'était pas ton destin. Ou plutôt votre destin.

— Notre destin ?

— Oui, tu ne vas pas tarder à comprendre, affirma-t-il en désignant la porte d'entrée de la chambre.

Le silence régnait dans cette pièce, seulement troublé par le léger son émis par le livre lorsque Friedrich tournait les pages.

Soudain, la porte s'ouvrit et la silhouette d'un homme torse nu apparut, s'introduisant sans la moindre gêne ni la moindre pudeur dans l'appartement personnel de Friedrich.

— J'ai encore dû me doucher à l'eau froide, déclara-t-il en allemand tout en s'essuyant ses longs cheveux bruns encore humides avec sa serviette.

— J'ai abandonné l'espoir de me laver à l'eau chaude, répondit Friedrich, qui ne perdait pas des yeux son livre.

Son compagnon lui jeta un regard furtif exprimant son refus d'accepter une telle situation, ce qui contrastait avec l'indifférence manifeste qui se dégageait du ton de la voix de Friedrich.

— Combien de temps vas-tu encore tolérer de vivre ici ? Les conditions de vie sont déplorables, les nazis vont finir tôt ou tard par prendre le pouvoir et alors nous… s'interrompit-il, incapable de prononcer la fin de sa phrase comme si le fait de le dire à haute voix pouvait être prémonitoire.

— Tu le sais bien Markus, je ne peux pas quitter ma mère, elle n'a pas la force de quitter l'Autriche, un exil la tuerait. C'est au-dessus de mes forces, finit-il par confesser en abaissant son livre pour plonger ses yeux dans ceux de son amant.

Markus se rapprocha du lit et s'assit pour se tenir auprès de Friedrich et passa une main sur sa joue.

— Tu sais ce que je ressens pour toi, je ne saurai supporter d'être séparé de toi, mais vivre sous le Troisième Reich sera bien pire que la mort. Crois-moi, tu devrais éviter de faire subir un tel châtiment à ta pauvre mère, et je ne dis pas ça pour te convaincre de partir avec moi. Ne vois-tu pas de quoi sera fait le monde de demain ?

Friedrich n'eut rien à objecter à cela et rapprocha sa tête de la poitrine de Markus qui enveloppa ses bras autour de lui pour le blottir contre son corps.

— Si je comprends bien, je suis ?

— Oui, tu es.

— Et lui aussi.

— Lui aussi.

— On n'est pas de simples amis.

— Non.

— On est plus que ça.

— Effectivement, répondit une fois de plus le renard qui ne souhaitait pas insister pour lui laisser le temps d'encaisser le choc.

— Je n'aurais pas cru cela de moi, finit par rajouter Robin après un long moment de silence.

— Il n'y a aucun mal à cela, le rassura l'Architecte. De nombreuses âmes incarnées sur Terre expérimentent l'homosexualité, et toutes les âmes expérimentent les deux sexes. Il faut savoir que l'âme est androgyne mais qu'elle fait un choix à sa création. Par la suite, elle a la possibilité par choix sciemment voulu ou dans le cadre d'une leçon parfois de mener une vie sous les traits du sexe opposé. Et de décider définitivement. En outre, cela peut aussi impliquer des conséquences sur les vies suivantes. Il se trouve que lorsque tu as vécu en tant que reine Victoria, tu as eu une vie sexuelle très riche et très épanouie avec le prince Albert et ton âme a intégré ce facteur de plaisir qu'elle a découvert lors de vos relations. Toutefois, ton caractère masculin a persisté, tu n'as pas vraiment souhaité rester une femme. Cela a donc engendré un petit traumatisme. Mais rien n'est dû au hasard. Expérimenter l'homosexualité t'a permis de vivre d'autres choses et d'endurer d'autres épreuves. Cela t'a permis de grandir. Et d'une façon qui m'échappe encore, les âmes qui éprouvent l'homosexualité sont des âmes qui sont proches d'avoir atteint leur propre vérité.

L'Architecte allait poursuivre son explication mais fut interrompu par le bruit d'explosions retentissant au loin et faisant trembler les fondations de la bâtisse.

— Ça commence, murmura-t-il.

Friedrich et Markus sursautèrent, effrayés et ramenés à leur réalité quotidienne par le fracas provoqué par les soldats nazis. Markus n'hésita pas et se précipita hors de la chambre pour aller constater par lui-même la teneur du danger qui les menaçait.

— Que se passe-t-il ? demanda Robin.

— Les Nazis prennent le pouvoir. L'Autriche est sur le point de mourir.

— Que va-t-il arriver à Markus et Friedrich ?

— Ils vont survivre un temps à Vienne, ne pouvant plus fuir puisque les entrées et sorties de la ville vont être contrôlées scrupuleusement d'ici quelques jours.

— Et ensuite ?

— Ensuite, ils seront arrêtés, dénoncés par l'un de leurs voisins, la nature de leur relation n'étant pas vraiment encouragée par le nazisme.

— Ils vont finir leur vie dans un camp de concentration ?

— On ne peut rien te cacher.

— Ce n'est quand même pas une sanction ?

L'Architecte dévisagea Robin un court instant, perplexe, et lut dans ses pensées.

— Non, bien sûr que non, finit-il par répondre. Comme je te l'ai déjà dit, la Terre est une terre d'expériences. Malheureusement, certaines âmes expérimentent le mal et la terreur sur d'autres âmes, ce qui n'augure rien de bon pour le cheminement de leur âme. Quant aux autres, elles doivent malheureusement connaître les affres de la souffrance pour pouvoir jouir comme il se doit des délices du bonheur. Le malheur ou le bonheur, ça ne se mérite pas forcément, ça se vit.

— Mais à part ça, cela signifie que dans ma prochaine vie, je serai toujours ?

Le renard sourit, amusé par l'incapacité de son jeune ami à prononcer le mot fatidique.

— Tu vas évoluer. Mais, permets-moi de te montrer.

Robin et le renard délaissèrent une Europe de l'Ouest à l'aube d'une guerre terriblement meurtrière pour arpenter les rues d'une ville festive de Californie, à savoir San Francisco.

Le contraste fut saisissant.

Les étoiles brillaient au-dessus de la ville alors qu'ils se déplaçaient au nord de la cité urbaine. Robin se trouvait désormais dans un environnement plus familier, plus proche de ce qu'il connaissait dans sa vie actuelle, si ce n'était que la mode vestimentaire n'était pas du tout la même. Ils croisèrent de nombreuses personnes portant des pantalons à pattes d'éléphant, des vestes aux couleurs extravagantes ainsi que des coiffures afros démentielles. La démesure semblait régner en cette époque dans cette ville. Elle se traduisait même dans le style victorien de certaines maisons qui n'était pas sans rappeler à Robin sa vie passée sous l'apparence d'une certaine reine d'Angleterre.

— Où m'emmenez-vous cette fois-ci ? Faire la fête ?

— Tu as tapé dans le mille. Après avoir fait partie des innombrables victimes du génocide causé par le Troisième Reich, tu as eu la chance de connaître une époque un peu plus guillerette. Je t'emmène là où tu passais l'essentiel de tes soirées, dans l'une des discothèques les plus renommées de San Francisco, the City.

— The City ? J'ai vécu à San Francisco et j'occupais mon temps à faire la fiesta ? Mais c'est génial ! J'ai toujours rêvé de vivre à cette époque !

— C'est normal, il s'agit de ta dernière vie avant d'être incarné sous les traits de Robin et de plus, une des vies où tu as pris le plus de plaisir : sexe, alcool, drogues. On peut dire que tu as relâché la pression.

— Est-ce une mauvaise chose ?

— Non, bien au contraire. Toutefois, l'abus des drogues t'a été néfaste puisque tu es mort relativement jeune dans les années 1980 à la suite d'une overdose. Et l'addiction que ces substances ont procuré sur ton corps et ton esprit est telle que tu as été attiré naturellement et inexorablement par les drogues dans ta vie actuelle. Je crois que tu en as assez vu pour comprendre quel enseignement tu dois en retirer et d'ailleurs, je pense également que tu en étais quelque peu conscient.

— Effectivement, je songeais à arrêter depuis quelque temps mais le plaisir procuré par les drogues et l'ennui du monde dans lequel on vit me freinaient dans mon élan.

— Le bonheur ne peut être matériel ni être procuré par des artifices issus de la nature ou de l'esprit des hommes. Tu ne pourras jamais atteindre un état de plénitude tant que tu ne sauras te détacher de ce vice.

— Bien. Et en ce qui concerne le sexe et l'amour ?

— Tout se passait ici, déclara l'Architecte en désignant une boîte d'où provenaient les sons d'une musique disco endiablée.

Robin jeta un rapide coup d'œil sur la longue file de jeunes gens attendant leur tour pour pouvoir entrer dans un des lieux phares de la mégalopole californienne.

— Nous n'allons quand même pas faire la queue ?

— Bien sûr que non, répondit le renard tout en pouffant de rire. Mike Freeman est déjà à l'intérieur, en train de faire ce qu'il sait faire de mieux.

— Draguer ?

— Mais non, tu ne penses donc qu'à ça ! Mike Freeman danse comme un dieu !

— Pourtant je suis un bien piètre danseur, je n'ai pas hérité de ce talent.

— Détrompe-toi, tu en as le potentiel, tu es juste trop inhibé. Mike, lui, est stone la plupart du temps et possède une assurance inouïe. Il ne se soucie aucunement du regard des autres, contrairement à toi avec la petite Sabrina par exemple.

— Vous êtes vraiment au courant de tout.

Le renard se contenta de hausser les épaules et l'invita à rentrer dans le lieu de prédilection de tous les fêtards de la côte ouest.

Une fois à l'intérieur, le renard le dirigea vers le bar de la boîte d'où ils auraient une vue parfaite sur la piste de danse. Robin ne put s'empêcher d'exécuter quelques petits mouvements de danse, enivré par l'ambiance électrique qui régnait dans ce dôme de la fête. Les jeux de lumière et l'enchaînement des rythmes disco imprimaient une atmosphère magique et stimulante pour le jeune homme qui se délectait devant les tenues sexy arborées par certaines femmes.

— Tu te prends pour John Travolta tout d'un coup ? lui glissa le renard qui attendait au bar.

— Non, c'est juste que ça me donne la pêche, ça change des musiques d'aujourd'hui. Vous savez, je déteste les boîtes dans les années 2000.

— Je sais.

— Je ne serai pas contre le fait de retourner à cette époque, je crois.

— Détrompe-toi, cela n'aurait plus aucun intérêt. Tu te lasserais vite, tu aurais le sentiment d'avoir déjà vécu tout ça. La plupart des expériences ne sont bonnes à vivre qu'une seule fois.

— Si vous le dites, chef. Et qu'attendons-nous au juste ?

— On attend le moment où Mike Freeman va mettre le feu à la piste. Mais en attendant, je peux t'en dire davantage sur lui si tu le désires.

— Qu'y a-t-il de plus à savoir ?

— Tu dois savoir qu'avant ce soir bien précis, Mike réalisait la plupart de ses rencontres dans ce sanctuaire de la fête, mais elles étaient de tous genres si tu vois ce que je veux dire, et surtout superficielles. Et parfois, Mike finissait ses soirées en compagnie de jeunes hommes et de jeunes femmes de son âge dans quelque appartement branché de la ville. Mike était de nouveau intéressé par les femmes comme Godefroy, mais il avait perdu son sens de la simplicité et de la fidélité que chérissait tant Friedrich.

— Je vois, j'étais de nouveau un libertin.

— À la différence près que tu côtoyais d'autres libertins et libertines et que tu n'abusais pas de l'innocence de jeunes créatures un peu crédules et déjà promises à d'autres hommes.

— Et que se passe-t-il de particulier ce soir pour Mike ?

— Regarde par toi-même, le voilà qui s'approche !

Robin chercha du regard l'homme désigné par l'Architecte et vit un homme qui lui ressemblait étrangement, tout en étant subtilement différent. Son ventre se noua, exprimant le malaise intérieur qui l'assaillait. Cependant, ses yeux ne le perdirent pas du regard et assistèrent, incrédules, à ses mouvements fluides et spectaculaires. Il le vit se déplacer avec une aisance et une tranquillité impressionnante pour se rapprocher discrètement d'un endroit de la piste où se trouvaient plusieurs jeunes femmes contaminées, elles aussi, par le virus du disco. Ma Baker se mit à rugir à travers la sono de la boîte et Mike s'enflamma lorsque les premiers sons de la chanson parvinrent à ses oreilles. Il semblait comme envoûté par une transe endiablée. Son corps se déhanchait avec une souplesse effarante. Un dynamisme et une volonté de feu paraissaient l'animer.

Robin douta qu'il ait pu se sentir à l'aise et aussi sûr de lui en portant un pantalon aussi moulant et pourtant, c'était bel et bien le cas. Il continua d'observer Mike qui feignait de se soucier des femmes présentes autour de lui, se consacrant essentiellement à se défouler par le biais de la danse. Toutefois, il observait du coin de l'œil les demoiselles qui étaient de sortie ce soir-là, mais il était sélectif tout de même et ne se précipitait pas sur la première jolie dame qui croisait son regard.

Le renard désigna du doigt une jeune femme qui se rapprocha dans sa direction. Ses longs cheveux bruns virevoltèrent dans l'air, dansant en harmonie avec le reste de son corps doté d'une grâce inégalable. Aucune femme ne lui arrivait à la cheville. Le cœur de Robin se mit à s'accélérer brutalement jusqu'à battre frénétiquement, troublé par cette divine créature. Sa tenue juste au corps mettait en avant ses fesses bien rondes ainsi que ses courbes féminines.

Attirés inéluctablement comme s'ils étaient aimantés, Mike et Samantha se retrouvèrent rapidement à danser, que dis-je, à tournoyer l'un autour de l'autre, à distance respectueuse dans un premier temps avant de se rapprocher progressivement pour finir collés l'un contre l'autre dans une étreinte sensuelle et passionnée.

Robin les vit partir ensemble, main dans la main, se doutant que Mike allait connaître la nuit la plus étourdissante de son existence sur la côte Pacifique. Il se retourna vers le renard qui attendait visiblement une réaction.

— Quel est le problème, maître renard ?

L'Architecte ne put réprimer un éclat de rire.

— Tu oses te moquer de moi avec ce sobriquet ?

— Je ne pouvais plus me retenir, je suis désolé.

— Tu me plais Robin, mais ça, tu le savais déjà. Pour en revenir à ta question, le problème est que Mike vient de rencontrer son âme sœur. Ton âme sœur plus exactement. Ce soir, ils vont fusionner et leur relation va se prolonger durant quelques jours. Mais vois-tu, dans cette vie, Mike ne mène pas une vie saine, il n'est pas prêt pour vivre avec elle, sa dépendance à la drogue et au sexe va faire en sorte qu'il va décevoir Samantha. Ils ne vont profiter que de quelques jours de bonheur. Dans une semaine très précisément, Mike préférera venir s'amuser ici même plutôt que de passer une soirée tranquille avec sa petite amie. C'est dans les toilettes d'où tu l'as vu sortir tout à l'heure qu'il ingurgitera son dernier rail de coke ainsi que d'autres produits dont la liste ne revêt guère d'importance. Ce malheur va affecter d'une manière tragique Samantha qui va se suicider peu de temps après, certaine d'avoir perdu son grand amour et incapable de vivre sans être frappé d'un effroyable chagrin.

— C'est horrible, balbutia Robin.

— Je ne l'aurais pas mieux formulé. Néanmoins, c'était un mal nécessaire pour vous réunir dans la vie que tu mènes.

— Je vais rencontrer mon âme sœur ?

— Oui, et je suis là pour m'assurer que tu ne passes pas à côté d'elle pour des raisons qu'il vaut mieux que je garde pour moi. Tu vas avoir la chance de confirmer ce lien particulier que tu possèdes avec une femme qui t'est dévouée corps et âme. Ensuite, vous serez liés pour l'éternité. Rien ne pourra plus jamais vous séparer. Quels que soient les obstacles qui pourraient s'interposer entre vous, votre union sera tellement forte que vous vous retrouverez toujours.

— C'est Sabrina ?

— Je n'ai pas le droit de répondre à cette question, je t'en ai déjà trop dit. Écoute ton cœur et tu iras naturellement vers elle.

— Votre intervention était-elle nécessaire ?

— Oui, car tu étais en proie au doute et le danger était trop important que tu passes à côté de l'amour sans compter que cela aurait eu des répercussions terribles sur chacun de vous deux.

— Nous aurions souffert pour l'éternité ?

L'Architecte se contenta de refermer ses yeux pour acquiescer.

— Le moment est venu de nous séparer. Tu sais ce qu'il te reste à faire.

— Non… Ne… Partez… Pas !

Mais il était trop tard, ses mots se perdirent dans le vide absolu, la silhouette rousse de son ami s'évapora soudainement et Robin se retrouva seul, dans une discothèque de San Francisco, pourtant bondée de monde.

Le renard avait disparu depuis quelques instants et les gouttes de sueur qui perlaient sur le front de Robin témoignaient de l'état de panique dans lequel il se trouvait. Personne ne pouvait ni le voir, ni l'entendre, mais lui pouvait les voir s'amuser, rigoler, se parler, boire ou danser. Quelque chose clochait. Comment retrouver son âme sœur alors qu'il semblait perdu dans les rouages incompréhensibles du continuum espace-temps ?

Il décida de fermer les yeux, espérant que lorsqu'il les rouvrirait, il aurait quitté la discothèque pour revenir à cette fameuse d'Halloween. Dans un premier temps, il entendit un bruit sourd répétitif résonner à l'arrière de son crâne. Puis, une phrase lointaine lui parvint. Mais elle était trop lointaine, trop douce. Elle se répéta. Il pouvait presque l'entendre.

— Hé ! Le squatteur ! T'es tombé dans le trou ou quoi !

Instinctivement, il rouvrit ses yeux. Il se retrouvait de nouveau dans les toilettes. Robin pivota et déverrouilla la porte pour s'extraire de cette pièce exiguë dans laquelle il s'était perdu afin de vivre le voyage le plus insolite de sa courte vie.

Le jeune homme qui martelait la porte depuis plusieurs minutes lui jeta un regard noir avant de s'immiscer dans cet espace étroit. Robin tituba quelques instants dans le couloir, choqué par le son fort et brutal émanant des invités et de la musique qui s'insinuait dans les diverses pièces de la maison. La lumière l'aveugla pendant quelques instants. Il avait vraiment l'impression de revenir d'un autre monde, comme s'il avait eu un voile en permanence devant ses yeux et des protections sur ses oreilles.

Cependant, il ne perdit pas de vue l'objet de son voyage. Son âme sœur. Il en était sûr, il s'agissait de Sabrina. L'Architecte le lui avait presque avoué. De plus, il avait ressenti une connexion particulière avec elle. Il avait été troublé par la peur d'être jugé ainsi que par d'autres sentiments négatifs, mais tout était clair dans son esprit désormais.

Il dévala les marches de l'escalier et se rendit dans la cuisine où il attrapa une bière pour Sabrina et se ravisa au moment où il allait se servir un verre d'alcool bien corsé. Après tout, il avait déjà pas mal abusé lorsqu'il se nommait Mike Freeman. Le moment était peut-être venu de se poser et de se contenter des plaisirs simples de la vie, et notamment de l'amour. Il se servit donc un jus de fruits.

Une seule inquiétude le taraudait. Il n'avait aucune notion du temps et ignorait totalement combien de minutes ou d'heures s'étaient écoulées depuis son départ vers le passé. Robin espérait seulement qu'elle l'attendait toujours au même endroit avec le même enthousiasme qu'auparavant.

De son côté, il ne pouvait s'empêcher d'arborer sur son visage un sourire béat. De surcroît, il n'en avait pas conscience et ne se préoccupait plus de la façon bizarre dont plusieurs connaissances le dévisageaient. Il s'en moquait.

Son visage empreint d'une confiance nouvelle et inhabituelle prit un air maussade et inquiet lorsqu'il vit qu'une forme avait profité de son absence pour s'asseoir à côté de Sabrina. Le bon côté, c'était qu'il ne s'agissait pas d'une présence masculine mais d'une potentielle rivale. Il reconnut sans aucun doute l'identité de celle à qui appartenait cette chevelure flamboyante ainsi que le rire forcé qui jaillissait de sa gorge. Il n'avait plus qu'à espérer qu'Élodie n'ait pas cassé trop de sucre sur son dos.

Robin se présenta face à elles et se délecta de revoir le sourire radieux de la douce Sabrina alors que la rouquine semblait fière d'elle et le dévisageait avec défiance et arrogance. Elle ne manqua pas de culot et d'audace d'ailleurs.

— Tu m'as apporté une bière, c'est gentil !

Inutile de préciser que sa nouvelle amie la foudroya du regard avant de diriger ses yeux vers Robin, espérant qu'il n'allait pas céder à pareille mesquinerie.

— Non… À vrai dire, c'est pour Sabrina, bredouilla-t-il tout en tendant le verre vers la jeune femme qui l'avait patiemment attendu.

Mais, contrairement à ce qu'il craignait, il n'était pas parti depuis bien longtemps. Enfin suffisamment pour laisser le temps à Élodie de s'approprier le pétard qu'il avait roulé en début de soirée. Cette dernière se sentit de trop et, dans un élan curieux de bonté, elle proposa de lui rendre ce qui lui appartenait.

Robin observa un court instant celui qu'il considérait auparavant comme précieux, mais il déclina avec politesse et l'invita à le finir. Les joues d'Élodie rosirent. Elle se sentit désarmée face à un si soudain revirement de situation. Elle tourna les talons et commença sans perdre de temps à se trouver une nouvelle victime.

Quant à Sabrina, elle se ravit en son for intérieur de ce changement d'attitude et se languit de le voir s'asseoir à ses côtés, le désir commençant à brûler dans son bas-ventre alors que son cœur battait la chamade et que son ventre se tordait dans tous les sens.

Elle n'avait pas à s'inquiéter pourtant, Robin était victime des mêmes symptômes. Néanmoins, avant de placer dans le brasier les premières bûches qui allaient aviver le feu de leur amour, il comprit pourquoi Sabrina semblait ne pas aimer les drogues. Inconsciemment, elle était marquée par la perte de Mike Freeman, décédé d'une overdose. Il ne faisait nul doute qu'elle était son âme sœur et les moments de bonheur qui s'ensuivirent ne firent que confirmer ce qu'il avait su dès leur premier rapprochement.

Leur premier baiser fut mémorable et dépassa de loin les attentes qui en avaient découlé dans l'esprit de Robin, mais surtout il donnait un sens à toutes les épreuves franchies par les incarnations de ses vies antérieures. La rencontre avec son âme sœur récompensait toutes les bonnes actions perpétrées durant des siècles de vies.

L'Architecte observa de loin les deux tourtereaux.

Le salut de leur âme est proche, pensa-t-il en les voyant communier lors de leur première étreinte amoureuse.

Remerciements

Comme c'est le cas lors de chaque publication, j'ai une pensée pour mes proches, en particulier pour ma femme, mes enfants, ma maman, mon frère et un ami commun qui représentent mes plus fidèles soutiens dans cette activité solitaire qu'est l'écriture, le plus difficile n'étant pas de rédiger un texte mais de lui apporter de la visibilité.

Mais, ce ne sont pas les seuls noms que j'ai en tête. Il me faut d'abord remercier Lydie Wallon, une collègue qui écrit également des livres, pour le travail remarquable qu'elle a réalisé sur la couverture pour le compte de l'agence 2Li, les ailes de l'imaginaire.

www.2li.fr

Ensuite, j'ai une pensée pour Alexandre Haurie-Majayre, un web designer mais aussi un ami, et je le remercie pour tout le travail graphique qu'il accomplit autour de mes univers, un ouvrage que l'on peut notamment retrouver sur son site Internet.

www.alexwebd.com

J'en profite pour remercier des âmes généreuses qui ont participé à la production du trailer réalisé par Alex Web D : Elie Brunet, un artiste brillant, qui a dessiné le Zeppelin d'Edgar Stone, Yannick Prud'homme qui a donné ses mains au créateur de la montre, David Pourgaton qui a déniché le modèle et enfin, Angela Mantilla qui nous a offert la version 3D du Crystal Palace.

Enfin, n'hésitez pas à visiter mon site.

www.chrisreduniverse.eu

Et surtout, venez me suivre ma page Facebook où j'essaie de partager régulièrement des informations sur mon actualité.

http://facebook.com/Chrisredauteur

Merci également à tous ceux que je n'ai pas cités et qui apportent au quotidien une contribution à mon épanouissement personnel. Je pense à ma belle-famille, à mes camarades des Restaurants du cœur, aux chroniqueuses qui lisent mes livres et à une multitude d'autres personnes.

Maintenant, je vous donne rendez-vous pour ma prochaine publication. Travaillant conjointement sur deux projets, je ne saurai vous révéler en avant-première le titre de mon prochain roman. Tout ce que je peux vous dire, c'est qu'il s'agira de science-fiction !